HARALD SCHNEIDER

# Sagenreich

**NIBELUNGENSCHATZ** Während Hauptkommissar Palzki und sein Chef KPD bei den Nibelungenfestspielen in Worms ihre Freizeit genießen, wird eine Komparsin mit einem Speer erstochen. Eigentlich ein Fall für die Wormser Kripo, doch auf Anweisung seines Vorgesetzten muss Palzki ermitteln. Kurz darauf wird ein Buchwissenschaftler ermordet. Musste er sterben, weil er das Originalmanuskript des Nibelungenliedes gefunden hatte und auf der Suche nach dem verschollenen Gold war? Als weitere Morde geschehen und Palzki selbst in Verdacht gerät, muss er sich auf den Weg zu jenem mysteriösen Ort in der Kurpfalz machen, an dem die Lösung des Falls verborgen liegt.

*Harald Schneider, 1962 in Speyer geboren, wohnt in Schifferstadt und arbeitet in einem Medienkonzern als Betriebswirt. Seine Schriftstellerkarriere begann während des Studiums mit Kurzkrimis für die Regenbogenpresse. Der Vater von vier Kindern veröffentlichte mehrere Kinderbuchserien. Seit 2008 hat er in der Metropolregion Rhein-Neckar-Pfalz den skurrilen Kommissar Reiner Palzki etabliert, der neben seinem mittlerweile zwölften Fall »Sagenreich« in zahlreichen Ratekrimis in der Tageszeitung Rheinpfalz und verschiedenen Kundenmagazinen ermittelt. 2013 wurde mit den Kindern von Reiner Palzki mit »Die Palzki-Kids in großer Gefahr« eine eigene interaktive Kinderbuchreihe etabliert.*

Bisherige Veröffentlichungen im Gmeiner-Verlag:
Weinrausch (2015)
Wer mordet schon in der Kurpfalz? (2014)
Tote Beete (2014)
Ahnenfluch (2013)
Künstlerpech (2013)
Pilgerspuren (2012)
Palzki ermittelt (2012)
Blutbahn (2012)
Mörderischer Erfindergeist (2011)
Räuberbier (2011)
Wassergeld (2010)
Erfindergeist (2009)
Schwarzkittel (2009)
Ernteopfer (2008)

# HARALD SCHNEIDER

# Sagenreich

*Palzkis zwölfter Fall*

GMEINER SPANNUNG

Besuchen Sie uns im Internet:
www.gmeiner-verlag.de


Im Ehnried 5, 88605 Meßkirch
Telefon 07575/2095-0
info@gmeiner-verlag.de

1. Auflage 2015

Lektorat: Claudia Senghaas, Kirchardt
Herstellung: Mirjam Hecht
Umschlaggestaltung: U.O.R.G. Lutz Eberle, Stuttgart
unter Verwendung eines Fotos von: © apfelweile – Fotolia.com
Druck: GGP Media GmbH, Pößneck
Printed in Germany
ISBN 978-3-8392-1743-6

Personen und Handlung sind frei erfunden.
Ähnlichkeiten mit lebenden oder toten Personen
sind rein zufällig und nicht beabsichtigt.

# DER NIBELUNGEN HORT
# (AUSZUG)

Da funkeln Kron' und Becher
Und Spangen sonder Zahl,
Es leuchtet rings die Tiefe
Von der Juwelen Strahl.

Und nun erkennt er Alles,
Die Nächt'gen, wie den Ort,
Das sind die Nibelungen,
Das ist ihr reicher Hort.

(Auguste Kurs, 1815–1892)

# INHALT

| | | |
|---|---|---|
| Prolog | | 11 |
| Kapitel 1 | Vor ein paar Wochen im Sommer | 16 |
| Kapitel 2 | Die Nibelungenfestspiele in Worms | 28 |
| Kapitel 3 | Zurück in der Gegenwart | 44 |
| Kapitel 4 | Klinik-Tod | 55 |
| Kapitel 5 | Neue Erkenntnisse | 70 |
| Kapitel 6 | In der Bibliothek | 82 |
| Kapitel 7 | Die 5 Pfälzer und der Nibelungenschatz | 96 |
| Kapitel 8 | Mordsmäßiger Ärger | 105 |
| Kapitel 9 | Ablassbriefe und Aderlass | 120 |
| Kapitel 10 | Sabines Geheimnis | 132 |
| Kapitel 11 | Besuch bei Hauenstock | 149 |
| Kapitel 12 | Eine kleine Schießerei | 169 |
| Kapitel 13 | Wie gewonnen so zerronnen | 185 |
| Kapitel 14 | Wieder im Drachentöter | 197 |
| Kapitel 15 | Wotan | 211 |
| Kapitel 16 | Dem Schatz auf der Spur | 221 |
| Kapitel 17 | Zu Hause | 233 |
| Kapitel 18 | Was ist los in der Erkenbertruine? | 242 |
| Kapitel 19 | Der Siegfriedbrunnen | 268 |
| Kapitel 20 | Noch eine Baustelle | 281 |
| Kapitel 21 | Jacques weiß Bescheid | 294 |
| Kapitel 22 | Das Originalmanuskript | 303 |
| Kapitel 23 | Im Untergrund | 314 |
| Epilog | | 327 |

Danksagung 329
Glossar 332
Historische Landkarte – Ausschnitt 333
Bonus 1: Reiner Palzki und der Mathelehrer 336
Bonus 2: Zeit wird knapp (2006) 339

# PROLOG

Die beiden Gestalten verharrten seit über einer halben Stunde kniend hinter der 16-bogigen Arkadenreihe des ehemals spätromanischen Kreuzgangs. Ihre dunkelgrüne Tarnkleidung verschmolz mit den Bodendeckern in der zunehmenden Dämmerung. Die letzten Besucher hatten den Ort vor wenigen Minuten verlassen. Die südlich von ihrem Versteck aufragende Neumünsterkirche sowie die massiven Steinwände und Gebäude auf den anderen Seiten ließen den kleinen Innenhof zu einer andächtigen Insel mitten in der Stadt mit ihren 125.000 Einwohnern werden. Kein Verkehrslärm, keine sonstigen menschengemachten Geräusche drangen in die mittelalterliche Begräbnisstätte, die bis auf eine einzige, allerdings neuzeitliche Ausnahme, nicht mehr als solche erkennbar war.

Trotz Frühlingsanfang war die Luft bitterkalt, erst vor wenigen Tagen war der letzte Schnee geschmolzen. Noch eisiger war der steinige Naturboden, auf dem die beiden kauerten. Der ältere Teil des Gespannes, der längst dem Indiana-Jones-Alter entwachsen war, zitterte vor Kälte und vor Aufregung. Nervös blickte er im Minutenrhythmus auf seine Armbanduhr. Endlich begann das Glockengeläut des an der Neumünsterkirche grenzenden Domes. Jetzt war es so weit: Niemand würde um diese Uhrzeit mehr in das Lusamgärtchen kommen.

Die Begleiterin des Alten lächelte, als dieser mit knackenden Gelenken unbeholfen aufstand. »Willst du es wirklich tun?«, flüsterte sie ihm zu. »Noch können wir unauffällig verschwinden.«

»Ich muss«, entgegnete er hart schnaufend. »Ich muss Gewissheit haben.«

Die Lichtverschmutzung der Großstadt strahlte, im Gegensatz zu dem Lärm, diffus bis in den Innenhof. Der Alte fand auch ohne seine kleine Stabtaschenlampe den Ausgangspunkt seiner Suche.

»Das ist sein Grabmal«, erklärte er flüsternd seiner Begleiterin. »Die vier kreisrunden Vertiefungen auf dem Steinquader sind Vogeltränken.« Ungeduldig unterbrach sie ihn. »Das weiß ich längst, Vater. Wie willst du den schweren Stein bewegen?«

Ein Lächeln huschte über sein Gesicht. »Überhaupt nicht. Der Quader stammt von 1930 und hat reinen Symbolcharakter, da der richtige Ort, an dem die Gebeine liegen, unbekannt ist.« Der Mann zog eine handgemalte Skizze aus der Tasche. »Das richtige Grab muss da drüben sein.«

Er brauchte nicht lange zu suchen. »Hier, schau, wir haben Glück, der Teil steht noch.«

Auch wenn sie als Lehrerin für Englisch und Biologie von alten Gebäuden nicht viel Ahnung hatte, sah sie den Übergang im Farbton der Außenmauer des Neumünsters.

»Der linke Teil entstand bei der Umgestaltung in der Mitte des 18. Jahrhunderts«, erklärte er stolz. »Der rechte Teil ist im Originalzustand und selbst die Weltkriege haben ihn verschont.«

Mehrere verwitterte Steinfiguren waren in die Mauer eingelassen. Allesamt befanden sie sich in einem bedauernswerten Zustand, teilweise waren es nur Sandsteinreste, die keinen Rückschluss mehr auf die dargestellten Figuren zuließen.

»Der Engel mit der gestreckten Trompete, wo kann er nur sein?« Ungeduldig lief er von einer zur nächsten Figur und verglich sie mit seiner Skizze. Seine Tochter nahm ihm ungeduldig die Taschenlampe ab. »Es kommen nur diese beiden infrage«, folgerte sie schließlich. »Viel ist von dem Engel nicht mehr zu sehen, eine Trompete schon gar nicht. Wie willst du da weiterkommen?«

Er wusste es nicht. Er rüttelte, schüttelte und klopfte an den beiden Figuren herum. Nichts passierte. »Das hier könnte der Engel gewesen sein, in der Vertiefung war vermutlich die Trompete befestigt.«

Seine Tochter kam näher, streckte sich und schaute sich das Loch im Taschenlampenlicht an. »Da steckt etwas drin, Vater.«

Ohne auf eine Antwort zu warten, drückte sie die Taschenlampe in die röhrenartige Vertiefung. Ein dezentes, klickendes Geräusch ließ sie zusammenzucken. Im nächsten Moment vernahmen sie ein unangenehm lautes Rumpeln. Die Steinfigur zur Linken hatte sich seitwärts bewegt.

Mit offenem Mund starrte ihr Vater sie an: »Der Zugang, du hast ihn gefunden.«

Ein fast unhörbar leises Pfeifen zischte aus dem Innern des unbekannten Raumes, der sich unter der Außenmauer der Kirche befinden musste.

»Was ist das?«

»Das ist der Luftaustausch. Ein untrügliches Zeichen, dass die Gruft schon lange nicht mehr geöffnet war.«

»Willst du wirklich runter?«

Er nickte. »Ein bisschen müssen wir warten. Sonst ersticken wir an Sauerstoffmangel.«

Zehn Minuten später wagte er den Abstieg, seine Tochter folgte ihm neugierig. »Pass auf die Stufen auf«, meinte er. »Die sind über 800 Jahre alt.«

Der Raum war nicht viel größer als eine Kammer. In drei voneinander getrennten Wandnischen standen reichlich verzierte Steinsärge. Er zögerte, als er mehrere Staubansammlungen am Übergang zwischen dem Boden und den Wänden entdeckte.

»Das waren mal Holzkreuze, die an den Wänden hingen«, erklärte er seiner Tochter. Dann wandte er sich den Inschriften der Särge zu. Die Schrift war verwittert und mehr als einmal musste er mit seinem Taschentuch für Klarheit sorgen. Seine Tochter konnte mit der unbekannten Sprache nichts anfangen. Nur ein paar Jahreszahlen konnte sie mühsam entziffern.

»Das muss er sein«, sagte er nach einer Weile. »1230, das passt. Und hier steht sogar der Name!« Die Freude über den Fund war ihm deutlich anzusehen.

Seine Tochter konnte kaum glauben, dass sie am Ziel waren. Ihr Vater musste sie mehrere Wochen lang zu der Fahrt nach Würzburg überreden. Drei Tage waren sie bereits hier und ihr von der Idee besessener Vater studierte von morgens bis abends in den hiesigen Bibliotheken.

»Komm, lass uns gehen«, bettelte sie. »Du hattest recht. Mit diesem Fund wirst du berühmt.« So richtig hatte sie die Motivation ihres Vaters nicht nachvollziehen können. Ein altes, verschollen geglaubtes Grab, na und?

Er hatte nicht zugehört. »Hilf mir mal«, sagte er stattdessen.

Sie glaubte, nicht richtig zu hören. »Du willst doch nicht etwa das Grab öffnen?«

»Natürlich will ich mal reinschauen. Warum soll ich das anderen überlassen?«

Gemeinsam drückten sie die schwere Deckelplatte nach hinten, bis der Sarg eine Handbreit offen stand.

Ehrfurchtsvoll staunten sie über das vollständig erhaltene Skelett, an dem an mehreren Stellen Stoffreste anhafteten.

Sie nahm ihrem Vater erneut die Lampe ab und leuchtete in das Innere. »Da, schau mal!«

Ihr Vater hatte sie ebenfalls entdeckt und nahm die metallene Dose aus dem Sarg. Sie ließ sich ganz leicht öffnen.

# KAPITEL 1
# VOR EIN PAAR WOCHEN IM SOMMER

Es hätte so ein schöner Tag werden können.

Ich sah aus wie ein Depp. Genau genommen sah ich nicht nur aus wie ein Depp, ich war einer. Die Sache hatte ich mir selbst eingebrockt. Nur einmal hatte ich an der falschen Stelle ein falsches Wort von mir gegeben und schon war es passiert. Das Leben war nicht fair. Letzte Woche hatte ich zu diesem Thema einen Witz in einer Illustrierten gelesen. Wie nennt man das, wenn im Leben alles glatt läuft? Die Antwort: Das Leben der anderen.

Begonnen hatte diese unheilvolle Geschichte am vergangenen Montag nach der Lagebesprechung in unserer Dienststelle. KPD, wie wir unseren Dienststellenleiter Klaus P. Diefenbach nannten, seufzte nach seinem nicht enden wollenden Monolog, den er generell in jeder Besprechung zwecks Selbstbeweihräucherung hielt, und sagte laut in die Runde: »Herr Palzki, bleiben Sie bitte am Schluss einen Moment hier.« Unter dem lauten Gegröle meiner Kollegen blieb mir nichts anderes übrig, als abzuwarten. Generell war ich immer der Erste, der den Saal verließ. Ich atmete tief durch und hoffte, dass KPD nicht wieder eine seiner verrückten Ideen aus dem Hut zauberte. Erst kürzlich wollte er mich, als er sich zufällig und wie immer unberechtigterweise über mich ärgerte, als Parkwächter an die Hessler Bruchwiesen versetzen. Zur Erklärung musste man erwähnen, dass diese in einem Landschaftsschutzgebiet lag und mit dem Auto legal nicht zu erreichen war.

»Herr Palzki«, begann er, als wir beide allein im Sozialraum waren. »Ich kann zwar Ihre Ermittlungsmethoden nicht gutheißen, aber dieses eine Mal will ich darüber hinwegsehen. Schließlich haben Sie den entscheidenden Impuls gegeben, der zur Festnahme des Täters führte. Selbstverständlich war ich ihm längst selbst auf den Fersen. Nur weil ich mich um das Geburtstagsgeschenk für meine Frau kümmern musste, waren Sie mir ausnahmsweise eine Nasenlänge voraus.«

Ich musste grinsen. Dieser Tag wird in die Annalen der Dienststelle eingehen. Unser Chef brachte das erste Mal eine Art Lob hervor, das er nicht auf sich selbst bezog. Zu diesem Zeitpunkt wusste ich allerdings nicht, dass dieser Hauch eines Lobes einen gewaltigen Haken hatte.

»Als guter Chef muss ich über meinen Schatten springen können«, sprach KPD weiter. »Auch wenn es bisher nie der Fall war, manchmal muss man eine besondere Leistung seiner Untergebenen einfach honorieren.«

»Sonderurlaub?«, quatschte ich dazwischen.

KPD verzog seinen Mundwinkel. »So gewaltig war Ihre einmalige Sonderleistung auch wieder nicht. An anderen Dienststellen, die wohlgemerkt strenger geführt werden als meine, wird solch eine Leistung jeden Tag erwartet und nicht nur einmal in zehn Jahren wie bei Ihnen, Herr Palzki.«

Ich protestierte. »So einfach war das nicht. Immerhin habe ich im Alleingang den gefährlichen Imbissbudenräuber geschnappt, der seit Monaten in der Kurpfalz aktiv war. Was da hätte alles passieren können!«

Dass die Festnahme nur einem Zufall geschuldet war, musste ich KPD nicht unbedingt auf die Nase binden. An dem Tag war ich zufällig während einer Ermittlungssache bei meinem Lieblingsimbiss *Currysau* in Speyer vorbeigekommen. Da mein Chef von Arbeitsunterbrechungen zwecks Nahrungsaufnahme nichts hielt, hatte ich den Grund für meine Anwesenheit verschwiegen. Letztendlich zählte nur der Erfolg, wie man in jedem besseren Ratgeber nachlesen konnte. Dem Räuber, der mit gezückter Waffe den Inhaber und seinen Bruder bedrohte, drückte ich, ohne lang nachzudenken, meinen angebissenen Doppelcheeseburger mit Extraportion Bacon, Röstzwiebeln, Soße und Ketchup mitten ins Gesicht. Der schlagfertige Robert, der Inhaber der *Currysau*, ergänzte die Entwaffnung mit einem kräftigen Schuss aus dem Mayonnaisespender.

KPD riss mich aus den Gedanken.

»Dem Fahndungserfolg habe ich es zu verdanken, dass ich eine Belobigung des Innenministeriums erhalten habe. Sogar einen Preis bekam ich überreicht.«

KPD stellte sich wichtig machend in Positur. »Der Preis kam zur rechten Zeit. Er ist das ideale Geburtstagsgeschenk für meine Frau.«

»Finde ich gut«, antwortete ich und schöpfte Hoffnung. »Ich nehme an, es handelt sich um eine Weltreise. Alles andere wäre für Ihre Frau als Geburtstagsgeschenk nicht akzeptabel. Wie lange dauert die Reise?«

KPD blickte mich konsterniert an. »Nicht übertreiben, Herr Palzki, es ist kein runder Geburtstag. Außerdem soll man es mit den Geschenken nicht übertreiben.

Frauen sind nur selten mit etwas zufrieden und wollen immer mehr.«

KPDs Sprüche über Frauen waren mindestens so legendär wie die abwertenden Kommentare über seine Untergebenen.

»Ihre Frau hat doch ebenfalls demnächst Geburtstag, wenn ich mich recht erinnere?«

Ich schaute auf. KPD wusste meinen Namen, das war für ihn bereits eine Höchstleistung. Dass er wusste, dass ich verheiratet war, überstieg meine Vorstellungskraft. Allerdings hatte er mit dem in Kürze bevorstehenden Geburtstag recht. Hatte er in der Personalakte geschnüffelt?

KPD druckste herum. Irgendetwas Unangenehmes wollte er loswerden.

»Der Innenminister meinte, ich soll Ihren Anteil an der Festnahme des Täters würdigen.«

Aha, dachte ich. So war das also. Die Initiative für diesen Hauch eines Lobes kam gar nicht von KPD.

»Darf ich auf Weltreise gehen?«, unterbrach ich ihn dreist, doch verärgert unterbrach er mich.

»Er meinte, dass ich mit Ihnen zusammen den Erfolg feiern soll. Deshalb diese Karten, die ich von ihm bekommen habe.«

»Welche Karten?«, fragte ich sofort nach, während mir in der Magengegend flau wurde.

Der Dienststellenleiter öffnete seine Ledermappe, die mehr kostete als das, was ich im Monat verdiente. Stumm überreichte er mir zwei Theaterkarten. Was ich darauf las, verschlug mir ein weiteres Mal die Sprache.

»Wa, was soll das?«, stammelte ich hilflos. »Nibelungen? In Worms?«

KPD schaute mit verzogenen Mundwinkeln zu Boden. »Mir ist natürlich klar, dass Sie damit nicht viel oder gar nichts anfangen können, Herr Palzki. Mit Kultur kennen Sie sich nicht aus. Eines Ihrer vielen Defizite, ich weiß«, fügte er hinzu.

Beleidigungen war ich von KPD gewohnt, daher reagierte ich nicht. Hochkulturelle Veranstaltungen waren in der Tat nichts für mich. Vor ein paar Jahren hatte mich meine Frau Stefanie mal in eine Oper mitgeschleppt. Seitdem verzichtete sie darauf, mit mir zu solchen Veranstaltungen zu gehen. Dabei hatte ich mich während der Vorführung kaum danebenbenommen. Die meiste Zeit schlief ich. Dass man mein Schnarchen bis in die Ränge gehört haben soll, wie Stefanie behauptete, hielt ich für ein Gerücht. Immerhin mussten wir nur bis zur Pause bleiben, meine Frau hatte genug von dem Getuschel hinter unserem Rücken.

»Und was soll ich mit dem Zeug?« Ich wollte ihm die Karten zurückgeben, doch KPD nahm sie nicht an.

»Die sind für Sie und Ihre Frau«, sprach er unbeirrt weiter. »Damit haben Sie ebenfalls ein Geburtstagsgeschenk für Ihre Gattin.« Er lächelte selbstgefällig.

Wahrscheinlich würde Stefanie die Scheidung einreichen, wenn ich ihr mit diesen Karten käme.

»Meine Frau hat erst nach dem Termin Geburtstag«, erklärte ich mit einem kleinen Hoffnungsschimmer.

»Das macht überhaupt nichts«, ereiferte sich KPD. »Es ist ein Geschenk des Innenministeriums. Ich und meine Frau holen Sie am Samstag gegen 15 Uhr ab. Ist das für Sie okay?«

Nichts war okay, dachte ich zornig, auch wenn seine Frage nur rhetorisch gemeint war.

»Samstags ist bei mir ganz schlecht. Zu Hause gibt es immer was zu tun. Der Rasen müsste mal wieder gemäht werden.«

KPD ging auf meinen verbalen Fluchtversuch nicht ein. »Also abgemacht. Sie dürfen mit Ihrer Frau in meinem neuen Dienstwagen mitfahren. Da durfte bisher selbst meine eigene Frau nicht einsteigen. An diesem Tag werde ich eine Ausnahme machen. Wer weiß, welche Prominente und VIPs in Worms dabei sein werden. Da muss ich auf alles achten, damit mein sehr guter Ruf nicht beschädigt wird.«

Er zeigte auf die Karten in meiner Hand. »Die Nibelungenfestspiele sagen Ihnen bestimmt etwas?«

Was sollte ich meinem Chef darauf nur antworten? Die Wahrheit? Nibelungen, das war für mich eine Sage um einen gewissen Drachentöter, Siegfried hieß er, glaube ich, und einem sagenhaften Goldschatz, der angeblich in der Nähe des Rheins verbuddelt wurde und von Zwergen bewacht wird. Damit war mein komplettes Wissen über die Nibelungen abgehakt.

»Na, klar«, antwortete ich schnell, bevor er mir eine inhaltliche Frage stellen konnte. »Fast zwei Drittel der Kurpfälzer sollen laut den neuesten Forschungen von den Nibelungen abstammen.«

KPD glaubte mir sofort diesen Quatsch. »Wirklich, Herr Palzki? Das habe ich gar nicht mitbekommen, obwohl ich die Presse immer sehr intensiv verfolge, damit ich nichts verpasse, wenn ich als guter Chef erwähnt werde.«

»Das war in einer Fachzeitschrift gestanden und nicht in der Zeitung«, ergänzte ich und hatte keine Ahnung, wie ich aus dieser Geschichte wieder herauskommen sollte.

»Da werde ich gleich mal einen Ahnenforscher beauftragen. Als Original Kurpfälzer könnte auch ich mit dem Königshaus der Burgunder verwandt sein. Daher würde es sich lohnen, intensiv nach diesem Hort zu suchen.«

Und wieder einmal war mein Mund schneller als mein Gehirn. »Hort? Meinen Sie den neuen Kindergarten im Neubaugebiet Großer Garten?«

Entgeistert schaute er mich an und meinte schließlich: »Ach so, Ihre Bildungsdefizite, ich verstehe.«

Ich hatte keine Chance. Mein Chef rief sogar bei meiner Frau an, um ihr die frohe Botschaft zu überbringen. Dass meine Frau von der Einladung genauso wenig begeistert war wie ich, wunderte mich nach der Erfahrung in der Oper nicht wirklich. Sie wusste allerdings, wie hartnäckig KPD sein konnte, und meinen Job wollte sie nicht auf's Spiel setzen. Schwierig war es nur wegen unserer vor wenigen Wochen geborenen Zwillinge Lisa und Lars. Die zwölfjährige Melanie und der drei Jahre jüngere Paul waren dagegen problemlos, sie würden sich über einen freien Abend freuen. Das Babyproblem wurde mithilfe meiner Schwiegermutter gemeistert, die eigens aus Frankfurt angereist kam. »Lisa und Lars werden durchaus ein paar Stunden ohne direkten Brustkontakt überstehen«, meinte sie zu ihrer eher skeptisch eingestellten Tochter.

Die Tage zwischen Montag und Samstag zählten zu den schlimmsten meines Lebens. Ich musste nicht nur ständig Kurzreferate von meinem Chef über die Nibelungensage und das Nibelungenlied über mich ergehen lassen, auch meine Kollegen sparten nicht mit bissigen Kommentaren.

Das Allerschlimmste war die Zeit nach Feierabend.

Und zwar jeden Abend. Das Resultat dieser Zeit war, dass ich jetzt aussah wie ein Depp.

»Wir können auf keinen Fall in deinem alten Anzug zu den Nibelungenfestspielen gehen. Das war bereits in der Oper mehr als peinlich.«

Mit dem Hinweis auf den falschen Plural konnte ich nicht punkten. »Es reicht doch völlig, wenn ich den Anzug allein anziehe.«

Stefanie verzog keine Miene, damit war alles gesagt.

Meine normalerweise beste aller Ehefrauen jagte mich durch unzählige Bekleidungsgeschäfte. Es können auch ein paar mehr gewesen sein. »Was kann ich dafür, wenn du eine so seltsame Figur hast«, meinte sie lapidar, als ich aufbegehren wollte. Doch sie lachte gleich darauf und nahm mich in den Arm. »Du siehst es doch selbst. Entweder ist die Hose an der Taille zu eng oder die Beine sind zu lang.«

»Oder dir gefällt die Farbe nicht oder der Schnitt oder sonst was«, ergänzte ich.

»Weil ich nicht will, dass du herumläufst, als würdest du auf der Straße leben. Wann haben wir dir zum letzten Mal etwas gemeinsam zum Anziehen gekauft?«

Damit hatte sie recht, meine nicht sehr üppige Kleiderausstattung hatte meine Frau bisher immer ohne meine Mithilfe gekauft und mich vor vollendete Tatsachen gestellt. Als Mann konnte ich damit gut leben.

Letztendlich hatte Stefanie etwas gefunden, mit dem sie einigermaßen zufrieden war. Ich dagegen weniger. Der Bund war viel zu weit und die Hosenbeine schlackerten bei jedem Schritt wie ein Mehrfamilienzelt im Sturm. Das Hemd zwickte an den unmöglichsten Stellen und war einfach nur unbequem. Die Krawatte, nach

Stefanies Meinung farblich passend zum Rest, war breit wie ein Schal. Es war Hochsommer und die Krawatte war mein Rollkragenpullover.

Meine Frau ließ sich nichts anmerken, während sie das Ergebnis begutachtete.

»Vielleicht solltest du dies zum Anlass nehmen und über eine Diät nachdenken, mein lieber Mann. Du hast in den letzten zwei, drei Jahren ganz schön zugelegt.« Ihr Lächeln wirkte aufgesetzt.

»Das ist eine optische Täuschung«, wehrte ich mich. »Die Hose ist viel zu groß für meinen schmächtigen Körper.«

Seltsamerweise nickte sie. »Stimmt schon, was du da sagst, ein bisschen Reserve habe ich an der Taille vorsichtshalber gleich mit einkalkuliert. Sonst brauchst du an Weihnachten gleich wieder einen neuen Anzug.«

Ich schluckte erschrocken. »Weihnachten?«, stotterte ich. »Was ist an Weihnachten? Wozu brauche ich da einen Anzug?«

Ich bekam keine Antwort. So gut es in meiner Verkleidung ging, setzte ich mich auf die Couch und las Zeitung, während sich Stefanie im Bad fertig machte. Meine Schwiegermutter, die sich um unseren Nachwuchs kümmerte, lachte jedes Mal, wenn sie durchs Wohnzimmer lief und mich sah.

Eine gute Stunde später klingelte es an der Tür. Ich blickte zum letzten Mal drohend zu meinem Sohn Paul, wohlwissend, dass es nichts brachte und er längst irgendwelche verrückten Pläne geschmiedet hatte, die ich morgen wieder aus der Welt schaffen musste.

Im gleichen Moment, als ich die Eingangstür öffnete, flutete ein dermaßen übler Gestank den Flur, dass ich im

Reflex die Gefahrenabwehr anrufen wollte. Nachdem sich meine Nase temporär in die ewigen Jagdgründe verabschiedet hatte, erkannte ich KPD. Hochglanzpoliert stand er da und zeigte mir die Goldkronen auf seinen Weisheitszähnen.

Obwohl er Zivil trug, hatte er sich Dutzende Orden ans Jackett geheftet. Er scannte mich herablassend und seufzte. »Sind Sie fertig oder ziehen Sie sich noch um?«, fragte er zur Begrüßung. Wenn das Stefanie gehört hätte!

Diese kam jetzt hinzu und musste erst einmal einen Hustenanfall überstehen. Ich bekam große Augen. Nicht wegen ihres Anfalls, sondern wegen ihres Kleides. Sie sah wundervoll aus.

»Hallo, Herr Diefenbach«, begrüßte sie meinen Chef. »Toll sehen Sie aus.«

Mich konnte sie damit nicht eifersüchtig machen, da ich wusste, dass sie dies ironisch meinte. Für KPD war Ironie ein Fremdwort.

»Guten Tag, Frau Palzki«, sülzte er zurück. »Es freut mich, dass Sie Geschmack haben. Das ist ein Maßanzug, den man sich nur als Dienststellenleiter leisten kann.«

Nach einer kurzen Verabschiedung gingen wir mit KPD nach draußen. Zum Glück waren meine gefürchteten Nachbarn, die Ackermanns, nirgends zu sehen.

Auf der Straße parkte eine Luxuskarosse: KPDs neuer Dienstwagen. Sein vorheriger war fast ein Jahr alt, wie er kürzlich erzählte. Dieses war natürlich eines Chefs unwürdig. Da der Schwarzgeldetat unserer Dienststelle wohlgefüllt war, hatte er sich unverzüglich einen neuen bestellt. Seitdem belegte er im Hof hinter unserer Dienststelle gleich drei Parkplätze, damit sich niemand neben sein Prachtstück stellen und es beschädigen konnte.

Er öffnete die Tür des Fonds. Warum hatte er keinen Chauffeur?, sinnierte ich, während er ins Wageninnere zeigte und gleichzeitig Stefanie ansprach. »Sie kennen bereits meine Gattin, Frau Palzki. Ihr Kleid ist übrigens von …«, er sprach ein paar französisch klingende Wörter, die wie ein sündhaft teures Modelabel klangen, »… fast so exklusiv wie mein Maßanzug.«

Meine Frau stieg kommentarlos ein und begrüßte Frau Diefenbach, die wie immer mit mehreren Kilogramm Schmuck behängt war. Wenn sie lief, hatte sie deshalb einen leicht gebeugten Gang.

KPD ließ sich geistig herab und öffnete für mich die Beifahrertür. Besorgt schaute er auf den Boden. »Ihre Schuhe sind doch sauber, oder?«

Wenn ich dies vorher gewusst hätte, hätte ich den Hundehaufen, der gestern an dieser Stelle auf dem Gehweg lag und für den sich natürlich keiner der vielen täglich vorbeilaufenden Hundefreunde verantwortlich zeigte, liegen gelassen. Mit einem bisschen Glück hätte der Geruch den Gestank von KPDs Parfüm überdecken können.

»Bitte achten Sie darauf, dass das Armaturenbrett keine Fingerabdrücke bekommt, das sieht immer gleich so unsauber aus.«

Er schloss die Beifahrertür eigenhändig, ging um den Wagen herum und stieg ein. Um das großzügige Fahrzeuginnere zu demonstrieren, streckte er sich auffällig.

Der Fahrstil meines Vorgesetzten war gewöhnungsbedürftig. Aus Gründen der allgemeinen Verkehrssicherheit wäre es besser, regelmäßig den öffentlichen Verkehr auszuschließen, wenn KPD fuhr. Zum Glück waren heute seine Verkehrsgegner allesamt reaktionsstarke Autofahrer, die rechtzeitig ausweichen konnten.

Da zwei Frauen im Auto saßen, hielt er sich mit Flüchen über die seiner Meinung nach inkompetenten Autofahrer sehr zurück.

»Na, was sagen Sie zu meinem Navi, Herr Palzki?«

Ich blickte auf das Gerät, dessen Bildschirm so groß war wie die Computermonitore in Melanies und Pauls Kinderzimmer. Erst als ich die Stimme des Navis hörte, verstand ich seine Frage.

Mein Chef beantwortete sie selbst. »Meine eigene Stimme, ich habe die Texte selbst eingesprochen. Ein bisschen Autorität tut auch einem Navi gut.«

# KAPITEL 2
# DIE NIBELUNGENFESTSPIELE IN WORMS

Nach einer halben Stunde erreichten wir ohne nennenswerte Ereignisse Worms.

Da wir sehr früh waren, hielt sich der Festivalverkehr in Grenzen. KPD steuerte zielsicher einen VIP-Parkplatz an, der sich in unmittelbarer Nähe des Doms befand.

»Ich habe mir extra einen Busparkplatz reservieren lassen, damit der hochglanzpolierte Lack nicht beschädigt wird.«

Einparkprobleme waren damit weitgehend ausgeschlossen.

Es war einige Jahre her, seit ich das letzte Mal in Worms war. Zumindest an den Dom konnte ich mich erinnern, den gab es damals bereits. KPD zeigte neben den Dom.

»Auf der anderen Seite hat man das Freilichttheater im Heylshofpark aufgebaut. Ich bin jedes Jahr ergriffen, wenn ich darin Platz nehme. Natürlich immer auf den besten Rängen«, fügte er angeberisch hinzu. »Lassen Sie uns zunächst eine Kleinigkeit essen. Ich habe uns einen Tisch bei *Essen im Park* reservieren lassen.«

Diese Pein war mir bekannt. KPD hatte es mir während der Woche angedroht.

»Ich und meine Frau haben Sie deswegen so früh abgeholt, weil wir vorher auf dem Parkgelände dinieren wollen. Dies ist ein idealer Treffpunkt, um wichtige Personen kennenzulernen und Kontakte zu knüpfen. Am liebsten wäre mir, wenn Sie sich in dieser Zeit etwas zurückhalten, Sie reagieren ja öfters mal zu impulsiv.« Während ich eine ärgerliche Miene aufzog, legte er eins drauf. »Ich habe selbstverständlich auf Sie Rücksicht genommen und nur Speisen vorbestellt, die man mit normalem Besteck zu sich nehmen kann. Ich will mich schließlich nicht in der Öffentlichkeit blamieren.«

Das Essen, oder Dinner, wie KPD sich ausgedrückt hatte, machte keinen Spaß. Mir nicht, weil es bloß undefinierbares Zeug gab, uns allen nicht, weil mein Chef ständig von seinem Stuhl aufsprang und abartig laut irgendwelche mir unbekannten Vielleicht-Promis begrüßte. Seine Frau, die ihren Mann zur Genüge kannte, aß in sich gekehrt den nicht gerade üppig gefüllten Teller leer. Stefanie machte mir sogar ein Kompliment. »Da bin ich richtig froh, dass ich dich geheiratet habe und nicht einen Promi, wie es mir meine Mutter immer geraten hat.«

Ich revanchierte mich und flüsterte ihr zu: »Und ich bin froh, dass ich dich geheiratet habe und nicht solch ein Duckmäuschen wie Frau Diefenbach.«

Ja, auch ich konnte manchmal den richtigen Ton treffen, ohne in ein Fettnäpfchen zu treten. Stefanie strahlte mich an. Ich gab einen kleinen Scherz als Zugabe. »Obwohl so ein Schweigegelübde bei Frauen gar nicht so verkehrt ist.« Ihr fiel der Kinnladen hinunter und ich ergänzte schnell: »Das sollte nur ein Witz sein! Natürlich sollen Frauen reden dürfen, wenn sie etwas gefragt werden.« Ich grinste breit in der Hoffnung, dass Stefanie es tatsächlich als Witz auffasste. Irgendwo hatte ich mal den dummschlauen Spruch gelesen: »Kommunikation ist generell ein einziges Missverständnis« oder jedenfalls so ungefähr.

»Bei dir weiß man nie«, antwortete Stefanie. »Seit wann isst du Bratheringe?« Sie zeigte auf meinen Teller.

»Was? Das sind Bratheringe?« Übelkeit stieg in mir hoch. Bratheringe waren mir genauso zuwider wie Rosenkohl und Rote Bete. Ich stand auf, um zur Toilette zu rennen.

»War nur ein Witz«, sagte Stefanie. »Auch ich kann auf deine Art lustig sein.«

»Das war nicht lustig«, meuterte ich, während ich mich wieder setzte. Im gleichen Moment klopfte mir jemand mit voller Wucht auf den Rücken. Der letzte Bissen Brathering, oder was immer es war, flog zum Nachbartisch.

»Herr Palzki«, flötete KPD, »stehen Sie mal auf. Ich muss Ihnen Frau Fou vorstellen.«

Ich sah eine komplett in Lila gekleidete Frau. Vermutlich sollte es ein Kleid sein, für eine weniger modeaffine Person wie mich sah es aus, als hätte sie sich in eine 50 Meter lange Stoffbahn eingewickelt. »Das ist mein Untergebener Reiner Palzki, der mir bei den Ermittlungen zu dem Imbissräuber ein wenig assistierte.«

Die Stoffbahnen fingen an, sich zu bewegen, als wäre darunter ein Taubenschlag verborgen. Schließlich schnellte in der Nähe des Bauchnabels eine Hand hervor.

»Angenehm, Herr Palzki. Mein Name ist Rosa Fou. Ich habe die Aufgabe, Sie durch das Theater und die nähere Umgebung zu führen. Sind Sie mit dem Essen fertig? Hat es geschmeckt?«

Im Reflex nickte ich. Stefanie hatte ihren vegetarischen Teller leer, Frau Diefenbach ebenso, nur der von KPD war fast unberührt.

»Das ist klasse«, entgegnete ich dem lilafarbenen Tuchindividuum, »ein wenig die Beine vertreten, ist sicherlich nicht so verkehrt. Wer weiß, wie lange wir nachher sitzen müssen.«

»Müssen?«, fragte sie überrascht.

KPD klärte sie auf. »Herr Palzki ist für seine wenig spaßigen Witze bekannt. Selbstverständlich freut er sich, mit mir in der ersten Reihe sitzen zu dürfen.«

Stefanie und Frau Diefenbach waren ebenfalls aufgestanden und begrüßten Rosa Fou.

Die Stoffbahn setzte sich in Bewegung. Mit einem letzten Blick auf den Gastronomiebereich sah ich am Nachbartisch einen Kellner, der den Tisch säuberte. »Das passiert zum Glück nur ganz selten, dass ein Vogel gerade hier etwas fallen lässt«, sagte er zu der Tischrunde.

Das Freilufttheater war nur wenige Schritte entfernt. Bei der Kartenkontrolle konnte es sich KPD nicht verkneifen, den Kontrolleur darauf hinzuweisen, dass er in der ersten Reihe einen Platz hatte. Die lila Rosa führte uns in den Innenbereich. Wenn man bedenkt, dass das Theater nur für kurze Zeit aufgebaut wurde, sah es gewaltig aus. Fou spulte zahlreiche Daten herunter, die ich mir nicht merkte. Die konnte ich, falls ich doch noch Interesse an dem Ganzen finden sollte, in dem Flyer nachlesen, den mir KPD diese Woche aufgedrängt hatte.

Da erst in einer Stunde der offizielle Einlass begann, war es in dem Theater fast menschenleer. Rosa Fou führte uns auf die Bühne, wo mehrere Arbeiter dabei waren, die Aufbauten und die Dekoration auszurichten. Ein paar Lichttechniker testeten die Bühnenbeleuchtung.

»Führungen hinter den Kulissen gibt es normalerweise nur um 11 Uhr«, sagte Fou. »Für Sie wurde eine Ausnahme gemacht.«

KPD platzte beinahe vor Stolz.

»Das wird ganz schön warm auf der Bühne, wenn die Scheinwerfer eingeschaltet sind«, sagte ich, um einen kommunikativen Beitrag zu leisten.

Fou lächelte und zog nach einem wilden Gefuchtel einen Arm hervor und zeigte nach oben. »Und dabei sind nur ein paar Scheinwerfer eingeschaltet. Die Schauspieler haben einen Schwerstjob. Ich möchte nicht mit ihnen tauschen.«

Stefanie schaute hinter die bunt angemalten Aufbauten. »So habe ich mir das gedacht. Hinten sieht man nur Sperrholz und Latten.«

»Alles Illusion«, sagte Fou und grinste.

»Genau wie die Sache mit den Nibelungen«, ergänzte ich. »Alles Show um ein paar Typen, die es niemals gab.«

Während Fou mich mit offenem Mund anstarrte, knallte sich KPD mit der flachen Hand an die Stirn. »Palzki, haben Sie vergessen, was ich Ihnen diese Woche lang und breit erklärt habe?«

Er schaute zu Fou. »Sie müssen meinen Untergebenen entschuldigen. Bereits während der Ausbildung durfte er keine Pause machen, weil man danach wieder von vorn anfangen musste.«

Mein Vorgesetzter krallte sich an meinem Oberarm fest. »Die Burgunder waren ein Herrschergeschlecht, das in Worms beheimatet war. Das ist wissenschaftlich bewiesen. Was das Nibelungenlied und die Nibelungensage angeht, muss ich gestehen, dass es recht freie Erzählungen sind, die sich im Laufe der Jahre nach dem Prinzip der stillen Post immer wieder verändert haben. Die Nibelungenforschung befasst sich aber primär mit den uralten Dokumenten, in denen die Geschichte der Nibelungen und der Burgunder noch einigermaßen unverfälscht wiedergegeben wurden.«

»Drache, Siegfried, Unverwundbarkeit?«, fragte ich schelmisch grinsend zurück, da mir ein paar Stichworte aus KPDs Vorträgen im Gedächtnis hängen geblieben waren.

»Palzki, ich bitte Sie! Meine Schwiegermutter ist auch ein Drachen. Legen Sie nicht alles auf die Goldwaage.«

Ich stellte mir vor, wie Siegfried mit KPDs Schwiegermutter kämpfte.

Mein Chef sprach weiter. »Daher geht die Forschung davon aus, dass es den sagenhaften Goldschatz tatsächlich gibt. Leider ist die einzige vorhandene Ortsbeschreibung zu vage, um den Ort eindeutig zuordnen zu können. Wenn man wenigstens einen der Zwerge fassen würde, die den Schatz bewachen.«

»Zwerge?«

»Habe ich Ihnen doch alles erklärt. Haben Sie nicht richtig zugehört? Als Dank für die Bewachung des Schatzes sind die Zwerge unsterblich.«

Ich vermutete, dass KPD an diesen Schwachsinn tatsächlich glaubte. Aber jeder so, wie er wollte. Schließlich gab es genügend Menschen, die sich mit Esoterik wie Kartenlegen, Astrologie und so weiter beschäftigten und fest daran glaubten. Erst kürzlich hatte ich einen Bericht gelesen, dass in Naturkostläden manche Biosäfte mit einem durchgestrichenen Barcode angeboten werden. Irgendein kranker Spinner hatte die These in die Welt gesetzt, dass der Barcode sich negativ auf den flüssigen Inhalt überträgt und diesen geschmacklich verändert. Da die Menge der Käufer, die das glaubten, so groß wurde, haben die Getränkehersteller reagiert und bereits im Druck der Verpackungen den Barcode mit einem Querstrich neutralisiert. Wenn die parallelen Striche miteinander verbunden sind, soll der Code keine negativen Auswirkungen auf das Getränk haben.

Daher war ich fest der Meinung, dass es nicht wenige Mitmenschen gab, die an die Nibelungensage und den Schatz glaubten.

Frau Fou versuchte, die Situation zu retten, und referierte über das Thema Nibelungen. Stefanie zeigte sich interessiert und stellte Zwischenfragen. KPD druckste ein wenig herum und gab dann Ruhe. Seine Gattin hatte die letzten Worte beim Essen gesagt und das war ein einfaches »Guten Appetit« gewesen.

Unsere lilafarbene Führerin ging mit uns hinter die Kulissen. Dieser Bereich war erstaunlich klein und kein bisschen festlich geschmückt. Nach einer schmalen Tür standen wir auf einem Freigelände, das mit mehreren Wohnwagen umsäumt war. Halb verkleidete Schauspieler und Dutzende Komparsen standen und saßen herum und warteten auf ihren Einsatz. Durch ein Tor, das von Sicherheitskräften bewacht wurde, verließen wir das Festivalgelände.

»Lassen Sie uns jetzt durch den Park gehen«, schlug Rosa Fou vor. Ich schaute auf die Uhr. Zeit hatten wir genug, auch wenn ich mich viel lieber mit einem kühlen Bier an die Bar zurückgezogen hätte. Fou erklärte uns diverse Denkmäler, die sich in der Nähe des Domes befanden. Einmal erwähnte sie Martin Luther, der seinerzeit in Worms weilte. Meine Frage, ob dieser Luther auch ein Nibelunge oder Burgunder war, brachte sie nur kurz aus dem Konzept.

KPD protzte mit seinem Achtelwissen und unterbrach Rosa Fou ständig. Ich nahm Stefanie in den Arm und folgte den beiden Oberschlauen mit gebührendem Abstand. KPDs Frau war ständig irgendwo in der Nähe, man hörte sie allerdings nie und oft genug war sie aus unserem Blickfeld verschwunden. Ihr Leben musste trotz relativem Reichtum furchtbar sein.

Das, was sich in den nächsten Sekunden abspielte, sollte weitreichende Folgen nicht nur für diesen Abend haben.

Mit herausgestreckter Brust zeigte KPD auf irgendein altes Schild, das in einer grob behauenen Sandsteinmauer eingelassen war.

»Wissen Sie, warum man diesen Hinweis angebracht hat, Frau Fou?«

Zu einer Antwort kam es nicht mehr. Stefanie und ich, die einige Meter zurücklagen, sahen eine Frau, die sich seltsam verbogen auf der Mauerkrone aufrichtete. Dass es sich bei dem langen Stab, der aus ihrer Brust ragte, um einen Speer handelte, erkannte ich erst später. Gebannt starrten wir auf die blutige Fontäne, die mit hohem Druck aus der Frau spritzte, während sie von der Mauer stürzte und dabei laut schrie.

KPD bemerkte die tödlich Getroffene erst, als sie mit ihrem Körper direkt in seinem Gesicht landete und ihn mit zu Boden riss. Aufgrund des Speeres kam sie in Seitenlage quer auf seinem Oberkörper zur vorletzten Ruhe.

Stefanie schlug sich vor Schrecken die Hand vor den Mund, Fou rannte panisch davon. KPDs Frau stand teilnahmslos neben Stefanie und mir und machte keine Anstalten, ihrem Gatten zu helfen.

Die Szene, die sich uns bot, war grotesk: KPD lag im Dreck, war aber trotz des Sturzes bei Bewusstsein. Auf ihm lag die Frau in einem Theaterkostüm. Der Speer führte haarscharf neben KPDs Ohr entlang und hatte das Opfer nach meiner ersten Vermutung direkt ins Herz getroffen. Die ungeheure Blutmenge, die nach wie vor pulsierend wie ein Geysir aus ihrem Körper sprudelte und den akkurat gestylten Dienststellenleiter in ein unappetitlich rotes Etwas verwandelte, hätte man auf der Bühne während der Vorstellung nicht authentischer hinbekommen. Für mich war sofort klar, dass es sich keinesfalls um Theaterblut handelte. Seit meinen Ermittlungen im Haßlocher Holiday Park wusste ich, dass die Auswirkungen eines Schusses oder etwas Ähnlichem, das direkt ins Herz eindrang, von der Situation des Herzes abhängig waren. War es blutleer, konnte das Opfer durchaus einige Zeit überleben. War das Herz dagegen blutgefüllt, explodierte es ähnlich wie ein aufgeblasener Luftballon, nur mit wesentlich unangenehmeren Folgen für den Ge-, beziehungsweise Betroffenen.

KPD hatte mehrere Schreckmomente überwunden.

»Hilfe!«, schrie er. »Was ist los? Ich bin blind.« Er versuchte, seine Arme hochzunehmen, was wegen des Eigengewichts des Opfers fehlschlug.

Auch wenn es nur mein Chef war, ich musste helfen. »Stefanie, bitte drängle die Gaffer zurück, bis die Security kommt.« In der Ferne sah ich, wie zwei Uniformierte angerannt kamen.

Das pulsierende Blut bekam weniger Nachschub, die Quelle begann zu versiegen. Ihr konnte der beste Notarzt nicht mehr helfen. Mir blieb nichts anderes übrig, als KPD von der Last der Toten zu befreien. Zuerst wollte ich die Frau mit dem nur wenig blutverspritzten Speerende von KPD weghebeln, doch damit hätte ich die Wunde des Opfers erweitert. Mit bloßen Händen zog ich die Frau an ihren Füßen über meinen Chef hinweg zur Seite. In diesem Moment öffnete die Frau ihren Mund und stieß ein paar Laute hervor. Offensichtlich wollte sie mir etwas sagen. Ich kniete mich neben sie und vernahm ein undeutliches »Otincheim« oder so ähnlich. Ein letztes kurzes Aufbäumen und dann hatte sie ihren persönlichen Showdown überstanden.

Auf dem Boden hatte sich eine beträchtliche Lache gebildet. Die beiden Security-Leute standen mit debilem Gesichtsausdruck da und gafften genauso wie die anderen Passanten.

»Könnt ihr mal mit anpacken und vorher die Leute wegschicken?«, brüllte ich sie an. »Ich bin Polizeibeamter«, ergänzte ich.

Nur zögerlich kam Bewegung in die beiden, während mir von KPDs Bauch ein Rinnsal Blut in den Schuh lief.

Nachdem ich meinen Chef von der Last befreit hatte, konnte er seine Arme frei bewegen. Wild fuchtelte er herum und verschmierte damit den Rest meines neuen Anzugs. KPDs Blindheit, die vor allem durch die mit Blut vollgelaufenen Augenhöhlen bedingt war, verbesserte sich in einen trübnebligen Blick. Mein Chef hatte kapiert, dass er lebte und keineswegs dauerhaft erblindet war. So gut es ging, versuchte er, sich im Liegen einen visuellen Überblick zu verschaffen. Für mich war die Arbeit zunächst getan, ich trat ein paar Schritte zurück. Die Tote und KPD sahen aus wie Zombies.

Als KPD die Tote zum ersten Mal bewusst wahrnahm, setzte er sich in Panik geraten sprunghaft auf und übergab sich schwungvoll auf seine eigenen Beine.

Uniformierte Polizisten kamen angerannt und wussten selbst nicht, wie sie reagieren sollten. So etwas hatten sie außerhalb eines Fernsehers oder Kinos noch nicht gesehen.

Ich ging auf einen Beamten zu, der sofort zurückwich und an seine Dienstwaffe griff. »Palzki ist mein Name, ich bin ein Kollege. Der dicke Mann«, diese Gemeinheit konnte ich mir nicht verkneifen, »ist Klaus Diefenbach, der Dienststellenleiter der Schifferstadter Kriminalinspektion. Die Frau ist mir unbekannt. Sie stürzte von dieser Mauer.« Ich zeigte auf den Absprungort.

Ich gestand den Kollegen ein paar Nachdenksekunden zu.

»Und was haben Sie hier gemacht?«, fragte einer der Polizisten. Im Hintergrund sah ich, wie KPD schwerfällig aufstand. Größere Verletzungen schien er nicht zu haben.

»Gelaufen«, antwortete ich auf die hirnrissige Frage, die sofort eine hirnrissigere nachzog.

»Und was wollte die Frau?«

»Das ist eine gute Frage. Fragen Sie sie doch.«

»Die ist tot«, antwortete sein Kollege.

»Tut mir leid«, entgegnete ich und sah ihn ernst an. »Wenn ich Ihnen einen Tipp geben darf: Sperren Sie den Tatort ab, telefonieren Sie nach ein paar fähigen Beamten und versuchen Sie herauszufinden, woher der Speer kam, der in der Frau steckt. Das dürfte aller Wahrscheinlichkeit nach die Tatwaffe …«

»Ich sehe aus wie ein Depp!«

KPDs Ausruf unterbrach unsere Diskussion.

»Wer ist für dieses Attentat auf mich verantwortlich?«, schrie er wie ein Verrückter und sah genauso aus. Zahlreiche Gaffer machten mit ihren Handys Fotos. »Mich, ausgerechnet mich, so zu brüskieren! Palzki! Wo bleiben Sie denn, nehmen Sie die Terroristen fest.«

»Schock«, erklärte ich den Uniformierten. »Ansonsten ist er mein Vorgesetzter. Können Sie ihn irgendwie ruhigstellen? Am besten für immer«, ergänzte ich und schaute mich nach Stefanie um.

Zögernd kam sie näher. »Alles in Ordnung mit dir?«, fragte sie. »Ich glaube, ich habe den Speer fliegen gesehen.«

»Was hast du?« Ich drehte mich zu den Wormser Kollegen. »Das ist meine Frau. Zusammen mit meinem Chef und dessen Frau wollen wir das Festival besuchen. Als das passierte, machten wir eine Führung durch die Umgebung. Rosa Fou heißt unsere Führerin, ich kann sie im Moment nicht sehen.«

»Sie waren mit Lila Wahnsinn unterwegs?« Ein jüngerer Kollege lachte und wurde sofort von einem älteren unterbrochen. »Darum kümmern wir uns später. Was war mit dem Speer?« Diese Frage galt Stefanie.

Meine Frau deutete auf die Mauer. »Unmittelbar bevor die Frau sprang, sah ich einen schnell bewegten Schatten von der anderen Seite auf die Mauer zukommen. Das könnte der Speer gewesen sein. Ein Vogel wäre eine andere Möglichkeit.«

Was Stefanie sagte, kam mir unglaubwürdig vor. Ich musste für Klarheit sorgen.

»Stefanie, woher willst du wissen, was hinter der Mauer passiert ist? Dort kannst du unmöglich einen Schatten gesehen haben.«

Meine Frau rollte mit den Augen. »Schau doch selbst. Wir waren gut zehn Meter hinter Herrn Diefenbach. Der Weg verläuft leicht abschüssig.« Sie wollte mich am Oberarm packen und zu der Stelle bringen, überlegte es sich aber wegen der vielen Blutspritzer anders. »Komm mal mit.« Zusammen mit drei Beamten folgte ich ihr. Im Hintergrund tobte KPD wie Louis de Funes in seinen Glanzzeiten vor anderen Polizeibeamten, die inzwischen eingetroffen waren. Hoffentlich steckten sie ihn in eine Gummizelle.

Stefanie hatte recht. Man konnte zumindest teilweise über die Mauer schauen. Außer Bäume und Büsche gab es nichts Interessantes zu sehen. Vielleicht war das Opfer auf der Flucht gewesen. Beim Überwinden der Mauer hatte sie sich auf der Mauerkrone kurz nach dem Verfolger umgesehen, was der Frau zum Verhängnis wurde. Die Wormser Kollegen mussten eine ähnliche These entwickelt haben. Sofort machten sie sich daran, das entsprechende Terrain abzusperren.

Stefanie ging auf KPDs Frau zu, die teilnahmslos zwischen den Passanten stand.

Ich blieb allein zurück und sah aus wie ein, nein, lassen wir das. Mein blutbespritzter Anzug und die rot gefärbten Hände veranlassten einen Sanitäter, mich anzusprechen. »Kann ich Ihnen helfen, sind Sie verletzt?«

Als psychologisch hochgeschulter Beamter wusste ich, dass ein Ausrasten, wie es mein Chef nach wie vor zelebrierte, wenig zielführend war. Weder die anwesenden Polizisten noch die Sanitäter waren für diese Tat verantwortlich. »Mir ist nichts passiert«, erklärte ich ihm. »Ich war zufällig Zeuge und wollte helfen. Leider war die Frau sofort tot. Haben Sie vielleicht etwas, womit ich mich säubern kann?«

Er nickte. »Kommen Sie mal mit.«

Fünf Minuten später trug ich einen Einwegoverall, der sehr viel bequemer als mein Anzug war. Mein Gesicht und die Hände waren grundgereinigt und so viren- und bakterienfrei wie noch nie.

Typisch war Stefanies erste Frage, als sie mich in meinem neuen Outfit sah. »Wo hast du deinen Anzug gelassen?«

»Nächstes Jahr kaufen wir uns einen neuen, okay?«

KPD, dem das psychologische Gespür und vor allem die Sozialkompetenz gegenüber seinen Mitmenschen fehlten, wurde weniger zuvorkommend behandelt. Inzwischen hatte er sich zwar beruhigt, sah aber immer noch aus wie ein Depp.

Während die Spurensicherung ihrer Arbeit nachging, stolzierte er zwischen den Beamten herum. Der Haupttatort befand sich auf der anderen Seite der Mauer, dort war längst alles hermetisch abgesperrt. Auf unserer Seite hatte man wegen der zahlreichen Zaungäste eine Art Partyzelt aufgebaut und über die tote Frau gestellt. Ich verzichtete darauf, einen weiteren Blick auf das Blutbad zu werfen.

»Palzki! Da sind Sie ja endlich! Wo waren Sie die ganze Zeit?« KPD stutzte. »Wie sehen Sie denn aus?« Er verglich sein Aussehen mit meinem. »Wo haben Sie das her? Warum habe ich nichts bekommen?« Er begann die nächste Tob-Runde. Zwei Spurensicherer grinsten gemein vor sich hin und der Notarzt, der eben aus dem Zelt herauskam, schüttelte mit Blick auf meinen Chef angewidert den Kopf.

KPD schnappte sich einen der Spurensicherer, die ebenfalls Overalls trugen. »Ich will auch so einen, aber schnell.«

Man merkte unzweifelhaft, dass Worms außerhalb des Autoritätsgebietes des Schifferstadter Dienststellenleiters lag.

»Wir haben keine mehr.«

KPD bekam eine Maulsperre. Zusammen mit dem angetrockneten Blut, das zwei Drittel seines Kopfes bedeckte, sah er aus wie die größte und realistischste Attraktion einer Geisterbahn.

Das kam davon, wenn man es sich mit seinen Mitmenschen verscherzte. Als der Sanitäter, der mich versorgte, den Overall bei den Spurensicherern besorgte, sah ich, dass diese einen ganzen Karton davon besaßen.

Für KPD war ich die einzige Bezugsperson, die ihn scheinbar ernst nahm. »Herr Palzki, die Wormser Kripo weigert sich, mit mir zusammenzuarbeiten. Sie geben mir keinerlei Information zum Tathergang. Ich werde mich beim Innenminister persönlich beschweren.« Er zog sein Smartphone aus der Brusttasche. Ein Riss zog sich über das Display. »Haben Sie ein Smart…«, begann er und brach sofort wieder ab. »Ach, was frag ich da überhaupt. Sagen Sie Ihrer Frau, dass Sie in Schifferstadt anrufen soll, damit die mit einem Transporter kommen.«

»Bitte«, sagte ich.

Er stutzte. »Ja, ja, machen Sie schon.«

Meinen Hinweis in Sachen Höflichkeit hatte er nicht verstanden. Kürzlich hatte ich bei einer Imbissbude ein Preisschild gesehen, auf dem Folgendes stand: »Bratwurst: 3 Euro, eine Bratwurst, bitte: 2 Euro«.

Der Tag war für uns gelaufen. Der Schifferstadter Polizeitransporter kam mit ziemlicher Verspätung, was KPD zusätzlich verärgerte. Seinen nächsten Tobsuchtsanfall bekam er, als klar wurde, dass die Schutzpolizei keine Einwegoveralls dabeihatte und sich weigerte, KPD in seinem Zustand mitzunehmen.

»Des Bussche kriege mer nimehr sauwer«, beschied ihm einer seiner eigenen Untergebenen. KPD drohte mit Konsequenzen übelster und juristisch nicht haltbarer Art, doch es nutzte nichts. Der Beamte, den ich nicht mal vom Sehen her kannte, hatte richtig Eier in den Hosen, wie man heutzutage zu sagen pflegte. Jedenfalls war dies seit Wochen der Lieblingsspruch meines neunjährigen Sohnes Paul.

Irgendwann klappte es mit der Heimfahrt. Die Aufführung des Nibelungenstückes wurde an diesem Tag ausgesetzt.

# KAPITEL 3
# ZURÜCK IN DER GEGENWART

KPD tobte. Das war nicht ungewöhnlich, nur der Zeitpunkt war es. Die ersten beiden Stunden der montäglichen Lagebesprechung nutzte er üblicherweise zur Beweihräucherung in eigener Sache. Davon war heute nichts zu spüren.

Versehentlich war ich pünktlich auf der Dienststelle erschienen. So richtig versehentlich war es nicht, nennen wir es korrekterweise Selbstschutz. Meine Frau Stefanie hatte vorhin beschlossen, und das ohne Vorwarnung, dass es ab sofort dreimal wöchentlich Vollkornbrot zum Frühstück geben sollte. Daraufhin spielte sich im Hause Palzki eine ungewöhnliche Szene ab. Leider war sie in Stefanies Augen unglaubhaft.

»Ihr wollt mir doch nicht erzählen, dass ihr alle drei gleichzeitig Bauchweh bekommen habt?« Sie schaute unsere beiden großen Kinder und mich fassungslos an. Dumm gelaufen, das war Reflex, dachte ich. Paul und Melanie hatten den gleichen Einfall wie ich.

Sie knallte wütend den Packen Vollkornbrot in den Korb, sodass es richtig krachte. »Zur Strafe geht ihr heute ohne Frühstück zur Schule und zur Arbeit.«

Wir akzeptierten die Strafe ohne Verhandlungen. Man muss auch mal andere gewinnen lassen.

Kurze Zeit später kam Paul mit geschultertem Rucksack schmatzend aus meinem Arbeitszimmer, um sich zu verabschieden. »Ich war kurz an deinem Rollcontainer, Daddy«, sagte er.

Seufzend schaute ich in meinem Geheimversteck nach: geplündert bis zum letzten Schokoriegel.

Um keine anstrengende Ernährungsdiskussion mit meiner Frau loszutreten, verabschiedete ich mich zu ungewohnt früher Zeit ins Büro. »Ich muss los, heute gibt's viel zu tun.«

KPD tobte, so weit waren wir bereits.

»Stellen Sie sich das mal vor!«, begann er und sein Gesicht war dabei so rot wie vor ein paar Wochen in Worms. »Der Maulwurf ist immer noch an unserer Dienststelle! Meine Untergebenen, die Integrität der Schifferstadter Kriminalinspektion ist gefährdet. Das kann negative Auswirkungen auf meinen Ruf als guter Chef haben. Wenn das der einfache Bürger auf der Straße erfährt! Ich kann mich nirgendwo mehr blicken lassen. Wir müssen diesen Maulwurf endlich fassen.«

Ich muss zugeben, dass ich, vielleicht auch mangels Frühstück, nur beiläufig zugehört hatte. Bereits bei den Ermittlungen in Sachen Wurstmarkt vor wenigen Wochen vermutete KPD bei uns einen Maulwurf. Da ich mit gut gemeinten Ratschlägen immer schnell bei der Sache war, unterbrach ich unseren Chef: »Wenn wir den Rest des Hofes ebenfalls zubetonieren, haut der Maulwurf ab. Außerdem haben Sie mehr Parkmöglichkeiten für Ihren neuen Dienstwagen.«

Ich wunderte mich über die Stille, die nach wenigen Sekunden durch orkanartiges Gelächter verdrängt wurde.

KPD war schnell wieder Herr der Lage. »Zum Glück sind in den letzten Jahren die Anforderungen für den

Einstieg in den Polizeidienst verschärft worden. Vor 20 Jahren konnten selbst Delfine und Blauwale den Aufnahmetest bei der Polizei bestehen.«

Dies ging eindeutig in meine Richtung. »Und Maulwürfe«, schrie ich dreist mitten in KPDs Brandrede.

Dieses Mal unterblieb das Gegröle der Kollegen. Alle warteten ab, mit welchen Konsequenzen KPD meine Bemerkung belegen würde.

»Sobald ich den Maulwurf an dieser Dienststelle gefasst und wieder mehr Zeit habe, werde ich für meine Untergebenen individuelle Stellenbeschreibungen erstellen, die dem jeweiligen Intellekt angepasst sind. Ich suche schon länger nach einem geeigneten Beamten, der mir morgens die Bleistifte spitzt, den Klammerapparat auffüllt und den Locher leert.«

Ich grinste aufgrund seiner Drohungen, da ich wesentlich Schlimmeres erwartet hatte. Bis mein Chef seinen angeblichen Maulwurf gefunden hatte, würde viel Zeit ins Land gehen. Vielleicht könnte ich ein paar falsche Spuren legen?

KPD klopfte auf den Tisch, um für Ruhe zu sorgen. »Ich werde die nächste Zeit vermehrt im Außendienst sein und Sie, meine Untergebenen, genau beobachten. Es wird nicht lange dauern, bis ich mir und Ihnen unseren Maulwurf präsentiere, der versucht, die Ordnung an dieser, von mir exzellent geführten Dienststelle, zu untergraben. Die Besprechung ist hiermit aufgehoben. Herr Palzki, Sie bleiben einen Moment da.«

Dieses Mal wird er mir keine Theaterkarten anbieten, dachte ich.

Es dauerte sehr lange, bis der Sozialraum leer war, da sich viele Kollegen auffällig lang herumdrückten, um etwas von der zu erwarteten Attacke von KPD auf mich in Erfahrung zu bringen.

Wider Erwarten ging KPD auf mein Verhalten nicht ein.

»Sie fahren nachher zur Kriminalinspektion Worms, Kommissariat 1, Sie werden erwartet.«

»Und warum?« Ein bisschen Detailwissen war nie verkehrt.

KPD wirkte verärgert. »Es geht um diese dumme Sache vor ein paar Wochen in Worms, Sie wissen schon. Man will Sie erneut als Zeuge vernehmen.«

Mir war klar, warum er das Thema nicht größer als nötig ansprach. Der Abend war für ihn eine persönliche Niederlage. Seiner Meinung nach hatte das Opfer ihn mit voller Absicht angesprungen, um ihn bloßzustellen, dann verweigerten die Wormser Beamten eine Zusammenarbeit und am Ende wurde er sogar von seinen eigenen Untergebenen brüskiert, weil sie ihn nicht in den Transporter steigen ließen. Kein Wunder, dass er diesen Tag am liebsten aus seinem Gedächtnis gestrichen hätte. Ich hatte in den letzten Wochen keine Gelegenheit versäumt, ihn in irgendeiner passenden oder unpassenden Art und Weise daran zu erinnern.

»Müssen Sie auch nach Worms?«, fragte ich vorsichtshalber und grinste. »Sie waren näher am Geschehen dran als ich. Auch wenn Sie als Rothaut eher zu den Karl-May-Spielen in Bad Segeberg gepasst hätten als zu den Nibelungen.«

Erneut war mir ein Stich tief in KPDs Herz gelungen. Er oder ich, das war schon lange meine und seine Devise.

»Ich habe dafür weder Zeit noch Verständnis«, polterte er wütend. »Den Wormser Kollegen«, er sprach das Wort »Kollegen« aus, als wäre es Buttersäure, die er auf ex trinken müsste, »wird es wohl genügen, wenn ich einen meiner Untergebenen schicke. Wenn das nicht reicht, sollen sie bei uns vorbeikommen.«

Damit war das Thema erledigt. Da mir keine weitere Gemeinheit einfiel, verließ ich grußlos den Raum.

Wie üblich ging ich in Juttas Büro, das sich in letzter Zeit als Treffpunkt für unser Team etabliert hatte. Gerhard Steinbeißer, der zusammen mit Jutta Wagner einen höheren Kaffeeverbrauch hatte, als ein Düsenflieger Kerosin auf einem Transatlantikflug benötigte, lästerte über unser neues Teammitglied auf Zeit.

»Besorgst du deine Blätter in Afghanistan?«, meinte er zu Claus.

Dieser hatte wie immer die Ruhe weg. »Loss mich doch in Ruh«, meinte er. »De Ingwertee schmeckt besser als des bittre Zeuch, was do aus de Maschin laaft.«

Claus Endlich war dabei, die höhere Beamtenlaufbahn zu erklimmen. Demnächst würde er es sich auf einem bequemen Schreibtischposten im Ludwigshafener Präsidium bis zur Pension gemütlich machen. Bis dahin musste er jeweils für ein paar Wochen die verschiedenen Abteilungen unserer Dienststelle durchlaufen, um eine Ahnung von der praktischen Arbeit vor Ort zu bekommen. Claus ging es gemütlich an und machte keinen Hehl daraus, sich in seinem Arbeitsleben nicht den »Herzbännel« ausreißen zu wollen. Er war ein durch und durch sympathischer Zeitgenosse mit Eiern in der Hose. Er war nämlich der Held, der KPD vor ein paar Wochen den Zugang zum Polizeitransporter verweigert hatte. Seitdem schwärmten die meisten Kolleginnen in der Dienststelle von ihm. Selbst Jutta meinte zu Gerhard und mir: »An Claus könnt ihr euch eine Scheibe abschneiden.« Gerhard hatte das spaßeshalber ernst genommen und sein Schweizer Messer gezückt. Seitdem gehörten die gegenseitigen Neckereien zu unserem Tagesablauf.

»Guten Morgen«, begrüßte ich die drei. Unser Jungkollege Jürgen fehlte, er war mit seiner Mama auf Urlaubsreise.

»Willschten Tee?«, fragte Claus.

»Ein Schnaps wäre mir lieber«, antwortete ich. »Und ein Frühstück. Jutta, was haben wir im Lager?«

Sie schüttelte ihre rote Mähne. »Kekskrümel kann ich dir anbieten.«

»Was hotten de Scheff vun dir gewollt?«

»Ich muss nach Worms, weil die Kollegen noch was wissen wollen wegen der Nibelungengeschichte. Aber vorher fahre ich nach Speyer, bevor mir mein Magen kündigt.«

»Hast du Krach mit Stefanie?«, hakte Jutta neugierig nach.

»Wie kommst du auf so was? Sehe ich aus wie jemand, der mit seiner Frau Krach hat? Ich wollte nur pünktlich zur Arbeit kommen.«

Dem Gelächter entnahm ich, dass sie mir nicht glaubten.

»Nimmscht mich mit? Ich hab a Hunger.« Claus stand auf.

»Das nächste Mal«, wehrte ich ab. Mir fiel eine kleine Neckerei ein. »Du hast eigentlich den idealen polnischen Namen«, sagte ich zu ihm.

»Hä?«, antwortete er. »Was soll an meinem Namen polnisch sein?«

Ich wartete kurz ab, bevor ich die Lösung präsentierte. »Claus Endlich, auf Polnisch: Klau es endlich.«

Die *Currysau* am Speyerer St.-Guido-Stifts-Platz war mir zur zweiten Heimat geworden. Früher, in unverheiratetem Zustand, war sie sogar meine erste Heimat, zumindest sinnbildlich.

Vor zwei Jahren, im Zuge des Umbaus des St.-Guido-Stift-Platzes bekam die *Currysau* ein neues Domizil am bisherigen Ort. Den alten roten Container, der eine optische Zumutung war, hatte man in die Büsche geschoben und auf dem freien Platz einen moderneren und größeren Imbisscontainer nebst Wintergarten gestellt. Mehrere Sitzgruppen und Stehtische umrundeten das Arrangement, das meist gut besucht war.

Als Stammkunde war ich längst mit dem Inhaber Robert, dem »Herr der Würste« per du. Heute bediente mich sein Bruder Jürgen, der von allen nur der »Praktikant« genannt wurde.

Mit »Hallo, Reiner, wie geht's? Einmal das Übliche?«, begrüßte er mich.

Ich nickte und bekam kurz darauf ein gut gefülltes Serviertablett ausgehändigt, das meinen Kalorienbedarf vorerst auffüllte. Fast alles, was es hier gab, hatte ich schon probiert, nur an die Pferdewurst hatte ich mich bisher nicht getraut.

»Übrigens«, sagte Jürgen, »gestern war ich bei Kollegen in Worms. Solltest du mal zufällig dahin kommen, lass dir das *Currywood* nicht entgehen. Die sind genauso gut wie wir.«

»*Currywood*?« Im ersten Moment dachte ich, er wollte mich auf den Arm nehmen.

»Ja, ja«, bestätigte Jürgen. »In der Bebelstraße 29 in Worms, findet man ganz leicht.«

Ich notierte mir diese hilfreiche Adresse. Es war nie verkehrt, auch in anderen Orten schmackhafte Imbisse zu kennen.

Während ich glücklich und zufrieden vor mich hin aß, wurde die Idylle abrupt zerstört.

»Palzki, habe ich Sie erwischt! Hatte ich mal wieder einen guten Riecher, als ich Ihnen nachgefahren bin.«

Mein voller Mund öffnete sich reflexartig vor Staunen. Zum Glück bekam das niemand mit.

»KP…, äh, Herr Diefenbach, wo kommen Sie her?« Ich blieb sitzen, während sich mein Chef breit neben mir aufbaute.

»Was haben Sie mit dem Verkäufer dieses Etablissements gesprochen? Sind Sie der Maulwurf, der die geheimen Informationen unserer Dienststelle weitergibt?«

»Welche geheimen Informationen? Meinen Sie Ihren Lachsbrötchenverbrauch?«

Bevor KPD weitersabberte und etwas auf mein Tablett tropfen konnte, klärte ich meinen Chef auf.

»Ich habe heute Morgen verschlafen. Um Ihre wichtige Besprechung nicht zu verpassen, habe ich auf ein Frühstück verzichtet. Und bevor ich nach Worms fahre, wollte ich zu Kräften kommen. Wer weiß, mit welchen falschen Karten die dort spielen. Nicht, dass ein falsches Licht auf unsere Dienststelle und unseren guten Chef fällt.«

KPD beruhigte sich. Er setzte sich mir gegenüber und betrachtete meine Nahrungsmittel.

»Kann man das essen?«, meinte er.

»Wollen Sie probieren? Wird alles frisch zubereitet. Der Inhaber ist gelernter Metzger und hat erst letzten

Monat die international etablierte Auszeichnung »Chef de Burger« in Los Angeles verliehen bekommen.

KPD stibitze mir eine Pommes. »Hm, die Mayonnaise schmeckt wirklich toll, so gar nicht nach Fabrikware.«

Seinen letzten Satz hatte Robert, der mich begrüßen wollte, gehört. Er setzte sich neben meinen Chef.

»Die ist selbst gemacht«, erzählte er stolz. »Seit Jahrzehnten nach dem gleichen streng geheimen Rezept.« Er nickte mir zu und streckte KPD die Hand hin. »Ich bin der Robert, mir gehört der Imbiss.«

KPD ergriff die Hand. »Guten Tag, Herr Robert«, sagte er förmlich. »Ich bin Klaus Pierre Diefenbach, der gute Dienststellenleiter der Schifferstadter Kriminalinspektion.«

Robert, der KPDs Macken von meinen Erzählungen kannte, zuckte zusammen.

»Oh, hoher Besuch. Darf ich Sie zu einer kleinen Kostprobe unserer Spezialitäten einladen?«

»Haben Sie Lachs?«, fragte KPD zurück.

Robert verneinte. »Tut mir leid, das wird zu selten nachgefragt.«

»Wie sind Sie ohne Lachs zu Ihrer Auszeichnung in Los Angeles gekommen?«

Der verwirrte Inhaber schaute mich an und ich nickte nervös. »Ich habe meinem Chef von deinen Preisen erzählt und dass du in Los Angeles zum Chef de Burger ernannt wurdest.«

Robert spielte mit. »Ach das. Das was nur eine Kleinigkeit. Unsere Cheeseburgersoße ist zum Beispiel patentgeschützt. Demnächst wollen wir den weltweit größten Burger anbieten. Nur mit dem Namen sind wir uns unschlüssig.«

»Ja, ja, der Name«, sinnierte KPD vor sich hin. »Der müsste geändert werden.«

»Was meinen Sie damit?«, fragte Robert irritiert.

KPD zeigte auf das große Schild auf dem Dach des Imbisses. »›Currysau‹, das geht einfach nicht. Diese wenig etablierte und schräge Bezeichnung für einen Well-Ess-Tempel ist undenkbar.«

Der Inhaber unterbrach ihn. »Well-Ess? Was soll das?«

Mein Chef schaute ihn mit einer mitleidigen Miene an. »Ohne Englischkenntnisse wird es schwierig, wenn erst mal das internationale Publikum erscheint.«

Ich war mir sicher, dass sich Robert gerade fragte, ob das wirklich mein Chef oder ein aus der geschlossenen Abteilung entflohener Patient war.

KPD sprach weiter. »Well-Ess ist ein von mir erfundener Begriff und verlängert die Bandbreite des hinlänglich bekannten Wellness auf kulinarische Angebote. Im Prinzip gibt es das zwar längst, aber mir schwebt da etwas ganz Besonderes vor.«

Er stand auf und breitete seine Arme in Richtung Imbiss aus, als wollte er ihn umarmen. »*Klaus P. Diefenbachs Well-Ess-Tempel*, damit kann ich leben. Damit locken wir Gäste aus aller Herren Länder nach Speyer. Der Dom und die Innenstadt werden verwaisen, wenn die Reisebusse erst mal auf diesem Platz halten und im Minutentakt die Touristen ausspucken.«

KPD steigerte sich in einen Aberwitz hinein, wie ihn damals der Neuschwanstein-Ludwig nicht hätte besser zelebrieren können.

Längst hatte ich Robert zugeflüstert, dass diese Reaktion typisch für die diversen psychischen Krankheiten meines Chefs war und es bisher nie zu körperlichen

Übergriffen kam. Daraufhin stellte er den Mayonnaisespender zurück, den er eiligst als Verteidigungswaffe aus dem Imbiss geholt hatte.

»So«, rief ich dermaßen laut, dass nicht nur KPD zu mir blickte. »Ich fahre jetzt nach Worms. Soll ich Sie bis zum Kremato-, äh, Bahnhof mitnehmen, Herr Diefenbach?«

»Ach so, ich müsste längst im Büro sein«, murmelte KPD. »Ich habe meinen eigenen Kraftwagen dabei, Herr Palzki. Mein Navi mit meiner Stimme findet den Weg zurück.« Er suchte Robert, der mit einem Gast im Gespräch war.

»Herr Robert, äh …«

»Schmidt, Robert Schmidt. Haben Sie es sich anders überlegt? Wie wäre es mit einer Gaulswurst?«

KPD zierte sich. »Nein, nicht ohne Lachs. Können Sie bis morgen welchen besorgen? Aber bitte keinen billigen Zuchtlachs aus dem Großmarkt. Gegen 10 Uhr werde ich wieder hier sein, dann können wir die Details des Deals besprechen.«

Bevor der Herr der Würste reagieren konnte, war Diefenbach verschwunden. Ich schätzte, dass es gut wäre, wenn ich morgen um die genannte Zeit ebenfalls anwesend sein würde. Nur so zur Sicherheit, bevor mein Chef vor Begeisterung die Speyerer Innenstadt in Schutt und Asche legte.

# KAPITEL 4
# KLINIK-TOD

Die Fahrt auf der A 61 nach Worms war eintönig. Grundsätzlich war dieses Autobahnstück mindestens einmal am Tag wegen eines Unfalls gesperrt, was unter anderem an der überdurchschnittlichen Brummidichte auf dieser wichtigen Nord-Süd-Verbindung lag.

Das Kommissariat fand ich problemlos, nachdem ich, neugierig wie ich war, eine sehr positive verlaufene Rast beim *Currywood* eingelegt hatte.

»Herr Minack erwartet Sie«, sagte mir die Dame am Empfang. »Er kommt gleich und holt Sie ab.«

Kurze Zeit später saß ich in seinem Büro, in dem zahlreiche Bühnenaufnahmen der Nibelungenfestspiele hingen.

»Sebastian Minack ist mein Name«, stellte er sich vor. »Kriminalhauptkommissar wie Sie, Herr Palzki. Wollen Sie einen Kaffee?«

Er blätterte lustlos in einer Akte, während ich verneinte.

»Ihr Vorgesetzter ist nicht so ganz einfach, kann das sein?«, fragte er plötzlich. »Ich meine menschlich. An dem Tag, als das passierte, war ich nicht im Dienst. Alle Kollegen, die mit Herrn Diefenbach zu tun hatten, waren der Verzweiflung nahe.«

Ich gab ihm natürlich recht. »Unser Chef ist schon sehr speziell. Aber sind das nicht die meisten Chefs?«

»Eigentlich schon. Obwohl, unserer ist ganz okay, wenn er nicht gerade seine Tage hat.«

»Sie haben eine Frau als Chefin?«

»Nein, das mit den Tagen ist nur so ein Spruch. Aber zurück zu Herrn Diefenbach: Eigentlich sollte ich *ihn* vernehmen.« Er zeigte auf einen Brief. »Anordnung vom Oberstaatsanwalt. Ich soll den Vorfall erneut beleuchten. Als ob wir damals nicht bereits alles aufgenommen hätten.«

»Haben Sie Verdächtige?«

Er schenkte sich aus einer Kaffeekanne in Elwetritscheform ein. »Null, gar nichts. Nicht den kleinsten Anhaltspunkt. Die Ermordete hieß Gabriele Gregorius und war Lehrerin.« Er blickte auf die Akte. »Geschieden und kinderlos. Sie hat bis zu ihrem Tod als Komparsin gespielt.«

Dass die Tote ein Mitglied des Ensembles war, hatte ich an dem schicksalhaften Tag von der Spurensicherung erfahren.

»Vielleicht ein Zufallsopfer?«, fragte ich weiter nach.

Minack nickte und schlug die Akte zu. »Das denke ich auch, aber der Oberstaatsanwalt will es genau wissen. Ich bin mir sicher, dass die Sache mit ihrem Vater nichts mit dem Kapitalverbrechen zu tun hat.«

Das war das erste Mal, dass er von einem Vater sprach. »Klären Sie mich bitte auf? Was ist mit ihrem Vater?«

»Ach nichts«, bagatellisierte er. »Er kam Einbrechern in seiner Wohnung in die Quere. Die haben ihn krankenhausreif geschlagen. Jetzt liegt er im Grünstadter Krankenhaus.«

»Er lebt?«

Minack blickte auf. »Natürlich, was denken Sie? Daher gehe ich nicht davon aus, dass es einen Zusammenhang gibt.« Jetzt wirkte er ungeduldig. »Sie sind aber nicht hier, um Ermittlungen anzustellen, sondern als Zeuge auszusagen. Also: Ist Ihnen irgendetwas aufgefallen, das Sie damals nicht zu Protokoll gegeben haben?«

Lustlos tat ich so, als überlegte ich angestrengt. Dann schüttelte ich demonstrativ den Kopf. »Meine Frau sah den Speer anfliegen, das wissen Sie aber bereits.«

»Ja, natürlich«, antwortete er leicht ärgerlich. »Sie können also keine weitere Aussage machen?« Er wartete keine Antwort ab und begann, die Tastatur seines Computers zu bearbeiten, als würde er mit einem Vorschlaghammer draufhauen. Kurz darauf sprang der Drucker auf einem Beistelltisch an.

»Unterschreiben Sie bitte Ihre Aussage, und dann haben wir es schon.«

Jetzt war ich an der Reihe, den Verärgerten zu geben. »Und wegen dieser Kleinigkeit bin ich den weiten Weg nach Worms gereist?«

»Beschweren Sie sich beim Oberstaatsanwalt. Ich habe wahrlich genug andere und wichtigere Dinge zu tun.«

Was er für wichtiger hielt, als einen Mord aufzuklären, führte er nicht auf. Da wir sowieso keine Freunde werden würden, verabschiedete ich mich in kurzer, aber gerade noch höflicher Form.

Als ich im Auto saß, überlegte ich, was ich mit den restlichen Dienststunden anstellen könnte. Zurückfahren war keine zufriedenstellende Option. KPD würde mich abfangen und über die Wormser ausquetschen. Ich könnte mir ein wenig die Innenstadt von Worms anschauen und später behaupten, dass sich die Zeugenaussage hingezogen hat. Zum Herumlaufen hatte ich allerdings keine richtige Lust. Mich beschäftigte die tote Schauspielerin, obwohl es mich ermittlungstechnisch nicht das Geringste anging. Trotzdem fühlte ich mich als Betroffener. Wenn ich jetzt sagen würde, ich hätte Blut geleckt, wäre das sehr pietätlos. Aber irgendwie stimmte es schon. Mein Wormser Kollege hatte mich mit seiner Sorglosigkeit verärgert. Wenn wir in Schifferstadt unsere Fälle immer so oberflächlich behandeln würden, könnten wir keine solch hohen Aufklärungsquoten präsentieren. Selbst wenn KPD immer behauptete, dass dies einzig und allein sein Verdienst sei, die erfolgreiche Arbeit machten wir Ermittler im Außendienst. Insbesondere meine Erfahrung und Kombinationsgabe, dazu gehörte auch das »Um-die-Ecke-denken«, hatte in der letzten Zeit zahlreichen Gaunern das Genick gebrochen. KPD hatte in einer Lagebesprechung davon gemunkelt, dass die JVA in Frankenthal erweitert werden müsse, was nur an unserer hohen Erfolgsquote in der Verbrechensbekämpfung liege.

Ein unbestimmtes Gefühl sagte mir, dass der Vater der Ermordeten in irgendeinem Zusammenhang mit der Tat zu sehen war. Ohne groß nachzudenken, fuhr ich nach Grünstadt und trat damit eine mörderische Lawine los.

*

Der Weg zum Krankenhaus war gut ausgeschildert. Früher fand man seinen Weg schließlich auch ohne Navi. Das kleine Informationsdefizit, das ich hatte, wurde mir erst an der Pforte bewusst. Gabriele Gregorius war geschieden, hatte folglich aller Wahrscheinlichkeit nach einen anderen Familiennamen als der Vater. Da Minack mir dessen Namen nicht genannt hatte, musste ich förmlich und autoritär auftreten. Ich reichte dem Pförtner unaufgefordert meinen Dienstausweis. Die Diskrepanz mit der Dienststelle würde er nicht bemerken. Niemand schaute sich einen Dienstausweis im Detail an.

»Guten Tag, mein Name ist Reiner Palzki, Kriminalpolizei. Es wurde ein älterer Patient eingeliefert, der von Einbrechern ziemlich übel zugerichtet wurde. Können Sie mir bitte die Zimmernummer nennen?«

Zugegeben, mein Informationsstand war wenig ausgeprägt. Ich kannte nicht einmal den Wohnort. Ich hatte Glück.

»Meinen Sie Herrn Gregorius? Der liegt aber seit drei Tagen bei uns. Polizei war schon mehrfach da.«

»Ich weiß«, log ich. »Wir haben eine kleine Nachfrage. Sagen Sie mir bitte die Zimmernummer?«

Der Pförtner überflog auf einem Monitor eine Liste. »Da haben wir ihn: Arndt Gregorius, Zimmer 113.«

Ich bedankte mich und verzichtete darauf, mir den Weg erklären zu lassen. Dank meines ausgeprägten Orientierungssinns fand ich das Zimmer weit vor Anbruch der Dämmerung.

Der Verletzte, nach erstem Augenschein Rentner, lag in einem Einzelzimmer. Eine Schwester hantierte an der Infusionsflasche, als ich eintrat.

»Herr Gregorius, irgendjemand verstellt ständig den Zulauf der Infusion. Machen Sie das selbst?«

Der Angesprochene nuschelte, was aufgrund der Unterkieferklammer durchaus nachvollziehbar war. »Das macht die andere Schwester. Die motzt jedes Mal genauso wie Sie. Wie wäre es, wenn Sie sich mal absprechen, so von Kollegin zu Kollegin?«

»Der werde ich was erzählen!«, sagte die Schwester, nickte mir kurz zu und verschwand.

»Herr Gregorius?«, begann ich das Gespräch.

Er schaute auf. Sein linker Arm war bis zum Schultergelenk eingegipst.

»Ja?«, flüsterte er.

Ich stellte mich vor und erzählte ihm eine soeben erfundene Geschichte. Ärger würde ich deswegen sowieso bekommen, außer wenn ich die vermutete Verbindung zu dem Tod seiner Tochter aufdecken würde.

»Ich komme von einer übergeordneten Dienststelle. Wir versuchen, globale Zusammenhänge zu finden, die die örtlichen Kriminalbeamten nicht erkennen können. Wären Sie so freundlich, mir ein paar Fragen zu beantworten?«

Undeutlich gab er mir seine Zustimmung. Ich zog mir einen Hocker herbei, damit ich dem Liegenden halbwegs auf Augenhöhe begegnen konnte.

»Sie haben laut Akte einen Einbrecher in Ihrer Wohnung überrascht. Ist das so korrekt?«

»In meiner Bibliothek, das ist richtig. Morgens um kurz nach fünf.«

»Bibliothek? Sie haben eine Bibliothek?«

»Natürlich« nuschelte er. »Ich bin Buchwissenschaftler. Früher war ich an einem Forschungsinstitut angestellt, seit ein paar Jahren arbeitete ich freiberuflich für Museen und andere Interessenten. Ich könnte mich zwar zur Ruhe setzen, aber von Büchern komme ich einfach nicht los. Vor allem, wenn sie sehr alt sind.«

»Konnten Sie den Einbrecher erkennen?«

Sein Unterkiefer zuckte erregt. »Das habe ich doch alles mehrfach gesagt. Er war maskiert. Ich konnte ausschließlich seinen abgewaschenen grünen Jogginganzug erkennen.«

Zufällig hatte ich einen alten Notizblock dabei, der mir sehr gelegen kam. Ich tat so, als schrieb ich seine Aussagen mit, was die Authentizität erhöhen sollte.

»Fehlen in Ihrer Bibliothek wertvolle Dinge?«

Gregorius sah mich an, als käme ich vom Pluto. »Herr Palzki, falls Sie die Akte gelesen haben, wissen Sie, dass ich schwer verletzt wurde. Nur meinem Nachbarn habe ich zu verdanken, dass ich so schnell ärztliche Hilfe bekam. Nachdem mich der Einbrecher bewusstlos geschlagen hatte, bin ich erst wieder in diesem Krankenhaus aufgewacht. Ich habe keine Ahnung, wie es bei mir zu Hause aussieht.«

Dass er seinen Nachbar erwähnte, notierte ich mir. Das allein war zwar kein Motiv, doch die Wahrscheinlichkeit, dass bei größeren Vergehen Verwandte oder Bekannte wie auch Nachbarn häufiger die Täterrolle spielten als Unbekannte, war längst wissenschaftlich belegt.

»Haben Sie viele wertvolle Bücher in Ihrer Bibliothek? Wie sind diese gesichert?«

Der verletzte Buchwissenschaftler versuchte, sich ein wenig aufzurichten, was mit einem Arm sehr ungelenk aussah.

»Selbstverständlich. Wobei der Begriff ›wertvoll‹ relativ ist. Das liegt immer im Auge des Betrachters. Eine Originalausgabe der Gutenberg-Bibel ist natürlich ein Vermögen wert, besteht aber nur aus Papier. Ich habe viele wertvolle Schriften zusammengetragen. Ein paar lagern in einem Bankschließfach.«

Er musste eine kleine Pause machen, vermutlich war es sehr anstrengend, mit dem geschienten Unterkiefer zu sprechen.

»Von vielen wertvollen Werken habe ich nur Kopien

oder Fotos, die ich in staatlichen oder privaten Bibliotheken angefertigt habe. Mir geht es weniger um die Bücher an sich als um deren Inhalte.«

»Wie lange müssen Sie in der Klinik bleiben? Wann können Sie voraussichtlich Ihren Buchbestand überprüfen?«

»Geben Sie mir mal die Flasche rüber.« Er zeigte auf eine durchsichtige Flasche mit seltsam geformtem Auslauf, die auf dem Tisch stand. Mit kleinen Schlucken sog er die Flüssigkeit auf.

»Ich weiß es nicht. Jeder sagt etwas anderes in diesem Krankenhaus. Manchmal vermute ich, dass man mich mehrfach registriert hat und verschiedene Krankheitsakten von mir im Umlauf sind. In den nächsten Tagen wird meine Tochter kommen und mich eine Weile bei mir zu Hause pflegen. Sie weiß nur nicht genau, wann sie Urlaub bekommt.«

»Ihre Tochter?«, fragte ich, ohne groß nachzudenken. »Die wurde doch ermordet?«

Tränen kullerten ihm über die Wange. »Meine Gabriele. Wenn ich nur wüsste, in was sie hineingeraten war.« Er seufzte und kämpfte sichtbar mit seinen Tränen. »Ich habe noch eine zweite Tochter, die Sabine. Sie ist Managerin in einem Pharmakonzern.«

Abermals wurde mir bewusst, wie wenig ich von dem Fall wusste. Minack war mir mit seiner Ermittlungsakte weit voraus. Vielleicht konnte ich KPD mit einem Trick instrumentalisieren, damit ich eine Kopie der Akte bekam.

Als ich über die Tochter, beziehungsweise die Töchter nachdachte, fiel mir wieder etwas ein, was ich bisher im Unterbewusstsein verdrängt hatte: das letzte Wort von Gabriele Gregorius. Das hatte nicht einmal mein Wormser Kollege in seiner Akte stehen, weil ich damals bei der ersten Vernehmung und auch heute schlichtweg nicht daran gedacht hatte. Ich überlegte krampfhaft, was mir die Sterbende mitgeteilt hatte, bis mir die Laute wieder in den Sinn kamen.

»Herr Gregorius«, unterbrach ich ihn in seinen trauernden Gedanken. »Ich war zufällig am Tatort, als Ihre Tochter starb.« Hoffentlich ging das gut und er witterte nicht die Unlogik meines Hierseins. Ein Beamter einer angeblich übergeordneten Behörde, der ermittelte und gleichzeitig am Tatort war, das schrie förmlich nach Täter. Zumindest in jedem besseren Krimi. Da ich davon überzeugt war, nicht der Täter zu sein, blieb ich gelassen. Gregorius ahnte nichts.

»Sie hat mir noch etwas sagen können.«

Er riss seine Augen auf.

»Otincheim oder so ähnlich. Können Sie damit etwas anfangen?«

Arndt Gregorius öffnete so weit seinen Mund, dass es in seinem Kiefer knackte. Vielleicht war eine Halterung der Kieferschiene gebrochen.

»Das, das ist es. Sie hat es tatsächlich herausge…«

Der Buchwissenschaftler bäumte sich mit verzerrtem Gesicht auf und griff mit der gesunden Hand an sein Herz. Er sackte bewusstlos zusammen.

Um Himmels willen, was hatte ich da angerichtet? Ich suchte an der Wand nach einem Notknopf und fand keinen. Ich rannte zur Tür. »Notfall«, brüllte ich den Flur entlang.

Das informelle Notfallsystem funktionierte. Eine Schwester kam aus einem anderen Zimmer angerannt.

»Schnell, Herr Gregorius ist bewusstlos.«

In den nächsten Minuten passierte sehr viel. Die Schwester drückte sofort auf einen Piepser, nachdem sie sich über den Zustand des Patienten Gewissheit verschafft hatte. Danach begann sie mit einer Herzdruckmassage. Kurz darauf kamen mehrere Ärzte mit diversen Geräten angerannt und jagten mich aus dem Zimmer, in das ich zurückgekehrt war.

Nicht viel später wurde Gregorius samt Bett aus seinem Zimmer geschoben und weggebracht.

Ich fühlte mich schlecht. War ich der Auslöser für seinen Herzanfall? Heimfahren konnte ich natürlich nicht. Ich gab einer Schwester Bescheid, dass ich im Café zu finden sei, wenn es Fragen gäbe. Sie notierte meinen Namen.

Es dauerte über eine Stunde, bis sie kamen. Alles andere hätte mich überrascht.

»Herr Palzki?«, fragte mich eine jüngere Frau mit Igelfrisur. Sie wartete mein Nicken ab. »Bettina Zillertal von der PI Grünstadt.« Ihr Begleiter war Sebastian Minack. Er nickte mir zornig zu, sagte aber zunächst keinen Ton.

»Ich habe die Kriminalinspektion Neustadt informiert, die erst mal zuständig ist. Herr Minack aus Worms wurde von dort aus informiert. Was können Sie mir sagen?«

Die beiden setzten sich.

»Wie geht es Herrn Gregorius?«, fragte ich zurück.

»Warum interessiert Sie das?«, retournierte sie meine Gegenfrage.

Ich trank meine dritte Apfelsaftschorle aus. »Sie sind gut. Der Mann bekam in meinem Beisein einen Herzanfall. Natürlich interessiert mich sein Wohlbefinden.«

»Er ist tot«, blökte Minack. »Und Sie waren wieder dabei, Herr Palzki. Wissen Sie, was das bedeuten kann?«

Ich glotzte ihn an. »Sie wollen mich doch nicht wegen irgendwelcher Wahrscheinlichkeitstheorien ernsthaft verdächtigen?«

Mir ging es schlecht. War ich wirklich, wenn auch unbeabsichtigt, der Auslöser für seinen Tod gewesen?

»Was wollten Sie von ihm?«, bellte er weiter, sodass seine Grünstadter Kollegin zusammenzuckte. »Sie haben mit den Ermittlungen überhaupt nichts zu tun. Warum sind Sie zu ihm ins Krankenhaus gefahren?«

Ich musste mich irgendwie aus dieser Geschichte herausmogeln, zumindest im Augenblick.

»Woher wollen Sie wissen, dass ich seinetwegen nach Grünstadt gefahren bin? Vielleicht habe ich jemand ganz anderen besucht und dabei zufällig seinen Namen gesehen?«

Prima, auf diese schwammige Aussage konnte er mich später nicht festnageln.

Bettina Zillertal schrieb mit. »Was haben Sie mit Herrn Gregorius gesprochen?« Ihre stechend braunen Augen fixierten mich wie Laserstrahlen.

»Ich war nur ganz kurz bei Gregorius und habe ihm gute Besserung gewünscht. Ach ja, ich habe ihm gesagt, dass ich beim Tod seiner Tochter dabei war.«

»Und damit haben Sie ihn umgebracht«, ergänzte Minack und zog ein schadenfreudiges Grinsen auf.

»Woher sollte ich wissen, dass er ein schwaches Herz hat?«, wehrte ich mich.

»Eben!«, sagte Minack. »Das wussten Sie nicht, weil Sie keinen Einblick in die Ermittlungsakte haben. Und auch nicht benötigen, da Sie damit nichts zu tun haben.

Mischen Sie sich immer in die Angelegenheiten anderer Dienststellen ein?«

Ich ging auf seine Kritik ein. »Und Sie? Soviel ich weiß, ist die Neustadter Kriminalinspektion zuständig und in deren Vertretung die PI Grünstadt.«

»Männer«, sagte Zillertal, weil sie sich offensichtlich mit den beiden Streithähnen nicht zu helfen wusste.

Ich stand auf. »Sie kennen meine Dienststelle, falls Fragen offen sind.«

Die beiden ließen mich kommentarlos gehen.

Ich fühlte mich während der Heimfahrt richtig schlecht. War ich dieses Mal zu weit gegangen? Hatte ich wegen meines dummen Bauchgefühls einen Menschen auf dem Gewissen? Warum reagierte Gregorius so stark bei der Nennung des letzten Wortes seiner Tochter? Grundsätzlich war ich verpflichtet, dieses Wort an den ermittelnden Minack weiterzugeben. Morgen war auch noch ein Tag, redete ich mir ein. Zuerst musste ich das Erlebte emotional verdauen.

*

»Schon zurück?«, begrüßte mich Jutta sarkastisch, als ich in ihr Büro trat.

»De Scheff war schunn ä paarmol do«, ergänzte Claus. »Hots geschmeckt bei de *Currysau*?«

Jutta wollte Genaueres zu Worms wissen. »Warum hat deine Zeugenaussage so lange gedauert? Hat sich was Neues ergeben?«

Da meine Kollegen nicht auf dem neusten Stand waren, erzählte ich Ihnen von meinem Besuch bei Minack und im Grünstadter Krankenhaus.

»Da hast du dir was Blödes eingebrockt«, bewertete Jutta meine Erzählung. »KPD wird wenig begeistert sein, wenn er davon erfährt.«

Wenn man vom Teufel sprach: Er kam zur Tür herein. Er schien gut drauf zu sein, wie man als Pfälzer zu sagen pflegte, wenn jemand gute Laune hatte.

»Ah, Herr Palzki ist zurück. Haben Sie es den Wormsern mal so richtig gezeigt? Lassen Sie sich nur nichts gefallen, von mir bekommen Sie volle Rückendeckung. Es wird Zeit, dass die endlich einmal von ihrer Überheblichkeit runterkommen. Wenn die es wagen sollten, sich noch mal zu melden: Drohen Sie ruhig mit meiner Kompetenz und meinen Beziehungen! Ich gebe Ihnen volle Handlungsfreiheit. Ich vertraue meinen Untergebenen.«

Das hatte sich schon mal anders angehört, aber ich war froh, dass er meinen Fauxpas nicht kannte.

KPD drehte sich um. »Ich bin für den Rest des Tages unterwegs, die Werbeagentur wartet und will mir die ersten Entwürfe für die Flyer und die Speisekarten zeigen. Und anschließend muss ich mich um den Maulwurf kümmern.«

»Flyer, Speisekarten?«, fragte Jutta ratlos, als unser Chef verschwunden war.

»Nur eine neue Marotte von ihm«, erklärte ich. »KPD will die *Currysau* zu einem Luxusrestaurant umwandeln.«

Jutta lachte. »Dann wirst du bald nichts mehr zu futtern haben, Reiner. Stefanie wird sich freuen.« Sie glotzte auf meine Taille. Frauen konnten so gemein sein.

Ich wechselte das Thema. »Kann einer von euch mal nach der Adresse von diesem Arndt Gregorius recherchieren? Die Wormser Kollegen rücken damit nicht raus. KPD hat selbst gesagt, dass ich bezüglich den Wormsern Narrenfreiheit habe.«

Gerhard, der die ganze Zeit stumm an einer Kaffeemaschine schraubte, blickte auf. »Du willst doch hoffentlich nicht weitermachen? Wir haben in unserem Bezirk genug eigene Verbrecher und sind mehr als ausgelastet.«

»Das sieht man an deiner Kaffeemaschine«, lästerte ich. »Gregorius soll nicht umsonst gestorben sein. Minack und der Staatsanwalt werden die Ermittlungen bestimmt einstellen. Ich muss mir Gregorius' Wohnung anschauen.«

»Grünschtadt, im Westring«, unterbrach Claus, der sich unbemerkt an Juttas Computer gesetzt hatte. »Ä Dossier iwwer Arndt Gregorius bekommscht du nochhert als E-Mail.«

Ich blickte erstaunt auf. Das war flotter als unser Jungkollege Jürgen, der eine Koryphäe in Sachen Internetrecherche war. Claus hatte dies sogar ohne Aufforderung erledigt.

»Super, junger Mann«, lobte ich ihn. »Eines Tages wirst du Polizeipräsident sein.«

»Ne, des wär mir zu astrengend. Ich will mei Ruh hawe beim schaffe.«

»Akzeptiert«, antwortete ich lächelnd. »Schick mir die Ergebnisse aber nicht als E-Mail, sondern drucke sie bitte aus und lege sie bei Jutta in den Eingangskorb. Dann habe ich morgen früh gleich alles beisammen.«

»Ich kanns a in dein Korb neileche.«

Claus Endlich wusste nicht, wie selten ich in der letzten Zeit mein eigenes Büro aufgesucht hatte. »Bei Jutta reicht vollkommen. Wir treffen uns sowieso immer morgens bei ihr zur ersten Aussprache.«

Jutta und Gerhard grinsten.

»Ich mache für heute Schluss. Der Tod von Gregorius hat mich ziemlich stark mitgenommen.«

# KAPITEL 5
# NEUE ERKENNTNISSE

An einen erholsamen Montagabend war nicht zu denken. Paul war ausnahmsweise friedlich, oder Stefanie und ich hatten seine neueste Untat bisher nicht entdeckt. Die Zwillinge schliefen, wahrscheinlich erholten sie sich von dem Lärmterror seit ihrer Geburt an Ostern, für den sie selbst verantwortlich waren.

»Melanie, das geht nicht«, sagte Stefanie zu ihrer Tochter, als ich eintrat. Am Tonfall bemerkte ich als erfahrener Vater, dass meine Frau den Satz nicht zum ersten Mal sagte.

Die Zwölfjährige ließ sich davon nicht beeindrucken. Sie sprang auf und kam mir entgegen. Ja, sie umarmte mich sogar, was sehr ungewöhnlich war.

»Hallo, Daddy, wie war es auf der Arbeit?« Sie lächelte süß von einem Ohr zum anderen. »Hat KPD wieder genervt? Konntest du viele Mörder fangen?«

Melanie hatte sich noch nie für meinen Job interessiert. Im Hintergrund saß Stefanie auf der Couch und funkelte böse mit den Augen. Ich musste höllisch aufpassen, was ich in den nächsten Minuten von mir gab.

»Vor allem bin ich müde«, wich ich aus. »Stefanie, was gibt's zum Abendessen?«

»Nudelauflauf und Endiviensalat«, tönte es aus Richtung Couch. »Das dauert aber noch ein bisschen.«

»Hm, lecker«, bewertete ich das Menü, ohne rot zu werden. »Bis dahin werde ich mich eine Weile auf der Terrasse ausruhen. Es ist für die Jahreszeit noch sehr warm.«

Melanie öffnete die Terrassentür, schnappte sich aus dem Wandschrank einen Dreierpack Sitzpolster und legte sie auf meinen Lieblingsstuhl. »Mach's dir bequem, Daddy. Soll ich dir was zu trinken bringen? Ich habe eine Cola im Kühlschrank versteckt.« Den letzten Satz flüsterte sie.

So langsam war ich gespannt, welchen unmöglichen Wunsch meine Tochter in Kürze äußern würde.

Melanie setzte sich neben mich auf einen Hocker und zeigte mir einen Katalog, in dem Musikinstrumente abgebildet waren.

»Ist das nicht eine tolle Panflöte?«, säuselte sie.

Ich stutzte. Melanie war nur eine Nuance musikalischer als ich. Ihr Blockflötenspiel, zu dem ihre Klasse im vergangenen Schuljahr kollektiv verknackt worden war, konnte man nur als seelische Grausamkeit bezeichnen. Allein bei dem Gedanken daran, zwirbelten mir die Nerven durcheinander.

Sie schob mir den Katalog unter die Nase und erwartete eine Antwort.

»Panflöte höre ich gern, genauso gern wie Dudelsack.« Nachdem ich diesen Satz ausgesprochen hatte, war mir klar, dass ich auf der Verliererstraße war.

»Ich kaufe sie mir von meinem eigenen Taschengeld«, säuselte sie weiter. »Darf ich Panflötenspielen lernen?«

Ich bemerkte einen Schatten und drehte mich um. Stefanie stand an der Terrassentür und hörte zu. Sie sagte kein Wort.

Ich fand nichts Verwerfliches daran, Melanie den Wunsch zu erfüllen.

»Natürlich darfst du das. Ich freue mich, wenn du für irgendetwas Interesse zeigst, das weder mit Smartphone noch Computer zu tun hat. Den Kurs bezahle ich dir selbstverständlich.«

Melanies Augen glänzten. Sie umarmte mich ein zweites Mal, jedenfalls so weit ihre Arme reichten.

»Danke, Daddy. Ich kenne jemanden, der bringt mir das Spielen kostenlos bei.«

An Stefanies Räuspern erkannte ich, dass die Katze nun aus dem Sack war. Mir wäre es aber auch so aufgefallen. Jetzt würde mir Melanie erklären, dass der Panflötenlehrer ein langhaariger Bombenleger sei, der seit Jahren auf der Straße lebte und in den Fußgängerzonen *Kumbaya my Lord* spielte.

Ich täuschte mich.

»Emma kann saugut spielen«, sagte Melanie.

»Wer ist Emma?« Ich wurde argwöhnisch.

Sie sah sich bereits als Gewinnerin.

»Das ist doch die Cousine von Anne, meiner Klassenkameradin. Die war doch schon ein paarmal hier.«

»Emma?«

»Nein, Anne. Ihre Cousine wohnt in Mainz.«

Das scheibchenweise Verkaufen von Informationen war typisch Melanie. Ich fragte weiter nach.

»Und diese Emma ist im Moment bei ihrer Cousine in Schifferstadt.«

»Oh, Daddy, sei nicht so kompliziert.« Melanie fixierte mich und holte zu einer weiteren Erläuterung aus. »Emma geht noch in die Schule, ich glaube in die elfte oder zwölfte. Aber nächste Woche sind Herbstferien.«

»Aha, und in den Ferien kommt Emma zu Besuch und bringt dir das Panflötenspielen bei. Woher weißt du, dass sie so gut spielen kann?«

Meine Tochter kämpfte weiter. »Natürlich von Anne. Sie hat mir ein paar MP3s auf mein Smartphone gestreamt.«

Ich wusste nur so ungefähr, was sie mir damit sagen wollte.

»In den Herbstferien willst du Panflöte lernen?«

»Ja!« Melanie atmete auf. »Das will ich.«

Hoffentlich kamen diese Worte meiner Tochter nicht gleich bei ihrem ersten Freund so leicht über die Lippen.

Jetzt sah sich Stefanie gezwungen, zu intervenieren. »Sagst du deinem Vater auch, wo du das lernen willst?«

»Mensch, Mama, bei Emma natürlich.«

Meine Frau ließ nicht locker. »Ich habe nicht gefragt, bei wem, sondern wo.«

Melanie klang eine Spur kleinlauter. »Nächste Woche sind Herbstferien und Anne fährt mit.«

Jetzt hatte ich das Problem erkannt. »Du willst mit deiner Klassenkameradin nach Mainz fahren, um Panflöte zu lernen?«

»Nur eine Woche, Daddy. Die zweite Woche bin ich wieder zu Hause und bereite mich auf die Schule vor.«

»Du willst bei einer übernachten, die du nicht kennst?« Sämtliche Alarmglocken schrillten gleichzeitig.

»Anne fährt doch mit.« Melanies Tonfall hatte in Trotz umgeschlagen.

»Und was wollt ihr in Mainz machen? Außer Panflöte üben, meine ich.«

Unsere Tochter bekam schlagartig ein seliges Lächeln. »Ach, nichts Besonderes. Tagsüber vielleicht ein wenig in der Fußgängerzone bummeln.«

»Kommt überhaupt nicht in die Tüte«, wetterte ich. »Weißt du, wie alt du bist?«

»Spielverderber!« Trotzig stampfte sie mit dem Fuß auf. »Warum muss ich die strengsten Eltern des Universums haben? Alle meine Klassenkameradinnen dürfen in den Herbstferien wegfahren, nur ich muss mich zu Hause langweilen und von allen nerven lassen.«

»Was? Deine ganze Klasse fährt nach Mainz?«

Sie schüttelte den Kopf. »Nein, manche dürfen mit ihren Eltern wegfahren. Aber nicht so was Langweiliges wie ein Bauernhof im Allgäu.«

»Das hat dir und deinem Bruder aber jahrelang viel Spaß gemacht.«

Sie sah mich mitleidig an. »Ja, früher, da war ich ein Kind und habe mit Barbie gespielt. Warum muss ich so schwierige Eltern haben, die ihren fast erwachsenen Nachwuchs wie unmündige Kinder behandeln?«

Ihre Taktik, uns ein schlechtes Gewissen einzureden, versagte. Früher war sie damit erfolgreich, aber auch Eltern waren lernfähig.

Der Rest des Abends lief in geordneten Bahnen. Ich versprach Melanie, dass ich in den Ferien zwei oder drei Tage Urlaub nehmen würde, damit wir als Familie spannende Tagesausflüge unternehmen konnten. Ich hatte den Eindruck, dass ich ihre Stimmung damit weiter betrübte.

Während Stefanie sich um die inzwischen erwachten Zwillinge Lisa und Lars kümmerte, versuchte ich, Pauls aktuelles Geheimnis zu ergründen. Er erwies sich als gut gewappnet und ging mir nicht auf den Leim.

»Wir schreiben vor den Ferien noch eine Mathearbeit und ein Diktat«, sagte er. »Da muss ich mordsmäßig viel für lernen. Was ich in den Ferien mache, weiß ich nicht so genau, mal sehen.«

*

»Mensch, Reiner, gut dass du schunn do bischt!«

So freudig wurde ich morgens auf der Dienststelle selten begrüßt.

Jutta kam sogar zu mir und klopfte auf meine Schulterblätter. »Dein Bauchgefühl lag wieder einmal goldrichtig.« Sie blickte auf meinen Bauch und ergänzte ironisch: »Ist schließlich genug Material vorhanden.«

»Gregorius wurde umgebrocht.« Claus Endlich überreichte mir ein paar Zettel. »Des is de Obduktionsbericht. Frog mich awer net, wu ich den herhab. Ich kenn do änner in de Mänzer Uniklinik, wu ich agerufe hab.«

Das waren gute Nachrichten. Ohne seine Beziehungen wäre ich wahrscheinlich nicht an dieses Gutachten gekommen. Ich blätterte es auf und las das übliche Fachchinesisch. Wortlos überreichte ich den Bericht Jutta, die in diesen Dingen geübter war. »Übersetzt du mir das bitte in einfaches Polizistendeutsch?«

Jutta nickte, während Claus belustigt in sein Smartphone sprach. »Scotty, Wortschatz reduziere uff hunnertzwanzisch verschiedene Werter.«

»Ich kenne den Inhalt«, sagte meine Kollegin. »Arndt Gregorius wurde schleichend vergiftet. Vermutlich seit er im Krankenhaus lag.«

»Mir fällt da was ein«, unterbrach ich sie. »Als ich ankam, hat sich bei Gregorius gerade eine Schwester beschwert, weil die Dosierung der Infusion zum wiederholten Male falsch eingestellt wäre. Daraufhin hat der Patient geantwortet, dass eine andere Schwester das Gleiche zu ihm gesagt habe und sie sich bitte mit ihrer Kollegin absprechen solle.«

»Das musst du unbedingt Minack sagen, Reiner.«

»Wie denn? Er weiß schließlich nicht, dass ich den Bericht kenne.«

Claus mischte sich ein. »Loss mich mol mache, ich reschel des.«

»Mit welchem Gift wurde er getötet? Irgendein Herzmedikament?«

»Eben nicht«, widersprach Jutta. »Eher das Gegenteil. Es handelt sich um ein mehr oder weniger normales, allerdings hoch dosiertes Beruhigungsmittel, gepaart mit einer Wahrheitsdroge.«

»Was? Eine Wahrheitsdroge? Hat da jemand James Bond gespielt?«

Jutta nickte. »Scopolamin, ein seit den 50er-Jahren bekanntes Wahrheitsserum. Auffällig ist auch der sehr hohe Kaliumspiegel, der durch die Aufregung letal wirkte.«

Ich überlegte. Vermutlich hatte sich eine falsche Krankenschwester eingeschlichen und über die Infusion ihrem Opfer das Serum verabreicht. Welche wichtigen Informationen besaß Gregorius, dass deswegen jemand seinen Tod in Kauf nahm? Warum wurde seine Tochter getötet?

Zwei Personen rissen mich aus den Gedanken. KPD kam mit Dietmar Becker herein.

Becker, von Beruf ewiger Archäologiestudent und freier Mitarbeiter diverser Zeitungen, schrieb aus Therapiegründen Regionalkrimis. Obwohl ich mit diesen unrealistischen und die Polizeiarbeit verhöhnenden Dingern nichts anfangen konnte, erfreuten sie sich in den letzten Jahren in der Bevölkerung wachsender Beliebtheit. Grundsätzlich war mir seine schriftstellerische Neigung egal. Doch seit er sich mit KPD verbündet hatte und inoffiziell als dessen Polizeireporter galt, sah die Welt anders aus. Ständig lief er speziell mir über den Weg, sobald ich in einer schwierigen Ermittlung steckte. Er schien es jedes Mal zu riechen, wenn es einen spannenden Fall gab. Statt sich seinen Kopf selbst zu zerbrechen und eine Geschichte auszudenken, klaute er meine Fälle, die er stets unrealistisch ausschmückte und nach Lust und Laune verdrehte. Die Realität sah ganz anders aus, doch das interessierte die Leser offenbar nicht. Dem nicht genug, war sein ermittelnder Kommissar ein Vollblutchaot. Dies gab es bei der Polizei nicht, das sagte ich ihm ständig. Okay, natürlich mit Ausnahme von KPD.

»Guten Morgen, allerseits«, begrüßte uns ein fröhlich wirkender Chef.

Gerhard nutzte die Gelegenheit sofort aus. »Herr Diefenbach, die Teamkaffeemaschine ist schon wieder defekt. Die dauernden Reparaturen sind wenig effizient und nehmen uns die Zeit für die eigentliche Polizeiarbeit. Haben Sie in Ihrem Schwarzgeldetat einen kleineren vierstelligen Betrag übrig, den man für die Mitarbeitermotivation einsetzen könnte?«

KPD überlegte. »Wissen Sie was, Herr Steinbeißer? Stellen Sie die Maschine in mein Büro. Wenn ich heute Mittag Zeit habe, werde ich mich persönlich um eine dauerhafte Reparatur kümmern. Als Jugendlicher habe ich gerne an elektrischen Geräten herumgebastelt. Sie werden sehen, wenn ich Ihr Maschinchen richtig getunt habe, wird der Kaffee nur so sprudeln.«

»A…, ab…, aber«, Gerhard stotterte hilflos. »Die, die Maschine ist doch uralt und total verbraucht.«

»Herr Steinbeißer! Immer diese Wegwerfmentalität! Unsere Müllberge wachsen in den Himmel. Wir als Beamte müssen mit gutem Beispiel vorangehen. Erst gestern habe ich angeordnet, dass die Dienstwagen nur noch alle 20 Jahre ausgetauscht werden.« Er verbesserte sich schnell: »Mit Dienstwagen meine ich die Streifenwagen.«

Klar, sein eigener Wagen war davon ausgenommen.

KPD ging zum Tisch und besah sich die Kaffeemaschine. »Solch ein Modell hatte ich als Student. Die ist einfach zu reparieren.«

»Sie haben studiert?«, rutschte mir heraus. Mein Chef funkelte mich böse an, sodass ich gezwungen war, meinen Ausrutscher zu verbessern. »Ich meine, was haben Sie studiert, Herr Diefenbach?«

KPD streckte die Brust heraus. »Ich hatte mal ein Lehramtsstudium begonnen, Sozialkunde und Biologie. Schnell habe ich gemerkt, dass die Professoren pädagogisch wenig geeignet waren. Meinen Vorstellungen, was einen guten Lehrer ausmacht, haben sie ständig widersprochen. Damit war das Band zwischen mir und der Professorenschaft zerbrochen und ich habe in die Polizeilaufbahn eingeschwenkt.«

»Blauwale und Delfine«, flüsterte ich für KPD unhörbar.

»So, jetzt muss ich aber los. Ich bin mit Herrn Becker auf dem Weg zur *Currysau*. Außerdem steht der Maulwurf auf meiner Agenda.« Er schwenkte ein paar große Blätter in der Luft, die Pläne sein könnten.

Als KPD bereits im Flur war, kam Becker, der bisher keinen Ton gesagt hatte, zu mir. »Wollen Sie nicht mit nach Speyer, Herr Palzki?«

Längst hatte ich meine Prioritäten abgewogen. Zum ersten Mal in meinem Leben stand die *Currysau* nicht auf der Poleposition. Ich musste den indirekt durch mich verursachten Tod von Arndt Gregorius aufklären.

»Ich kann nicht«, antwortete ich gequält. »Ich kämpfe mit einem Magen-Darm-Infekt. Gleich muss ich rennen.«

Becker trat einen Schritt zurück. »Sie Armer, ich wünsche Ihnen gute Besserung. Im Vertrauen: Dass ich mit KPD nach Speyer muss, kommt mir ebenfalls sehr ungelegen. Ich bin zurzeit in einem Forschungsprojekt in Frankenthal eingebunden.«

»Herr Becker, wo bleiben Sie denn?«, rief KPD aus Richtung Treppenhaus.

Der Student nickte mir kurz zu und verschwand.

Mir tat es leid, die *Currysau* mit solch einem gemeinen Trick zu verleugnen. Ich hoffte, dass Robert und Jürgen das nie erfahren würden.

Etwas anderes rotierte mir im Gehirn. Ich hatte mit zwei mysteriösen Kapitalverbrechen zu tun, die eine tolle Kriminalgeschichte hergeben würden, doch von Dietmar Becker keine Spur. Stattdessen grub er irgendwo in Frankenthal uralte Sachen aus. Wenigstens dieses Mal hatte ich Ruhe vor ihm. Wenn ich heute Mittag meinen Kontrollbesuch machen würde, um die Imbissbranche in Speyer und damit die Welt zu retten, dürften KPD und Becker nicht mehr dort sein.

»An KPD würd ich mich niemols gewehne kenne«, meinte Claus kopfschüttelnd. »Ä Glick, dass ich ball ins Präsidium noch Ludwigshafe wechsle darf.«

»Ich mich auch nicht«, meinte Gerhard zornig, der gerade mit der defekten Kaffeemaschine das Büro verließ. »Hoffentlich explodiert sie, wenn unser Chef das Gerät aufschraubt.«

»Da kann man bestimmt nachhelfen«, rief ich ihm nach und überlegte, ob es bei Kaffeemaschinen, wenn auch in seltensten Fällen, zu einer Verpuffung kommen konnte.

»Du, Reiner«, meinte Claus. »Bischt du sicher, dass der dode Gregorius zwe Techter hot? Ich hab im Compjuter nur die Gabriele gfunne, unn die is jo a dod.«

Die Geschichte wurde immer unerklärlicher. Da ich keinen Einblick in die offizielle Ermittlungsakte hatte, machte es die Sache schwierig. Ich würde zwar versuchen, mit Minack ins Gespräch zu kommen, allzu große Hoffnungen machte ich mir keine. Er hatte schließlich bereits deutlich gesagt, was er von meiner Einmischung hielt.

»Ich fahre nach Grünstadt«, beschloss ich.

»Soll ich mitkommen?«, fragten Jutta und Claus gleichzeitig, aber mit unterschiedlicher Aussprache.

»Ne, lasst mal«, sagte ich. »Ich möchte euch so gut es geht aus der Sache raushalten. Claus, könntest du, natürlich Undercover, im Grünstadter Krankenhaus nachforschen, ob eine falsche Krankenschwester entdeckt wurde?«

»Mach ich, Reiner. Des geht jo mit ähm Compjuter un ähm Telefon. Des is net so astrengend wie drauße rumzurenne und bei de Leit zu klingle, die jo doch meischtens liege.«

»Und was willst du unternehmen?« Jutta wollte es genau wissen.

»Ich fahre zur Wohnung von Gregorius und schau mich ein bisschen um.«

»Pass auf, damit dich niemand erwischt. Die Kollegen aus Neustadt werden längst dort sein.«

»Eher die aus Worms«, verbesserte ich. »Oder beide. Ich pass schon auf mich auf, wie immer.«

Jutta lachte.

# KAPITEL 6
# IN DER BIBLIOTHEK

Grünstadt war leicht zu finden, da es direkt neben der A 6 auf dem Weg nach Kaiserslautern lag. Außerdem war ich gestern bereits hier gewesen. Den Westring zu finden, war nicht so trivial, dennoch meisterte ich die Aufgabe mit Bravour.

Das kleine Siedlungshäuschen machte einen gepflegten Eindruck. Dem Dossier hatte ich entnommen, dass Arndt Gregorius alleine in dem Haus wohnte. Seine Frau ließ sich vor über 20 Jahren scheiden und lebte in Norwegen.

Entweder hatte Gregorius Personal oder er investierte viel Zeit in seinen abwechslungsreich gestalteten Garten, der das Haus umgab. Ich konnte zwar keine einzige Pflanze namentlich zuordnen, doch das Arrangement sah nach mörderisch viel Arbeit aus.

Nachdem ich eine Weile das Grundstück aus dem Auto heraus beobachtet hatte, stieg ich aus. Zwecks Haus-leer-Test ging ich zügig zur Klingel und drückte sie mehrmals. Aus dem Haus selbst kam keine Reaktion, dafür von dem Nachbargrundstück. Aufgrund seiner fehlenden Größe entdeckte ich den Kleinwüchsigen erst, als er neben einem wuchernden Busch hervortrat.

»Zu wem wollen Sie?«, fragte er neugierig.

Nachbarn waren immer gut, wenn man seine Ermittlungen vertiefen wollte. Freundlich lächelnd ging ich dreist in Gregorius' Vorgarten und damit zum trennenden Metallgitterzaun.

»Ich möchte zu Arndt Gregorius, oder wohnt hier jemand außer ihm?«

»Nein, nein«, antwortete der kleine Mann, der seltsam starre Gesichtszüge hatte und insgesamt äußerst fremdartig aussah. »Herr Gregorius wohnt allein. Zurzeit liegt er im Krankenhaus. Haben Sie sich nicht angekündigt?«

Vorsicht Falle, dachte ich und wich mit einem Trick aus. »Doch, ich habe letzte Woche angerufen. Was ist mit ihm passiert?«

Der Zwerg streckte mir die Hand hin, ich hatte sein Vertrauen gewonnen.

»Waldemar Bückling ist mein Name. Herr Gregorius wurde von einem Einbrecher überrascht, der ihn niedergeschlagen hat.«

Ich tat überrascht, bewahrte mich diese Eröffnung doch davor, meinen Namen zu nennen. »Wie geht es ihm? Ich werde ihn besuchen.«

»Er liegt im Grünstadter Krankenhaus«, erklärte er mir. »Über Besuch wird er sich freuen, er lebt sehr einsam. Ab und zu kam seine leibliche Tochter vorbei, doch die lebt nicht mehr.«

Ich zog eine traurige Miene auf. »Sie meinen die Gabriele, die im Sommer ermordet wurde? Herr Gregorius hat mir davon erzählt.«

Der Kleinwüchsige nickte. »Eine traurige Sache. Mein Nachbar hat sich bis heute nicht davon erholt. Früher recherchierte er von morgens bis abends in irgendwelchen Bibliotheken, seit dem Tod seiner Tochter arbeitet er fast nur noch in seinem Garten. Das meiste, was Sie sehen, steht erst seit einigen Wochen. Eine Landschaftsbaufirma hat den Garten angelegt.«

Geschickt, wie ich nun mal war, nahm ich den Ball auf. »Bibliotheksrecherchen macht er aber nach wie vor, oder?« Mein Glück, dass er von dem Tod seines Nachbarn bisher nichts wusste.

Bückling war sehr auskunftsfreudig. »Dass er Buchwissenschaftler ist, wissen Sie bestimmt. Er hat einige wichtige Arbeiten verfasst, die in Fachzeitschriften erschienen sind. Seit diesem Frühjahr hat ihn die Nibelungenforschung gepackt. Ein paarmal hat er mit mir darüber gesprochen. Herr Gregorius hat in einer Münchner Bibliothek Hinweise auf die verschollene Urschrift des Nibelungenliedes entdeckt. Tatsächlich hat er wenig später ein altes Manuskript gefunden. Da er sich mit diesem Thema nicht allzu gut auskennt, hat er einen Bekannten konsultiert, der ihm bei der Übersetzung und dem Altersnachweis helfen soll.« Er schaute mich zweifelnd an. »Sind Sie der Nibelungenexperte?«

Fast hätte ich die Frage mit ja beantwortet, um seinen Redefluss nicht versiegen zu lassen. Ohne Hintergrundwissen würde mich der kleine Nachbar allerdings schnell entlarven, was es zu vermeiden galt.

»Ich bin ein Vertreter des Bekannten. Herr Gregorius wollte mir ein paar Kopien aushändigen.«

»Komisch«, sagte Bückling. »Ich dachte, Gregorius' Bekannter hätte den Text längst erhalten.«

Ich spürte, wie mir der Schweiß in den Nacken lief. »Ihr Nachbar hat kürzlich ein weiteres Manuskript gefunden.«

Mit dieser Lüge gab er sich zufrieden. »Dann fahren Sie am besten gleich zu ihm ins Krankenhaus. Als ich Herrn Gregorius vor ein paar Tagen mitten in der Nacht entdeckte und den Notarzt rief, dachte ich mir, dass dies kein Zufall war. Irgendjemand musste von dem Manuskript gewusst haben. Es muss wohl sehr wertvoll sein.«

Der Meinung war ich inzwischen ebenfalls. »Wieso haben Sie Ihren Nachbarn entdeckt? Haben Sie einen Schlüssel zu seinem Haus?« Beinahe hätte ich gesagt, dass der Buchwissenschaftler bewusstlos gewesen war, doch dies durfte ich gar nicht wissen.

»Ich bin von einem Knall aufgewacht und als ich aus dem Fenster schaute, sah ich einen Mann flüchten. Ich habe mir schnell was übergezogen und nachgeschaut. Die Haustür stand offen und ich fand meinen Nachbar blutend und bewusstlos in seiner Bibliothek liegen.«

»Wurde die Wohnung durchsucht?«

Eine schwarze Katze drückte sich von hinten zwischen meinen Beinen durch. Ich erschrak heftig.

»Da ist ja der kleine Scheißer. Wo kommst du denn her?«, rief er. Sie ging ihm fast bis zum Knie.

Das Tier brachte mich aus dem Konzept. »Die heißt aber nicht wirklich Scheißer, oder?«

»Natürlich«, antwortete er. »Sie gehört meinen Nachbarn auf der anderen Seite, die haben einen schrägen Humor. Sie sollten mal schauen, wie viele Leute auf der Straße sich umdrehen, wenn die nach ihrem kleinen Scheißer rufen.«

Die Katze war verschwunden, ich versuchte, zum Thema zurückzukehren. »Haben Sie in der Wohnung aufgeräumt? Der Einbrecher hat bestimmt alles durcheinandergeworfen.«

Waldemar Bückling roch immer noch keine Lunte.

»Nur seine Bibliothek und sein Schreibtisch sind durchwühlt worden. Nachdem der Notarzt und die Polizei weg waren, habe ich mir das Chaos angeschaut. Zuerst wollte ich tatsächlich aufräumen, doch schnell habe ich festgestellt, dass ich keine Ahnung habe, wo das Zeug vorher gestanden hatte.«

»Hat die Polizei Ihnen den Schlüssel dagelassen?«

Schlagartig wurde er rot. »Die waren ziemlich in Eile. Einer hat was von Schichtwechsel gesprochen, und dass sie am Vormittag wiederkommen. So war es dann auch. Mich haben Sie nur kurz befragt, wie ich Herrn Gregorius gefunden habe. Danach ließ man mich in Ruhe. Vielleicht haben sie gedacht, ich würde dort wohnen. Als alle weg waren, habe ich mich umgeschaut. Aber weggenommen habe ich nichts!«

Sehr sorgfältig schienen die Kollegen nicht vorgegangen zu sein, überlegte ich. Minack war in der Nacht sicherlich nicht dabei gewesen.

»Sind die Kol…, äh, Beamten tatsächlich noch mal gekommen?«

Er nickte. »Mit einem riesigen Aufgebot, sogar Polizei aus Worms war dabei. Das Ganze ging vier Stunden. Mich haben sie in der Zeit ausführlich verhört.«

»Vernommen«, verbesserte ich automatisch.

»Wie bitte?«

»Ach nichts«, wiegelte ich ab. »Hat die Polizei etwas Wichtiges gefunden? Das Manuskript zum Beispiel?«

»Ich habe keine Ahnung, man hat mich nicht mehr ins Haus gelassen. Als sie fertig waren, haben sie dieses Mal abgeschlossen.«

»Sie haben keinen Schlüssel?«

»Ich? Nein, natürlich nicht.«

Anhand seiner plötzlichen Erregung vermutete ich, dass sein letzter Satz gelogen war.

»Vielen Dank für die Informationen, Herr Bückling. Ich werde jetzt direkt zu Herrn Gregorius fahren.«

»Machen Sie das. Er wird Ihnen zwar auch nicht sagen können, ob das Manuskript noch da ist, aber auf Besuch freut er sich bestimmt. Kennen Sie den Weg?«

»Kein Problem, ich war schon mal dort.«

Er gaffte mich an und ich beeilte mich zu ergänzen: »Vor einer Weile habe ich in der Klinik einen Bekannten besucht.«

So schnell wollte ich allerdings nicht aufgeben, mein Plan lautete anders. Ich tat so, als würde ich zurück zur Straße gehen, beobachtete dabei aber genau den Kleinwüchsigen. Im gleichen Moment, in dem er die Schwelle seiner Haustür überschritt, rannte ich hinter Gregorius' Haus. Wegen der Garage war kein Sichtkontakt mehr zu dem Nachbargrundstück möglich. Ein weiterer Vorteil meines Standplatzes war, dass ich mich nach hinten über ein unbebautes Grundstück verkrümeln konnte, falls vorne die Staatsgewalt anrücken sollte.

Damit hatte es sich mit den Vorteilen. Nachteilig war, dass ich mit der erkämpften Position nichts, aber rein gar nichts anzufangen wusste. Ich konnte mir die Terrasse anschauen und die große Schiebetür, das war's auch schon. Halt, Moment mal. Ich schaute genauer hin: Die Terrassentür war nicht vollständig geschlossen. Sie stand einen fast unsichtbaren Spalt offen. Hatten das die Kollegen übersehen? Das durfte nicht passieren. Von Erzählungen anderer Beamten wusste ich aber, dass trotz großer Sorgfalt nicht immer alles so klappte, wie es sollte. Seitlich schlich ich mich über die Terrasse. Millimeterweise schob ich die Tür auf, nichts passierte. Sollte ich auf Nummer sicher gehen und rufen? Ich entschied mich dagegen. Wenn jemand hier wäre, hätte ich ihn gehört. Ich durchschritt das altmodisch eingerichtete Wohnzimmer und war froh über den hochflorigen Teppich, der den Schall meiner Schritte verschluckte.

Der Grundriss des Erdgeschosses war vom Flur aus sofort zu überblicken. Gleich rechts ging es in die Bibliothek, die ihrem Namen alle Ehre machte. Zwei oder drei Schritte war ich in diesen Raum eingetreten, als es mir schwarz vor Augen wurde.

*

Ein nasser Waschlappen drückte sich mir ins Gesicht. Das physische Zurückholen in mein Leben war damit erfolgreich. Der geistige Recall dagegen klappte nicht so schnell, meine Sehnerven leiteten zunächst ein ziemlich verschwommenes Bild an mein Gehirn weiter.

Mein nebliger Blick nahm eine Frau mit langen blonden Haaren wahr, die sich über mich beugte.

»Stefanie?«, drückte es mir aus den Stimmbändern und es klang, als würde ich unter jahrelangem Alkoholgenuss in fast letalen Höchstdosen leiden.

»Oh, oh«, antwortete die von mir vermutete Ehefrau mit einer fremden Stimme. »Können Sie mich verstehen? Soll ich einen Notarzt rufen?«

Da sich meine Hirnleistung rapide verbesserte und ich sogar wusste, wo und warum ich hier war, verneinte ich. Es gelang mir sogar, mich auf den Boden zu setzen. Mein Kopf dröhnte so abscheulich wie nach dem Konzert mit

Dieter Thomas Kuhn, das ich meiner Frau zuliebe vor Monaten über mich hatte ergehen lassen.

»Wer sind Sie? Was machen Sie hier?« Das Informationsbedürfnis der Frau stand dem meinigen in nichts nach.

»Haben Sie mich niedergeschlagen?« Mehr als eine Gegenfrage fiel mir taktisch nicht ein.

Sie gab mir den Waschlappen in die Hand, damit ich ihn selbst auf meine fühlbare Beule drücken konnte, die zum Glück nicht blutete.

»Warum hätte ich Sie schlagen sollen?«, fragte sie zurück. »Ich habe Sie vor fünf Minuten in der Bibliothek meines Vaters gefunden.«

In mir rotierte es. War das die zweite Tochter von Gregorius, die es laut Claus Endlich nicht gab? Warum hatte sie keine Angst vor mir? Für sie war ich ein Eindringling in der Wohnung ihres Vaters. Ihr Verhalten konnte ich mir nur damit erklären, dass sie sich selbst unbefugt in diesem Haus aufhielt.

Ich versuchte, sie hinzuhalten. »Sind Sie die Schwester von Gabriele?«

»Halbschwester«, antwortete sie. »Ich weiß immer noch nicht, wer Sie sind. Wenn Sie mir keine befriedigende Antwort geben, hole ich die Polizei. Außerdem warne ich Sie: Ich habe den zweiten Dan in Karate.«

Da die Mitteilung, sie sei die Halbschwester der Ermordeten, glaubwürdig klang, legte ich die Karten auf den Tisch. Ein Bluff würde nicht funktionieren. Ich steckte sowieso längst viel zu tief in illegalen Ermittlungen. Wahrscheinlich würden mir meine Eskapaden dieses Mal das Genick brechen.

»Sie brauchen die Polizei nicht zu rufen, ich bin Polizist«, eröffnete ich mein Bekenntnis. »Zufällig war ich dabei, als Ihre Halbschwester Gabriele in Worms sterben musste. Ich war Tatzeuge«, fügte ich an.

Meine Worte ließen sie schlucken, ihre Lippen vibrierten leicht. »Ich hatte mit Gaby seit vielen Jahren keinen Kontakt, trotzdem nimmt mich das sehr mit. Und jetzt der Überfall auf meinen Stiefvater. Ich werde ihn nachher aus dem Krankenhaus holen und eine Woche pflegen. Mehr Urlaub habe ich nicht bekommen.« Sie zeigte auf einen Koffer, den ich durch die offene Bibliothekstür im Flur stehen sah.

Ich sah keinen Grund, die traurige Nachricht zurückzuhalten. »Ihr Stiefvater ist gestern verstorben.«

Ihr Erschrecken war echt, da war ich mir hundertprozentig sicher.

»Tot?« Mehr brachte sie zunächst nicht heraus.

Ich nickte. »Ermordet.« Wenn schon, dann sollte sie gleich die volle Wahrheit erfahren.

Anscheinend machte sie sich intensive Gedanken über meine Person. Sie ging in Verteidigungsstellung.

»Und Sie wollen Polizeibeamter sein? Wer hat Sie niedergeschlagen?«

»Wenn ich das wüsste«, sagte ich und zog meinen Dienstausweis aus der Tasche.

»Reiner Palzki, Schifferstadt«, las sie. »Und was machen Sie in Grünstadt?«

Da meine Kopfschmerzen mittlerweile sehr lokal auf die Umgebung der Beule begrenzt waren, stand ich, allerdings leicht schwankend, auf und setzte mich auf einen der unbequemen, weil ungepolsterten Holzstühle.

Ich erklärte ihr ausführlich meine Beweggründe. Den Konflikt mit Minack spielte ich herunter, da sie mit

Sicherheit in Kürze von selbigem als Zeugin vernommen werden würde.

Gregorius' Tochter kombinierte sofort die richtigen Schlüsse. »Und Sie denken, dass der Tod meiner Schwester mit dem Einbruch bei meinem Stiefvater im Zusammenhang steht?«

Ich nickte, was meinem Kopf wenig gefiel. »Spätestens seit dem Tod von Arndt Gregorius dürfte das feststehen. Irgendjemand versuchte, ein Geheimnis aus ihm zu locken. Um Näheres zu erfahren, bin ich hierhergefahren. Die Terrassentür stand offen.« Mir fiel noch etwas ein. »Ich befürchte, dass die Neustadter, beziehungsweise die Wormser Kollegen die Ermittlungen bald einstellen werden.« Ob dies aufgrund der neuen Lage stimmte, wusste ich natürlich nicht.

Sie setzte sich auf einen Stuhl mir gegenüber.

»Arndt hatte viele Geheimnisse«, sagte sie. »Aber keine, die zu einem oder sogar zwei Morden taugen. Die Geheimnisse, die er entdeckte, waren immer mehrere 100 Jahre alt. Außerdem behielt er sie nicht für sich, sondern veröffentlichte sie in irgendwelchen Fachmedien.«

»Eines dieser Geheimnisse schien aus dem Rahmen zu fallen.« Ich war gespannt, ob sie von alleine auf das Nibelungenthema zu sprechen kommen würde. »Hatten Sie regelmäßig Kontakt zu Ihrem Stiefvater?«

»Was heißt regelmäßig? Ich wohne und arbeite in Berlin. Ein- bis zweimal im Monat habe ich angerufen. Besucht habe ich Arndt nur selten. Zu Gaby hatte ich seit Jahren überhaupt keinen Kontakt mehr.«

»Hat Ihr Stiefvater in den letzten Telefonaten irgendetwas Besonderes gesagt? Irgendeinen Nebensatz, der interessant sein könnte?«

Sie schüttelte den Kopf. »Seit ein paar Monaten befasste er sich mit der Nibelungensage. Mit Gaby ist er deswegen in Würzburg gewesen. Dort will er ein altes Manuskript gefunden haben. Das hat er eigentlich ständig. In jedem zweiten Telefonat schwärmte er mir vor, dass er weltbewegende Dinge gefunden hat, die die Fachwelt in Erstaunen versetzen würde. Niemals habe ich je von einer seiner Entdeckungen in der Zeitung gelesen. Arndt war ein Mann der vergangenen Jahrhunderte. Seine Entdeckungen interessieren heutzutage keinen Menschen mehr.«

»Wo das Manuskript ist, wissen Sie nicht? Hatte Ihr Stiefvater ein Versteck?«

Sie überlegte. »Er hatte ein Bankschließfach. Das dürften Sie aber im Rahmen der Ermittlungen längst wissen.«

Ich merkte, dass ich ihr etwas Grundsätzliches deutlicher als bisher erklären musste.

»Die ermittelnde Behörde ist neben der Staatsanwaltschaft die Kriminalinspektion Neustadt, wahrscheinlich in Kooperation mit der Inspektion in Worms, da dort die erste Tat geschah. Ich gehe davon aus, dass meinen Kollegen das Bankschließfach längst bekannt ist. Mir übrigens auch, ich habe gestern mit Arndt Gregorius vor seiner Ermordung sprechen können. Um es präzise zu formulieren: Ich bin illegal hier, das heißt, ich habe keinerlei Befugnisse.«

»Und trotzdem ermitteln Sie?«

»Es ist ein Bauchgefühl. Immerhin war ich Zeuge, als Ihre Schwester starb. Und beim Tod Ihres Stiefvaters war ich ebenfalls dabei, keine Angst«, ergänzte ich schnell. »Die Täterin ist anscheinend eine falsche Krankenschwester gewesen.«

Sie benötigte etwas Zeit, um das Gesagte zu verdauen.

»Ich glaube, ich helfe Ihnen«, sagte sie schließlich. »Wie ich Arndt kenne, hat er …« Sie ließ den Rest des Satzes unvollendet und ging zu einem der wandfüllenden Bücherregale. Nach einer kurzen Suche zog sie ein Buch heraus. »Der erste Teil der Erstauflage der Brüder Grimm von 1813«, bemerkte sie. »Leider ist nur der Einband erhalten.« Sie öffnete das vermeintliche Buch. Der Buchbogen bestand aus karierten Blättern.

»Das Papier hat Arndt mit dem Einband verleimt. Er hat es zu seinem privaten Tagebuch umfunktioniert.«

Es freute mich diebisch, dass das Buch bei der Hausdurchsuchung nicht gefunden wurde. Okay, zu dem Zeitpunkt gab es noch keine Verbindung zu einem Tötungsdelikt. Bei der nächsten Durchsuchung würde man viel detaillierter vorgehen, und diese würde in Kürze anstehen. Trotz Beule hatte ich ein Riesenglück, dass ich die zweite Tochter von Gregorius kennengelernt hatte.

»Schauen Sie mal rein«, forderte ich sie auf. »Am besten von hinten nach vorne lesen.«

Sie nickte zustimmend und blätterte das Tagebuch mit dem alten Einband durch. Der Buchwissenschaftler hatte eine schlimme Sauklaue.

»Das kann kein Mensch lesen.«

»Ich schon.« Sie zeigte auf die vorletzte Seite. »Geschrieben vor einer Woche. B. hat tatsächlich den burgundischen Knoten gelöst. Sobald ich seine These verifiziert habe, kann es losgehen. B. hatte also doch recht.«

Sie schaute mich an. »Wer könnte B. sein?«

Ich wusste es auch nicht. »Lesen Sie weiter.«

Sie schlug die letzte beschriebene Seite auf. »Was die Sache mit den 5 Pfälzern angeht, bin ich mir unschlüssig. Das klingt für mich zu viel nach Fantasy. Was sollen diese Herrschaften, die sich regelmäßig in Haßloch zum Stammtisch in der Kneipe *Zum Drachentöter* treffen, mit den Nibelungen zu tun haben? Wie auch immer, ich muss diesem Hinweis nachgehen, ob Wissenschaftler oder nicht.«

»Davon hat Arndt nie etwas erwähnt.« Sie überlegte erfolglos.

Wir hörten, wie mehrere Wagen vor dem Haus anhielten und die Gartentür geöffnet wurde.

»Meine Kollegen sind im Anmarsch.«

Sie sah mich fragend an. »Die sollten Sie besser nicht finden, stimmts?«

»Wenn's möglich ist.«

»Dann mal schnell.« Sie schnappte ihren Koffer und wir flüchteten durch die Terrassentür. Von Büschen geschützt, gelangten wir problemlos auf das zugewucherte Baugrundstück.

»Kann ich Sie telefonisch erreichen?« Dass sie mir das Buch überließ, konnte ich vergessen.

Sie gab mir eine Visitenkarte. »Am besten per Handy. Die Büronummer nutzt nichts, da ich Urlaub habe.«

»Und das Tagebuch?«

Sie lächelte. »Ich werde es lesen und mich bei Ihnen melden. Haben Sie eine Karte für mich?«

Nachdem unsere Kontaktdaten ausgetauscht waren, verschwand sie in einer Seitengasse.

Sabine Baum, las ich auf der Karte. Sie war Key-Account Managerin eines englischsprachigen Unternehmens, das mir nichts sagte. Claus würde es herausfinden.

Nachdem ich über einen Umweg die Vorderfront von Gregorius' Haus erreicht hatte, sah ich das Dilemma:

Mein Wagen stand mitten zwischen zahlreichen Dienstwagen. Einfach hingehen und einsteigen war viel zu riskant. Schließlich war ich wegen meiner vielen beruflichen Erfolge so bekannt wie ein bunter Hund.

# KAPITEL 7
# DIE 5 PFÄLZER UND DER NIBELUNGENSCHATZ

Geduld war noch nie meine Stärke. Nach einer Viertelstunde war sie erschöpft. Hunger hatte ich auch. Langsam schlenderte ich in die Nähe der parkenden Fahrzeugkolonne und versuchte, die andere Straßenseite zu fixieren. Ich entdeckte einen Baum, der an der Grundstücksgrenze des Nachbarn wuchs, den ich als Deckung nehmen konnte. Endlich war die Gelegenheit günstig. Kein Beamter befand sich auf der Straße oder im Vorgarten von Gregorius' Haus.

In der Geschwindigkeit eines normalen Passanten ging ich zu meinem Auto. Alles lief glatt, ich war mir sicher, dass mich keiner beobachtet hatte. Zufrieden verließ ich den Ort.

Das Erlebnis ging mir durch den Kopf. Der Eindruck, den ich von der Frau gewonnen hatte, war positiv. Wenn sie in die Verbrechen verwickelt gewesen wäre, hätte sie in meinem Beisein niemals das Tagebuch aus dem Regal gezogen. Obwohl, vielleicht war sie in Zugzwang. Wenn sie von dem Tod ihres Vaters bereits wusste, dürfte ihr klar gewesen sein, dass die Polizei das Tagebuch schnell finden würde. Dummerweise störte ich sie in der Bibliothek und sie hatte mich mit ihren Karatekünsten niedergeschlagen, als ich sie beim Holen des Tagebuchs überraschte. Warum hatte sie mich nicht einfach liegen gelassen? Hat sie der Nachbar Waldemar Bückling beim Reingehen gesehen? Wenn die Polizei mich wenig später bewusstlos in der Bibliothek gefunden hätte, wäre das sofort auf sie zurückgefallen.

Dann war da der komische Nachbar selbst. Ein Kleinwüchsiger, was an und für sich nicht verdächtig war. Ich war mir sicher, dass er mir nicht alles gesagt hatte.

Ich nahm mir vor, die Managerin gleich heute Nachmittag anzurufen. Der oder die Täter waren offenbar gut informiert und konnten jederzeit erneut zuschlagen. Ein weiteres Opfer musste vermieden werden.

Aus diesem Grund sprang ich über meinen eigenen Schatten, beziehungsweise Magen, und fuhr nicht auf direktem Weg nach Speyer, sondern nach Haßloch. Diese ominöse Pfälzer-Stammtischgeschichte um fünf Freunde, die sich in einer Kneipe mit dem martialischen Namen *Zum Drachentöter* treffen, war zu kurios, um sie zu ignorieren.

In dem Großdorf Haßloch kannte ich mich nur ungenügend aus. Trotz meines männlichen Geschlechts musste ich mich dreimal herablassen, Passanten nach dem Weg zu fragen. Alle miteinander blickten mich mit einem grenzwertigen Gesichtsausdruck an, so als wäre es ihnen unangenehm, den Weg zu der Kneipe zu kennen.

Zehn Meter neben dem *Drachentöter* fand ich einen Parkplatz. Ob der Stammtisch zu dieser Mittagsstunde besetzt war?

Er war. In der Kneipe saßen rund zwei Dutzend Personen. Sofort kam die Wirtin auf mich zu.

»Tach, ich bin die Traudel, was darfsen soi mein Liewer?«

»Guten Tag, Frau Traudel, ich …«

Herb unterbrach sie mich. »In moiner Wertschaft werd sich geduzt. Ich bin die Chefin, die Traudel, und wer bisschten du?«

Ich entgegnete schlagfertig: »Ich bin der Reiner.«

»Alla Hopp«, meinte die resolute Wirtin. »Willscht du dich do niwwer hocke, newer des Fenschter?«

»Ich täte mich gerne mit den 5 Pfälzern unterhalten, wenn die da wären«, erklärte ich ihr mein Hiersein.

»Wenn die da sein täten«, äffte Traudel mich nach. »Gewehn der bloß des dappisch Hochdeitsch ab, sunscht versteht dich kä Sau. Vor Kurzem hän mer ähner aus Leipzisch bei uns in de Wertschaft ghabt, weil er sich verloffe hot. Dann hot er vun ähm tote Broiler in seim Kinnersitz erzählt, des muss ähn perverse gwese sei. Der war schneller widder fort, als hoscht gucke kenne.«

»Was issn los, Traudel, wu bleibt mei Bluna?«

Ich schaute in Richtung des Fragestellers. Ein großer runder Tisch mit Stammtischglocke und fünf verwegenen Typen, die daran saßen. Mir war sofort klar, dass ich mein Ziel erreicht hatte.

Ich sprach den mir am nähesten sitzenden Kerl an. »Bin ich bei euch richtig? Ich suche die 5 Pfälzer in einer wichtigen Angelegenheit!«

»Was issn los, hä? Hämma im Lotto gewunne oder was?«

»Des kannscht awer laut sage«, rief ein anderer dazwischen.

»Wieso? Haben Sie, äh, habt ihr Lotto gespielt?«

»Ne, wieso? Kenner ma net a so gwunne hawe?«

»Dumm gebabbelt is glei!« Wieder babbelte einer der fünf urigen Typen dazwischen. Das Gespräch dürfte sehr schwierig werden, ohne Zweifel, doch ich hatte in meinem Leben schon größere Herausforderungen gemeistert.

»Was ist ein Lottogewinn gegen den Nibelungenschatz«, sagte ich beiläufig. Die Reaktion war eindeutig.

»Loss den bloß dort, wu er iss«, sagte der offensichtliche Chef der 5 Pfälzer. »De Zwerg passt druff uff wie ähn Schießhund.«

»Sie, äh, du weißt, wo der Schatz liegt?«

Die komplette Stammtischrunde sah mich an, als käme ich sonst woher.

»Ejo wisse mehr des. Des is unser Altersversorgung, sunscht kennten mehr net de ganze Tach bei de Traudel hocke und dischputiere unn die Welt verbessere.«

»Des kannscht awer laut sage.«

Ich atmete tief durch. Mit so richtigen Urpfälzern hatte ich es bisher noch nicht zu tun gehabt.

»Mer kennen do äner, der passt schunn iwer tausend Johr uff den Nibelungische Schatz uff. Im Friejohr hot er uns mol ä paar alte Armreife gezeigt, die sollen aus purem Gold soi, hot er gsagt.«

»Des kannscht awer laut sage.«

»Der tut den Schatz schun so lang bewache und verrot känner Sau, wu er liegt.«

»Und euch hat er das verraten?«, fragte ich skeptisch.

»Ejo, mer hän dem mol ähn Gfalle getu.«

»Weil, der wohnt doch do drowwe an der Woistroß in der Geschend. Do hän mern mol besucht, als mer mein neie Navi auspobiert hän.«

Ich hatte einige Probleme, den fünf, die abwechselnd und überlappend sprachen, zu folgen. Der Dialekt war um einiges herber als der meines momentanen Kollegen Claus.

»De Zwerg is ball verrickt geworre. Ähner aus de neie Bunneslänner, so ähn Sachse, der wollt ubedingt ä Innervju mit dem hawe. Do hot er awer gstreikt.«

»Hat der Sachse einen Namen?«

»Name? Der is aus Leipzisch kumme und hot a so komisch gebabbelt. Do brauche mer doch kähn Name.«

»Des kannscht awer laut sage.«

Ich sah, wie am Nachbartisch eine Frau einen Stein Bier bekam und ihn auf einen Zug zur Hälfte leer trank.

»Wie habt ihr dem Zwerg geholfen?«

»Mer hännen fortgejagt, des war jo a kä art und weis, wie der sich mit seiner komisch Sproch uffgfihrt hot.«

Das Frage- und Antwortspiel war skurril. Mit meinen kurzen Fragen kam ich langsam, aber sicher weiter, um meinen Informationsdurst zu stillen. Am liebsten wäre mir zwar ebenfalls ein Stein Bier, doch man konnte nicht alles haben.

»Und zum Dank hat er euch das Versteck gezeigt.«

»Jo, net ganz so. Iwrischens, ich bin de Erwin, falls mol ähner noch mir froscht. Awer zurick mit dem Zwerg: Er hot uns nur so ugfähr verrote, wu des ganze Gold liegt. Sobald mir in Rente gehe, will er mit uns zu der Höhle fahre und fer jeden von uns genug goldenes Zeich rausshole, damit mer kä Not hawen und jeden Tach bei de Traudel zusammehocke kenne.«

Ich zog für mich ein persönliches Resümee. Die 5 Pfälzer waren einem Hochstapler auf den Leim gegangen, unabhängig ob ein Sachse mit involviert war oder nicht. Mich irritierte nur, dass Erwin von einem Zwerg sprach und der Nachbar von Gregorius kleinwüchsig war. Auch der Hinweis mit der Weinstraße passte.

»Heißt der Zwerg zufällig Waldemar Bückling?«

Erwin schaute mich an, als hätte ich ihn durch eine Kelter gedreht. »Des wes ich doch net, dunnerkeitel. Der hot uns kähn Name genennt. Awer wie ich denn des erschte mol gsehe hab, ham mir alle fünfe glei gewisst, dass der weeß, wu ähn Schatz verbuddelt is.«

»Und was wisst ihr sonst von ihm?«

»Dass er mit de Elwetritsche verwandt soi muss.«

Jetzt wurde es komplett surreal. Der Zwerg, mit dem die 5 Pfälzer Kontakt hatten, sollte mit dem Fabelwesen Elwetritsche verwandt sein. Widerwillig setzte ich eine letzte Frage ab.

»Wie kommt ihr auf die Idee?«

Erwin grinste. »Mir hän ämol ähn Stammtischausflug gemacht noch Neistadt an der Woistroß. Do gibt's ähn Elwetritschebrunne. Die Figure sehn genauso aus wie der Zwerg. Mer kännt grad menne, des werren Zwilling.«

Der Ausflug nach Haßloch war vergebens. Bei diesen Freizeittrinkern der Gattung Homo Urpfalzis kam ich nicht weiter. Ich stand auf.

»Ich bedanke mich brav für die Beantwortung meiner Fragen. Ich wünsche euch noch einen schönen Tag bei der Traudel.«

»Kannscht jo mol widderkumme«, meinte Erwin.

»Des kannscht awer laut sage.«

Nach diesem Erlebnis der besonderen Art war ich froh, den *Drachentöter* verlassen zu dürfen. Ich verzichtete darauf, den 5 Pfälzern meine Visitenkarte dazulassen, da diese Stammtischbrüder mit Sicherheit nichts, aber auch gar nichts zu meinen inoffiziellen Ermittlungen beitragen könnten.

Mir rauschte der Kopf, während ich meinen Wagen

aufschloss. In dem Moment kam der Stammtischbruder Erwin aus der Kneipe und rief nach mir.

»He, du, mer hätten noch was fer dich.«

Im Reflex drehte ich mich um und ging zwei, drei Schritte auf ihn zu. Dies rettete mir das Leben.

Eine Detonation erschütterte die Straße. Das Dach meines Autos flog über mich hinweg und zerschellte an einer Hauswand. Meine Ohren schmerzten. Ich versuchte, mich umzudrehen, im gleichen Moment zischte eine Stichflamme aus der Motorhaube. Fassungslos stand ich eine Sekunde lang bewegungslos da. Dann spurtete ich um mein Leben, während nun die Flammen aus dem Wagen in alle Richtungen schossen. Der Schmerz an meinem Hinterkopf, in der Nähe der Beule, war heftig und riss mich der Länge nach auf den Gehweg und ich verlor zum zweiten Mal an diesem Tag das Bewusstsein. Die Zeit der Ohnmacht war kurz, der Schaum eines Feuerlöschers brachte mich zurück ins Leben. Erwin hatte mich mit einem Handfeuerlöscher abgeduscht. Andere Haßlocher Bürger hatten in der Zwischenzeit das Gleiche mit meinem Wagen getan. Es roch verschmort, und das lag nicht nur an meinem rußgeschwärzten Cabrio ohne Lenkrad und mit verkohlten Sitzen. Erwin konnte trotz der tragischen Situation nicht ernst bleiben. »Des Feier hot der de ganze Hinnerkopp versengt, funn hinne siehscht du jetzert echt Scheiße aus.«

Er zeigte mit seinem leeren Löscher auf meinen ehemaligen Dienstwagen. »Was hoschten do drin khabt? Willscht du Haßloch vun de Landkart ausradiere?«

Feuerwehr und Polizei ließen nicht lang auf sich warten. Es waren Beamte der Polizeiinspektion Haßloch, die von den Ermittlungen in Sachen Gregorius nichts wussten. Ich verzichtete darauf, ihnen einen dementsprechenden Hinweis zu geben. Da ich mich als Polizist ausweisen konnte, ging die erste Bestandsaufnahme schnell über die Bühne, zumal es außer mir keine weiteren Verletzten gab.

»Sie besuchten also die Kneipe *Zum Drachentöter.*« Der Beamte sprach so, als wäre sie mehr als verrufen. »Was wollten Sie dort?«

Zu sagen, ich wollte zu Mittag essen, wäre unglaubwürdig gewesen, zumal die Lüge schnell ans Tageslicht gekommen wäre.

»In meiner Freizeit sammle ich alte Sagen aus der Region. Vor Kurzem ist mir zu Ohren gekommen, dass diese ehrwürdige Kneipe einen Bezug zu der Nibelungensage hat, deswegen auch der Name. Leider habe ich mich getäuscht. Tja, mehr kann ich Ihnen leider nicht helfen.«

»Sagen?« Der Polizeibeamte hatte mit viel gerechnet, mit solch einer Antwort allerdings nicht. »Ist das Ihr Ernst?«

Fast hätte ich ihm geantwortet, dass dies nicht der Ernst, sondern der Erwin sei und er nicht mir gehöre. »Lesen Sie keine Bücher?« Mit dieser nur in Ansätzen passenden Gegenfrage brachte ich ihn offensichtlich in Verlegenheit. Wenn er ehrlich gewesen wäre, hätte er mir auf meine Frage geantwortet, dass in seinem Haushalt Fernsehzeitschrift und Discounterprospekte die einzigen Printprodukte waren. Stattdessen antwortete er: »Sie haben durch die Explosion bestimmt eine Gehirnerschütterung davongetragen. Sollen wir Sie in ein Krankenhaus bringen lassen?«

Ich überlegte. Das Dümmste wäre das nicht, schließlich musste ich irgendwie nach Hause kommen. Außerdem könnte eine kurze Untersuchung meines Kopfes nicht schaden. Solchen körperlichen Anstrengungen war er nicht mehr gewachsen, zumal sie in letzter Zeit häufig vorkamen.

»Einmal nach Speyer, bitte. Sollen die Ärzte mal meinen Kopf auseinandernehmen.« Außerdem sah ich wegen des Schaums aus wie ein Depp.

Der Beamte winkte die Sanitäter herbei, die auf der anderen Straßenseite standen und nicht wussten, ob sie benötigt wurden.

»Übrigens, Herr Palzki«, sagte der Polizist. »Ihr Wagen hat nicht von allein gebrannt, es gibt eindeutige Hinweise auf Fremdverschulden.«

Die 5 Pfälzer standen auf dem Gehweg neben meinem abgebrannten Auto, als ich in den Krankenwagen stieg, und disputierten über Ursache und Wirkung.

»Wenn die Bomb unnerm Beifahrersitz gewese wär un nett unner de Motorhaub, dann hätt se den Kerl in all sei Ähnzeltähle zerlecht«, war das Letzte, was ich hörte.

# KAPITEL 8
# MORDSMÄSSIGER ÄRGER

Wie üblich, übertrieben die Ärzte ohne Ende. Seit die Kliniken mit den Krankenkassen über Fallpauschalen abrechneten, mutierte jeder kleine Kratzer zu einer lebensbedrohlichen Krankheit. Eine optische Begutachtung meines Kopfes inklusive Säuberung sowie Entfernung der versengten Haare ließ ich mir gefallen. Als mir eine Schwester eine Infusion legen wollte und erzählte, dass sie mir anschließend ein paar Elektroden auf den Kopf kleben würde, um ein EEG zu machen, rebellierte ich. Drei bis vier Tage sollte ich zur Beobachtung auf der Station bleiben und die Ergebnisse der Untersuchungen abwarten. Selbst Stefanie, die inzwischen auf meinen Anruf hin herbeigeeilt war, hielt dies für eine gute Idee, doch ich ließ mich nicht beirren. Die Krankenkassenbeiträge waren sowieso viel zu hoch, was auch für mich als Beamter galt, das musste mal in aller Deutlichkeit gesagt werden.

Dank meines Durchsetzungsvermögens konnte ich die Ärzteschaft und, man darf es ruhig glauben, meine Frau davon überzeugen, die Beobachtungsphase der vermuteten Gehirnerschütterung zu Hause abzuhalten. Ich und Gehirnerschütterung! Schließlich wusste ich selbst am besten, dass ich klar und ohne Aussetzer denken konnte. Alles war in meinem Gehirn wie immer.

Stefanie hatte an frische Kleider gedacht, sodass ich

nicht in den feuchten Klamotten in ihren Kleinwagen steigen musste.

Meine Frau war gemein zu mir. Es gab einige Wege, um vom Krankenhaus nach Schifferstadt zu fahren. Sie wählte ausgerechnet einen, der am St.-Guido-Stifts-Platz vorbeiführte. Ob absichtlich oder nicht, wer weiß?

Mein Magen knurrte wie ein alter Dampfer, als ich am anderen Ende des Platzes meinen Pfälzer Lieblingsort entdeckte. Doch was war das? Ich glaubte, zu träumen. Hatte ich doch eine Gehirnerschütterung? Vor dem Wintergarten der *Currysau* stand KPD in voller Uniform mit einer ganzen Reihe Anzugträger. Hatte er den Stadtrat hierherzitiert oder war das bereits eine Abordnung des Landtages?

Bis auf wenige Ausnahmen war der Rest des Tages angenehm. Ich lag auf meinem Bett und kurierte mich aus, was ideal war, um den Gedanken freien Lauf zu lassen und über die beiden Kapitalverbrechen nachzudenken, auch was meine Rolle in der Geschichte war. Warum ich? Wer wollte mich töten?

Die Gemüsesuppe konnte ich zunächst abwehren. Den Kamillentee ebenfalls. Auch den Zwieback. Die Sache mit Melanie war schwieriger. Im Zehnminutenrhythmus tauchte sie an meinem Krankenlager auf und überreichte mir Dinge, die ich armer, armer Vater in meiner Notlage gebrauchen könnte: Zeitung, Schokoriegel, ein Glas Cola, und sogar eine Ausgabe des Playboys, den ich sofort unter dem Bett verschwinden ließ. Ich hatte keine Ahnung, wo sie den herhatte.

Es klingelte an der Haustür und ich hörte, wie Stefanie ein kurzes Gespräch führte. Damit schied Frau Ackermann, unsere extrem redselige Nachbarin aus.

»Das war das Sanitätshaus«, sagte sie, als sie mit einer Schachtel ins Schlafzimmer kam. »Die haben zwar nicht mein Wunschmodell auf Lager gehabt, aber ein Ähnliches. Kannst du dich bitte mal aufsetzen?«

Ich tat wie geheißen, ohne die geringste Ahnung zu haben, was meine Frau vorhatte. Sie kruschelte in dem Karton. »Schau mal in die andere Richtung.« Planlos blickte ich zum Fenster. Stefanie nutzte den Augenblick meiner Unachtsamkeit und drückte mir etwas Haariges auf den Hinterkopf.

»Nicht schön, aber besser als nichts«, sagte sie und drückte sanft auf meiner Glatze herum.

»Was machst du da überhaupt?« Ich stand auf und wollte an meinen Hinterkopf greifen, als ich es im Schrankspiegel sah. »Was soll der Mist?«, fragte ich angesäuert und war im Begriff, den Fetzen von meinem Kopf zu ziehen.

»Halt!«, schrie Stefanie, »lass das Toupet, wo es ist.«

»Ein Toupet?«, fragte ich erschüttert. »Wie alt bin ich denn?«

»Das hat nichts mit dem Alter zu tun«, entgegnete sie. »Auch viele junge Männer leiden an zurückgehenden Haaransätzen. Nimm dir ein Beispiel an Gerhard.«

»Der trägt seine Fastglatze mit Würde. Gerhard trägt nie ein Toupet.«

»Weil man es von ihm so gewohnt ist.«

Warum mussten Frauen immer das letzte Wort haben. Dieses Mal würde ich mich bis zum Ende wehren. »Ich trage das nicht, die Haare sind ratzfatz nachgewachsen, basta.«

»Und bis dahin trägst du das Toupet«, bestimmte Stefanie. »Ich will nicht, dass man denkt, ich hätte meinen Vater dabei, wenn wir zusammen unterwegs sind.«

Damit war das Thema erledigt.

Ich legte mich zurück ins Bett. Eigentlich wollte ich heute bei Sabine Baum anrufen, was ich verschob. Ich musste morgen früh unbedingt zur Arbeit. Hoffentlich konnte ich KPD mit irgendeiner kruden und verrückten Geschichte ruhigstellen. Wenn ich beiläufig die Vermutung äußern würde, dass die Wormser Beamten hinter der ganzen Sache stecken könnten, dürfte ich weiterhin Narrenfreiheit haben und mich um den Fall kümmern. Ein Chef muss schließlich nicht alles wissen. Den Verlust des Dienstwagens würde ich mit einem technischen Defekt erklären.

Am nächsten Morgen konnte ich mich bei Stefanie wieder in der gewohnten Art und Weise durchsetzen.

»Ich muss heute arbeiten«, sagte ich, als der Wecker klingelte, der für die Kinder gedacht war, weil diese zur Schule mussten.

Das Erste, was Stefanie dazu einfiel, war: »Das Toupet bleibt aber auf.«

Zögerlich fragte sie: »Ist das nicht gefährlich, Reiner? Jemand wollte dich gestern umbringen, hat mir die Schwester im Krankenhaus gesagt.«

Um meine Frau nicht über Gebühr aufzuregen, immerhin hatte sie zwei Säuglinge zu versorgen, verharmloste ich die Explosion ihr gegenüber etwas.

»Ach was, das war ein technischer Schaden. Das kann immer mal passieren. Dafür bekomme ich jetzt einen neuen Dienstwagen. Hast du einen Wunsch bezüglich der Farbe?«

Melanie zeigte ihr strahlendes »Ich-will-nach-Mainz«-Gesicht, Paul nahm neben seinem Rucksack eine weitere Tasche mit zur Schule, für deren Inhalt ich mich im Moment besser nicht interessierte.

Das größere Problem hatte ich vor der Haustür, als ich in meinen Wagen einsteigen wollte, er aber nicht da war. Ich überlegte, ob ich mit einem Taxi die knapp einen Kilometer ewig weite Strecke zum Büro schneller bewältigen konnte. Meine kurze Unschlüssigkeit wurde sofort ausgenutzt: Meine Nachbarin, Frau Ackermann, öffnete die Haustür und kam drohend näher.

Alles im Radius von 50 Meter um Frau Ackermann war eine No-go-Area, beziehungsweise auf altmodischem Deutsch eine Tabuzone. In diesem Bereich hatten selbst Funkwellen keine Chance. Die Abschirmung war so groß, dass in ihrer Nähe kein Mobilfunktelefon funktionierte, wie kürzlich ein paar Experten ohne ihr Wissen festgestellt haben. Die Ursache war simpel: Frau Ackermann redete nicht nur extrem viel, sondern auch in einer extrem schnellen Frequenz. Dadurch überlagerten sich die von ihr ausgeworfenen Schallwellen zu mikroskopisch kleinen Luftwirbeln, die sämtliche elektromagnetischen Strahlen in diesem Bereich zur Verzweiflung brachten.

Hallo, Herr Palzki, guten Morgen«, schnatterte sie los. In dem Moment entdeckte sie mein Haarteil.

»Was ist denn mit Ihnen passiert, Herr Palzki, das sieht ja furchtbar aus. Obwohl, besser als bei meinem Mann allemal. Vom vielen Liegen sind am Hinterkopf seine ganzen Haare abgeschabt. Furchtbar, sage ich Ihnen. Wobei, allzu oft seh ich meinen Mann zum Glück nicht von hinten. Von vorn eigentlich auch nicht. Nur wenn er liegt, auf der Couch oder im Bett. Ich würde so gern mal mit ihm ausgehen, aber er ist einfach zu faul. Dabei versucht er immer, die Schuld auf mich zu schieben. Ich würde jede Veranstaltung sprengen, meint er jedes Mal.

Das letzte Mal, wo ich mit meinem Mann aus dem Haus gekommen bin, wenn man mal das Einkaufen außen vor lässt, dann war das bei der Geburt von unserem Sohn Gottfried. Da musste ich ins Krankenhaus und mein Mann hat mich wenigstens bis zur Tür gebracht. Also die Tür vom Krankenhaus, damals war er noch ein Gentleman. Heute motzt er bloß mit mir rum, wenn ich die falsche Biersorte mitbringe. Oh, Herr Palzki, seien Sie froh, dass Sie eine so treu sorgende Ehefrau und vier liebe Kinder haben. Ich arme Frau würde mich schon freuen, mal Urlaub in Speyer machen zu können. Aber das liegt alles so weit weg, sagt mein Mann. Da fällt mir ein: Ihr Sohn ist in letzter Zeit sehr häufig bei meinem Mann. In der nächsten Woche wollen sie zusammen was erleben. Da habe ich gefragt, ob ich mitmachen darf, da hat mein Mann gesagt, das wäre nichts für alte Weiber. Dabei bin ich doch gar nicht so alt, oder was meinen Sie, Herr Palzki?«

Ach du großer Mist, dachte ich. Normalerweise stellte Frau Ackermann nur rhetorische Fragen und redete ohne Pause weiter. Doch bei dieser, für sie anscheinend äußerst wichtigen Lebensfrage, stoppte sie ihren Sprachfluss. Ich wusste bis eben nicht, dass es Frau Ackermann ohne Sprache gab.

Um die Pause nicht allzu peinlich werden zu lassen, antwortete ich: »Ihr Mann hat sich nur einen Spaß erlaubt. Ich habe in der Zeitung gelesen, dass man für das nächste Jahr eine neue Rettichfestkönigin sucht. Wäre das nicht was für Sie?«

Bevor sie auf die Idee kam, zu antworten, gab ich Fersengeld, was mangels Auto eine gute Lösung war.

Das Spießrutenlaufen im Waldspitzweg war heftig. In rasantem Tempo schien sich mein Haarteil herumzusprechen.

Gerhard staunte mit offenem Mund und Claus kommentierte trocken: »Do kummt jo unser Anti-Kotschäk. Wo hoschten dein Lolli gelosst?«

Jutta verkniff sich ein Lachen, was ihr sichtlich schwerfiel. Stakkatoartig sagte sie: »Du sollst gleich zu KPD kommen, er wartet auf dich.«

Da heute sowieso nicht mein Tag war, drehte ich um und ging zu KPDs Saal. Der Begriff »Saal« traf die Realität nur ungenügend, aber die Chefhalle einfach nur Büro zu nennen, wäre noch falscher gewesen. Der Dienststellenleiter hatte die Trennwände mehrerer Büros herausnehmen lassen, sodass er flächenmäßig über rund zwei Drittel des ersten Obergeschosses verfügen konnte. Inzwischen gab es erste Pläne, die Decke zum Obergeschoss herauszunehmen, um dem Charakter einer Halle auch höhenmäßig näherzukommen. Ganz neu war der Erweiterungstrakt seiner Privatbibliothek. Bisher hatte er nur neuzeitlichen Kram wie Goethe und Lessing gesammelt, neuerdings fixierte er seine Sammelwut auf alte Handschriften. Wir Untergebenen störten ihn bei seinen ständig wechselnden Marotten niemals. Denn in der Zeit, die er mit seinen Hobbys verbrachte, belästigte er uns nicht.

Nachdem ich die neue doppelflügelige Tür mit dem ornamentverzierten Rundbogen geöffnet hatte, erstarrte ich.

KPD war nicht allein. Sebastian Minack saß an einem der kleineren Besprechungstische und schien sichtbar genervt, weil KPD ihm nicht die notwendige Aufmerksamkeit schenkte. Auf einem größeren Tisch, einige Meter von dem Wormser entfernt, hatte KPD Gerhards Kaffeemaschine zerlegt. Und zwar bis zur letzten Schraube. Ringsherum lag ein Werkzeugarsenal, mit dem sich ein mittelständisches Handwerksunternehmen glücklich schätzen würde. Warum neben einer Schlagbohrmaschine ein Trennschleifer und ein Elektroschweißgerät dabei waren, wusste wohl nur KPD.

»Ah, da sind Sie ja, Herr Palzki.« Mein Chef sah von der Kaffeemaschine auf und feixte zu Minack. »Sehen Sie, meine Untergebenen erscheinen pünktlich. An meiner Dienststelle herrscht Zucht und Ordnung. Wir lassen die Zeugen nicht mehrmals antanzen, bloß weil wir etwas vergessen haben zu fragen. Und wissen Sie, warum? Weil wir niemals vergessen, etwas zu fragen.«

Minack stand auf und kam mir entgegen, KPD machte das Gleiche. So kam es, dass wir uns irgendwo in der Mitte trafen, wo es weder Tisch noch Stühle gab. Wir standen da und das sah ziemlich blöd aus.

»Guten Morgen, Herr Palzki«, begrüßte mich Minack und ignorierte KPD. Wollte er sich bei mir mit dieser sympathischen Geste einschleimen?

»Sie waren ausschließlich wegen Gregorius im Krankenhaus!«, legte er ohne weiteres Vorgeplänkel los. »Wir haben das inzwischen überprüft. Warum haben Sie gelogen?«

Es war Zeit, ihm den Wind aus den Segeln zu nehmen. »Ich habe nicht gelogen.«

Meine vier Worte verärgerten ihn weiter. »Das mit Ihren vagen Kommentaren habe ich längst bemerkt, ich bin schließlich nicht von gestern. Das ändert nichts daran, dass Sie sich in unsere Ermittlung eingemischt haben.«

KPD unterbrach den Eindringling. »Was heißt eingemischt? Ich und Herr Palzki sind schließlich direkt Betroffene. Wir waren am Tatort, als die Tochter ermordet wurde.«

Minack klang erbost. »Als Dienststellenleiter sollten Sie wissen, dass Sie nur Zeuge sind, aber nicht berechtigt, Ermittlungen zu führen. Sie werden deswegen zu einem Gespräch vom Oberstaatsanwalt geladen.«

Bevor KPD zwecks Gegenwehr seine vielfältigen Beziehungen bis hin zum Kriegsminister aufzählte, intervenierte ich.

»Meine Herren, machen Sie sich keinen Stress. Ich habe nur einen Verletzten im Krankenhaus besucht, der zufällig zu dem Zeitpunkt meines Besuchs ermordet wurde. Mehr habe ich nicht getan, von einer Einmischung kann folglich keine Rede sein.«

Minack platzte der Kragen. »So? Sicherlich behaupten Sie auch, niemals in der Wohnung von Gregorius gewesen zu sein, stimmt's?«

Mist, jetzt wurde es eng. Hatte der Kleinwüchsige gepetzt?

Er zog einen Notizblock aus der Tasche, den ich gut kannte. »Den haben wir gestern in der Bibliothek von Arndt Gregorius gefunden. Wie ist der nur dort hingekommen?«

»Ist das Ihrer?«, fragte KPD, der nicht mehr richtig folgen konnte.

»Muss ich im Krankenhaus verloren haben«, sagte ich, ohne auf die Frage meines Chefs einzugehen. »Ich habe keine Ahnung, wie er in diese Wohnung kam.«

»Wehe, wenn sich das als Lüge herausstellt, Herr Palzki. Ein einziger Fingerabdruck in Gregorius' Wohnung genügt mir und Sie waren die längste Zeit Beamter.«

Er reichte den Block an KPD, damit machte er sich mir endgültig zum Feind. »Schauen Sie mal, was Ihre Untergebenen unter Protokoll schreiben verstehen. Lauter wirres Zeug und Bilder in Kindergartenniveau.«

Mein Chef nahm den Block, der glücklicherweise nur wenige beschriebene Blätter hatte.

»Gut gemacht, Herr Palzki«, sagte KPD unerwartet. »Immer mit dem Feind rechnen und alles verschlüsselt niederschreiben. So kann kein Fremder etwas mit Ihren wichtigen Aufzeichnungen anfangen.«

Er blickte zu Minack. »Sie sehen, ich als guter Chef stehe hinter meinen Untergebenen. Fehler gibt es an unserer Dienststelle nicht. Haben Sie noch eine Frage, bevor Sie sich verabschieden wollen?«

Minack war sprachlos. KPD nutzte die Sprachlosigkeit, um sich wieder mir zuzuwenden. »Dafür bekommen Sie eine Belohnung, Herr Palzki.«

»Sonderurlaub?«

»Ach was, ich habe etwas viel Besseres. Ich habe vorhin erfahren, dass gestern Ihr Dienstwagen in Haßloch einem Attentat zum Opfer fiel. Sie müssen nicht warten, bis der neue Wagen geliefert wird. Sie dürfen solange einen unserer Streifenwagen benutzen.«

Ich erblasste vor Begeisterung. Seltsamerweise erblasste Minack ebenfalls. »Das war Ihr Wagen in Haßloch?«

Klar, Minack hatte davon in den Berichten gelesen, aber natürlich keine Verbindung zu mir ziehen können.

»Nur ein technischer Schaden«, log ich.

Minack grinste gehässig. »Ich habe gelesen, es sei eine

fernausgelöste Explosion gewesen. Sie scheinen gefährlich zu leben, Herr Palzki.«

»Beamte leben immer gefährlich. Schon so mancher hat sich beim Einschlafen den Kugelschreiber ins Auge gerammt.« Ich wechselte das Thema. »Woran ist Gregorius gestorben?«

»An einem Herzinfarkt«, log Minack.

Jetzt grinste ich gehässig. »Kein Scopolamin oder Kalium?«

Der Wormser Beamte stand kurz vor seiner eigenen Explosion. »So, so, haben Sie einen Maulwurf bei uns eingeschleust? Bei uns in Worms kann der nicht sitzen, wahrscheinlich bei den Grünstadter Beamten. Egal, Sie werden von unserem zuständigen Oberstaatsanwalt in Kürze hören. Und so lange halten Sie sich aus unseren Ermittlungen heraus, verstanden?«

Ohne Verabschiedung verließ er den Saal.

»So, den wären wir los«, sagte KPD selbstzufrieden. »Wo kämen wir hin, wenn wir uns jedes Mal um die Wehwehchen und Befindlichkeiten anderer Dienststellen kümmern würden. Ermittlungshoheit! Wenn ich schon dieses hierarchische Gedöns höre, platzt mir der Kragen. Wir Beamte sind für das Wohlergehen der Bürger verantwortlich, nicht mehr und nicht weniger. Und warum sollten wir uns um diesen Fall nicht kümmern, wenn wir halt mal effizienter arbeiten als die Mimosen in Worms?«

Er klopfte mir auf die Schulter. »Herr Palzki, ich habe schon immer sehr viel von Ihnen gehalten, auch wenn ich es nicht immer so deutlich zeige. Ich habe es im Gefühl: Sie sind auf der richtigen Spur. Finden Sie diesen Verbrecher, der mich absichtlich mit dem Blut der Frau besudelt hat. Ich gebe Ihnen freie Hand für die Ermittlungen.«

KPDs Zorn auf die Wormser Behörde musste seit dem schicksalhaften Tag bei den Nibelungenfestspielen unendlich groß sein. Wahrscheinlich war es in seiner Beamtenlaufbahn das erste Mal gewesen, dass sein Wille verweigert wurde.

Er war noch nicht fertig. »Selbstverständlich werde ich Sie dabei wie immer tatkräftig unterstützen, sobald ich meine Baustellen abgearbeitet habe.«

Ich schaute mich um, konnte aber keinen Hinweis auf neue Umbauarbeiten erkennen.

»Baustelle? Bei Ihnen im Chefsaal?«

»Nein, das meine ich nicht. Die neuen elffachverglasten Fenster werden erst nächste Woche eingebaut. Ich meine mit Baustellen die Suche nach unserem Maulwurf und meinem Well-Ess-Projekt.«

»*Currysau*?«

»Herr Palzki, tun Sie mir einen Gefallen und vergessen Sie diesen unpassenden und wenig schmeichelhaften Namen. Die Taufe wird bereits am kommenden Wochenende stattfinden.«

»Sie werden Vater?«, fragte ich überrascht.

KPDs Nase zitterte. »Ich bin seit vielen Jahren verheiratet, Herr Palzki. Wie soll ich zu einem Kind kommen? Mit Taufe meine ich die Namensänderung der Curry, äh, der ehemaligen Imbissbude an diesem Platz in Speyer.«

So ein Mist, dachte ich. Viel Zeit hatte ich nicht mehr, die Welt, respektive den weltbesten Imbiss, zu retten.

KPD streckte sich und betrachtete interessiert meinen Hinterkopf. »Was kostet so ein Toupet, Herr Palzki?«

Mit dieser Frage hatte ich nicht gerechnet.

»Gefällt es Ihnen, ich kann es Ihnen gern verkaufen.«

Mein Chef druckste ein wenig herum. »Im nächsten

Frühjahr will ich mir auch so ein Ding zulegen. Leider zeigt mein Körper inzwischen die ersten Altersspuren.«

Beinahe hätte ich ihm geantwortet, dass es für geistigen Abbau keine Toupets gab. »Ihr Kopfhaar ist doch noch sehr füllig.«

»Ja, das schon«, gab er zu bedenken. »Ich brauche es für meine Brust.«

Ich konnte nicht anders, als herauszulachen. KPD und ein Brusttoupet wie Dieter Thomas Kuhn, das würde sich an der Dienststelle herumsprechen wie nichts.

»Lachen Sie nur«, meinte KPD und schaute grimmig. »Die grauen Haare auf meiner Brust lassen mich älter erscheinen als ich bin. Im Frühjahr, wenn mein neuer Dienstwagen geliefert wird, sieht das blöd aus, wenn ich im Cabrio und offenem Hemd durch die Gegend fahren will.«

Seine Sorgen hätte ich gerne, dachte ich seufzend. Für KPD würde ein Katzenfell vom Abdecker genügen.

Ich verabschiedete mich und KPD ging zu seinem 1.000-teiligen Kaffeemaschinenpuzzle. Kaum hatte ich die Tür hinter mir geschlossen, hörte ich die Flex aufheulen.

»Do bischt jo schunn widder«, sagte Claus, als ich in Juttas Reich eintrat. Jutta und Gerhard saßen am Besprechungstisch und betrachteten einen Kaffeebohnenkatalog.

»Wir haben viel zu tun, wie ich sehe.«

Statt einer Antwort überreichte mir Claus eine Rolle Kreppband. »Do nimm, fer heit mittach hän se starke Wind agsagt.«

Ich pfefferte die Rolle in die Ecke und setzte mich zu den Katalogbetrachtern.

»Immer noch keine Kekse?«

»Du hast letzte Woche fünf Dosen leergefuttert«, entgegnete Jutta.

»Aber nicht allein«, protestierte ich.

»Doch. Insgesamt waren es sechs Dosen. Fünf davon gehen auf dein Konto.«

»War auch eine verdammt lange Woche«, murmelte ich und wechselte das Thema. Ich erzählte meinen unwissenden Kollegen von den Erlebnissen des gestrigen Tages. Als ich von Gregorius' zweiter Tochter erzählte, wurde Claus hellhörig. Während der Geschichte mit der Stammtischrunde und den 5 Pfälzern schüttelten alle irritiert den Kopf. Bei der von mir äußerst spannend und tragisch erzählten Szene, in der mein Dienstwagen in die Luft flog, war es mucksmäuschenstill.

»Ich steige nie mehr bei dir in den Wagen«, sagte Jutta, als ich meinen Bericht beendet hatte.

Dies war mir sehr recht, denn Jutta mochte es im Auto immer kuschelig warm haben. Etwa so wie im Innern der Sonne.

»Und wo hast du das Toupet her?«, fragte Gerhard neugierig.

»Das hat Stefanie irgendwo günstig aufgetrieben. Du kannst es in ein paar Tagen haben, wenn die Haare nachgewachsen sind. Meine Haare, meine ich.« Dabei sah ich auf Gerhards schwindenden Haarkranz, bei dem die Haare nicht mehr nachwachsen würden.

»Los doch den arme Kerl in Ruh«, meinte Claus und erntete damit massiven Protest von Gerhard. Er bemerkte, dass er in ein Fettnäpfchen getreten war. »Du, Reiner, ich hab nochämol gekuckt weche der zwette Tochter. Ich kann die immer noch net finne.«

Wortlos überreichte ich ihm die Visitenkarte.

»Sabine Baum«, las er laut vor, während er zu Juttas Computer ging. »Do steht awer nur dere ihr Firmeadress druff. Mol gucke, was des fer ä Fabrik iss.«

Wir hörten, wie er die Tastatur bearbeitete. »Dess is awer komisch«, meinte er kurz darauf. »Ä Internetseit hänn die schunn, do steht awer nur allgemeines Gschwafel druff. Un ä Impressum hänn die a net.«

Jutta verließ ihren Platz und ging zu Claus. »Das ist die Niederlassung eines US-amerikanischen Unternehmens, die brauchen kein Impressum.« Sie nahm den Telefonhörer in die Hand und wählte eine Nummer, die sie auf dem Bildschirm ablas.

»Ja, guten Tag, Müller hier. Ich würde gerne Frau Sabine Baum sprechen. In welcher Angelegenheit? Tut mir leid, das ist privat.« Es dauerte ein bisschen, dann sagte Jutta: »Vielen Dank für die Information, auf Wiederhören.«

Nachdem sie aufgelegt hatte, blickte sie auf. »Seltsam, die Dame sagte mir, dass Frau Baum nicht an ihrem Platz sei, sie aber baldmöglichst zurückruft.«

»Da ist was faul an der Sache«, kommentierte Gerhard. »Das riecht nach Scheinfirma. Hast du wenigstens deine Rufnummer unterdrückt, bevor du gewählt hast? Sonst weiß sie gleich, wer angerufen hat.«

»Hältst du mich für eine Anfängerin?«, antwortete Jutta zornig. »Nur die Strafverfolgungsbehörden können den Anruf zurückverfolgen.«

# KAPITEL 9
# ABLASSBRIEFE UND ADERLASS

Ihr Apparat klingelte.

»Wagner«, meldete sie sich. Plötzlich bekam sie große Augen. »Wer sind Sie bitte? Sie wollen Herrn Palzki sprechen?« Wortlos gab sie mir den Hörer.

»Hallo«, begrüßte ich Sabine Baum, nachdem sie mir ihren Namen genannt hatte, »Wie geht es Ihnen? Haben Sie den Schock überwunden? Was, Sie wissen, was das B im Tagebuch Ihres Stiefvaters bedeutet?«

Jutta stellte auf Lautsprecher um.

»Kann ich Sie treffen, Herr Palzki? Ich bin in Ludwigshafen. Könnten Sie in einer Stunde an der S-Bahn-Haltestelle Mitte sein? Dort, wo die Unterführung zum Berliner Platz geht? Das ist in der Nähe meines Hotels.«

Bevor ich eine weitere Frage stellen konnte, hatte sie aufgelegt.

Jutta blickte erstaunt. »Die hat aber schnell die Rufnummer herausbekommen. Das dauert selbst bei uns länger.«

»Damit dürfte klar sein, dass sie eine Kollegin ist«, stellte Gerhard fest. »Irgendein Geheimdienst, der mit verdeckten Ermittlern und Scheinfirmen arbeitet.«

»Ihr schaut zu viel James Bond«, klärte ich die drei auf. »Manchmal ist die Lösung viel einfacher. Ich habe ihr gestern meine Visitenkarte gegeben. Sie kannte meine Rufnummer.«

Claus war damit nicht zufrieden. »Sie hot doch bei Jutta agerufe un net in deim Biro.«

»Reiner hat sein Telefon dauerhaft auf meinen Apparat umgestellt«, erklärte Jutta. »Inzwischen weiß er wahrscheinlich nicht einmal mehr, wo sein Büro überhaupt ist.«

Jutta wählte eine interne Nummer und ließ die Herkunft des Anrufers überprüfen. Kurz darauf war klar, dass sie mit ihrer Mobilnummer auf meinem Apparat angerufen hatte.

»Nix Geheimdienst«, sagte ich. »Was es mit dieser ominösen Fima auf sich hat, kläre ich nachher. Ich muss jetzt gleich weg.«

Claus wollte mit mir kommen, doch ich hatte genügend Argumente gegen seinen Plan. »Das ist für dich zu anstrengend, Claus. Nicht, dass du wegen mir den Polizeidienst quittierst.«

Natürlich musste ich mich mit dem ältesten Streifenwagen begnügen, den unser Fuhrpark hergab.

»Tut mir leid, Reiner«, sagte der zuständige Kamerad von der Schutzpolizei und grinste dabei frech. »Die anderen Wagen sind alle im Einsatz oder in der Werkstatt. Seit KPD die Ersatzbeschaffungen blockiert, haben wir einen mobilen Engpass. Ich sehe es kommen, dass wir mit Fahrrädern auf Streife fahren.«

Der mir zugeteilte Wagen hatte eine alte grüne Lackierung und gehörte längst ausgemustert. Immerhin besaß er bereits elektrische Blinker und hatte kein Oldtimer-Kennzeichen.

Ich fuhr nach Ludwigshafen und parkte in der Walzmühle. Die Fahrt war wesentlich entspannter als mit meinem bisherigen Dienstwagen, den man von außen nicht als Behördenfahrzeug erkennen konnte. Im Streifenwagen dagegen machten mir alle anderen Verkehrsteilnehmer Platz und fuhren im Schnitt nur halb so schnell wie üblich. An der roten Ampel am Giuliniknoten testete ich das Sondersignal aus. Es funktionierte einwandfrei und ich gewann eine weitere Minute.

Die zeitliche Reserve nutzte ich zum Auffüllen meiner Energiereserven, die kurz vor dem roten Punkt, also der Reserve, angelangt waren.

Die relative Ruhe, die Sabine Baum gestern ausstrahlte, war verschwunden. Sie stand an eine Fliesenwand gelehnt in der Nähe der Rolltreppen, die nach oben zu den S-Bahn-Gleisen führten.

Nervös blickte sie auf die Uhr. »Da sind Sie ja endlich.«

Es war zehn Minuten vor der verabredeten Zeit.

»Ich werde verfolgt«, sagte sie erregt. »Bisher konnte ich zwar niemanden erkennen, doch ich spüre das.«

Sie bemerkte mein Toupet, stutzte, verlor darüber aber kein Wort.

In beruhigendem Ton redete ich auf sie ein. »Wer weiß überhaupt, dass Sie sich in der Region aufhalten?«

»Keine Ahnung«, antwortete sie. »Mein Stiefvater wusste es, nur den genauen Zeitpunkt nicht.«

Ich dachte an das Wahrheitsserum. Die Mörderin, ich vermutete nach wie vor, dass es sich um eine eingeschlichene Krankenschwester handelte, konnte durchaus von ihr erfahren haben. Einen Grund für die vermutete Verfolgung schien es nicht zu geben.

»Hat die Polizei mit Ihnen Kontakt aufgenommen? Die müssen doch inzwischen wissen, dass Sie die nächste Verwandte sind.«

Sie blickte mich stumm an und schien zu überlegen,

ob sie mir dazu etwas sagen sollte. Dann überlegte sie es sich anders. »Ich war heute früh noch mal in der Wohnung.«

»Hat Sie jemand gesehen? Die Tür war bestimmt versiegelt.«

Zaghaft nickte sie. »Ich habe das Siegel gebrochen. Ich weiß, dass das nicht okay war. Ein kleiner Mann, der neben meinem Stiefvater wohnt, hat mich beobachtet. Der ist schon immer überaus neugierig, weiß aber, wer ich bin. Da ich mir nicht sicher war, ob er die Polizei ruft, konnte ich nur kurz ins Haus rein. Ich habe aber auf Anhieb gefunden, was ich suchte.«

Während sie sprach, suchte ich die Umgebung nach verdächtigen Personen ab. Warum ich dabei kurz nach oben blickte, konnte ich nicht sagen, doch damit rettete ich ihr das Leben.

»Schnell, zur Seite«, schrie ich in das einen Meter von mir entfernte Ohr und zog sie am Oberarm grob zur Seite. Sie stolperte und knallte mit der Stirn an die Wand. Im gleichen Moment krachte eine Waschbetonplatte an die Stelle auf den Boden, wo sie eben noch gestanden hatte. Eine der vielen in den Beton eingelassenen Kieselsteine spritze mir an die Nase und riss die Haut auf. Die Waschbetonplatte war in 1.000 Stücke zerbrochen und die Umgebung sah aus wie ein Trümmerfeld.

Sabine Baum schrie vor Schmerzen und war gleichzeitig geschockt. Eine Beule wuchs aus ihrer Stirn. Erst langsam erkannte sie den Grund, warum ich sie zur Seite gezogen hatte.

Der Krankenwagen war erstaunlich schnell da. Sie schien nicht sonderlich schwer verletzt, wurde aber vorsorglich liegend ins Krankenhaus transportiert.

»Brauchen Sie Hilfe?«, fragte ein ambitionierter Sanitäter. »Übrigens, Ihr Toupet hat sich auf einer Seite gelöst.« Ich hielt mir ein Taschentuch an die Nase, mit der anderen Hand drückte ich den Haarfetzen fest. »Nein danke, das ist nur ein Kratzer. In welches Krankenhaus bringen Sie die Dame?«

Den ebenfalls eingetroffenen Ludwigshafener Polizeibeamten erklärte ich kurz die Situation und empfahl ihnen, sich mit Jutta Wagner in Verbindung zu setzen. Dies klappte deswegen so gut, da einer der Beamten bis vor einem halben Jahr in Schifferstadt gearbeitet hatte und mich kannte.

»Machen wir, Herr Palzki. Vermutlich wurde die Platte absichtlich heruntergeworfen.« Er zeigte nach oben. Wir standen in dem schmalen Spalt zwischen S-Bahn-Gleisen und der B 37, die auf gleicher Höhe über unseren Köpfen nach Mannheim führten.

»Lassen Sie da oben alles absuchen. Vielleicht finden Sie etwas von Bedeutung.«

Während ich zu meinem Wagen ging, überlegte ich, wer es auf Sabine Baum abgesehen haben könnte. Hatte das Attentat überhaupt mit den Nibelungen zu tun? Wollte jemand aus einem bestimmten Grund die Familie ausrotten? So abwegig war das nicht: Vor nicht allzu langer Zeit hatten wir einen Fall, in dem dieses Motiv eine große Rolle spielte.

Vor dem Krankenhaus erwartete mich eine Überraschung. Direkt vor dem Haupteingang stand passantenbehindernd ein Reisemobil. Auch wenn der Schriftzug neu war, der Besitzer war mir nur allzu bekannt: Dr. Matthias Metzger, der skrupelloseste Quacksalber, den die Welt je gesehen hatte. Seine Kassenzulassung hatte er längst zurückgegeben, um mit fragwürdigen pseudomedizinischen Methoden und ständig wechselnden Geschäftsideen Gewinne zu erzielen. Seine Produkte und Dienstleistungen waren von einer penetranten Abscheulichkeit. Dennoch gab es nicht wenige, die todesmutig oder unwissend seine Dienste in Anspruch nahmen. Nach wenig glaubwürdigen Aussagen des Not-Notarztes sollen viele seiner Kunden, wie er die Patienten nannte, die Operationen, die er ad hoc in seinem Reisemobil durchführte, ohne nennenswerte körperliche Einschränkungen überleben.

»Gesundheitsbriefe aller Art« stand in blutroten Lettern auf seinem Gefährt. »Vermeiden Sie alle Krankheiten. Nähere Informationen hier« stand etwas kleiner darunter.

Dr. Metzger, mit seinen langen roten Strähnen, die wie sein grau verschmierter Kittel vor Fett trieften, stand vor dem Eingang und verteilte Informationsmaterial.

»Palzki! Das gibt's doch nicht! Was für ein Zufall. Was wollen Sie im Krankenhaus? Ich habe Ihnen doch einen großzügigen Beamtenrabatt versprochen, wenn Ihnen mal was fehlen sollte. Was soll es sein? Heute habe ich bereits zwei Mandeln rausgeschnitten und eine Nierenkolik beendet. Ach ja, eine Kniescheibe habe ich noch gerichtet. Mann, hat das mal abartig geblutet. Der Kerl hätte mir vorher sagen sollen, dass er blutverdünnendes Zeug nimmt.«

Vorbeimogeln ging nicht. Metzger hatte mit seinem Wagen den Eingang so geschickt blockiert, dass man an ihm nicht heimlich vorbeischleichen konnte.

»Gesundheitsbriefe?«, fragte ich zögernd. »Ich wusste gar nicht, dass Sie überhaupt lesen und schreiben können.«

Metzger zelebrierte sein bekanntes grölendes Urlachen, mit dem er es sogar einmal geschafft hatte, einen Seismografen in einem anderen Bundesland ausschlagen zu lassen.

»Guter Witz, Palzki. Meine Gesundheitsbriefe sind alles billige Kopien. Das Original habe ich in der Bibliothek Ihres Chefs gefunden.«

Er kam näher und flüsterte. »Das braucht aber keiner zu wissen. Für die Käufer sind das alles handgeschriebene Einzelstücke und sehr wertvoll.«

Ich verstand nur Bahnhof beziehungsweise Gesundheitsbrief. »Sie waren bei KPD in der Bibliothek?« Metzger kannte den Spitznamen meines Chefs.

»Ich habe ihn kürzlich auf einer Auktion getroffen, als er ein paar Zentner alte Handschriften ersteigert hatte. Natürlich mit Barzahlung aus seiner Verwarnungsgeld-Schwarzkasse. Beim Einladen sah er, dass das Papier nicht in seinen Wagen passte. Gegen eine kleine Entschädigung habe ich ihm das Zeug nach Schifferstadt gefahren. Den Patienten in meiner mobilen Klinik, der gerade seinen Blinddarm loswerden wollte, habe ich solange narkotisiert. Schließlich habe ich einen Teil des Bettes als Ablage für das Papier benötigt.«

Trotz dieser Informationen war ich nicht aufgeklärter als zuvor.

»Und was haben Sie kopiert? Gesundheitsbriefe, die Sie in alten Handschriften gefunden haben?«

Metzger grölte erneut. Ein paar Passanten in der Umgebung zogen ängstlich ihre Köpfe ein.

»Das hieß früher natürlich anders. Damals waren die Briefe eher religiös motiviert. Erst ich hatte den genialen Einfall, von der Religion auf die Medizin umzuschwenken.«

Als Metzger bemerkte, dass ich absolut nichts verstand, holte er einen Stapel Kopien hervor, die er auf dem Armaturenbrett liegen hatte.

»Alles 1a Ablassbriefe«, erklärte er mir. »Im Mittelalter haben die Menschen dafür ein Schweinegeld ausgegeben, um ihre Seele zu retten.«

Ich zweifelte mehr als je zuvor an Metzgers Geisteszustand. »Sie wollen doch nicht sagen, dass die Leute heute noch diese Ablassbriefe kaufen? 500 Jahre nach Martin Luther sollte sich der Wahnsinn doch erledigt haben.«

Der Notarzt winkte wirsch ab, dabei fielen ein paar Kopien zu Boden, die er rasch aufhob.

»Damals konnte man die Menschen leicht überzeugen. Die meisten konnten nicht einmal lesen. Ich als hochkorrekter Mediziner habe es in diesen modernen Zeiten wesentlich schwerer. Aber denken Sie mal weiter, Palzki: Ich verkaufe Ablassbriefe gegen Krankheit! Ist das nicht der Wahnsinn? Das ist bisher meine beste Geschäftsidee. Der monetäre Einsatz liegt bei nahezu null. Die Kopien habe ich heimlich auf dem Privatkopierer von Diefenbach erstellt.«

Ich stotterte zuerst hilflos vor mich hin, bevor ich einen halbwegs vernünftigen Satz zustande bekam. »Verstehe ich das richtig? Die Leute kaufen eine dieser billigen Kopien in der Hoffnung, nie mehr krank zu werden? Machen Sie sich damit nicht selbst Konkurrenz?«

Der Notarzt druckste herum. »Das habe ich mir zuerst auch gedacht. Aber es gibt schließlich so viele Menschen, die werden nicht alle meine Ablassbriefe kaufen. Außerdem habe ich die inzwischen beschränkt: zeitlich und organbezogen.«

Bevor ich komplett durchdrehte, wollte ich mich an

Metzger vorbeidrängeln, doch er hielt mich fest und erklärte: »50 Euro pro Jahr und Organ ist nicht zu viel verlangt. Was meinen Sie, Palzki? Die meisten Männer nehmen Lunge und Prostata im Zweierpack. Da gebe ich fünf Prozent Rabatt.«

Metzger legte die Kopien in sein Reisemobil zurück. »Übrigens, der medizinische Aderlass ist durch einen Übertragungsfehler entstanden. Ursprünglich hatte Walther von Ablass geschrieben, aber irgendein unkundiger Mönch hat beim Abschreiben einen Aderlass daraus gemacht. Bringt natürlich absolut nichts. Trotzdem haben die Quacksalber im Mittelalter und später prächtig an dem Fehler verdient.«

Was Metzger von sich gab, wurde immer kurioser. »Welchen Walther meinen Sie?«

»Oh, da kommt sie wieder zum Vorschein, die Bildungslücke. Ihr Chef hat mich schon darauf hingewiesen, dass ihr Allgemeinwissen dem Niveau eines Blauwals entspricht. Ich meine den bekannten Dichter Walther von der Vogelweide. Gelebt hat er um das Jahr 1200 herum. Schon mal gehört? Dieser Walther hat seine Lieder manchmal in chiffrierter Form geschrieben, was die Abschreiber-Mönche in den Klöstern natürlich nicht wussten. Kein Wunder, dass dabei die schrillsten Lieder und Gedichte rausgekommen sind.«

Aderlass, Ablass, Vogelweide, Mönche, mir schwirrte es im Kopf.

»Das sehe ich ja jetzt erst«, grölte Metzger erneut. »Sie tragen ein Toupet!« Er klopfte sich vor Freude auf die Schenkel.

»Sie sind genauso eitel wie Diefenbach. Wissen Sie was? Für einen Klicker und einen Knopf mache ich Ihnen eine Echthaarverpflanzung. Ruckzuck sehen Sie wieder manierlich und halbwegs menschlich aus. Klappt in fast allen Fällen, die Sterblichkeitsrate ist relativ gering.«

Dass er mich mit KPD gleichstellte, verübelte ich ihm. »Ich muss jetzt weiter, Herr Ablasshändler. Ein dringender Zeuge wartet auf mich.«

Metzger gab die Tür frei und drückte mir ein paar seiner Werbezettel in die Hand. »Sind Sie so gut und verteilen das Zeug an die Patienten. Ich darf leider nicht rein, weil mir so ein komischer Typ im Anzug Hausverbot erteilt hat. Diese Manager werden sich wundern, wenn keine Kunden mehr kommen, weil sie alle meine Gesundheitsbriefe gekauft haben.«

Widerwillig nahm ich den Packen Werbezettel entgegen. Immerhin konnte ich mich nun von dem Horrormediziner verabschieden. Ich kam ins Grübeln: Gab es weitere zweifelhafte Behandlungsmethoden, die bis heute eingesetzt werden und ihren Ursprung ebenfalls einem Übertragungsfehler zu verdanken hatten? Kniespiegelung, Mandelentfernung, Akupunktur, Einlauf?

Sabine Baum saß schweißgebadet in dem Bett eines Einzelzimmers.

»Um Himmels willen, was ist mit Ihnen los? Soll ich die Schwester rufen?«

»Bloß nicht«, schrie sie mit zittriger Stimme. »Ich bin froh, dass sie weg ist. Herr Palzki, ich habe Angst. Bitte nehmen Sie mich mit, ich möchte nicht hierbleiben.«

Ihr Verhalten war typisch für eine Panikattacke. Viele selbstständige Unternehmer kannten die Symptome, wenn sie die Ankündigung zur Betriebsprüfung im Briefkasten fanden. Da dieser Grund eher unwahrscheinlich war, musste die Attacke andere Ursachen haben. Nach meiner Schnellanalyse war es eher ein körperliches Problem, weil ihr Schädel etwas abbekommen hatte. Ihr Kopf war großzügig bandagiert.

Ausnahmsweise lag ich falsch.

»Ich traue keinem in diesem Krankenhaus.« Erregt fuhr sie fort. »Jemand will mich umbringen. Vielleicht die gleiche Krankenschwester wie bei Arndt? Ich habe mich mit Händen und Füßen gewehrt, als man mir eine Infusion legen wollte.«

Bei mir machte es Klick. Sie besaß Täterwissen.

Ich schaute sie böse an. »Woher wissen Sie von der Infusion? Davon habe ich Ihnen gar nicht erzählt.«

Sabine Baum nagte an ihrer Unterlippe. »Ich sage es Ihnen, sobald wir draußen sind, okay?«

Als ich zögerte, zeigte sie auf ihren Kopf. »Bei mir ist alles in Ordnung. Nicht einmal die Nase ist gebrochen. Eine leichte Schwellung an der Stirn, das war's auch schon. Drei Tage soll ich zur Beobachtung bleiben. Die spinnen doch.«

Dass ich gestern fast das Gleiche erlebt hatte, verschwieg ich.

»Also gut, ich fahre Sie ins Hotel und Sie sagen mir dafür die Wahrheit.«

»Nicht ins Hotel«, verbesserte sie. »Ich habe eine Freundin in Hockenheim. Ich habe sie bereits angerufen.«

Hockenheim war auch in Ordnung. Während der Fahrt würde ich endlich informationstechnisch weiterkommen.

Ohne Schwierigkeiten konnten wir die Station verlassen. Sie schien körperlich äußerst zäh und durchtrainiert zu sein. Wenn sie wirklich den Schwarzen Gürtel in Karate hatte, musste man sich trotz der Verletzung vor ihr in Acht nehmen.

»Halt, nicht da hinaus.« Ich hielt sie am Arm fest, da sie den Flur zum Haupteingang nehmen wollte. Sie schaute mich fragend an.

»Da steht ein verdächtiger Typ am Eingang, der ist mir vorhin bereits aufgefallen. Besser, wir suchen uns einen Nebenausgang.« Metzgers Werbezettel hatte ich längst in einem Mülleimer versenkt.

Mit ihrer Hilfe fanden wir zügig den Ausgang über die Notaufnahme.

»Hatten Sie gestern nicht ein Zivilfahrzeug?«

Es wunderte mich nicht wirklich, dass sie dies wusste.

»Das ist in der Werkstatt.« Ich schaute sie unauffällig an, sie reagierte nicht. Das Attentat hatte sich bis zu ihr nicht herumgesprochen.

# KAPITEL 10
# SABINES GEHEIMNIS

»Jetzt bin ich mal gespannt, wer Sie sind«, sagte ich, nachdem wir losfuhren. »Wie heißen Sie mit richtigem Namen?«

Sie lachte. »Sabine Baum, ich habe Sie nicht angelogen. Arndt ist, äh war tatsächlich mein Stiefvater und Gaby meine Halbschwester.«

»Und warum finden wir nichts von Ihnen im Computer?«

Sie überlegte. »Es war mir klar, dass Sie sich nach mir erkundigen werden. Heute Morgen hat eine Frau mit abgeschalteter Rufnummerübermittlung in der Firma angerufen und mich zu sprechen gewünscht. War das eine Kollegin von Ihnen?«

Ich nickte.

»In solchen Fällen bekomme ich sofort eine Nachricht auf mein Handy. Das war ungefähr zu dem Zeitpunkt, als ich Sie angerufen habe.«

Ich nickte ein zweites Mal. Würde sie mir die Wahrheit erzählen oder eine Lügengeschichte?

»Ich arbeite in einer Spezialbehörde.« Es fiel ihr nicht leicht, darüber zu sprechen. »Es handelt sich um eine Steuerbehörde, die europaweit agiert und in Berlin ihre Zentrale hat. Wir ermitteln in Sachen Umsatzsteuerbetrug. Jedes Jahr gehen dem Fiskus Milliardenbeträge verloren, die sich Unternehmen mit falschen Umsatzsteuererklärungen ergaunern.«

»Und warum eine Scheinfirma und die Geheimnistuerei?« So richtig überzeugend war das bisher nicht.

»Bei uns geht es nicht um den kleinen Mann oder den Geschäftsführer, der seinen Zweitporsche im Firmenvermögen hält. Das sind kleine Krauter im Vergleich zu den skrupellosen Gaunern, die erst ab zehn Millionen aufwärts anfangen, Geschäfte zu machen. Illegale Geschäfte, wohlbemerkt. Meistens handeln sie mit teuren Produkten ausschließlich auf dem Papier, um sich angeblich gezahlte Umsatzsteuer rückerstatten zu lassen.«

Sie blickte zu mir. »Skrupellos können Sie gleichsetzen mit gefährlich. Mord und Totschlag ist für diese Herrschaften, zu 95 Prozent sind es Männer, nichts Ungewöhnliches. In Deutschland ist es zurzeit nicht ganz so schlimm, meistens entdecken wir aber nur die Spitze des Eisbergs. Wenn diesen Gaunern jemand in die Quere kommt, werden die Opfer freiwillig oder unfreiwillig zu einer Reise ans Mittelmeer eingeladen. Gewöhnlich ist es die letzte Reise der Eingeladenen.«

So langsam verstand ich, vorausgesetzt, sie log nicht.

»Aus diesem Grund finden Sie von meinen Kollegen und mir keine Adressen. Weder über das Einwohnermeldeamt noch über andere Wege wie Bank, Energieversorger und so weiter. Selbst beim Finanzamt werden wir unter Pseudonym geführt, denn Steuern zahlen müssen wir auch.« Sie lächelte.

»Die Firma ist unsere Zentrale. Grundsätzlich sind wir nie direkt erreichbar, rufen aber meistens schnell zurück. Damit erwecken wir den Eindruck, ständig am Firmensitz in Berlin zu sein, obwohl wir unter falschen und ständig geänderten Namen in ganz Europa herumreisen.«

»Und eines dieser Pseudonyme ist Sabine Baum.«

»Sie glauben mir immer noch nicht, Herr Palzki. Es ist mein richtiger Name. Normalerweise würde ich die Visitenkarte mit dem Privatnamen niemals weitergeben. Schließlich habe ich Karten mit einem Dutzend anderer Namen. Ich bin wirklich in Urlaub. Als ich Sie in der Bibliothek von Arndt fand, war ich noch der Meinung, Arndt eine Woche lang in seiner Wohnung zu pflegen.«

So langsam wurde die Geschichte rund. »Und deswegen wussten Sie sofort, dass ich es war, beziehungsweise eine Kollegin, die in Berlin angerufen hatte.«

»Richtig.« Sie strahlte. »Die Dame am Empfang wusste sofort, was los war, als jemand nach meinem richtigen Namen verlangte. Sie kann in Echtzeit anhand des Namens den richtigen Ermittler zuordnen und sogar, um welchen Fall es geht. Immerhin habe ich rund 30 Kollegen mit 400 verschiedenen Namen.«

»Und die Sache mit der Infusion?« Jetzt wollte ich den Rest auch noch wissen.

»Tja, das, was ich Ihnen jetzt sage, wird Sie nicht sonderlich freuen. Wir haben die Möglichkeit, uns in sämtliche Ermittlungen der Strafverfolgungsbehörden einzuklinken, dazu zählen die Staatsanwaltschaften und Polizeibehörden, die ihre Akten elektronisch führen. Ohne, dass diese es bemerken«, fügte sie hinzu.

Ich sah sie sprachlos an.

»Tut mir leid, Herr Palzki. Bitte behandeln Sie diese Information als absolut vertraulich. Das hätte ich Ihnen nicht sagen dürfen. Falls das rauskommt, werde ich es selbstverständlich abstreiten.«

Konnte ich das als Glück bezeichnen? Immerhin konnte sie auf die Ermittlungsakte der Wormser zugreifen, was mir nicht möglich war.

»Dann haben Sie einen entscheidenden Wissensvorsprung«, sagte ich. »Dass ich trotz Rückendeckung meines Chefs inoffiziell ermittle, wissen Sie ja.«

Wider Erwarten schüttelte sie den Kopf. »Einen kleinen Haken gibt es. Wir können nur auf elektronisch geführte Akten zugreifen. In Worms gibt es einen gewissen Herrn Minack, der mit der Neustadter PI kooperiert. Er scheint es mit der elektronischen Aktenführung nicht so genau zu nehmen. Nur wenige Daten hat er im System eingepflegt. Das liegt aber meistens an der Staatsanwaltschaft, die sich bei der Einführung solcher Systeme querstellt. In manchen Staatsanwaltschaften können moderne Systeme erst eingeführt werden, wenn die alte Garde pensioniert ist und neue, computeraffine Staatsanwälte nachkommen. Solange die Staatsanwaltschaft ihren eigenen Polizeibehörden die Nutzung der elektronischen Akte nicht zwingend vorschreibt, werden diese sie auch nicht nutzen.«

Ich grinste in mich hinein. Wenn ich das KPD erzählen würde, dass in Worms mit steinzeitlichen Methoden gearbeitet wird.

»Wie haben Sie von den Todesumständen Ihres Stiefvaters erfahren?«

»Von Minack nicht«, sagte sie sofort. »Der hat im System nur die Personendaten erfasst und diverse Termine von Zeugenvernehmungen im Zusammenhang mit der Ermordung meiner Halbschwester.«

Sie atmetete tief durch. »Ich hab's von der Grünstadter PI. Eine Beamtin, es ist die, die Sie in der Klinik nach dem Tod von Arndt kennengelernt haben, hat alles minutiös erfasst. Selbst den dazugehörenden Obduktionsbericht hat sie abgespeichert.«

Damit hatte sich meine Hoffnung in Luft aufgelöst. Mehr als ich wusste sie nicht.

Sie sah zu mir und grinste. »Sie zu finden, war ebenfalls sehr schwer, Herr Palzki. Ich konnte weder Sie noch Ihre Dienststelle in irgendeiner Datenbank finden. Erst über eine freie Googlerecherche habe ich die Kriminalinspektion in Schifferstadt gefunden.«

»Das kann nicht sein«, entgegnete ich. »Seit vielen Jahren arbeite ich dort. Mir ist bisher nie aufgefallen, dass es sich um eine Fata Morgana handelt.«

»Ich meine etwas anderes«, verbesserte sie sich. »Ihre Dienststelle ist, was Informationstechnik angeht, in der frühen Steinzeit hängen geblieben. Es gibt bei Ihnen weder eine elektronische Akte noch sonst irgendeine zeitgemäße Ermittlungsmöglichkeit, die elektronisch unterstützt wird.«

»Internet haben wir. Telefon auch und sogar Fax. Das ist doch schon ziemlich modern, würde ich sagen.«

Sie antwortete nicht.

Ich bemerkte, dass ich im Unterbewusstsein bei Speyer von der B 9 nicht auf die A 61 gewechselt war, um nach Hockenheim zu kommen. Vielleicht war das ganz gut so, da die Autobahnrheinbrücke durch eine seit Jahren andauernde Baustelle zum Dauerstau und Dauerärgernis geworden war. Laut einem Zeitungsbericht sollen sich auf der Brücke jedes Jahr ein paar greise Veteranen treffen, die diese Brücke in ihrer Kindheit oder frühen Jugend baustellenfrei gesehen haben wollen.

Auf der B 9 zu bleiben und mittels der Umgehungsstraße Speyer dreiseitig zu umfahren, war dagegen ein ziemlicher Umweg. Zum Glück fiel mir eine Alternative ein.

»Wie geht es Ihnen überhaupt? Sollen wir eine Kleinigkeit zu essen organisieren?«

Sie ging darauf ein. »Das ist ein guter Vorschlag. Meine Bekannte ist leider Vegetarierin. Ich selbst mag es lieber etwas deftiger. Kennen Sie zufällig in der Gegend einen Imbiss?«

Inzwischen hatte sie sich den martialischen Kopfverband abgewickelt. Außer der Beule und der Schramme war kaum etwas zu sehen.

Ich nahm die nächste Abfahrt und fuhr direkt von Norden her kommend in Speyer ein. Sabine Baum war eine äußerst angenehme Zeitgenossin, fand ich, während mir die Magensäure aufpoppte.

Dass KPD nebst seinem Polizeireporter Dietmar Becker anwesend war, störte mich nicht wirklich. Vielleicht konnte ich gleich zwei Fliegen mit einer Klappe schlagen.

Becker, der sprachlos dreinblickte, als wir beide aus dem Streifenwagen stiegen, kam sofort auf uns zu. KPD war in einem Gespräch, wahrscheinlich eher ein Monolog, mit Robert vertieft.

Der Student begrüßte seltsamerweise nicht mich, sondern meine Begleitung.

»Guten Tag, Frau Schmitz, das ist aber eine Überraschung. Wir haben uns seit Monaten nicht mehr gesehen.«

Frau Schmitz, beziehungsweise Frau Baum, wer wusste das schon so genau, schaute mich kurz verlegen an, bevor sie Becker antwortete. »Mit Ihnen habe ich nicht gerechnet, Herr Becker. Ich bin mit Herrn Palzki, er arbeitet bei der Kriminalinspektion in Schifferstadt, quasi auf der Durchreise. Wir haben einen Imbiss gesucht und sind zufällig hier gelandet.«

»So, so«, antwortete Becker. »Sie haben zufällig die *Currysau* gefunden.« Er spielte mit. »Da haben Sie einen guten Riecher gehabt. Die *Currysau* wird im wichtigsten Imbissführer mit fünf Pommesgabeln geführt.«

So viel Spontanität hätte ich dem Studenten gar nicht zugetraut.

»Konnten Sie Ihren letzten Fall abschließen?«, fragte Becker.

Dafür erntete er einen bösen Blick meiner Begleiterin. »Herr Becker, bitte!«

Dieser kurze Dialog verifizierte halbwegs die Erklärungen bezüglich ihres Berufes. Die Details würde ich baldmöglichst aus Becker herausquetschen.

»Verzeihen Sie bitte, Frau Schmitz. Ich hoffe, Sie haben keinen Ärger mit der Polizei. Oder hat Herr Palzki Sie vorläufig festgenommen?«

Klar, Becker roch den Braten, doch ich ließ ihn abblitzen.

»Dann verabschieden wir uns jetzt von Herrn Becker, was meinen Sie, Frau Schmitz?« Ich blickte ihr tief in die Augen und ergänzte: »Oder sollen wir Herrn Becker einer peinlichen Befragung unterziehen?«

Sie war über meinen Satz sehr verwundert, da sie nicht wusste, dass Becker und ich uns kannten.

Robert, der Herr der Würste, hatte sich von KPD losgeeist und winkte mir zu.

»Hallo, Reiner«, rief er so laut, dass es leider auch KPD mitbekam. Dieser wunderte sich sichtlich über meine Begleiterin. Ich ignorierte wie üblich meinen Chef und sprach Robert an: »Kann uns dein Bruder mal einen richtigen Kaventsmann von Burger machen? Die Dame und ich haben so richtig Hunger auf kaloriengesättigte Burger der Extraklasse.«

Robert lachte. »Das lässt sich machen, Jürgen und ich haben kürzlich nach Feierabend experimentiert und einen elf Zentimeter hohen Burger mit zwei 180 Gramm Paddies, Bacon und vielem mehr, kreiert. Der ist aber nichts für schwache Nerven oder Mägen.«

Frau Baum nickte begeistert.

»Heiz den Ofen ein und lass das Ding gleich mal in doppelter Ausführung produzieren.«

»Mach ich.« Er blickte mich komisch von der Seite an. »Seit wann trägst du ein Toupet?«

»Würde dir auch stehen«, antwortete ich Robert, der weniger Haare als mein Kollege Gerhard besaß, nämlich gar keine.

KPD hatte seiner Meinung nach lange genug zugeschaut. »Was machen Sie hier, Palzki? So langsam habe ich Sie doch in Verdacht, unser Maulwurf zu sein. Ist das Ihre Informantin, an die Sie die geheimen Informationen unserer Dienststelle weitergeben?«

Ohne darauf einzugehen, sagte ich zu meiner angeblichen Informantin: »Frau Schmitz, dies ist Herr Diefenbach, der Dienststellenleiter der Kriminalinspektion Schifferstadt.«

Während KPD im Reflex einen Diener andeutete, schnappte sie nach Luft. »Sie sind also Diefenbach, auf den meine Halbschwe…, äh, die Frau in Worms tödlich verletzt gefallen ist?«

Ihren Versprecher hatte mein Chef nicht bemerkt, da die Sache in Worms für ihn ein Tabuthema war. Kaum merklich nickte er. »Ungeheuerlich, was man mir da angetan hat. Sind Sie ein Kollege von diesem, äh, Minack?« Den Namen sprach er verächtlich aus.

Ich musste dringend das Thema wechseln, damit KPD

sich nicht in meine Ermittlungen einmischte. Blöderweise stand inzwischen Dietmar Becker unauffällig daneben und lauschte angestrengt dem Gespräch.

»Frau Schmitz ist Sonderprojektleiterin der rheinland-pfälzischen Polizei und organisiert die Einführung der elektronischen Akte. In Worms hat sie in den letzten Tagen einen gewaltigen Rückstand im Zeitplan feststellen müssen. Die müssen dort einen miserablen Chef haben, wenn sie nicht einmal ein so einfaches Projekt wie die elektronische Akte gebacken bekommen.«

Es war, wie ich vermutete, KPD zerlegte sich dieses Mal selbst. Er polterte sofort los. »Das hätte ich Ihnen gleich sagen können! Ich konnte mich heute Morgen selbst von deren Unfähigkeit überzeugen! Stellen Sie sich das mal vor, Frau Schmitz.« KPD schaute Sabine Baum an. »Herr Palzki hat nach Worms fahren müssen zur Zeugenvernehmung, nur weil die dort beim ersten Mal ein paar Fragen vergessen haben. Dies würde mir in Schifferstadt niemals passieren. Als guter Chef weiß ich, was man den Bürgern und den Bürgerinnen schuldig ist.«

»Und warum hat Herr Palzki ein zweites Mal nach Worms fahren müssen?« Charmant lächelnd wickelte sie den Dienststellenleiter um den kleinen Finger.

»Das ist alles lang her«, entgegnete KPD und seine Mimik zeigte den Unwillen, erneut über den Mord in Worms sprechen zu müssen.

»Im Sommer gab es bei den Nibelungenfestspielen ein Kapitalverbrechen. Eine Frau fiel tot von einer Mauer und stürzte dabei direkt auf mich. Alles absolut belanglos, sage ich Ihnen. Und jetzt, Wochen später, fällt den Wormser Beamten ein, dass sie ein paar Fragen haben. Bloß weil so ein alter Mann, ich glaube, der Vater der

Ermordeten, überfallen wurde. Selbstverständlich bin ich als guter Chef nicht selbst nach Worms gefahren, sondern habe meinen Untergebenen Palzki geschickt.«

Ich stieß Becker zurück, der mir zu dicht auf die Pelle gerückt war.

»Ich verstehe«, sagte sie.

Den Dialog wollte ich nicht beendet sehen, ohne einen letzten Dolchstoß in Richtung meines Chefs abzusetzen.

»Frau Schmitz will sich in den nächsten Tagen um die Einführung der elektronischen Akte bei uns in Schifferstadt kümmern. Auch wir hätten ein ziemliches Defizit, sagte sie zu mir. Wie weit sind Sie mit dem Projekt, Herr Diefenbach?«

KPD stotterte hilflos herum. »Elek, äh, Akte, äh, was war das noch mal?« Er kraulte sich am Kopf wie Stan Laurel. Jetzt musste er endlich einmal einen Fehler eingestehen. Ich bereitete vorsorglich ein gemeines Lachen vor.

»Ach ja«, sagte er plötzlich. »Jetzt weiß ich es wieder. Das war eine Durchsetzungsmaßnahme der Staatsanwaltschaft Frankenthal, die vor ein paar Monaten auf meinem Schreibtisch lag. Wir wurden gebeten, die elektronische Akte schnellstmöglich einzuführen, um den automatisierten Austausch der Polizeibehörden zu gewährleisten.« KPD grinste und hielt seine flachen Hände etwa 50 Zentimeter auseinander. »So dick war der Packen Papier mit den Anforderungen.«

Die Sonderermittlerin mischte sich ein. »Und was haben Sie damit gemacht, Herr Diefenbach?«

KPD stutzte erneut, doch dieses Mal nur für eine Sekunde. »Ich habe das Projekt delegiert, was sonst? Als guter Chef kann ich nicht alles alleine machen, wozu habe ich schließlich Untergebene?«

»Die elektronische Akte wird bei Ihnen also zurzeit umgesetzt?«, vergewisserte sie sich weiter.

»Natürlich. In meiner Dienststelle dulde ich keine Fehler.«

»Wie weit sind Sie denn damit?«

»Was weiß ich«, stotterte KPD immer noch irritiert. »Das ist ein laufendes Projekt. Ich kümmere mich nicht um Details, für mich zählt das Ergebnis. Sobald die Einführung vollendet ist, gibt es einen Abschlussbericht.«

Frau Schmitz ließ nicht locker. »Kann ich mich direkt an Ihren Projektleiter wenden, wenn ich Fragen zum Projektstand habe, Herr Diefenbach?«

»Selbstverständlich. Ich dachte, das haben Sie längst getan.«

»Aber ich kenne Ihren Projektverantwortlichen gar nicht.«

Diefenbach wirkte, als würde er die Frau nicht verstehen. »Sie sind doch mit Herrn Palzki gekommen, er ist der Verantwortliche für die Einführung der elektronischen Akte.«

Mir blieb das vorbereitete gehässige Lachen im Hals stecken. Was sagte da mein Chef?

»Ich?« Eines vollständigen Satzes war ich nicht fähig.

»Ja, natürlich«, bekräftigte KPD und nickte eifrig. »Können Sie sich nicht mehr daran erinnern?«

So langsam dämmerte es mir. Tatsächlich, vor ein paar Monaten hatte mich KPD zu sich in sein Saalbüro gerufen und auf einen Umzugskarton gedeutet. »Kümmern Sie sich darum«, hatte er gemeint, ohne auf Einzelheiten einzugehen. Ich dachte damals, es ging um die Entsorgung alter Akten und habe dem Hausmeister Bescheid gegeben. Nur durch einen mündlichen Übertragungsfehler war der Inhalt des Kartons nicht im Reißwolf, sondern bei mir im Büro gelandet. Bisher hatte ich nicht einmal einen einzigen Blick in den Karton geworfen.

Ich versuchte, so wenig wie möglich zu erröten. »Ach so, natürlich, die elektronische Akte. Das Projekt läuft im Tagesgeschäft nebenher, aber sehr erfolgreich. Es wird nicht mehr lange dauern, bis wir den Schalter endgültig umlegen können.«

KPD nickte anerkennend. »Sind Sie damit zufrieden, Frau Schmitz? Auf meine Untergebenen ist Verlass. Für dieses schwierige Projekt habe ich zudem Herrn Palzki ausgesucht, der wurde an meiner Dienststelle schon zweimal beinahe Beamter des Monats.«

Robert half mir, ohne es zu wissen, aus der Bredouille. Auf einem Tablett lagen zwei monstermäßige Burger, die durch einen senkrechten Schaschlikspieß in Form gehalten wurden.

»Euer Essen«, sagte er und übergab mir das Tablett. »Dazu eine Cola light wie immer? Ein Burger kommt auf lächerliche 4.000 Kalorien.«

Sabine Baum lächelte. »Geil«, entfuhr es ihr. »Liefern Sie nach Berlin?«, fragte sie den Imbissbesitzer.

Robert lachte. »Wir haben einen mobilen Imbisswagen für Firmenfeste. Mit dem sind wir immer auf dem Speyerer Altstadtfest. Berlin ist aber ziemlich weit, das dürfte sich nicht rechnen.« Er deutete auf den Burger. »Sie können gerne Besteck haben, wenn Sie möchten.«

Sie verneinte und nahm den beinahe ziegelsteingroßen Burger in zwei Hände. Ich tat ihr nach. KPD drehte sich entrüstet zur Seite.

»Das wird alles verschwinden, meine Herren, sobald wir auf Well-Ess umgestellt haben.«

Ungeachtet dessen ließen wir uns die Zweitage-Ration schmecken. Die Komposition musste man einfach genial nennen. Das kleine Wermutströpfchen war kaum der Rede wert: Die Soße vermatschte zusehends den noch nicht gegessenen Teil der Brötchen, was mit der Zeit zu einer klebrigen Angelegenheit wurde. Wir ließen uns davon nicht beeindrucken und lösten das Problem mit einem Packen Servietten.

KPD stand außer Hörweite vor dem Wintergarten und diskutierte wild gestikulierend mit Dietmar Becker.

Dem Burger war es tatsächlich gelungen, mich satt zu machen, ein äußerst selten erlebtes Phänomen. Meine Begleiterin hatte auf der Zielgeraden mächtig zu kämpfen, schaffte es aber ebenfalls.

»Das war der geilste Burger, den ich je gegessen habe«, meinte sie zu Robert, der erneut zu uns getreten war.

»Das freut mich«, sagte er zu ihr. Dann senkte er die Stimme und meinte in meine Richtung: »Ich habe eben mit Jürgen gesprochen. Wenn du deinen Chef von seinen wilden Plänen abhältst und uns unsere Unabhängigkeit zurückbringst, benennen wir den Burger auf dich um. Einen *Kommissar-Palzki-Burger*, was meinst du dazu?«

Schon wieder jemand, der irgendetwas nach mir benennen wollte. Zuerst war es Becker, der seinen trotteligen Kommissar nach mir umbenannt hatte, dann hatte die Nafa einen Palzki-Salat herausgebracht, dessen Rezept ich zufällig erfand. In Großfischlingen konnte man bei der Pfalz-Nudel Palzki-Nudeln kaufen und bei der Winzergenossenschaft Herxheim am Berg einen exzellenten Palzki-Wein. Ach ja, in Steffen Boiselles Verlag gab es Dubbegläser mit meinem angeblichen Konterfei.

Mein Schweigen deutete Robert als Zustimmung. »Okay? Also abgemacht.«

Ich wachte aus meinem Tagtraum auf. »Wieso Unabhängigkeit zurückbringen? Ihr habt doch ein Gewerbe angemeldet, da kann KPD gar nichts wollen.«

Er schaute in Richtung KPD. »Du kennst deinen Chef anscheinend nicht richtig. Wenn der sich mal was in den Kopf gesetzt hat, findet er Mittel und Wege. Der hat Beziehungen ohne Ende. Gestern war er mit dem halben Stadtrat bei uns. Was der dem alles verspochen hat!«

»Aber ihr habt eine Genehmigung. Man kann euch nicht einfach ins Handwerk pfuschen und verlangen, dass ihr euer Angebot umstellt.«

»Komm mal mit.«

Robert ging zur Rückseite des Imbisses und wir folgten ihm. Er zeigte auf eine kleine Toilettenanlage.

»Gestern Mittag tauchte dein Chef mit dem Leiter der Gewerbeaufsicht auf und die beiden haben alles vermessen. Die Toiletten sind 4,5 Zentimeter zu schmal und das Waschbecken hat einen Viertelliter zu wenig Fassungsvermögen.«

»Das kann man leicht ändern«, sagte ich.

Robert nickte. »Kostet aber ein paar Tausender. Aber es kommt noch dicker. Der Imbisscontainer steht zwei Zentimeter zu weit nach vorne. Um das zu ändern, müsste man ihn komplett abreißen und neu aufbauen.«

»Zwei Zentimeter? Damit erpresst euch mein Chef?«

»Gemeinsam mit dem Leiter der Gewerbeaufsicht. Diefenbach hat ihm Extrakonditionen versprochen.«

Es war verrückt, was KPD vollführte. Ich sah das Ende meiner *Currysau* kommen. Doch so schnell würde ich nicht aufgeben.

»Ich regle das«, sagte ich zu Robert. »In den nächsten Tagen. Das ist mir eine Herzensangelegenheit.«

Robert schaute mir andächtig auf den Bauch.

Ohne uns von KPD oder dem Studenten zu verabschieden, fuhren wir weiter.

»Ihr Chef ist eine Sache für sich«, meinte Sabine Baum. »Mal schauen, ob ich Ihnen nach meinem Urlaub irgendwie helfen kann.« Sie zwinkerte mir zu.

»Vielen Dank, Frau Schmitz. Alles was gegen Diefenbach unternommen wird, ist gut.«

»Danke, dass Sie Herrn Becker meinen richtigen Namen nicht verraten haben. Ich hatte an Weihnachten mit ihm während einer Ermittlung zu tun. Es ging um asiatischen Hopfen, der nach Deutschland geschmuggelt wurde. Dabei wurden neben Zollabgaben auch Umsatzsteuern hinterzogen. Mehr darf ich Ihnen leider nicht verraten.«

Hopfen? Sofort kamen mir die Ermittlungen in der Mannheimer Eichbaum-Brauerei in den Sinn. Jetzt wusste ich auch, woher damals der Student diesen Informationsvorsprung hatte. Früher oder später klärte sich halt immer alles auf.

»Kein Problem«, sagte ich. »Jeder hat so seine Geheimnisse.« Ich hoffte, dass sie jetzt nicht auf das Thema elektronische Akte zu sprechen kam. Doch sie war längst wieder bei dem eigentlichen Grund unserer gemeinsamen Fahrt angelangt.

»Ich war noch mal in der Wohnung von Arndt.« Sie blickte mich an. »Das habe ich Ihnen bereits gesagt. Und dass ich das Siegel gebrochen habe.«

»Dann erzählen Sie mal weiter«, forderte ich sie auf.

»Ich weiß, wer B. ist. Ich habe die Adresse in der Wohnung von Arndt gefunden. Sein Name ist Benedikt Hauenstock und er wohnt in Viernheim. Hauenstock ist ein Wissenschaftskollege von Arndt.«

Sie zog einen Zettel aus ihrer Handtasche und gab ihn mir. »Seine Adresse. Ich hatte bisher keine Gelegenheit, Kontakt zu ihm aufzunehmen.«

»Das werde ich tun«, bestimmte ich. »Und zwar heute noch.«

Sie war damit einverstanden. »Rufen Sie mich anschließend auf dem Handy an. Es dürfte besser sein, wenn ich für gewisse Kreise zunächst von der Bildfläche verschwunden bleibe.«

»Was haben Sie noch herausgefunden?«

»Nichts wirklich Neues. Arndt und Gaby haben laut dem Tagebuch in einem Würzburger Grab ein Manuskript gefunden. Sie vermuteten, dass es sich um die Urschrift des Nibelungenliedes handeln könnte. Hauenstock hat angeblich bestätigt, dass es das Original ist. Allerdings ist er über ein paar Textstellen gestolpert, die in den bekannten, späteren Fassungen nicht mehr enthalten sind.«

Sie unterbrach sich selbst. »Da vorne bitte links abbiegen.«

Inzwischen hatten wir Hockenheim erreicht.

»Arndt und Gaby haben weiter recherchiert und müssen irgendetwas Wichtiges entdeckt haben. Es muss so wichtig sein, dass deswegen jemand mordet.« Sie klatschte ihre Hände auf die Oberschenkel. »Mehr weiß ich bis jetzt nicht.«

Nach zwei weiteren Abbiegungen hatten wir das Haus ihrer Freundin erreicht. »Sie können gleich weiterfahren,

Herr Palzki. In diesem Wohngebiet fällt es sofort auf, wenn ein Streifenwagen hält.«

»Neugierige Nachbarn gibt es überall«, entgegnete ich. »Bleiben Sie in Hockenheim, bis ich mich wieder melde?«

Sie nickte. »Rufen Sie aber bitte gleich an, wenn Sie in Viernheim waren. Die Jagd nach dem Mörder ist für mich mittlerweile eine persönliche Angelegenheit geworden.« Grimmig stieg sie aus.

Ich notierte mir den Straßennamen und die Hausnummer und fuhr zurück zur Dienststelle.

# KAPITEL 11
# BESUCH BEI HAUENSTOCK

»Was soll das denn?«, fragte Jutta überrascht, als ich mit einem Sackkarren, auf dem ein Umzugskarton stand, in ihr Büro stolperte.

»Den habe ich mir vom Hausmeister ausgeliehen«, antwortete ich und zeigte auf den Karren.

»Ich meine doch den Karton.«

»Ach der. Der ist für Claus.«

»Fer mich? Was issn do drin?«, fragte er neugierig. »Henn mer schunn Weihnachte?«

Ich grinste breit. »Da sind die vorbereitenden Unterlagen für deine Abschlussarbeit. Befehl von KPD.«

»Was fer ä Abschlussärwett? Dodevun wees ich jo garnix.«

Ich stellte den Karton vor seinen Füßen ab. »Neue Bestimmung, kann man nichts machen. Freue dich doch: Endlich mal alleine ein eigenes Projekt stemmen. Das fördert das Selbstbewusstsein und soll sogar intelligent machen, wenigstens ein bisschen. Der gewöhnliche Polizeibeamte kann mehr, als er sich im Regelfall zutraut.«

Claus traute der Sache nicht so richtig. »Un was soll ich domit mache?«

»Nichts Schlimmes, Claus. Es geht nur um die Einführung der elektronischen Akte an unserer Dienststelle. In dem Karton findest du ein paar einleitende Unterlagen von der Staatsanwaltschaft. Lies dir das mal alles in

Ruhe durch und dann siehst du weiter. Das kann nicht so schwierig sein. Internet und Telefon haben wir bei uns schon, da kann so eine Stromakte sicherlich leicht integriert werden.«

Claus öffnete den Karton und starrte auf eine Ansammlung prall gefüllter Aktenordner, die durch die Standzeit leicht angestaubt waren. Auch Jutta und Gerhard warfen einen Blick hinein.

»Boah«, meinte Gerhard. »So, wie das aussieht, geht es eher um die Einführung von Morsezeichen. Wo hast du das Zeug her, Reiner?«

»Das hat mir KPD gegeben. Ihr könnt ihn gern fragen. Er meinte, Claus wäre der ideale Mann für das Projekt.«

Ich hoffte, dass niemand auf die Idee kam, KPD tatsächlich danach zu fragen.

Wir setzten uns an den Besprechungstisch, Claus war leichenblass.

Ich erzählte den dreien von meinem Abenteuer mit dem Mordanschlag an der S-Bahn-Haltestelle Mitte in Ludwigshafen.

»Das wissen wir bereits«, unterbrach Jutta. »Die Ludwigshafener haben sich bereits bei mir gemeldet. Die Waschbetonplatte wurde absichtlich hinuntergeworfen. Ein Stock höher, direkt neben den Gleisen, liegt eine ganze Palette von den Platten, die kürzlich bei einer Gleisbettversiegelung übrig geblieben sind. Es wurden Schuhspuren von einer Person gefunden.«

»Auch von der Flucht aus dem Krankenhaus wissen wir bereits«, sagte Gerhard. »Wohin bist du mit ihr gefahren?«

»Ich habe sie bei einer Bekannten in Hockenheim abgeladen, sie ist von dem Mordversuch mehr geschockt, als sie zugibt. Die Verletzung ist nicht weiter schlimm.« Ich überlegte, ob ich von dem Umweg über Speyer erzählen sollte, entschied mich aber dagegen. Zu groß war die Gefahr, dass ich mich dabei verplapperte und die Wahrheit über die elektronische Akte erzählte.

»Sabine Baum war noch mal in der Wohnung ihres Stiefvaters«, erzählte ich stattdessen. »Sie weiß inzwischen, wer hinter dem ominösen B. in dem Tagebuch steckt.« Ich gab Claus den Zettel. »Schaust du bitte mal nach, ob es über ihn Informationen gibt? Die Adresse brauche ich wieder, ich fahre nachher zu ihm.«

Froh, sich von dem Karton loseisen zu können, ging Claus zu Juttas Computer. Frustriert hackte er auf der Tastatur herum.

»Kä besonnere Eiträsch«, sagte er schließlich. »Er wohnt do mit soiner Fra. Kinner sind do net gemeld, wahrscheinlich sinn se längscht aussem Haus.«

»Ich mache mich gleich auf die Socken. Ist das kompliziert zu finden, Claus?«

Er winkte mich hinter den Schreibtisch und öffnete einen Routenplaner. »Bis Vernem isses äfach. Am beste du umfahrst Ludwigshafe un Mannem nördlich uff de B 9 un de A 6 bis zum Vernemer Dreieck. Dänoch werds ä bissel kompliziert.« Er zoomte den Viernheimer Stadtplan auf. Die farblich markierte Fahrtroute sah aus, als stamme sie von einem orientierungslosen Alkoholiker.

»Geht das nicht einfacher?«

Claus schüttelte den Kopf. »Dausend Eibahnstroße un noch mehr Baustelle. Wärscht du des finne?«

Gerhard lachte. »›Missing in action‹, müssen wir auf sein Grab schreiben, wenn wir ihn alleine fahren lassen.« Er stand auf. »Ich fahre mit, Reiner. Du sollst sowieso nicht allein in der Gegend rumkurven, du kennst schließlich die Bestimmungen. Irgendwann passiert dir mal was.«

Ich wehrte mich nicht, Gerhard mitzunehmen. Claus gab uns einen Kartenausdruck mit und gemeinsam mit Jutta wünschte er uns viel Spaß.

Gerhard hatte nicht mehr daran gedacht, dass mein Dienstwagen das Zeitliche gesegnet hatte. Fassungslos stierte er auf den alten Streifenwagen. »Wie hat der TÜV bekommen?«

»Denkst du, das ist für KPDs Dienststelle ein Problem? Gehe davon aus, dass unser Chef eine Banderole mit den TÜV-Siegeln in seinem Büro liegen hat. Außerdem, hast du schon ein einziges Mal erlebt, dass ein Streifenwagen kontrolliert wurde? So richtig mit Reifenprofil, Verbandskasten und dem ganzen Kram?«

»Da steige ich nicht ein«, kommentierte Gerhard. »Diese Peinlichkeit tue ich mir nicht an. Komm, wir nehmen meinen Wagen.«

Und wieder war ich ein Problem, wenn auch ein kleines, los. Entspannt spielte ich den Beifahrer.

Gerhard hatte sein Navi programmiert, sodass der Ausdruck von Claus nicht benötigt wurde. Irgendwann landeten wir irgendwo in den Tiefen von Viernheim.

Hauenstocks Vorgarten war das krasse Gegenteil von Gregorius' gepflegter Anlage. Das wilde Gestrüpp war teilweise so hoch wie der Winkelbungalow aus den 70er-Jahren des letzten Jahrhunderts. Ein schmaler, mit Gehsteinplatten belegter Weg, der an mehreren Mülltonnen in verschiedenen Farben vorbeiführte, war grob freigeschnitten. Im Rest des Gartens, der bis weit hinter das Haus reichte, konnten sich durchaus bisher unentdeckte größere Säugetierarten verbergen.

»B. + B. Hauenstock«, stand auf dem Messingschild.

Der Hausherr öffnete uns persönlich. Mit seinem Gehstock fuchtelte er in der Luft herum. »Wir kaufen nichts«, meinte er zu uns, bis ich ihm den Dienstausweis zeigte. Sofort beruhigte er sich.

»Geht es um den Unfall oder um Gregorius?«, fragte er zappelig. »Er hat mich aus dem Krankenhaus angerufen. Ein Einbrecher hat ihn überrascht.«

Ich deutete nur ein Nicken an und warf Gerhard einen vielsagenden Blick zu. Nur nicht zu schnell mit der Todesnachricht herausrücken.

Hauenstock hinkte durch den Flur voran ins Wohnzimmer. Auf einem altmodischen Plüschsessel saß eine ältere Frau im Rentenalter.

»Das ist Berta, meine Frau. Nehmen Sie bitte Platz.« Benedikt Hauenstock ließ sich auf die Couch plumpsen. »Wir hatten im Sommer einen Autounfall«, erklärte er und zeigte auf die Krücken, die seine Frau auf ihrem Schoß liegen hatte. »Zum Glück geht es gesundheitlich aufwärts. Meine Frau wird in ein paar Monaten wieder frei laufen können. Zurzeit haben wir eine Pflegerin, die zweimal täglich vorbeikommt und meiner Frau und mir hilft und einkaufen geht.«

Auch wenn es unwahrscheinlich war, dass der Unfall etwas mit unseren Ermittlungen zu tun hatte, stellte ich eine Nachfrage. »Wie ist das passiert?«

Bevor er mir antwortete, schrie er in Richtung Wohnzimmertür: »Frau Mühler, würden Sie uns bitte etwas zu Trinken bringen?«

Dann wandte er sich mir zu. »Das ist ziemlich seltsam gelaufen. Wir sind sonntagabends von einem Ausflug in den Odenwald zurückgekommen und gerade mit dem

Auto in unsere Straße eingebogen, als uns ein Minivan entgegenkam und uns direkt in den vorderen Kotflügel fuhr. Unser Wagen wurde gegen eine Straßenlaterne geschleudert. Der Unfallverursacher ist geflohen. Wenig später hat man den Wagen in Mannheim gefunden, er war einen Tag vorher gestohlen gemeldet worden.«

»Was war daran seltsam, wenn man davon absieht, dass der Wagen gestohlen war?«

Hauenstock wurde nervös. Das Erlebnis, auch wenn es schon eine Weile zurücklag, nahm ihn immer noch sichtlich mit. »Ich hatte den Eindruck, dass der Wagen mit Absicht auf uns gelenkt wurde. Als ich in die Straße einbog, sah ich, wie der Wagen halb auf dem Gehweg stand. Erst dann beschleunigte er und raste uns in die Seite. Ich kann mich natürlich täuschen, das ging alles so rasend schnell.«

Er tätschelte das Bein seiner Frau. »Berta wurde dreimal operiert und ich einmal. Die Versicherung hat alles bezahlt, auch die Pflegerin. Ah, da kommt sie gerade. Darf ich vorstellen, das ist Miranda Mühler. Frau Mühler, das sind Polizeibeamte, die uns irgendetwas fragen wollen.«

Frau Mühler nickte zur Begrüßung, stellte ein Tablett mit Mineralwasser und Gläser ab und verschwand.

»Sie ist nicht sehr mitteilsam«, erklärte der Hausherr, »macht aber einen guten Job. Sie ist uns eine große Hilfe. Aber sagen Sie, äh, Herr Palzki war ihr Name? Ermitteln Sie wegen der Fahrerflucht? Meines Wissens wurden die Ermittlungen erst kürzlich von der Staatsanwaltschaft eingestellt. Ich habe das sogar schriftlich erhalten.«

Gerhard, der traurig darüber war, keinen Kaffee zu bekommen, stellte unser Anliegen klar. »Wir wussten von dem Unfall bis eben überhaupt nichts. Wir sind Beamte aus Rheinland-Pfalz und untersuchen den Überfall auf Ihren Kollegen Arndt Gregorius.«

Ich nickte zustimmend. Gerhard hatte es gut erklärt, ohne zu viel zu verraten. Dass wir nicht die offiziellen Ermittler waren und nur einen Freibrief von KPD besaßen, musste Hauenstock nicht unbedingt wissen.

»Wie geht es Arndt? Ich habe seit Tagen nichts mehr von ihm gehört. Seit seine Tochter Gabriele ermordet wurde, hat er sich sehr verändert. Seine Vitalität hat er fast komplett verloren. Ohne den Fund in Würzburg würde er wahrscheinlich nur noch zu Hause sitzen und Trübsal blasen.«

Ich fand, dass es günstig für uns lief. »Genau deswegen sind wir hier. Können Sie uns Näheres zu dem Fund in Würzburg erzählen? Herr Gregorius hat uns kurz davon berichtet. Allerdings ist er noch zu schwach, um ausführlich befragt zu werden. Er hat gesagt, dass Sie uns weiterhelfen würden.«

Benedikt Hauenstock lächelte. »Der arme Arndt, hoffentlich wird er wieder richtig gesund. Als Buchwissenschaftler ist er eine Koryphäe.«

Er schenkte vier Gläser mit Wasser ein und gab eines davon seiner Frau, die stumm und unbeteiligt dabeisaß.

»Angefangen hat es mit der Carmina Burana. Sagt Ihnen der Name etwas?«

Gerhard und ich schüttelten den Kopf. Von der Frau hatten wir noch nie gehört.

»Es handelt sich um eine Sammlung von Lied- und Dramentexten, die vor 200 Jahren in der Bibliothek des Klosters Benediktbeuren gefunden wurde. Die auf Pergament geschriebene Handschrift ist nur in diesem einen

Exemplar erhalten geblieben. Sie können sich vorstellen, wie wertvoll dieses Stück ist.«

Wir nickten ehrfurchtsvoll, auch wenn es nur gespielt war.

»Die Carmina Burana ist kurz nach 1230 entstanden, wobei ein paar Teile später hinzugefügt wurden. Arndt hatte es geschafft, das Original untersuchen zu dürfen. Kopien liegen zwar zum Beispiel in der Bayerischen Staatsbibliothek. Ein Original in den Händen zu halten, ist aber doch etwas anderes.«

»Und dabei hat Herr Gregorius eine Entdeckung gemacht?«

»Und was für eine«, fuhr Hauenstock fort. »In der Handschrift sind auch Lieder von Walther von der Vogelweide enthalten. Oder vielmehr sehr freie Übersetzungen. Walthers Texte wurden zu Übungszwecken in der Klosterschule ins Lateinische übersetzt. Zur Erklärung muss ich sagen, dass die Handschrift kurz nach dem Tode Walthers fertiggestellt wurde. Arndt hatte erkannt, dass die Klosterschüler ein paar versteckte Hinweise zu dem Grab von Walther in die Lieder eingeflochten haben.«

Gerhard hatte längst seinen Notizblock gezückt und schrieb eifrig mit.

»Das Grab von Walther von der Vogelweide war also bisher unbekannt, bis Arndt Gregorius es fand?«

»Nicht ganz, Herr Palzki. Walther wurde 1230 auf dem damaligen Friedhof neben der Neumünsterkirche in Würzburg bestattet. Vor 300 Jahren hat man an der Stelle einen kleinen Garten angelegt. Dort befindet sich heute ein symbolischer Grabstein für Walther von der Vogelweide.«

Er sah mein enttäuschtes Gesicht. »Ich bin noch nicht fertig, das Beste kommt erst. Aufgrund der Handschrift entdeckte Arndt zusammen mit seiner Tochter Gabriele eine Gruft in der Außenmauer des Neumünsters. Und darin liegt bis zum heutigen Tag der unversehrte Steinsarg Walthers. Die eigentliche Sensation ist aber der Gegenstand, den die beiden im Sarkophag fanden.«

Er machte eine kleine Pause. »Im Grab lag nicht mehr und nicht weniger als die Urschrift des Nibelungenliedes. Das passt daher so gut, da Walther von der Vogelweide in der Fachwelt schon immer als einer der potenziellen Urheber des Liedes galt.«

»Das Nibelungenlied ist doch längst bekannt, oder täusche ich mich?«

»Ja und nein.« Hauenstock zögerte. »Arndt kannte sich damit nicht sonderlich gut aus. Deshalb kam er zu mir. Ich befasse mich seit Jahrzehnten mit der Nibelungenforschung.«

»Schreibst du mit, Gerhard?«, fragte ich zur Sicherheit nach. Denn jetzt würden wir mit vielen Informationen konfrontiert werden, die sich kein Polizist merken konnte.

»Man muss zwischen der Nibelungensage und dem Nibelungenlied unterscheiden«, begann Hauenstock. »Die Sage hat ihren Ursprung etwa im 5. Jahrhundert nach Christus. Im Laufe der Zeit vermischten sich verschiedene historische Ereignisse, die miteinander nichts zu tun hatten, oft auch in anderen Zeitebenen passierten. So entstand eine Gemengelage, die immer wieder mit Übertreibungen angereichert, beziehungsweise durch mündliche Übermittlungen verfälscht wurde. Denken Sie nur an den Drachen und Siegfrieds Unverwundbarkeit, wenn man von einem kleinen Teil seines Rückens absieht.«

»Und der Schatz und der Zwerg, der sich unsichtbar machen kann«, zählte ich auf und unterbrach damit seine Rede. Gerhard rempelte mich dafür an. Ich muss zugeben, dass es ungeschickt war, Hauenstock in seinem Redefluss zu unterbrechen. Er nahm meinen Hinweis aber dankend auf.

»Sicherlich, Herr Palzki«, sagte er in meine Richtung. »Das mit dem Zwerg ist unwahrscheinlich.«

Natürlich hatte ich es bemerkt. »Und der Schatz?«

Er lächelte. »Manche Teile der Sage geben recht präzise damalige Ereignisse wider, die längst wissenschaftlich als gesichert gelten. Flavius Aëtius war ein römischer Heermeister und hat um das Jahr 436 mithilfe hunnischer Söldner das Burgunderreich zerschlagen. Und das lag nun mal im Raum Worms.«

Fast wäre ich erneut in seine Rede geplatzt, nur um ihm stolz zu sagen, dass der Goldene Hut von Schifferstadt wesentlich älter war. Im letzten Augenblick verkniff ich mir diese unpassende Bemerkung.

»Auch Attilas Hochzeit und der Merowinger Streit zwischen Brunichild und Fredegunde kommen in der Sage vor und sind historisch gesichert.«

Hauenstock stand auf und humpelte zu einem Bücherregal. »Schauen Sie, diese zwei Meter Bücher sind alles Varianten der Nibelungensage, nebst Überarbeitungen und Kommentierungen.«

»Das haben Sie alles gelesen?«

»Das und noch viel mehr«, erzählte er stolz. »Die Sage dient dabei aber nur der Grundlagenforschung. Wichtiger ist das Nibelungenlied.«

Er setzte sich wieder.

»Es ist um das Jahr 1200 entstanden und ist die wichtigste Deutung der Nibelungensage zu dem damaligen Zeitpunkt. Das Lied – eigentlich ist es kein Lied, sondern ein Epos – ist deswegen so interessant, weil es sehr detailliert auf das Burgunderreich und dessen Königshof eingeht.«

»Der bei Worms war.«

»Richtig, Herr Palzki. Leider ist die Originalhandschrift verschwunden. Die vielen Kopien, die später in Umlauf gekommen sind, sind teilweise widersprüchlich. Ziel der Forschung ist es, den Originaltext zu rekonstruieren. Alle bisher gefundenen Abschriften fußen auf drei verschiedenen Manuskripten, die teilweise nur in Fragmenten vorliegen. Wissenschaftlich gesehen ist man sich einig, dass die Variante B dem Original am Nächsten kommt. Glücklicherweise ist sie komplett erhalten.«

Gerhard war bereits auf der dritten Seite angelangt. So viel hatte ich im ganzen Jahr bisher nicht geschrieben.

»Der Codex Sangallensis 857, auch als St. Gallener Handschrift bekannt, befindet sich in der Stiftsbibliothek St. Gallen. Ich habe den Codex schon mehrfach in den Händen gehalten.«

Stolz klang aus seiner Stimme.

»Er entstand um 1260 und enthält neben dem Nibelungenlied weitere Texte wie den bekannten Parzival. Dieser Codex ist der Ausgangspunkt der momentanen Nibelungenforschung. Die anderen Texte A und C haben wesentlich geringere Bedeutung.«

»Weiß man auch, wer das Buch geschrieben hat?« Ausnahmsweise unterbrach Gerhard den Wissenschaftler.

»Namen sind keine bekannt«, antwortete Hauenstock.

»Insgesamt ist der Codex wohl von sechs oder sieben Personen geschrieben worden. Erst später wurden die einzelnen Teile zusammengefügt.«

Er ging ein zweites Mal zum Bücherregal und holte einen dicken Wälzer.

»Das ist ein einfacher Nachdruck des Codex.«

Ich blätterte ihn auf und verstand rein gar nichts. Solche alten Sachen hatte ich zwar schon das eine oder andere Mal im Museum oder im TV gesehen, einen inneren Bezug hatte ich zu altem Papier aber nie gehabt.

»Und da steht drin, wo der Nibelungenschatz ist?«, fragte ich ungläubig.

Jetzt lachte Hauenstock lauthals heraus. »Aber sicher doch. Das ist seit Jahrhunderten bekannt. Sie können es gerne nachlesen. Hagen von Tronje hat den Schatz im Rhein versenkt, und zwar an einem Ort, der ›Löche‹ heißt.«

Ich wollte darauf etwas erwidern, doch er fiel mir ins Wort. »Ganze Heerscharen haben sich auf die Suche nach dem Schatz gemacht, Herr Palzki. Selbst Göring im Zweiten Weltkrieg. Der Ort Lochheim, ein paar Kilometer nördlich von Worms, ist einer der potenziellen Schatzverstecke.«

»Und bisher gab es nicht die kleinste Erfolgsmeldung?«

»Bei Neupotz wurden bis vor 20 Jahren beim Kiesfördern über 1.000 antike Metallobjekte gefunden, die zusammen rund 700 Kilogramm wogen. Dieser Hortfund von Neupotz ist aber eher eine verloren gegangene Kriegsbeute der Alemannen.«

Er trank einen Schluck. »Im letzten Jahr hat bei Rülzheim ein illegaler Schatzsucher Goldschmuck und weitere Dinge gefunden. Mit dem Nibelungenschatz hat das aber nichts zu tun. Nein, Herr Palzki, sämtliche Suchen nach dem Hort verliefen sprichwörtlich im Sand.«

Mit seiner kleinen Anfügung änderte er die Welt: »Jedenfalls, bis Arndt die Originalhandschrift gefunden hat.«

Seine Frau saß nach wie vor wie versteinert auf dem Sessel. Stellenweise konnte man den Eindruck gewinnen, sie sei tot.

»Ist das Original bei Herrn Gregorius?«

Ich nahm es wegen des Einbruchs in seine Bibliothek an.

»Ich glaube«, bestätigte Hauenstock. »Ich habe ihm empfohlen, es an einen sicheren Ort zu bringen. Vorher habe ich mir mit seiner Erlaubnis eine Kopie angefertigt.«

Er griff unter den Wohnzimmertisch und zog eine Klarsichthülle hervor, die er dort anscheinend mit Klebeband befestigt hatte.

»Ein besseres Versteck als ein Safe, in dem jeder Gauner als Erstes nachschaut.« Er entnahm der Folie einen Packen Kopien.

»Es ist eindeutig, dass der Text das Original ist, von dem die Handschrift B, und in Grundzügen auch die anderen, abgeschrieben wurden. Forscherkollegen werden mich bald bestätigen. Das Erste, was mir aufgefallen ist, als ich die Handschrift sah, war, dass der Urheber tatsächlich Walther von der Vogelweide sein muss. In der Fachwelt hat man das zwar bereits seit Längerem vermutet, es gab aber weitere potenzielle Kandidaten. Interessant ist das deswegen, weil Walther oftmals Teile seiner Epen chiffriert aufgeschrieben hat. Die Kopierer in den Klöstern konnten damit nichts anfangen und haben diese Stellen meist frei und willkürlich übersetzt. Deswegen war man sich nicht so hundertprozentig sicher, dass Walther der Urheber ist, da sich die Handschrift B von seinem üblichen Wortschatz unterscheidet. Wenn man die Hintergründe kennt, ist dies aber einleuchtend.«

So langsam wurde ich nervös. Offenbarte uns Hauenstock gerade eine Weltsensation? Sollte es gelingen, den sagenumwobenen Nibelungenschatz zu finden? Würde neben den beiden Wissenschaftlern vielleicht sogar ich in die Geschichte eingehen? Wird man in ein paar Hundert Jahren von einem Reiner-Palzki-Epos schwärmen? Ich bemerkte, wie die Fantasie mit mir durchging.

»Vieles wird klarer, wenn man den Originaltext liest und vor allem entschlüsselt. Es gibt nur wenige Menschen, die Walthers Texte dechiffrieren können. Die bekannten Schriften sind natürlich längst übersetzt. Mit Gregorius' Fund haben wir erstmals seit Jahrhunderten einen neuen Text von Walther von der Vogelweide vorliegen.«

»Und der Schatz?«, flüsterte ich, weil ich es vor Spannung nicht mehr aushielt.

»Damit sind wir ein großes Stück weiter.« Hauenstock legte die Kopien auf den Tisch. »Lochheim ist falsch, genauso wie die anderen vermuteten Stellen rheinabwärts. Bisher war man der Meinung, dass Hagen von Tronje mit dem Schatz auf Booten rheinabwärts gefahren ist. Doch das ist nur der Fantasie eines Mönches entsprungen. In Wirklichkeit liegt der Schatz zwar in Rheinnähe, aber ein Stück flussaufwärts. Die Stelle befindet sich im Stadtgebiet des heutigen Frankenthals. Oder zumindest in der Nähe.«

»Frankenthal?«

Hauenstock nickte eifrig, seine Frau saß immer noch unbeteiligt daneben. »Am Anfang dachte ich, der Schatz liegt direkt unterhalb der BASF in Ludwigshafen, das wäre der Knaller gewesen! Ausgerechnet unter dem riesigen Chemieareal. Schließlich erkannte ich meinen Fehler: Walther von der Vogelweide war damals schon ein schlaues Bürschchen. Inzwischen bin ich mir sicher, seinen Text richtig zu deuten. Arndt und ich müssen noch die richtige Stelle deuten, das ist aber nur eine Frage der Zeit«, wiegelte er ab. »Seitdem wir der Lösung so nahe sind, befassen wir uns ausführlich mit der Geschichte Frankenthals. Seine Tochter Gabriele hatte mitgeholfen, bis sie in Worms ermordet wurde.«

Er trank einen Schluck Wasser. »Sobald Arndt genesen ist, treffen wir uns zur nächsten Diskussionsrunde. Auf ein paar Wochen kommt es schließlich nicht an. Der Hort liegt schon lange in seinem Versteck, da kann er sicherlich ein bisschen auf uns warten.«

»Und was ist mit dem Zwerg, der den Schatz angeblich bewacht?«

»Ach, Sie denken an den Zwerg Alberich mit der Tarnkappe? Alles Blödsinn, sage ich Ihnen. Die Geschichte gehört in die gleiche Kategorie wie der Drachenkampf.«

Gerhard unterbrach ihn mit einer Frage. »Was wollen Sie mit dem Schatz machen, mal angenommen, Sie werden ihn finden?«

Hauenstock machte eine ernste Miene. »Auf keinen Fall behalten, wie es andere Schatzsucher am liebsten machen würden. Der Nibelungenhort ist eine nationale, ja gar internationale Angelegenheit. Er muss in einem Museum gezeigt werden und darf nicht in einem geheimen Versteck eines reichen Sammlers verschwinden. Arndt und ich sind uns einig, dass wir sofort die Behörden verständigen werden, sobald wir ihn gefunden haben.«

Da ich das für eine vernünftige Sache hielt, verriet ich ihm ein Geheimnis. »Gabriele Gregorius konnte vor ihrem Tod etwas sagen, deren Bedeutung uns unbekannt ist. Vielleicht können Sie damit etwas anfangen?«

Jetzt begann der alte Mann aufgeregt zu zittern. Selbst seine Frau zeigte eine minimale Regung.

»Da bin ich aber sehr gespannt, Herr Palzki. Arndt hat mir davon nichts gesagt.«

»Wir wissen das selbst erst seit Kurzem«, erklärte ich ihm. »Seine Tochter hat mir kurz vor ihrem Tod das Wort ›Otincheim‹ zugeflüstert.«

Die nächste halbe Minute fixierte mich Hauenstock wort- und regungslos. Er musste mehrfach nervös schlucken, bevor er einen ersten Ton herausbrachte. »Otincheim? Sind Sie sich da sicher? Das würde einiges erklären. Demnach haben Arndt und ich …«

Weiter kam er nicht. Die Pflegerin Miranda Mühler stand in der Türzarge des Wohnzimmers und schoss mit einer Handwaffe auf den Hausherrn. Während Gerhard und ich geschockt sahen, wie sich sein Hemd in Brusthöhe rot verfärbte, stürzte die Schützin behände ins Wohnzimmer, schnappte sich einen Teil der Kopien, die auf dem Tisch lagen, und war einen Augenblick später verschwunden.

Erst jetzt reagierten Gerhard und ich. Mein Kollege zog seine Waffe und rannte, von mir gefolgt, in den Flur. Eine Hilfe war ich Gerhard in dieser Situation nicht, da ich wie immer unbewaffnet unterwegs war. Vom Flur ging die Verfolgungsjagd in die Küche und dort durch eine offen stehende Nebentür direkt in den zugewucherten Garten. Mein Kollege blieb stehen.

»Das ist zu gefährlich«, raunte er mir zu. »Ich beobachte weiter, ruf du die Kollegen an.«

Nach dem Telefonat kümmerte ich mich um Hauenstock. Im Moment schien er noch zu leben, auch wenn er nicht bei Bewusstsein war. Ich legte ihn rücklings auf die Couch und riss das blutverschmierte Hemd auf. Die Blutung war bereits zum Stillstand gekommen, wobei ich nicht wusste, wie es in seinem Körper aussah. Ich fühlte erfolgreich seinen Puls und stopfte ein Kissen unter seinen Kopf. Ob ich es mit einer stabilen Seitenlage versuchen sollte? War das überhaupt das Erste-Hilfe-Mittel der Wahl bei einer Schussverletzung? Stabile Seitenlage auf der Couch, ging das überhaupt? Wenn nicht, sollte ich ihn auf den Boden rollen?

Die Sanitäter nahmen mir wenige Minuten später die Antwort sowie die Verantwortung für den Verletzten ab.

»Sind Sie verrückt?«, schrie mich der erste Weißkittel an. »Sie können doch einen Schwerverletzten mit einer Schussverletzung nicht auf den Rücken legen!«

»Ist er tot?«

Erst durch diese Worte wurde ich daran erinnert, dass Frau Hauenstock nach wie vor in ihrem Sessel saß. Teilnahmslos hatte sie die ganze Zeit zugeschaut, ohne eine menschliche Regung zu zeigen.

Das Verhalten der alten Dame kam mir sehr rätselhaft vor, doch ad hoc hatte ich keine Ahnung, wie ich es bewerten sollte. Ich sprach einen Sanitäter an, der mich bisher nicht angemotzt hatte. »Kümmert euch um die Frau des Opfers, sie steht unter Schock.«

Gerhard hatte die Kollegen der hiesigen Polizei vor dem Haus abgefangen. Der Beamte forderte per Funk sofort Verstärkung an. Gerhard gab ihm eine Beschreibung der Pflegerin durch. Alles lief so gut organisiert ab, als würde sich der Tatort bei uns in Schifferstadt befinden. Zu guter Letzt konnte ich keinen Beamten ausmachen, der verrückt, skurril oder beides gleichzeitig war, so wie unser Chef.

Es dauerte ziemlich lang, bis Benedikt Hauenstock bereit zum Abtransport war. Die notärztliche Versorgung schien ebenfalls einwandfrei zu funktionieren. Der Hausherr lag auf einer Trage und befand sich in einer Art Dämmerzustand: nicht bewusstlos, aber auch nicht richtig bei der Sache. Dennoch erkannte er mich. Nur mittels einer wenig ausgeprägten Mimik machte er mir klar, dass ich näher zu ihm kommen sollte. Ich stoppte die beiden Sanitäter, die Hauenstock nach draußen in den Wagen bringen wollten. Das Gemotze ignorierte ich. Ich ging mit meinem Kopf nah an Hauenstocks Gesicht heran. Der Hauch eines Lächelns zeigte sich, als er angestrengt den Mund einen Spalt öffnete.

»Dich«, flüsterte er und wollte etwas anfügen. Dies überstieg seine momentanen Kräfte. Erschöpft entspannte sich sein Körper und die Augen schlossen sich.

Schon wieder eine geheime Botschaft, dachte ich. So langsam kam ich mir vor wie bei einer Schnitzeljagd, Otincheim und Dich, waren das die Schlüsselworte, um den Nibelungenschatz zu finden? Sobald Hauenstock bei Kräften war, würde ich es sofort wissen. Ich sprach den leitenden Beamten vor Ort an. »Bitte organisieren Sie einen Personenschutz für das Opfer. Ein Freund von ihm wurde kürzlich in einer Grünstadter

Klinik ermordet. Die Ermittlungen werden von Worms aus geführt.«

»Worms?«, fragte er zurück. »Das ist für Grünstadt nicht zuständig.«

»Es gab ein weiteres Tötungsdelikt in Worms. Daher ist das schon korrekt, was ich Ihnen gesagt habe.« Mit Widerwillen nannte ich ihm Minacks Namen als Ansprechpartner. Die Viernheimer konnten schließlich nichts dazu, dass ich Minack nicht ausstehen konnte.

»Und was machen wir mit der Frau?«

»Kommt darauf an, welche Frau Sie meinen«, antwortete ich auf seine doppeldeutige Frage. »Die Schützin heißt Miranda Mühler, mein Kollege Steinbeißer hat Ihnen bereits eine Beschreibung gegeben. Wahrscheinlich ist sie auch für die Tat in Grünstadt verantwortlich. Dort hat sich eine falsche Krankenschwester eingeschlichen. Wenn Sie Frau Hauenstock meinen, da kann ich Ihnen nicht weiterhelfen. Unabhängig davon, dass sie einen Schock hat, war ihr Verhalten sehr ungewöhnlich. Geben Sie das einfach so an die Wormser weiter, die werden wissen, was zu tun ist.«

Ein bisschen Delegieren konnte nicht schaden. Schließlich leitete ich dieses Mal die Ermittlungen nicht und war nur Zeuge. Aus diesem Grund war mein Einfluss auf die Tatortaufnahme weniger groß als sonst. Die verbliebenen Kopien des Originaltextes, die die Pflegerin nicht greifen konnte, hatte ein Spurensicherer längst in einen Beutel gesteckt und beschriftet. Meine psychologische Überredungskunst, die ich täglich beruflich und familiär trainierte und ausbaute, versagte auf der ganzen Linie. Selbst KPD hätte sich hier die Zähne ausgebissen, jedenfalls redete ich mir das ein, um mein mühsam aufgebautes Selbstwertgefühl nicht unnötig mit Negativmerkmalen zu belasten.

Auf der Heimfahrt grübelten wir über den Vorfall. Gerhards Navi brachte uns einigermaßen zielsicher aus Viernheim heraus.

# KAPITEL 12
# EINE KLEINE SCHIESSEREI

»Der Zusammenhang schreit förmlich zum Himmel«, meinte Gerhard. »Krankenschwester in Grünstadt und Pflegerin in Viernheim. ›Todesengel in der Kurpfalz‹ wird die BILD in die Überschrift setzen, wenn die das mitkriegen. Denkst du, dass es sich um ein und dieselbe Person handelt?«

»Ich denke schon. Die Menge der weiblichen Mörderinnen sollte man zwar nicht unterschätzen, zumal sie sich oft geschickter anstellen und deshalb seltener erwischt werden als Männer, dennoch wäre es ein zu großer Zufall, wenn da zwei Frauen in ähnlicher Mission im Spiel wären.«

»Hat die auch Gregorius' Tochter in Worms getötet?«, fragte Gerhard weiter.

Mein Magen knurrte. Ich befahl ihm, sich ein wenig zu gedulden.

»Das würde ich ausschließen. Du hast Miranda Mühler gesehen. Unabhängig, ob das ihr richtiger Name ist oder nicht, sie hat einen zierlichen Körperbau. Sie ist zwar flink, ich möchte aber bezweifeln, dass sie den massiven Speer mit der Kraft werfen konnte, um eine tödliche Verletzung zu verursachen. Da muss unheimlich viel Wucht dahintergesteckt haben.«

»Der große Unbekannte also«, definierte Gerhard. »Den Kleinwüchsigen, der neben Gregorius wohnt, können wir damit ebenfalls ausschließen.«

»Aber nur bezüglich des Speerwurfs«, schränkte ich ein. »Der hat Dreck am Stecken, das habe ich sofort bemerkt, als ich ihn das erste Mal sah.«

»Du mit deinen unbegründeten pseudopsychologischen Vermutungen, Reiner. Meistens liegst du damit sowieso falsch.«

»Ich?«, rief ich entrüstet. »Niemals.« Etwas kleinlauter ergänzte ich: »Na ja, jedenfalls so gut wie nie.«

Gerhard prustete los. »Ich kann mich gut an den letzten Bauernmarkt der BASF an Pfingsten in Limburgerhof erinnern. Weißt du noch?«

Ich ignorierte ihn und schaute angestrengt aus dem Seitenfenster. Gerhard stocherte weiter in meinen seelischen Eingeweiden.

»Schau dir den Typ an, hast du zu mir gesagt. Die geborene Verbrechervisage. Pass auf, gleich wird er jemandem den Geldbeutel aus der Tasche ziehen.«

»Jeder kann sich mal irren«, sagte ich trotzig.

»Du hast ihn aber gleich vorläufig festnehmen müssen, ohne einen Beweis zu haben.«

»Das war Vorbeugung. Dachte ich jedenfalls. Mensch, Gerhard, du hast ihn doch selbst gesehen.«

»Ich beurteile Menschen nicht nach dem Äußeren, ob sie Verbrecher sind oder nicht.«

»Ich weiß, du beurteilst nur Frauen nach dem Äußeren.« Damit spielte ich auf Gerhards Hobby an, seine Partnerinnen regelmäßig auszutauschen.

»Lenke nicht ab. Du hast einen hochrangigen Manager der BASF festgenommen und das ohne hinreichenden Verdacht. Nur KPDs Beziehungen hast du es zu verdanken, dass du noch im Polizeidienst bist.«

Ich trotzte. »Hätte KPD nur seinen Mund gehalten.

Dann hätte ich das alles hinter mir und bräuchte keinem Nibelungenschatz nachzujagen, den es sowieso nicht gibt, nie gegeben hat.«

Nach einer Weile hatten sich unsere Gemüter wieder beruhigt. Der Tag war ohnehin gelaufen und ich sagte zu Gerhard, als er im Hof der Dienststelle parkte, dass ich gleich nach Hause gehen würde.

»Ich habe jetzt wirklich keine Lust, KPD vor die Füße zu laufen. Wir sehen uns morgen.«

Ich stieg in den Oldtimer-Streifenwagen. Irgendetwas irritierte mich im Rückspiegel. Ich stieg aus und ging zur Rückseite des Wagens. Irgendwelche Komiker hatten mit schwarzem Isolierband »Palzki on Tour – Bitte langsam fahren« über die komplette Fondscheibe geschrieben.

Für diese Frechheit schrieb ich den Kollegen von der Schutzpolizei im Geiste ein paar »Ich-krieg-euch-alle«-Punkte gut. Meine Rache würde fürchterlich sein.

Zu Hause traf ich im Wohnzimmer auf meine Tochter. Melanie hatte Besuch, eine Freundin war da.

Sie kam freudestrahlend auf mich zu. »Du, Paps, ich werde doch bald 15.«

Mit dieser Eröffnung hatte ich nicht gerechnet. Dass Melanie eine gehörige Portion Finesse besaß, war mir bewusst, schließlich war sie meine Tochter.

»Zurzeit bist du noch zwölf«, entgegnete ich.

»Ach, die paar Monate.« Sie zögerte. »Im nächsten Jahr werde ich mit meiner Freundin nach Hamburg trampen. Da soll mehr los sein als in dem Kaff, in dem wir wohnen.«

Hamburg? Trampen? Ich glaubte, nicht richtig zu hören. Diese Flausen mussten im Keim erstickt werden. »Ich glaube, dir geht's zu gut! Weißt du, wie gefährlich

Hamburg ist? Die Verbrechensrate ist dort um ein Vielfaches höher als in Schifferstadt. Ohne unseren Nachbarn wäre der Unterschied sogar noch deutlicher! Und per Anhalter? Niemals, Melanie. Dann zehnmal lieber nach Mainz.«

Als hätte sie auf diese Antwort gewartet, sprang Melanie an mir hoch und gab mir einen Schmatzer auf die Wange. Solche körperlichen Berührungen hatte sie schon seit Jahren nicht mehr zugelassen. Zumindest nicht von mir.

»Danke, Paps, dass ich wenigstens nach Mainz fahren darf. Ich gehe gleich zu Mama und sage ihr, dass du es erlaubst.«

Schneller als ich reagieren konnte, schnappte sie freudestrahlend ihre Freundin und verließ das Zimmer. Den Satz, den die Freundin zu Melanie sagte, hörte ich dennoch: »Ich hab's dir doch gesagt, der Schock-Trick funktioniert bei allen Eltern.«

Dementsprechend war Stefanie nicht sonderlich gut gelaunt, als sie aus dem Zimmer der Zwillinge kam. »Sag mal, Reiner, stimmt das, was Melanie gesagt hat?«

»Natürlich«, quatschte Melanie dazwischen. »Ich hab's sogar heimlich aufgenommen.« Sie drückte auf ein paar Tasten ihres elektronischen Zauberkastens und ließ, so schlau war sie, nur den letzten Halbsatz, den ich gesagt hatte, abspielen.

Ich beschloss, mit unbekanntem Ziel auszuwandern. Vielleicht würde ich Herrn Ackermann mitnehmen. Der wusste bestimmt einige Tricks, wie man sich, ohne zu arbeiten oder sich überhaupt körperlich anzustrengen, durch das Leben mogeln konnte.

Meine Erklärungsversuche gegenüber meiner Frau gestalteten sich schwierig, da Melanie ständig dazwischenfunkte und ihrer Meinung nach meine Erklärungen richtigstellte. Stefanie konnte nicht nur mich richtig einschätzen, sondern auch ihre Tochter: Sie roch Lunte.

»Darüber unterhalten wir uns am Wochenende ausführlich, Melanie. Jetzt gehe noch ein bisschen mit deiner Freundin spielen.«

»Ich bin fast 15«, sagte Melanie trotzig. »Da spielt man nicht mehr.«

»Hoffentlich überstehen wir die Pubertät«, sagte meine Frau zu mir, als wir alleine waren. »Ich habe jetzt schon Wahnvorstellungen, wenn sie ihren ersten Freund nach Hause bringt.«

»Aber auf keinen Fall«, bestätigte ich sie. »Melanie soll erst mal ihre Schule fertig machen. Wenn es zu stressig für uns wird, schicke ich sie für ein paar Jahre in die Schweiz in ein katholisches Mädcheninternat.«

»Du spinnst wohl«, antwortete Stefanie und zeigte mir den Vogel. »Willst du deine Tochter vom richtigen Leben entwöhnen? Sie muss lernen, sich durchzusetzen in dieser harten Welt.«

»Da muss sie nicht mehr viel lernen. Vorhin hat sie mich mit einem schäbigen Trick übertölpelt.« Ich sprang zum nächsten Thema. »Was macht der Paul? Was hat er heute angestellt?«

»Ich glaube, der wird langsam vernünftig.« Stefanie zog ein kleines Lächeln auf. »Heute Nachmittag war er in der Kirche.«

Ich musste dringend in der Haftpflicht-Police nachschauen, in welchem Umfang kirchliche Großschäden mitversichert waren.

»In der Kirche?«, fragte ich verwundert. »Wie hoch ist der Schaden?«

»Er war mit Herrn Ackermann dort.«

»So ungefähr, auf volle Millionen Euro gerundet«, ergänzte ich meine Frage nach dem Schaden.

Sie zog eine Schnute. »Das Schulzentrum hatte in der St. Jakobuskirche ein Konzert veranstaltet, in dem die verschiedenen Schulklassen beziehungsweise Chöre ihr Repertoire vorgetragen haben.«

»Paul? Bist du sicher, das wir vom gleichen Paul sprechen?«

Stefanie ließ sich nicht beirren. »Ihm schien es gefallen zu haben. Mit Herrn Ackermann will er sich jetzt eine Blockflöte schnitzen.«

Irgendwie kamen mir zu viele Flöten ins Spiel. Erst Melanie mit ihrem Wunsch, Panflöte spielen zu wollen, und jetzt Paul mit einer Blockflöte. Ich hoffte, dass es kein musikalisches Umdenken in meiner Familie gab und wir demnächst gemeinsam Familienmusik machen würden. Ich beließ die Auskunft ohne weitere Kommentierung und genoss, soweit es ging, den Abend.

*

»Du sollscht glei zum KPD kumme«, begrüßte mich Claus, als ich in Juttas Büro eintrat. Ich liebte Überraschungen am frühen Morgen. Wahrscheinlich saß dieser Minack wieder bei unserem Chef und stänkerte. Ich machte auf dem Absatz kehrt, um das Saalbüro aufzusuchen.

»Wo willst du hin?«, fragte Gerhard, der gemeinsam mit Jutta am Besprechungstisch bei einem tiefschwarzen Getränk saß, das die beiden Kaffee nannten, ein Physiker aufgrund der enormen Farbdichte aber eher als Schwarzes Loch definieren würde.

»Zu unserem lieben Chef, wohin denn sonst?«

»Du weißt doch gar nicht, wohin!«

Ich kratzte mich am Kopf, obwohl es mich nicht juckte. »Seid ihr auf harte Drogen umgestiegen? Ich werde wohl KPDs Thronsaal finden.«

Claus lachte. »Do bischte awer uffem Holzwech, Reiner. De KPD hot for fünf Minute agerufe.«

Eskalation, dachte ich. Brutalst mögliche Eskalation. KPD war in Worms und räumte auf. Es konnte sich nur um Stunden handeln, bis Worms von der Landkarte verschwunden war.

»Er war ziemlich ufgerecht«, sprach Claus weiter. »Irgendwas is schiefgange und du sollscht des gewese sei.«

»Das ist immer so«, antwortete ich unbehaglich. »Ich fahre sofort nach Worms. Will jemand mit?«

Drei erstaunte Gesichter glotzten mich an. »Worms? Des liecht awer grad in de annere Richtung. Dein Chef wart vor de *Currysau* uff dich.«

Die andere Baustelle, die wichtigere, fluchte ich innerlich. Hoffentlich war es nicht zu spät. Der Nibelungenschatz konnte auch in ein paar Tagen gefunden werden, mein Lieblingsimbiss musste sofort gerettet werden.

»Bin schon unterwegs.«

Während der Fahrt nach Speyer hatte ich Tag-Albträume. Ich sah in meinen Gedanken einen riesengroßen aufblasbaren Fesselballon, der über der *Currysau* schwebte und wie KPD aussah.

Die Realität war nicht ganz so weit. Mein Chef sprach im Wintergarten des Imbisses mit ein paar wichtig aussehenden Personen. Ich hatte den Eindruck, als ginge es um irgendwelche Umbaupläne.

»Was machen Sie hier, Palzki?«, blökte er mich an.

»Äh, Sie haben im Schloss, äh, in der Dienststelle angerufen und mich hierherbestellt.«

»Ach ja, richtig.« KPD drehte sich zu einem Mann, der anscheinend nicht zu der Umbautruppe gehörte. »Herr Schmitt, ich bin gleich so weit.«

Jetzt sprach er wieder mit mir. »Das kommt davon, wenn man ein guter Chef ist. Um alles muss man sich selbst kümmern. Meistens kommen dann mehrere Sachen gleichzeitig. Na gut, in Multitasking war ich schon immer sehr gut.«

Ohne sich weiter um mich zu kümmern, diskutierte er mit seiner Gruppe den Umbau der *Currysau*. Eine Diskussion war es zwar nicht, sondern ein autoritärer Monolog, den sich keiner der Teilnehmer traute, zu unterbrechen.

Schmitt, der nichts mit den Imbiss-Brüdern Schmidt zu tun hatte, kannte ich. Es war der Geschäftsführer Ansgar Schmitt des ganz in der Nähe befindlichen Unternehmens Klaer Fensterbau. Vor nicht allzu langer Zeit erlebte ich bei einer Zeugenbefragung in seiner Fabrikhalle ein mehr oder weniger gefährliches Abenteuer, von dem ich noch meinen Enkelkindern an langen Winterabenden am Kamin erzählen konnte.

»Herr Palzki«, begann Schmitt. »Schon lange nicht mehr gesehen. Obwohl wir beide Stammkunden sind. Seit wann tragen Sie ein Toupet?«

»Ich kann leider nicht den ganzen Tag hier sein«, entgegnete ich unter Ignorieren seiner Frage. »Meine beruflichen Verpflichtungen, Sie verstehen?«

Der Geschäftsführer lachte. »Das geht mir nicht anders. Ich konnte übrigens Ihren Chef als Kunden gewinnen. Qualität spricht sich halt herum.«

Bevor ich mir darüber nähere Gedanken machen konnte, bemerkte ich, wie KPD die Umbaugruppe verabschiedete. »Sie wissen jetzt alle, wie ich es haben möchte. Gut, dass wir einen gemeinsamen Konsens gefunden haben, der meinen Vorstellungen zu 100 Prozent entspricht.«

Ich war sein nächstes Opfer. »Herr Palzki«, begann er ungewohnt förmlich. »Ich habe einen Anruf bekommen. Von der Staatsanwaltschaft. Was sagen Sie dazu?«

»Imposant. Woher wissen die von Ihnen?« Eine kleine Gemeinheit konnte nicht schaden, zumal jetzt bestimmt eine schlimme Sache nachkam.

»Der Oberstaatsanwalt wollte von mir wissen, wie weit wir mit der Einführung der elektronischen Akte sind. Ich habe ihm gesagt, dass alles planmäßig bei uns läuft, so wie immer und er sich keine Gedanken machen muss.«

Er schaute mich mit einem zweifelnden Gesichtsausdruck an. »Ich hoffe, das stimmt, Herr Palzki. In letzter Zeit sind Sie ständig unterwegs und fahren in der Weltgeschichte herum. Da frage ich mich schon, wie Sie es zeitlich schaffen, solch ein großes und verantwortungsvolles Projekt wie die Einführung der elektronischen Akte zu stemmen.«

Lächeln als Verteidigungsstrategie, dies sollte bei meinem Chef funktionieren. »Aber Herr Diefenbach«, antwortete ich verächtlich bis arrogant, »im Organisieren bin ich Weltmeister. Wissen Sie noch, wie ich Anfang Januar ganz allein die Jahreskalender in der Dienststelle ausgetauscht habe? Der Hausmeister hat mir nur ein klein wenig assistiert.«

KPD war nicht wirklich beruhigt. »Morgen lasse ich mir von Ihnen den Zwischenstand zeigen. Zuerst muss ich aber mein Imbissprojekt weitertreiben. Und mein Fensterprojekt«, ergänzte er und blickte übergangslos zu Ansgar Schmitt. »Wir können.«

»Nach Ihnen«, sagte dieser und hielt KPD die Tür des Wintergartens auf.

»Wo gehen Sie hin?«, fragte ich neugierig. »Haben Sie mich nur wegen der Frage nach diesem Projekt nach Speyer beordert? Hätten Sie mich das nicht im Büro fragen können?«

KPD kam einen Schritt auf mich zu. »Sie waren gar nicht im Büro, als ich angerufen habe. Dass Sie hierherfahren mussten, haben Sie ganz allein Ihrer permanenten Unpünktlichkeit zu verdanken.«

Etwas versöhnlicher redete er weiter: »Kurze Rückfragen erledige ich immer gerne sofort, dann stauen sich die vielen Tätigkeiten, denen ich als guter Chef tagtäglich ausgesetzt bin, nicht so arg.«

Er überlegte einen Moment. »Kommen Sie halt mit. Dann können Sie gleich sehen, was ich mir für mein schnuckliges Büro leisten möchte.«

Die wenig mehr als 100 Meter weite Strecke war zu Fuß zügig überstanden. Eine Zufahrtsrampe ging zwischen der Bebauung nach unten zum Firmengelände. Dem Verwaltungsgebäude schloss sich eine größere Montagehalle an.

KPD ignorierte die Halle und lief über den Hof in Richtung Mauer, die das Firmengelände im Hintergrund begrenzte.

»Herr Diefenbach«, sagte der Geschäftsführer zögerlich. »Wir können die Versuche leider nicht mehr im Freien durchführen. Hinter dem Speyerbach«, er zeigte in Richtung Mauer, »gibt es Wohnbebauung. Ein paar

Familien haben sich beschwert, weil deren Kinder an der Uferböschung Metallteile gefunden haben.«

KPD grunzte. »Wie kann das passieren?«, fragte er skeptisch. »Ich habe doch immer hervorragend gezielt.«

»Na ja«, erwiderte Schmitt, ohne näher darauf einzugehen. »Wir können in der Halle weitermachen. Die Arbeiter können solange Pause machen.«

Widerwillig ging KPD mit ihm in die Halle und ich folgte neugierig.

Als KPD das gegenüberliegende Hallenende sah, verflog seine Widerwilligkeit sofort. »Das haben Sie hervorragend organisiert, Herr Schmitt. Falls Sie mal einen Job brauchen, melden Sie sich bei mir. Quereinsteiger scheinen mir besser geeignet zu sein als Untergebene, die sich vor vielen Jahren durch die Aufnahmeprüfung gemogelt haben.« Er ließ seinen Blick an mir abgleiten.

Wir durchquerten die Halle. An der Rückwand war in Kopfhöhe ein schweres Dielenbrett befestigt, das wie ein rustikales Regalbrett aussah. Auf diesem standen, säuberlich aufgereiht, Glasblöcke, mit denen ich nichts anzufangen wusste.

»Da staunen Sie, Palzki, was?«

»So was wünsche ich mir zu Hause in meiner Garage auch.« Ein besserer Witz fiel mir spontan nicht ein. »Was sollen die Glasbrocken auf dem Regal?«

KPD und Schmitt schauten mich fassungslos an.

»Glasbrocken?«, wiederholte der Geschäftsführer. »Herr Palzki, das sind hochgeschliffene elffachverglaste Fensterscheiben. Absolut schuss- und abhörsicher.« Er zog ein Metermaß aus der Tasche und kontrollierte die Dicke der Scheiben. »25 Zentimeter, dünner geht's leider nicht, Herr Diefenbach. In den zehn Zwischenräumen befinden sich jeweils unterschiedliche Edelgase.«

KPD nickte. »Das passt gerade so in die Fensterlaibung. Was wiegt so ein Fenster?«

Schmitt schätzte ab. »Mit 150 Kilogramm je Quadratmeter muss man schon kalkulieren. Plus die Beschläge.«

»Das ist mir meine Sicherheit allemal wert«, antwortete KPD. »Wenn es knapp wird, lasse ich unterhalb der Fensteröffnungen Stahlträger einsetzen. Können wir?«

Die beiden drehten sich um und gingen durch die Halle. War das alles?, dachte ich mir. Glasblöcke anschauen, das brachte mich in meinem Leben wahrlich nicht wirklich weiter.

Am vorderen Ende der Halle, wo sich der Durchgang zur Verwaltung befand, war ein großer Tisch aufgebaut. Auf diesem lag ein gewaltiges Waffenarsenal. Da ich mich mit dem Zeug nicht auskannte, konnte ich nur vermuten, dass kriegswaffentaugliches Material dabei lag. Hatte ich endlich KPD in der Hand? Dealte er nebenbei mit Waffen? Ich sah schon deutlich KPDs Karriereende vor mir und jubelte innerlich.

Mein Chef nahm eine Langwaffe in die Hand und warf sie, um das geringe Gewicht zu demonstrieren, in die Luft. Als er sie auffing, knallte ein Schuss durch die Halle, der durch das Echo vielfach verstärkt wurde.

»Passen Sie auf«, schrie Schmitt zu KPD, »die sind bereits entsichert.«

Der Geschäftsführer rief durch die Halle: »Männer, ihr könnt ein paar Minuten Pause machen. Aber bitte nicht in der Halle.«

Während vier oder fünf Arbeiter zügig die Produktionshalle verließen, erklärte mir KPD den Grund für das Vorhandensein der Waffen.

»Die sind alle im letzten Vierteljahr vom Zoll beschlagnahmt worden, Herr Palzki. Da das Zollamt zurzeit umgebaut wird, habe ich unseren Speicher auf der Dienststelle als vorübergehendes Lager angeboten.«

Ich dachte mit Schrecken daran, dass unser ehemaliger Hausmeister auf dem Speicher unserer Dienststelle bis vor einem Jahr eine geheime Hanfplantage pflegte.

»Da fällt es nicht auf«, sprach KPD weiter, »wenn ich vorübergehend ein paar der Schießeisen für eigene Zwecke ausleihe. Es ist schließlich nichts Illegales, was wir hier machen.«

Nichts Illegales?, fragte ich mich erschrocken selbst. Den Otto-Normal-Schützen, der zu Hause im Keller rumballert und Kriegsgranaten sammelt, den würde man dafür jahrelang einsperren.

»Wollen Sie beginnen?«, fragte der Geschäftsführer meinen Chef und reichte ihm einen Kopfhörer. Er selbst zog ebenfalls einen auf und zuckte, mit Blick zu mir, mit seinen Schultern. »Ich habe leider nur die beiden, Herr Palzki.«

KPD wählte aus dem Arsenal aus, als wäre es eine Weinprobe.

»Ich werde mit dem kleinen Ding beginnen«, sagte er und griff sich einen Revolver, wie man ihn ab und an in Wildwestfilmen sieht. Mit einem diabolischen Grinsen drehte er die Trommel.

Jetzt steckte er die Waffe in seine vordere Hosentasche. Ich wusste es, KPD war verrückt. Ich drückte mich nach hinten an die Hallenwand, ohne jedoch eine schusssichere Barriere zwischen meinem Chef und mir aufbauen zu können.

»Drei, zwei, eins.« KPD zählte einen Countdown, zog die Waffe und ballerte ein paarmal quer durch die Halle in Richtung der zigfach verglasten Scheiben. Ein paar Querschläger peitschten umher, denen keiner der beiden Beachtung schenkte. Ansgar Schmitt reichte seinem neuen Kunden eine weitere Waffe.

»Probieren Sie mal diese. Die hat eine höhere Durchschlagskraft.« Er drehte sich zu mir um. »Halten Sie sich die Ohren zu.«

Es war bereits zu spät. Ohne groß zu zielen, jagte KPD ein paar Geschosse durch die Produktion. Der Lärm war infernalisch. Ein Tinnitus war das Mindeste, womit ich rechnen musste. KPD gönnte sich einen Zugabe-Schuss. Das Einzelgeräusch verebbte in einem Glasklirren.

Der Firmenbesitzer verzog sein Gesicht. »Herr Diefenbach, bitte achten sie mehr auf die korrekte Flugbahn. Ihre Testscheiben stehen da drüben. Eben haben Sie die Panoramafenster zerschossen, die ich morgen in der Sauna des Speyerer Schwimmbads einbauen wollte.«

»Ja, ja«, antwortete dieser unberührt. »Ich nehme noch das lange Ding hier und danach schauen wir, ob das Glas heil geblieben ist.«

Er schnappte sich den Granatwerfer. »Mann, ist der aber schwer.« Er stellte ihn auf dem kleinen Stativ ab, auf dem die Waffe montiert war. »Dann schieß ich halt direkt vom Tisch. Das ist übrigens eine 40 mm Heckler & Koch Granatmaschinenwaffe, Herr Palzki.«

Ohne sich um so banale Dinge wie das Visier zu kümmern, richtete mein Chef den Granatwerfer aus. »Vielleicht lasse ich mir die in meinen Dienstwagen einbauen«, sinnierte er halblaut, als er die Waffe auslöste.

Da ich generell sehr erfinderisch war, konnte ich rechtzeitig ein paar Kittbrocken, die auf einer Maschine lagen, in meine Gehörgänge stopfen. Dennoch war mein Kopf kurz vor dem Platzen, als der Schalldruck diesen mit voller Wucht erreichte.

KPD und Herr Schmitt waren zufrieden. Sie zogen die Kopfhörer ab und durchquerten die Halle.

Breitbeinig stellte sich mein Chef vor die Glasblöcke. »Einwandfreie Arbeit, Herr Schmitt, ich kann nicht den Hauch eines Kratzers erkennen.« Mit der flachen Hand wischte er über das Glas, als wollte er Staubflusen entfernen. »Damit haben Sie den Auftrag in der Tasche. Ich unterschreibe Ihnen gleich die Bestellung.« Mit schnellen Schritten ging er zum Verwaltungsgebäude.

Schmitt zeigte ein eher gequältes Lächeln. Stumm deutete er auf ein untertassengroßes Loch in der Hallenrückwand, durch das man durchschauen konnte. Wer weiß, wo die Granate eingeschlagen war. Während wir KPD langsam folgten, zeigte mir Schmitt weitere Einschusslöcher in diversen Maschinen und unfertigen Fenstern.

»Was macht man nicht alles für seine Kunden«, sagte er zu mir und seufzte. »Aber Spaß hat es dennoch gemacht«, ergänzte er.

Nachdem mein Chef die Bestellung aufgegeben und mir nochmals mit blumigen Worten beschrieben hatte, warum die neuen Fenster für ihn so wichtig sind, hatte er es auf einmal eilig.

»Ich muss zurück ins Büro«, verabschiedete er sich von dem Geschäftsführer. »Die Waffen lasse ich demnächst abholen. Es sind immer mal ein paar Beamte von uns in Speyer, die können das mitnehmen.«

Ansgar Schmitt lächelte. Wahrscheinlich würde er, sobald wir weg waren, seine Arbeiter in den Feierabend schicken und selbst ein wenig herumballern.

KPD verweigerte mir die lebensnotwendige Kaloriendosis, als wir an der *Currysau* angelangt waren. »Sie fahren auf dem schnellsten Weg zurück nach Schifferstadt«, bestimmte er. »Sonst klappt das mit der elektronischen Akte nicht.«

# KAPITEL 13
# WIE GEWONNEN SO ZERRONNEN

Resigniert stieg ich in den Streifenwagen und schaltete frustriert das Sondersignal ein. Der schnellste Weg, das hatte mein Vorgesetzter selbst gesagt. Da meine Ohren von der Schießerei immer noch so gut wie betäubt waren, vergaß ich, das Horn auszuschalten. Erst als ich am Schifferstadter McDonalds in der Drive-in-Spur die Scheibe herunterließ, um meine Bestellung aufzugeben, bemerkte ich, dass irgendetwas nicht stimmte.

»Du bischt jo schunn widder do.« Die Begrüßung im Büro war wenig herzlich. Eine Revanche war fällig.

»Arbeite du lieber gewissenhaft an deinem Projekt, statt anständige Leute zu nerven.«

»Was fer ä Projekt?«, fragte Claus und brachte mich damit zur Weißglut.

»Bist du noch ganz von Sinnen?«, fuhr ich ihn an. »Spätestens morgen will KPD einen Zwischenstand von mir, äh, von dir haben. Sag bloß, du hast nicht einmal damit angefangen? KPD hat so viele Beziehungen, wenn er dich mal auf dem Kieker hat, kannst du weltweit eine Beamtenlaufbahn in den Wind schreiben.«

Claus wollte etwas erwidern, doch ich ließ ihn nicht.

»Nutze deine letzte Chance, Junge. Gehe von mir aus in mein Büro, damit du deine Ruhe hast. Kümmere dich heute ausschließlich um die elektronische Akte und schreibe einen Umsetzungsplan, wenn es geht, mit genauen Datumsangaben. Wenn es sein muss, schreibe die ganze Nacht an dem Bericht. Morgen früh werde ich das Korrektur lesen.« Ich lächelte ihn an. »Das mache ich nur für dich, weil ich so altruistisch veranlagt bin.«

Mein letzter Satz war ziemlich gewagt, denn Jutta wurde sofort hellhörig.

»Das stinkt doch zum Himmel, Reiner«, mischte sie sich ein. »Das ist ein absolut untypisches Verhalten für dich.«

»Ich bin halt mal nicht so berechenbar wie ihr«, fuhr ich sie an. »Außerdem denke ich an uns. Wenn KPD morgen wegen Claus ausflippt, weil dessen Projekt nicht so weit ist, wie es sein sollte, fällt das auf uns zurück. Wir sind schließlich für Claus so was wie Tutoren.«

Das leuchtete meinen Kollegen ein.

»Gibt's was Neues aus Viernheim?« Die Frage richtete ich an Gerhard.

»Hauenstock wurde ins künstliche Koma versetzt. Das wird eine Weile so bleiben. Seine Frau hat man in die Psychiatrie eingeliefert. Genaues weiß ich nicht. Heute Morgen hat dieser Minack bei Jutta angerufen.«

»Ich habe aber gleich aufgelegt«, erzählte Jutta weiter. »Anschreien lasse ich mich von diesem Depp nicht. Beleidigend ist er auch geworden.«

Ich bewegte meine Hand mit einer Scheibenwischergeste vor meinem Kopf. »Der sieht anscheinend seine Felle und Fälle davonschwimmen, weil wir ihm ständig eine Nasenlänge voraus sind.«

»Dafür sterben die Leute wie die Fliegen, mit denen du in Kontakt kommst.«

»Hauenstock und Gregorius' Stieftochter leben doch«, antwortete ich trotzig. »Wenn Gerhard und ich nicht nach Viernheim gefahren wären, wüsste niemand, um was es überhaupt geht.« Ich drehte mich zu Gerhard, der eine neue Kaffeemaschine auspackte. »Hast du versucht, an die Kopien von Hauenstock zu kommen?«

Gerhard schlug mit der Hand auf den Tisch. »Ich habe direkt bei den Viernheimern angerufen, aber Minack war schneller und hat uns auf eine Schwarze Liste setzen lassen. Wenn wir Informationen wollen, sollen wir uns an Worms wenden, haben die mir geantwortet.«

Halblaut redete ich zu mir selbst. »Was könnte Hauenstock mit ›Dich‹ gemeint haben? Was sagte ihm das Wort ›Otincheim‹?«

»Gerhard hat uns das heute Morgen bereits gesagt. Wir haben keine Idee, was damit gemeint sein könnte.«

»Ich a net«, ergänzte Claus.

»Sabine Baum könnte es wissen. Ich rufe sie an.«

Ich zog ihre Visitenkarte aus der Tasche und wählte die Mobilnummer. Bereits nach dem ersten Klingeln ging sie dran.

»Ich weiß bereits alles«, sagte sie statt einer Begrüßung. Trotz Rufnummerunterdrückung wusste sie, wer sie anrief. »Die Viernheimer pflegen ihre elektronische Akte sehr gewissenhaft. Selbst die restlichen Teile des Manuskripts haben sie gescannt und abgelegt. Leider ist es sehr unvollständig und anfangen kann ich damit nichts.«

Durch ihr schnelles zur Sache Kommen war sie mir wieder ein Stückweit unkalkulierbarer geworden. Die beiden geheimnisvollen Wörter behielt ich zunächst besser für mich.

»Ich muss noch mal in die Wohnung von Arndt«, sprach sie weiter. »Es müsste mit dem Teufel zugehen, wenn er das Originalmanuskript nicht bei sich zu Hause versteckt hat.«

»Wie kommen Sie darauf?«

»Durch logisches Kombinieren«, antwortete sie hastig. »Wenn es in seinem Bankschließfach gelegen hätte, wäre es der Polizei längst bekannt. Arndt würde solch eine wertvolle Handschrift niemals woanders verstecken als bei sich zu Hause.«

Das konnte stimmen. Wenn das Nibelungenlied gefunden worden wäre, hätten das selbst wir in Schifferstadt mitbekommen. Außerdem wäre damit der Mordanschlag an Hauenstock sinnlos gewesen.

Ich fasste einen Entschluss. »In einer halben Stunde bin ich bei Ihnen in Hockenheim. Wir fahren gemeinsam nach Grünstadt.«

Offensichtlich hatte ich sie auf dem falschen Fuß erwischt, sie stotterte.

»Äh, ja, also, äh, ich bin mit meiner Bekannten in Mannheim, äh, ja, genau, in Mannheim. Ich komme mit der S-Bahn nach Schifferstadt. Können Sie mich am Hauptbahnhof abholen?«

Zwei Dinge waren mir in ihren letzten beiden Sätzen sofort aufgefallen. Die Geschichte mit Mannheim war erstunken und erlogen. War sie gefährlicher, als ich vermutete? Dass sie gestern fast einem Anschlag zum Opfer fiel, machte sie nicht automatisch unverdächtig. Schon öfters hatte ich es mit rivalisierenden Gruppen zu tun gehabt.

Der zweite Punkt war die Sache mit dem Hauptbahnhof. Dietmar Becker hatte mich kürzlich darauf hingewiesen. Als er den Fall mit dem als Teufel verkleideten S-Bahn-Mörder veröffentlichte, meldete sich ein Leser, der ihn auf einen schweren Fehler in seinem Buch hinwies. Okay, Beckers Bücher sind voll mit Fehlern, das sagte ich ihm aber nicht. Der Student schrieb in seinem Krimi vom Schifferstadter Hauptbahnhof, den es laut Kritiker aber überhaupt nicht gab. Ich war ratlos, bis Becker einen Fahrplan der S-Bahn aus der Tasche zog. Tatsächlich, in Schifferstadt gab es den Südbahnhof und den Bahnhof. Aber nichts mit »Haupt« vornedran. Erst dann war uns klar, dass der Begriff »Hauptbahnhof« ein Begriff war, den nur Schifferstadter benutzten, insbesondere um den größeren Bahnhof von dem kleineren Südbahnhof zu unterscheiden. Und genau das machte mich stutzig. Sabine Baum sprach eindeutig vom Schifferstadter Hauptbahnhof, den es für Ortsfremde nicht gab.

Nachdem wir unser Gespräch beendet hatten, fragte ich Gerhard: »Hat man die Pflegerin inzwischen gefasst?«

Er schüttelte den Kopf. »Die Fahndung läuft. Ob sie identisch mit der falschen Krankenschwester in Grünstadt ist, weiß ich bisher nicht. Es ist sehr schwierig, an aktuelle Informationen zu kommen, weil Minack alle offiziellen Wege blockiert.«

»Ich tu mei Beschtes«, rief Claus Endlich hinter Juttas Computer hervor. »Ich guck grad noch dere Sabine un dem zwergische Nachbar vun dem Gregorius.«

Es wurde Zeit, um zum Bahnhof zu fahren. Becker würde wieder vom Hauptbahnhof schreiben, wie ich ihn kannte. Der brachte ständig alles durcheinander und die Leute, die sein fantasieloses Geschreibe lasen, glaubten daran, als wären es Gesetze. Da brauchte sich keiner zu wundern, wenn das Polizeiwesen den Bach hinunterging.

Da das Klingeln in meinen Ohren beträchtlich nachgelassen hatte, fuhr ich ohne Sondersignal zum Bahnhof am Ende der Bahnhofstraße. Mal schauen, ob sich jemand meldete, der behauptete, dass sich der Bahnhof am Anfang und nicht am Ende der Bahnhofstraße befand.

Egal, ob Anfang oder Ende, als Einheimischer fand ich den hauptlosen Bahnhof auf Anhieb. Sabine Baum stand bereits winkend auf dem Vorplatz. Ich notierte mir die genaue Uhrzeit, um später überprüfen zu können, ob sie tatsächlich mit der S-Bahn aus Mannheim kam.

»Hallo«, sagte sie, als sie einstieg. Sie überreichte mir ein Ticket. »In Mannheim gekauft und dort abgestempelt«, sagte sie mit einem süffisanten Lächeln.

Ich steckte die kleine Karte ein. »Werde ich überprüfen lassen. Wollen wir erst was Essen gehen oder gleich nach Grünstadt fahren?«

Sie entschied sich anders als erhofft. »Ich habe vorhin in Mannheim ausgiebig gegessen, zwar nur vegetarisch, was ich nicht besonders mag, aber meine Bekannte hatte darauf bestanden.«

»Vegetarisch?« Ich konnte es nicht fassen. Vegetarisch passte so gut zu ihr, wie ich mir Paul als Mitglied im Kirchenchor vorstellen konnte.

»Ja, in der Nähe des Hauptbahnhofs gibt es das Hellers, das ist ein sehr bekanntes und etabliertes vegetarisches Restaurant. Die Fleischbeilagen fehlen halt, ansonsten schmeckt es ganz gut.«

Dieses Mal war ich in Grünstadt vorsichtiger. Ich parkte ein gutes Stück von Gregorius' Haus entfernt. Nun musste es uns nur noch gelingen, uns an dem neugierigen Nachbarn vorbeizuschmuggeln.

»Wir gehen über die Rückseite rein«, bestimmte meine Begleiterin, was ich für vernünftig hielt. Ohne gesehen zu werden, so hoffte ich zumindest, erreichten wir die

Terrasse. Wie nicht anders zu erwarten, war die Terrassentür fest verschlossen.

»Arndt hätte das so gewollt«, sagte Sabine und zog ein Brecheisen aus ihrer Handtasche. Ich hatte schon viel gesehen, was Frauen so alles in ihren Handtaschen mit sich führten, eine Brechstange war bisher nie dabei gewesen. Ich wunderte mich, was sie mit dem Ding in Mannheim wollte. Ob es sich um Besteck für die Bezwingung der vegetarischen Gerichte handelte? Da sie höchstwahrscheinlich die Alleinerbin war, bewertete ich den Einbruch als nicht weiter schlimm. Juristisch gesehen konnte sie mit ihrem Eigentum machen, was sie wollte, solange sie keine anderen Personen damit schädigte.

Ein geübter Einbrecher hätte die Terrassentür nicht schneller öffnen können, obwohl es sich um eine einbruchhemmende Variante handelte. Ein mittellautes Knacken und die Tür sprang auf.

»Nach Ihnen«, sagte sie und deutete eine Verbeugung an.

Ein kurzer Blick in die wenigen Räume des kleinen Hauses genügte, um Überraschungen durch andere Besucher auszuschließen. Gregorius' Einrichtung sah aufgeräumt aus, obwohl die Wohnung mit Sicherheit gründlich durchsucht worden war. Meine Begleiterin hoffte genauso wie ich, dass die Gründlichkeit der Beamten nicht zum Erfolg geführt hatte.

Sabine machte sich an die Arbeit, die zunächst auf die Bibliothek ihres Stiefvaters beschränkt war. Während sie auf die Bücher fixiert war und eins nach dem anderen hervorzog, ging ich strategischer an die Sache. Auch wenn hier Hunderte, wenn nicht Tausende Bücher in den Regalen standen, konnte ich wetten, dass die Beamten jedes einzelne gesichtet hatten. Ein Tagebuch wie die Fälschung der Brüder Grimm hätte kein halbwegs geschulter Polizist übersehen. Nein, wenn Gregorius das Manuskript versteckt hatte, dann an einem anderen Ort. Ich ging in sein Schlafzimmer. Beliebte Verstecke wie den berühmten Handtuchstapel oder unter der Unterwäsche hielt ich für zu einfach, da sie sowohl der Gruppe der Polizeibeamten als auch der Gruppe der Einbrecher bestens bekannt waren. Der übliche Trick mit den Fettflecken konnte mir nicht helfen, da die Wohnung bereits durchsucht war. Oft gaben nämlich die Verstecke deshalb ihr Geheimnis preis, da sie mit zahlreichen fettigen Fingerabdrücken übersät waren. Im Gegenlicht betrachtet, fielen diese Stellen sofort auf. Warum sollte der Wohnungsbesitzer beispielsweise die Schranktür, in der nur Bettwäsche lag, viel öfters öffnen als die Schublade mit seiner Unterwäsche? Gut, auch hier bestätigten Ausnahmen die Regel. Die meisten Menschen wechselten aber öfters ihre Unter- als ihre Bettwäsche.

Die Küche war mein nächster Ort. Ideal für das Verstecken von Flüssigkeiten oder festen Stoffen wie Drogen, für Papier weniger. Ohne an einen Erfolg zu glauben, durchsuchte ich den Stapel mit den alten Zeitungen. Schlaue Zeitgenossen nutzten durchaus das Altpapier, um wichtige Dokumente zu verstecken. Solange sie alleine in dem Haushalt lebten und nicht dement waren, konnte das eine Weile gut gehen. Wehe aber, ein Kind oder Enkelkind kam zu Besuch und räumte, um den Eltern, beziehungsweise Großeltern einen Gefallen zu tun, auf.

Meine Suche blieb erfolglos. Ich prüfte sogar, ob sich eine Küchenfliese lösen ließ oder eine Schublade einen doppelten Boden hatte. Selbst das beliebte Versteck unter der Schutzmatte in der Besteckschublade war unbenutzt.

»Ich geb's auf«, rief Sabine aus dem Wohnzimmer. Sie klang ziemlich frustriert.

Ich schloss mich ihr an und ließ mich neben sie auf die Couch plumpsen.

»Scheiße, verdammte«, schrie sie wütend und schlug mit voller Wucht auf den Tisch.

In meinem Gehirn löste sich der Nibelungenknoten.

»Dich!«, schrie ich auf und lachte wie Dr. Mabuse, nachdem er mal wieder seinen Häschern entkommen war.

Sabine sah mich an, als käme ich von einem anderen Stern. Oder zumindest von einem anderen Planeten.

Ich kniete mich vor die Couch und griff unter den Wohnzimmertisch. Sofort fühlte ich eine Klarsichtfolie. Temperamentvoll riss ich sie aus ihrer Halterung, die aus Reißzwecken bestand.

»›Dich‹, das war das letzte Wort von Hauenstock.«

Nachdem sie immer noch nicht verstand, erklärte ich ihr meinen Fund.

»Hauenstock hatte die Kopien unter seinem Wohnzimmertisch befestigt. Wahrscheinlich hatte er die Idee von Ihrem Stiefvater. Als er schwer verletzt abtransportiert wurde, flüsterte er mir das Wort ›Dich‹ zu. Bis eben konnte ich es nicht zuordnen. Doch jetzt wissen wir, dass er damit ›Tisch‹ meinte.«

In der Klarsichthülle befand sich nicht wie vermutet das Original-Manuskript von Walther von der Vogelweide, sondern nur eine weitere Kopie. Die einzelnen

Seiten steckten separat in Klarsichthüllen. Am Ende folgten karierte Notizzettel, die handschriftlich beschrieben waren.

»Das ist eindeutig Arndts Schrift«, stellte seine Stieftochter fest. »Den Text des Manuskriptes kann ich nicht lesen. Das muss altdeutsch oder so irgendwas sein, ich kenne mich damit nicht aus.«

Ich auch nicht. Wenige Buchstaben konnte ich deuten, daraus ließen sich aber keine verständlichen Sätze ableiten. Gregorius' Erläuterungen waren nicht viel besser, da sie mit Fachbegriffen nur so durchsetzt waren. Ich wusste nicht, inwieweit Erkenntnisse seines Freundes Benedikt Hauenstock bereits in seine Anmerkungen eingegangen waren. Wie wir wussten, war Gregorius kein Nibelungenexperte.

Ich überflog die Notizen. An einer Stelle fand ich das mir bekannte Wort »Otincheim«. Gregorius erwähnte es allerdings nur in einem Nebensatz. Vielleicht hatte er dessen Bedeutung nicht erkannt? Seine ermordete Tochter Gabriele musste zu diesem Otincheim etwas herausgefunden haben. Nicht umsonst waren die beiden alten Männer so überrascht, als ich es ihnen sagte.

»Wotan?« Sabine Baum schüttelte den Kopf. »Das liest sich wie ein Märchen.«

Ich nahm ihr die Notiz ab und las selbst. Ein Zwerg namens Wotan soll den Schatz bewachen. Daneben stand der durchgestrichene Name Alberich mit der Bemerkung »Übersetzungsfehler laut Benedikt. Wotan soll Unsterblichkeit erlangt haben und aus dem Raum Landau stammen. Äußerst unwahrscheinlich und unglaubwürdig, genau wie die Sache mit den 5 Pfälzern«, hatte Gregorius daneben notiert.

Dem stimmte ich nicht zu. Mir kam etwas in den Sinn: Bei meinen Ermittlungen vor einer Weile auf der Landesgartenschau in Landau lernte ich einen Zwerg namens Wotan kennen. Diese schaurige Gestalt wohnte als Art Eremit auf dem Gelände der Gartenschau. Seine Kleidung stank nicht nur, als wäre sie seit Jahrhunderten nicht gewaschen worden, sie sah auch so aus. Als ich ihn das erste Mal traf, dachte ich, dass er aus längst vergangenen Zeiten stammen musste.

»Ich kenne den Wotan«, sagte ich mit zittriger Stimme zu Sabine und reichte ihr die Seite. Sie las die Notiz ein zweites Mal und schüttelte den Kopf. »Das ist unmöglich«, testierte sie.

»Nichts ist unmöglich«, entgegnete ich. »Wenn Sie solch einen Chef hätten wie ich, wüssten Sie das. Ich fahre später nach Landau.«

»Ich komme mit«, sagte sie mit fester Stimme.

Noch waren nicht alle Notizen gelesen. Die vorletzte Seite war am interessantesten. »Erkenbertruine in Frankenthal. Der wahrscheinlichste Ort, an dem sich der Nibelungenschatz befindet, sagt Benedikt. Er meint, dass man die Stelle weiter einschränken kann, doch dazu muss er erst recherchieren«.

Sabine freute sich sichtlich. »Das ist mal eine Ansage. Lassen Sie uns lieber nach Frankenthal fahren als nach Landau.«

Wir ließen uns wie kleine Kinder überraschen.

»Ihr fahrt zum Teufel, aber nicht nach Frankenthal.«

Hinter unserem Rücken betrat ein maskierter Mann durch die offene Terrassentür die Wohnung.

»Was haben wir denn da?« Er schaute auf den Wohnzimmertisch mit dem Manuskript. Dabei achtete er genau darauf, dass seine Waffe auf uns gerichtet blieb. Der Schalldämpfer war groß wie eine volle Klopapierrolle.

Ich bemerkte, wie sich die Karatekämpferin Sabine sprungbereit machte. Hoffentlich ließ sie von ihrem Vorhaben ab.

»Karate nützt dir nichts«, sagte der Vermummte und bewies damit detaillierte Kenntnisse der Familie Gregorius. »Meine Waffe ist schneller, wetten?«

Er blickte zu mir. »Einen Bullen habe ich bis heute noch nicht über die Klinge springen lassen. Vielleicht mal eine neue Erfahrung«, ergänzte er und lachte höhnisch.

Die Kopie des Manuskripts, die er sich jetzt griff, betrachtete er nur kurz. »Endlich ist die Suche zu Ende.«

Wie zufällig ging er ein paar Schritte zurück in Richtung Terrassentür. Nun stand er hinter unserem Rücken. Wollte er abhauen?

Weiter konnte ich darüber nicht nachdenken, da etwas Schweres auf meinen Schädel knallte und mir mal wieder das Bewusstsein raubte.

# KAPITEL 14
# WIEDER IM DRACHENTÖTER

Zum zweiten Mal klatschte mir in dieser Wohnung ein nasser Waschlappen ins Gesicht.

Nach der obligatorischen Phase der Desorientierung ging es langsam bergauf, es war jedes Mal dasselbe. Trotzdem legte ich auf eine Gewöhnung an diese Art von Niedergeschlagenheit keinen Wert. Sabine Baum saß auf dem Sessel und hielt sich ein Kühlpack an die Stirn, ich selbst lag auf der Couch mit einem nassen Waschlappen auf dem Schädel.

Vor uns stand Waldemar Bückling, Gregorius' Nachbar.

»Hat Sie die vermummte Person niedergeschlagen?«, fragte er Sabine, da er davon ausging, dass ich nicht antwortbereit war.

Sie nickte mit schmerzhaft verzogener Mimik. Ich registrierte, dass sie ebenfalls von dem Unbekannten niedergestreckt worden war. Obwohl, manchmal war es so, dass nichts ist, wie es scheint. Es konnte auch ein Trick sein. Eines stand allerdings fest: Der Kleinwüchsige war viel zu klein für den Unbekannten, der das Manuskript geraubt hatte.

»Haben Sie ihn gesehen?«, fragte ich Bückling, da sie keine Antwort gab.

»Das war sehr seltsam«, erzählte der Nachbar. »Ich sah die vermummte Person aus der Eingangstür rauskommen. Er rannte vor zur Straße und im Vorgarten riss er sich die Kopfmaske herunter.«

»Haben Sie das Gesicht sehen können?«

»Leider nein. Ich sah ihn nur von hinten. Dunkle Haare, das ist alles, was mir aufgefallen ist. Tut mir leid.«

Das Wasser tat gut. Ich hatte zwar abartige Kopfschmerzen, doch meine Denkkraft war nur wenig eingeschränkt. »Und dann sind Sie rübergekommen, um nach dem Rechten zu sehen?«

»Nicht sofort«, sagte er. »Zuerst habe ich die Polizei angerufen. Die haben mir gesagt, dass ich mich sofort melden soll, wenn ich auf dem Grundstück jemanden sehe.«

»Die Polizei?«, rief ich und löste damit einen schmerzhaften Stich aus.

»Keine Sorge«, wiegelte der Nachbar ab. »Ich kenne Sie schließlich beide. Was soll die Polizei dagegen haben, wenn sich Herrn Gregorius' Stieftochter im Haus aufhält. Und Sie sind ein Freund von ihm, haben Sie mir beim letzten Besuch gesagt.«

Sabine versuchte sich mit einem Grinsen in meine Richtung, was ihr misslang.

Abzuhauen hatte keinen Zweck. In wenigen Minuten würde die Polizei hier sein. Vermutlich war längst Sebastian Minack informiert.

Sabine musste auf die Toilette. Bückling, ganz Kavalier der alten Schule, begleitete sie in den Flur zur Tür. Nutzten die beiden die Gelegenheit, um heimlich Informationen auszutauschen? Inzwischen war mir längst klar, dass ich niemandem mehr trauen konnte. Zu viele Anschläge waren auf mich und Personen meiner Umgebung geschehen.

Ich lag auf der Couch und wartete auf die bald eintreffende Zukunft. Dabei fiel mein Blick auf den Tisch. Neben einer Schale mit Plastikobst, wie man sie vor 40 Jahren in damals hippigen Wohnzimmern stehen hatte, lagen die Anmerkungen von Gregorius. Offensichtlich hatte die Person, die uns überfallen hatte, die karierten Blätter übersehen oder ihnen keine Beachtung geschenkt. Ich nutzte die Gelegenheit, und mit einem Handgriff war das Papier in meiner Hosentasche verschwunden. Man durfte auch mal Glück im Leben haben.

Die Grünstadter Schutzpolizei kam zeitgleich mit einem Krankenwagen, der standardmäßig angefordert worden war.

»Ich muss Ihnen das Toupet abnehmen«, sagte der Sanitäter, »ein klein wenig hat ihre Wunde geblutet. Hatten Sie einen oder gar mehrere Vorschäden? Ihre Schädelform sieht insgesamt etwas lädiert aus. Fast wie eine Blaupause des Monds.«

»Mir fällt ständig was auf den Kopf«, sagte ich. »Den Haarfetzen können Sie entsorgen. Der ist von Fasnacht übrig.«

»Das hätte ich mir gleich denken können!« Sebastian Minack war angekommen. Krebsrot vor Wut stampfte er ins Wohnzimmer. »Gestern das Theater in Viernheim, heute in Grünstadt, ist Ihnen die Vorderpfalz zu eng, Herr Palzki? Wollen Sie vielleicht mal im Ausland ermitteln?«

»Hawaii wäre nicht schlecht, wenn es dort inzwischen Bier gibt«, quasselte ich ihm in seine Wutrede, um das überflüssige Gelaber zu stoppen.

Minack ging auf meinen Wunsch nicht ein. Er drehte sich zu meiner Begleiterin. »Und wer sind Sie?«

Sabine Baum zog eine Visitenkarte aus der Tasche und sagte, dass die tote Gaby ihre Halbschwester war.

»Sie sind die zweite Tochter von Arndt Gregorius?«, vergewisserte er sich überrascht.

»Stieftochter«, stellte sie fest.

»Wir haben Sie überall gesucht. Sie sind nirgendwo registriert, außer im Stammbuch Ihrer leiblichen Eltern, das wir in der Wohnung Ihres Stiefvaters gefunden haben.«

Sie zuckte nur mit den Schultern.

Minack ließ nicht locker. »Wieso sind Sie mit Herrn Palzki in dieser Wohnung? Die Tür war versiegelt.«

Sabine war um keine Antwort verlegen. »Wir sind von hinten gekommen.« Vage zeigte sie auf die Terrassentür.

Minacks Blick entging nichts. »Die ist aufgebrochen. Waren Sie das?«

»Ich bin Alleinerbin, da darf ich das.«

Ganz schön cool, die Dame, dachte ich bewundernd.

»Erzählen Sie der Reihe nach, was passiert ist«, forderte er sie auf und ignorierte mich weiterhin.

Ohne fühlbare Erregung begann sie zu reden. »Nachdem ich von Arndts, meines Stiefvaters, Tod gehört hatte, bin ich gleich in die Pfalz gefahren. Da die Leiche nicht freigegeben ist, versuchte ich Näheres zu erfahren. Durch Zufall erfuhr ich von Herrn Palzki, dass er bei der Ermordung von Gaby dabei war. Ich suchte ihn auf und überredete ihn, mit mir in die Wohnung von Arndt zu fahren.«

»Sie haben Herrn Palzki überredet?«, fragte Minack überrascht.

Ohne rot zu werden, log sie weiter. »Er wollte zuerst nicht und sagte mir, dass ich mich an Sie wenden soll.«

»Und warum haben Sie das nicht gemacht?«, unterbrach er sie barsch.

»Weil ich mehr zum Tod von Gaby erfahren wollte. Außerdem war Herr Palzki beim Tod von Arndt dabei.«

Die Begründung erschien mir persönlich fadenscheinig, doch sie sprach unbeirrt weiter.

»Jedenfalls gelang es mir, Herrn Palzki davon zu überzeugen, mich hierher zu begleiten. Als Privatperson, wohlbemerkt. Darauf hat er Wert gelegt.«

Während ich grübelte, warum sie mich aus der Schusslinie ziehen wollte, hakte Minack weiter nach.

»Dass Herr Palzki gestern in Viernheim bei einem Freund Ihres Stiefvaters war und dieser während des Gesprächs fast erschossen wurde, wissen Sie aber nicht, oder?«

»Ach, Sie meinen Benedikt Hauenstock? Doch, doch, Herr Palzki hatte die Adresse von mir. Leider hatte ich gestern keine Zeit, um ihn zu begleiten, ich fühlte mich etwas unpässlich. Wie geht es dem alten Hauenstock?«

»Der liegt im Koma.« Minack wirkte verwirrt, was in mir Schadenfreude aufkommen ließ. »Warum machen Sie das?«

Sie wendete das Kühlpack, das immer noch auf ihrem Kopf lag. »Können Sie sich das nicht denken? Zwei Morde in meiner Familie und die Polizei ist ratlos. Ich bin am Überlegen, einen Privatdetektiv zu beauftragen. Außerdem bin ich die Alleinerbin. Ich muss mich um die Angelegenheiten meines Stiefvaters kümmern und vor allem um die Beerdigung.«

Der Wormser Beamte wusste, dass er so nicht weiterkam. Um meine Rolle als Opfer zu betonen, lag ich nach wie vor auf der Couch, während Minack auf der anderen Seite des Tisches stand. »Ich werde die Aussagen natürlich überprüfen lassen, Herr Palzki. Wenn die Geschichte sich als Märchen herausstellen sollte, können Sie gleich mit der Jobsuche beginnen.«

Ihm fiel auf, dass er nach wie vor nichts vom Tathergang wusste. »Können Sie mir sagen, was passiert ist, oder fällt das unter die Schweigepflicht?«

»Warum so trotzig?«, entgegnete ich Minack, was ihn natürlich weiter ärgerte. »Setzen Sie sich, nehmen Sie sich ein Stück Obst und hören Sie zu.«

Das Obst war aus Plastik und Platz zum Hinsetzen war keiner vorhanden.

»Wir sind gemeinsam hierhergefahren und haben die Terrassentür geöffnet.« Details sparte ich aus. »Uns ging es nur um familiäre Unterlagen, die wir holen wollten. Stammbuch und so weiter.«

»Das haben wir längst«, schnitt mir Minack ins Wort. »Frau Gregorius hätte sich an uns wenden können.«

Ich lächelte ihn falsch an. »Wir wussten nicht, dass die Wohnung bereits amtlich durchsucht wurde. Da wir von hinten kamen, bemerkten wir das Siegel nicht.« Das war zwar absolut unglaubwürdig, doch wie wollte er mir das Gegenteil beweisen? »Als wir mitten im Suchen waren, wurden wir von einer vermummten Person überrascht. Männlich, etwa eins achtzig groß und mit verstellter Stimme. Mit diesen Angaben können Sie gern eine Fahndung rausgeben.«

Er ließ sich nicht irritieren. »Und was wollte der Kerl von Ihnen?«

»Von uns?« Sabine mischte sich ein. »Er schien so überrascht von uns zu sein wie umgekehrt. Wir haben keine Ahnung, was er wollte. In einem für ihn günstigen

Moment schlug er erst mich k. o., danach Herrn Palzki. Herr Bückling, der Nachbar, hat uns ein paar Minuten später bewusstlos vorgefunden und Sie informiert.«

Warum log sie, fragte ich mich. Dass sie Minack anlog, fand ich zwar in Ordnung, doch warum hatte sie die Reihenfolge geändert, in der uns der Unbekannte niedergeschlagen hatte?

»Okay«, meinte Minack schließlich. »Sollen wir Sie in ein Krankenhaus bringen lassen?«

Sie verneinte. »Das ist nicht notwendig. Wenn Herr Palzki fit sein sollte, kann ich mit ihm zurückfahren.«

Frech grinsend bewegte ich mich problemlos in die Vertikale. Die Nebenwirkungen des Schlags waren dank des 2.000 Milligramm-Wirkstoffes irgendeiner mörderisch großen Tablette, die mir der Sanitäter gegeben hatte, so gut wie verschwunden.

»Dann mal los«, sagte ich zu Sabine, da ich keinen Grund für ein längeres Verweilen erkennen konnte.

»Langsam«, konterte Minack mit Blick zu der frischgebackenen Hausbesitzerin. »Wo können wir Sie erreichen?«

»Am besten telefonisch«, sagte sie. »Meine Mobilnummer steht auf der Karte. Es kann sein, dass ich das Hotel wechseln werde, sicher weiß ich das aber nicht.«

Gut herausgeredet, dachte ich. Minack ließ uns ziehen. Wir nahmen den Weg über die Terrasse und das unbebaute Grundstück dahinter.

»Sie sind nicht zufällig mit Baron Münchhausen verwandt?«, fragte ich sie, als wir außer Hörweite der anderen waren.

»Warum? Hätte ich diesem arroganten Schnösel die Wahrheit sagen sollen?«

»Bei Ihnen weiß man nie, ob Sie die Wahrheit sagen oder nicht.«

Sie lachte herzhaft, was ihrem Kopf nicht so guttat. Vermutlich hatte sie keine Tablette bekommen oder genommen. »In meinem Beruf ist das absolut von Vorteil, Herr Palzki. Aber Sie müssen sich vor mir nicht fürchten, ich will Ihnen nichts Böses.«

»Das sagen Sie jedem.«

»Stimmt«, bestätigte sie mich. »Alles andere wäre ja blöd.«

Da der Dialog sich auf diese Art und Weise ewig hinziehen könnte, ohne dass relevante Informationen dabei raussprangen, gab ich auf.

»Wo fahren wir jetzt hin?«, fragte sie, als wir den Streifenwagen erreicht hatten.

Mein Plan war, sie an einen großen Schifferstadter Bahnhof zu fahren, was aber in dieser Situation nicht fair gewesen wäre. Auf die Gefahr hin, eine Täterin oder zumindest Mittäterin neben mir sitzen zu haben, antwortete ich: »Nach Haßloch, zu den 5 Pfälzern.«

»Sind das die, die Arndt in seinem Tagebuch erwähnt hat?«

Ich nickte und sie akzeptierte die Entscheidung, ohne zu murren.

Wir fanden einen Parkplatz direkt vor der Kneipe *Zum Drachentöter*.

Auf dem Gehweg standen zwei rauchende Kneipenbesucher, die ihrem Laster in der Wirtschaft nicht frönen durften.

»Könnt ihr bitte mal ein paar Minuten auf den Wagen aufpassen, damit niemand eine Bombe einbaut?«, fragte ich sie.

Die beiden schauten selten dämlich aus der Wäsche und waren zu keiner Reaktion fähig. Ich brach die Kommunikationsanbahnung ab und ging mit meiner Begleiterin in den *Drachentöter*.

Ich war mehr als enttäuscht, als ich den leeren Stammtisch erblickte. Eigentlich hatte ich vermutet, dass die 5 Pfälzer mit dieser Kneipe fest verwachsen waren.

»Was darfsen soi?«, fragte Traudel, die Wirtin, obwohl wir keinen Platz nahmen.

»Die Typen, die immer da sitzen, wo finden wir die?«

Traudel war über meine Frage erstaunt. »Nur alle Schaltjohr will mol ähner zu denne Fünfe. Ausgerechnet jetztert, wu die ähn Ausfluch mache.«

»Einen Ausflug?«

»Jo, do iss vorhin so ähn komische Typ reigekumme, der hot wie ähn Arzt ausgsehe, vielleicht net so hunnertprozentisch sauwer wie normalerweis, awer ähn Kittel hot er aghabt, a wenn er dreckisch war wie die Wutz.«

Die Beschreibung genügte, um Dr. Metzger zu identifizieren. Auf niemand anders auf der Welt passte diese Beschreibung.

»Wo ist Dr. Metzger mit den 5 Pfälzern hingefahren?« Eigentlich war mir die Antwort klar, obwohl ich keinen blassen Schimmer hatte, woher der Not-Notarzt die Information über Wotan herhatte.

»Ah, Metzger heest der Typ. So sieht er a aus.« Die Wirtin entledigte sich eines Raucherhusten-Anfalls mit mittelmäßigem Auswurf und Lebenserwartung.

»De Erwin hot gsagt, do kann er glei des Apdät vun soim Navi teste, wenn se dorthie fahre. Wo genau, hab ich net verstanne, weil ich grad Gläser geputzt hab.«

»Herr Palzki?«

Verblüfft drehte ich mich um. Neben dem Eingang saß in einer dunklen Ecke ein Mann, der mir bereits beim Betreten der Kneipe aufgefallen war, da er seinen Kopf in beiden Händen vergraben auf dem Tisch liegen hatte. Promillewert zweistellig, hatte ich als psychologisch geschulter Menschenkenner testiert, doch ich irrte mich ausnahmsweise.

»Herr Fratelli, sind Sie es wirklich?« Noch war ich mir unsicher, ob es sich um den Geschäftsführer der Peregrinus GmbH handelte. In dessen Verlag wurde unter anderem die Kirchenzeitung *Der Pilger* herausgegeben. An Ostern musste ich mehrere Anschläge auf ihn und seinen Chefredakteur aufklären.

Er stand auf und kam auf mich zu. Im Licht der trüben Funzeln an der Kneipendecke konnte ich erkennen, dass es sich tatsächlich um Marco Fratelli handelte. Er sah schlecht aus. Sehr schlecht. Er gab mir die Hand, als würde er eine Wurst rüberreichen. Mindestens um zehn Jahre gealtert, dachte ich und überschlug, wann ich ihn das letzte Mal gesehen hatte: Waren es drei oder vier Wochen?

»Was ist mit Ihnen passiert?«, fragte ich bestürzt. »Sind Sie krank? Kann ich Ihnen helfen?«

»Ach was«, antwortete er mit brüchiger Stimme. »Wenn es nur das wäre. Aber egal, es freut mich, Sie zu sehen. Nie wäre ich auf die Idee gekommen, dass Sie in diesem Lokal verkehren. Oder hat es etwas mit diesem Notarzt zu tun, der an Pfingsten vor dem Speyerer Dom kuriose Souvenirs an die Pilger und Touristen verkaufte? Er war vor ein paar Minuten hier.«

»Wissen Sie, wo er hin ist? Er ist doch gemeinsam mit den anderen vom Stammtisch gegangen, oder?«

Er nickte. »Einer der 5 Pfälzer hat davon gesprochen, als sie zur Tür raus sind. Auch wenn der Dialekt sehr herb ist, habe ich verstehen können, dass Sie nach Landau zu einem gewissen Wotan wollen, um mit ihm gemeinsam den Nibelungenschatz zu heben. Dieser Wotan soll identisch mit einem gewissen Alberich sein.«

Fratelli machte eine Wischbewegung vor seinem Gesicht. »Die haben sie nicht alle. Sind die irgendwo ausgebrochen?«

Wotan. Jetzt hatte ich die Gewissheit. Ich musste nach Landau, auch wenn ich nicht wusste, was dort gespielt wurde. Lag der Schatz vielleicht sogar auf dem Gelände der Landesgartenschau? Vielleicht sogar in der baufälligen Hütte von Wotan? Das Alter könnte passen.

Jetzt einfach verschwinden und Fratelli allein lassen, das wäre moralisch unverantwortlich gewesen. Immerhin hatte ich ihm einige wichtige und vor allem positive Erkenntnisse in Sachen Kirche zu verdanken.

»Wie kann ich Ihnen helfen, Herr Fratelli? Ich bin verblüfft, Sie hier zu treffen.«

Der Peregrinus-Geschäftsführer hatte sich wieder gesetzt und trank einen Schluck aus seinem Weinglas.

»Ich brauche im Moment die Abgeschiedenheit«, begann er nach einer kurzen Pause. »Eine Auszeit, Sie verstehen?«

Ich nickte, obwohl ich nicht verstand.

»Jeder hat mal einen kleinen Einbruch in seinem Leben«, erzählte er weiter.

Ich ahnte Schlimmes. »Sind Sie Ihren Job los?«

Er blickte irritiert. »Ach was, der Laden läuft super. Ich habe sehr engagierte Mitarbeiter, einen Teil davon kennen Sie ja. Nein, es geht um was anderes.«

Ich setzte mich neben ihn. Sabine Baum blieb stehen und lauschte angestrengt der Unterhaltung. Traudel hantierte hinter ihrer Theke mit Gläsern herum.

Fratelli schaute mich mit Augenringen an, die Ähnlichkeit mit einem seit Wochen ungereinigten Duschwannenablauf hatten. »Ich war immer auf Erfolg programmiert. Ein Projekt ergab das nächste und ich konnte mich immer weiter steigern. Ich habe es geahnt: Irgendwann musste es mal passieren.«

»Was meinen Sie?«, fragte ich vorsichtig, um mich feinfühlig, wie es meine Art war, an sein Problem heranzutasten.

»Meine Verhüllungsaktionen, Herr Palzki. Zuerst durfte ich den Speyerer Dom verhüllen, dann das Mannheimer Barockschloss, danach den Rhein bei Speyer und kürzlich das neue Weindorf auf dem Gelände des Bad Dürkheimer Wurstmarkts.«

In der Tat, seine künstlerischen Projekte, die er in der letzten Zeit generalstabsmäßig aufzog, hatten weltweit für Furore gesorgt. Sogar Christo schaute mittlerweile ehrfurchtsvoll zu ihm auf.

»Wie wäre es, wenn Sie mal unsere Dienststelle verhüllen? Am besten licht- und luftdicht. Aber nur, wenn Diefenbach allein im Gebäude ist.«

Fratelli zeigte den Hauch eines Lächelns. »Ich brauche eine neue Herausforderung, sonst bekomme ich Depressionen. Solange ich keine zündende Idee habe, verkrieche ich mich im *Drachentöter*, wo mich keiner findet.«

Der Geschäftsführer kam mir vor wie ein Leistungssportler, immer in der Hoffnung auf den nächsten Rekord. Ich überlegte, wie ich ihm helfen konnte.

»Wie wäre es, wenn Sie ganz Mannheim verschwinden lassen, äh, verhüllen würden? Die Ludwigshafener würden Ihnen dafür mit Sicherheit sehr dankbar sein.«

Fratelli grinste. »Einer meiner Mitarbeiter aus der Westpfalz hat mir das Gleiche für das Saarland vorgeschlagen. Nein, ich brauche etwas Zugkräftigeres. Zurzeit bekomme ich nur kleine Aufträge rein. Ein paar Mauern in Frankenthal, ein Fußballstadion in Kaiserslautern, lauter Kleinkram halt.«

Trotz größter Anstrengungen fiel mir nichts ein, womit ich ihn zufriedenstellen könnte. »Ich rufe Sie an, sobald ich eine Idee habe.«

Fratelli nickte und gab mir eine Visitenkarte. »Damit können Sie mich am besten erreichen.«

Ich schaute auf die Karte. Sein Name stand ganz oben, so weit okay. Darunter befanden sich allerdings die Daten der Kneipe, in der wir uns befanden. Fratelli schien es ernst zu meinen mit der selbst gesuchten Einsamkeit.

Fratelli kramte in einer Tasche. »Da habe ich noch was für Sie, Herr Palzki.«

Er drückte mir eine Zeitschrift in die Hand und ich las den Titel: *Pilger-Magazin. Das Magazin für bewusstes Leben.*

Bevor ich dazu etwas sagen konnte, erklärte mir Fratelli: »Das erscheint jetzt bei uns monatlich. Das Heft ist für alle, die eine tiefe Sehnsucht nach Ruhe, Einkehr und Sinnfindung in einer schnelllebigen Zeit haben.« Er lächelte selig. »Alles, was ich im Moment eigentlich benötige. Ihnen würde die Lektüre bestimmt auch nicht schaden.«

Ich bedankte mich höflich und steckte das Magazin ein.

Nach einer kurzen Verabschiedung verließ ich das Etablissement. Traudel ignorierte ich. Die beiden Raucher standen noch vor dem *Drachentöter*, was mir beim Einsteigen in den Wagen half, die Angst zu verdrängen.

# KAPITEL 15
# WOTAN

»Wer ist dieser Metzger?«, fragte eine sichtlich verwirrte Sabine Baum.

Ich klärte sie über den verrückten Not-Notarzt auf, beschränkte mich aber auf die weniger skurrilen Dinge, die man mit viel Fantasie gerade noch als glaubwürdig einstufen konnte.

»Und dieser Wotan? Was ist das für eine Figur? Irgendwie kriege ich das nicht in die Reihe. Was hat er mit Alberich zu tun? Soll das der Zwerg aus der Nibelungensage sein?« Sie schaute mehr als skeptisch drein.

»Sie werden Ihn gleich kennenlernen. Wenn ich Wotan beschreibe, wäre das nur sehr unvollständig. Man muss ihn persönlich sehen, darf ihm aber nicht zu nahe kommen.«

Damit meinte ich sein Hygienedefizit. Vermutlich hatte sein Körper in seinem ganzen Leben, von Regen mal abgesehen, keinen Kontakt zu Wasser gehabt. Seine Kleider, die eher an Fetzen erinnerten, waren eine untrennbare Symbiose mit seiner Haut eingegangen.

Um inkognito zu bleiben, parkte ich den Dienstwagen abseits des Geländes der Landesgartenschau und zahlte brav das Eintrittsgeld für uns beide, das ich hoffentlich über die Reisekostenabrechnung erstattet bekommen würde.

»Sie kennen sich ja recht gut aus«, meinte meine Begleiterin, da ich zielstrebig durch die Schau marschierte. »Sind Sie ein Pflanzenfreund?«

Mit einer Maulsperre stierte ich sie an. Wie hatte sie mich genannt? Im Affekt wollte ich mich wortreich wehren, doch rechtzeitig schaltete sich mein Gehirn dazwischen.

»Wer interessiert sich nicht für die Vielfalt der Natur?«, antwortete ich mit einer Gegenfrage, ohne ihr zu sagen, dass ich selbst die passendste Antwort auf meine Frage wäre.

Sie gab sich damit zufrieden. Kurz darauf erreichten wir das eingezäunte Gelände von Wotan. Bei der Planung der Landesgartenschau hatte man Wotan samt Haus und Grundstück vertreiben wollen, was aber selbst einem hochkarätigen Polizeiaufgebot misslungen war. Schließlich hatte man aufgegeben und aus Sicherheitsgründen sein Gelände, das nun wie eine Exklave innerhalb der Gartenschau lag, umzäunt.

Das windschiefe Gebäude machte den Eindruck, als würde es bei dem kleinsten Lüftchen zusammenstürzen. Wahrscheinlich täuschte der Eindruck, da der Bau einige Hundert Jahre alt zu sein schien. Keine Ahnung, wie er die militärische Festungszeit Landaus überdauert hatte. Das Tor, welches der einzige Zugang zu Wotans Reich war, stand offen. Meine Begleiterin zeigte auf das Gebäude und zog die Nase hoch.

»Hier wohnt jemand?«

Statt einer Antwort rief ich laut in Richtung Haus: »Wotan! Sind Sie zu Hause?«

Nichts rührte sich. Vorsichtig wagte ich, das kontaminierte Gelände zu betreten. Der Garten konnte als militärisches Sperrgebiet durchgehen, so durchpflügt und unappetitlich sah er aus. Tapfer, wie ich war, erreichte ich den Eingang des Gebäudes. Die Tür hing nur noch an einem Scharnier. Um eine Berührung mit dem speckigen Türgriff und bisher unentdeckten Bakterienstämmen zu vermeiden, zog ich ein Taschentuch aus meiner Tasche. Eine leichte Berührung, und das Türblatt fiel mir entgegen und auf meinen Fuß.

»Aua, verdammte Schei…«, fluchte ich wenig jugendfrei. Sabine ignorierte mein schmerzhaftes Problem und warf einen Blick in die Hütte. Es war nur ein winziger Blick, denn sofort drehte sie sich zur Seite und kämpfte sichtbar mit einem Würgereiz.

»Boah, da drin stinkt's abartig. Ein klarer Verstoß gegen die Genfer Konventionen. Der Wotan muss darin seit Jahrzehnten Sondermüll lagern.«

Wotan war nicht zu Hause, so viel war uns inzwischen klar. Wo konnte dieser Zwerg nur sein? Gesellschaftsfähig war er nicht, jedenfalls wenn man die sozialen Konventionen der letzten 500 Jahre zugrunde legte.

»Herr Palzki?«

Wieder einmal rief jemand für mich völlig überraschend meinen Namen.

»Was machen Sie bei Wotan? Er wird Sie doch nicht zum Kaffeetrinken eingeladen haben? Passen Sie auf, er kocht nur zweimal die Woche frischen Kaffee, der reicht dann immer für ein paar Tage.«

Ich blickte auf die Person, die vor dem Tor stand und nicht näher kam. Es handelte sich um Johannes Ente, den Pressesprecher der Landesgartenschau. Im Sommer hatte ich mit ihm im Zusammenhang meiner Ermittlungen auf der Gartenschau zu tun. Zwei Personen wurden auf dem Gelände ermordet und ein weiterer schwer verletzt.

»Aber keine Angst«, rief Ente weiter. »Wotan ist

heute nicht da. Es ist wahrscheinlich sein erster Ausflug seit vielen Jahren, wenn nicht sogar der erste in seinem Leben.«

»Kennen Sie den?«, flüsterte mir Sabine zu.

»Kommen Sie mit«, sagte ich zu ihr und ging mit ihr gemeinsam zu Ente. Nachdem ich die beiden miteinander bekannt gemachte hatte, stellte ich dem Pressesprecher eine Frage.

»Wo ist er hin, der Wotan? Ich brauche ihn für eine Zeugenaussage.«

»Wotan ein Zeuge?« Ente lachte ausgiebig. »Den Typ können Sie doch nicht ernst nehmen. Was der manchmal für Geschichten erzählt. Alles will er selbst erlebt haben, als wenn er ein Zeitreisender wäre. Ich frage mich jedes Mal, warum er nicht in der Geschlossenen sitzt. Wahrscheinlich liegt das daran, dass er als ungefährlich gilt. Jedenfalls, wenn man ihm nicht zu nahe kommt. Hatten Sie mal das Vergnügen, in seiner Nähe zu atmen? Dann wissen Sie, was ich meine.«

»Ich weiß, olfaktorisch ist er eine Herausforderung für jede Nase. Ich muss ihn trotzdem sprechen. Wissen Sie, wo ich ihn finden kann?«

»Das kann ich Ihnen leider nicht sagen«, antwortete Ente. »Er ist vorhin von unserem Gesundheitsbeauftragten abgeholt worden. Da waren ein paar andere Typen dabei, die ich bisher nie gesehen habe.«

Ente sprach eine weitere Skurrilität an. Ausgerechnet Dr. Metzger wurde von der Betriebsgesellschaft der Landesgartenschau in dieser Saison als freier Mitarbeiter beschäftigt, quasi als Gesundheitsbeauftragter auf Zeit. In dieser Eigenschaft kümmerte er sich um das gesundheitliche Wohl der Mitarbeiter. Das Ziel, die Halbierung der

Krankheitstage durch medizinpsychologische Abschreckungsmaßnahmen, wurde mehr als erfüllt. Kaum einer der Mitarbeiter traute sich, Metzger in ärztlichen Fragestellungen zu konsultieren. Da der Notarzt Provisionen für Nichtkrankschreibungen erhielt, verdiente er sich zurzeit dumm und dämlich. Hinzu kam, dass er wegen eines permanenten leeren Wartezimmers seine Sprechstunde auf zwei Stunden die Woche reduzierte. Die restliche Zeit nutzte er, um Unfallopfer auf den kurpfälzischen Straßen gegen Barzahlung in seinem Wohnmobil einigermaßen gesundzuoperieren. Neuerdings kamen noch seine Gesundheitsbriefe hinzu.

Ich überlegte: Wotan, Dr. Metzger und die 5 Pfälzer, das konnte nicht gut gehen. »Können Sie mir etwas über Wotan erzählen, Herr Ente? Wohnt er schon immer hier?«

Der Pressesprecher wies in Richtung Gebäude. »Manche sagen, das Haus wäre so alt wie Wotan. Es gibt die seltsamsten Gerüchte. Als ich ein Kind war, bin ich öfters mit meinem Opa in dieser Gegend gewesen. Schon damals lebte er in dieser Hütte und ich habe den Zwerg aus meiner Kindheit genau so in Erinnerung, wie er heutzutage aussieht.«

»Hatte er Familie?«

»Keine Ahnung, damals jedenfalls nicht. Mein Opa begrüßte ihn immer als Herr Alberich, ich weiß aber nicht, warum. Damals haben beide darüber gelacht. Ach ja, da fällt mir etwas ein: Meine Oma hat immer mit meinem Opa gezetert, wenn wir bei Wotans Haus vorbeigelaufen sind. ›Der wird dich eines Tages verzaubern‹ schimpfte sie. Als Kind habe ich aber den Sinn nie verstanden.«

»Und die anderen Gerüchte?« So eine dumme Geschichte ist mir in meinem ganzen Leben nicht vorgekommen. Okay, von KPDs Kapriolen mal abgesehen.

»Ach das, Gerüchte sind Gerüchte. Sagen, Märchen, nichts, was man ernst nehmen muss.«

»Es interessiert mich halt«, bohrte ich weiter.

»Man munkelt, dass Wotan unsterblich sein soll. Aber das ist natürlich absoluter Quatsch. Er erzählt halt gerne alte Geschichten, die er selbst erlebt haben will. Und Sie als Polizeibeamter wissen ja, wie naiv die Menschen manchmal sind. Irgendwann glauben sie an die Geschichten, man muss sie nur oft genug wiederholen.«

Dieses Phänomen war mir nur zu bekannt. Wie oft habe ich schon Mitmenschen über falsche Behauptungen aufgeklärt und jedes Mal zur Antwort bekommen: »Aber das habe ich doch so gelesen. Dann muss es wohl stimmen.« Das wäre das Gleiche, als wären die Leser von Beckers unsäglichen Kriminalromanen überzeugt, dass seine Geschichten der Realität entsprachen. Obwohl, einige würden wahrscheinlich daran glauben, Irren war schließlich menschlich.

Johannes Ente gab ein paar Beispiele: »Es soll historische Ansichtskarten von Landau geben, ungefähr 100 Jahre alt. Auf einer soll dieser Wotan abgebildet sein. Ich habe sie nicht selbst gesehen, es kann aber nicht sein. Ein anderes Gerücht besagt, dass Wotan am Ende des 17. Jahrhunderts, als Landau zu Frankreich gehörte, beim Ausbau der Stadt zur Festung involviert war. Das ist natürlich ebenfalls Quatsch. Wotan hatte herumerzählt, dass er für den Ausbau der unterirdischen Anlagen verantwortlich war und er zahlreiche Geheimgänge anlegen ließ, die teilweise bis heute unbekannt sein sollen.«

Jetzt war mein Sammeltopf mit Verrücktheiten endgültig gefüllt. Ich glaubte weder an diese Wotangeschichte noch an den sagenhaften Nibelungenschatz, dazu war ich viel zu sehr Realist.

Ich begann mit dem Rückzug. »Okay, ich sehe, dass ich so nicht weiterkomme. Würden Sie mich bitte anrufen, wenn Wotan auftaucht?«

»Selbstverständlich, Herr Palzki. Ihre Nummer habe ich gespeichert. Kann ich Ihnen sonst irgendwie helfen?«

Ich verneinte und gab meiner Begleiterin, die zuletzt stumm zugehört hatte, zu verstehen, dass wir gehen würden.

»Was halten Sie davon?«, fragte ich Sabine, als wir zu zweit in Richtung Ausgang gingen.

»So was Verrücktes habe ich noch nie gehört«, stellte sie fest. »Ich weiß nicht, wie ich das bewerten soll. Werden Sie Wotan und diesen komischen Arzt zur Fahndung ausschreiben?«

Diesen Gedanken hatte ich ebenfalls. Auch wenn ich nicht daran glaubte, könnte diese verrückte Gesellschaft der Schlüssel zu dem Ganzen sein. Unwahrscheinlich, dass sie an den Morden selbst beteiligt waren, doch die Motivation für ihre gemeinsame Tour musste ich unbedingt herausfinden.

»Das dürfte das Beste sein«, sagte ich zu ihr. »Ich fahre zurück zur Dienststelle. Soll ich Sie zu irgendeinem Bahnhof bringen?«

»Speyer, das wäre ganz gut. Am besten zum Hauptbahnhof.«

Ich wusste, welchen Bahnhof sie meinte. Dennoch nahm ich mir vor, zu überprüfen, ob der Hauptbahnhof in Speyer ein Hauptbahnhof war.

»Wie machen wir weiter?«, fragte sie unterwegs. »Sollten wir uns in Frankenthal diese Ruine ansehen, von der mein Stiefvater in seinen Anmerkungen schrieb?«

Klar, sie sprach im Plural. Ich war in einer Zwickmühle. Würde ich sie versetzen und alleine nach Frankenthal fahren, würde sie das erfahren, da sie wohl auf eigene Faust hinkommen und wir uns dort treffen würden.

»Morgen früh«, antwortete ich. »Zuerst muss ich die Fahndungen veranlassen und weitere Auskünfte einholen. Sie ahnen nicht, mit wie viel Schreibkram so ein Job als Kripobeamter verbunden ist.«

»Vergessen Sie nicht, meine Fahrkarte von Mannheim nach Schifferstadt zu überprüfen.« Sie lächelte verschmitzt.

»Bestimmt nicht«, antwortete ich ohne ein Lächeln. »Sie rufen an und ich hole Sie morgen früh am Schifferstadter Bahnhof ab. Den Weg kennen wir inzwischen beide.«

Nachdem ich sie in Speyer abgesetzt hatte, machte ich, da ich sowieso schon mal hier war, einen kleinen Abstecher zu meinem derzeit wichtigsten Projekt: die Rettung der Speyerer *Currysau*.

»Servus, Reiner«, begrüßte mich Jürgen, der Praktikant, ganz aufgeregt. »Wir müssen was unternehmen, dein Chef dreht jetzt völlig durch.«

»Das ist nichts Neues«, antwortete ich. »Was ist passiert?«

Jürgen zeigte auf den vorgelagerten Platz, der erst vor knapp zwei Jahren neu angelegt wurde. »Die Häuserzeile neben unserem Imbiss will er niederreißen lassen und auf dem quadratischen Gelände ein Amphitheater nach historischem Vorbild bauen lassen. Der Eingang soll direkt durch unseren Wintergarten führen und für mehr Umsatz sorgen. Verrückt, oder?«

»Das kriegt er niemals genehmigt, das schafft nicht einmal unser Chef.«

»Hast du eine Ahnung«, wehrte sich Jürgen. »Heute Mittag war der komplette Speyerer Stadtrat bei uns und hat sich das Konzept von deinem Chef erklären lassen.«

»Die haben ihn bestimmt davongejagt.«

»Von wegen! Die sind begeistert von Diefenbachs Idee. Im Eingangsbereich des Amphitheaters sollen in einer Marmorplatte die Namen sämtlicher Stadtratsmitglieder eingraviert werden. Mit dieser Finesse hat er sie alle eingefangen. Außerdem bekommen sie bei uns 20 Prozent Rabatt auf alles außer Pommes.«

Da hatten wir es mal wieder: ein Denkmal für sich selbst bauen. Fast alle Politiker und Geschäftsführer, Vorstände großer Konzerne sowieso, lebten ihr eigenes Ego aus, sobald sie an der Macht waren. Mit Gewalt und ohne Rücksicht auf Verluste setzten sie sich für größenwahnsinnige Projekte ein, die sich betriebswirtschaftlich niemals rechnen konnten und immer um mehrere Zehnerpotenzen überdimensioniert waren. Und das nur aus dem Grund, sich selbst ein Denkmal zu setzen, damit die nachfolgenden Generationen an die eigene Heldentat erinnert wurden. Dies wurden sie im Regelfall tatsächlich, wenn auch nicht im Sinne des Erfinders: Die Welt war voll mit ehemaligen Großprojekten, die kein Mensch brauchte oder finanzieren konnte. Ganz davon abgesehen, zogen diese mächtigen Egoisten regelmäßig ihre Unternehmen in die Insolvenz. Bei Politikern war das viel tragischer: In diesen Fällen musste das gemeine

Volk für deren Unfähigkeit büßen. Fachleute hatten ausgerechnet: Wenn alle Größenwahnprojekte wie beispielsweise der Nürburgring oder der Berliner Flughafen, um nur einen ganz kleinen Ausschnitt zu nennen, unterblieben wären, hätte man in Deutschland den Einkommenssteuersatz halbieren können und unser Staat wäre dauerhaft schuldenfrei.

»Ich kümmere mich darum.« Wie, konnte ich Jürgen beim besten Willen nicht sagen. Eine Bürgerinitiative gründen, ein paar hinterhältige Gerüchte über die Mitglieder des Stadtrats in Umlauf bringen, oder, wahrscheinlich am einfachsten: KPD loswerden. Doch hier stand wieder das Wie im Vordergrund.

»Ich muss weiter, kannst du mir auf die Schnelle ein paar Kleinigkeiten zusammenstellen?«

Fünf Minuten später bekam ich zum zweiten Mal diesen abartig großen Monsterburger hingestellt. Mein Magen machte vor Freude Luftsprünge, ich produzierte literweise Magensäure.

»Wenn du uns rettest, heißt das Ding *Palzki-Burger*«, meinte Jürgen nicht zum ersten Mal.

»Das ist Bestechung«, sagte ich.

»Ja«, antwortete er.

»Akzeptiert.« Ich biss in den Burger, der bald meinen stolzen Namen tragen würde. Es wäre doch gelacht, wenn ich das nicht schaffen würde. Andere lassen mit Steuergeldern Neuschwanstein bauen, warum sollte ich meinen Ahnen nicht einen Burger hinterlassen, der auf meinen Namen getauft ist?

Pappsatt fuhr ich wenig später zur Dienststelle.

# KAPITEL 16
# DEM SCHATZ AUF DER SPUR

»Wu kummschten du her?«, fragte Claus, der in einen Berg Altpapier vertieft war. Gerhard und Jutta saßen daneben und lasen ebenfalls in den Akten.

Ich verzichtete zunächst auf eine Beantwortung der Frage. »Wie weit bist du mit deinem Projekt? Lass mal deine Präsentation sehen.«

Jutta erhob Einwände. »Das Zeug, das du Claus gegeben hast, hat mit der elektronischen Akte nichts zu tun. Von der Staatsanwaltschaft kommt das nicht. Die Papiere sind teilweise mehrere 100 Jahre alt.«

»Da sieht man mal, wie lange Claus sein Projekt schon vor sich herschiebt«, entgegnete ich unbeeindruckt.

Jutta schnappte sich einen der Zettel und las vor: »Niemand kann Vergebung mit Sicherheit erreichen.« Sie blickte zu mir auf. »Na, was meinst du, kann das von der Staatsanwaltschaft kommen? Oder das: Wer einem Bedürftigen nicht hilft, aber stattdessen Ablass kauft, handelt sich den Zorn Gottes ein.« Sie ließ das Blatt auf den Tisch fallen.

»Die werden in Frankenthal bei der Staatsanwaltschaft schon wissen, was sie tun.«

Gerhard unterbrach mich mürrisch. »Seit wann bist du so obrigkeitshörig? Du hast die Akten vertauscht. Weißt du, was das ist?« Er zeigte auf den Karton mit den Akten.

Claus antwortete für mich. »Ich habs durch de Rechner gejagt. Des, was die Jutta grad vorgelese hot, sinn ä paar These vum Martin Ludder, 500 Johr alt. Do drin liecht a noch älteres Zeich, alles mit de Hand gemolt, wahrscheins aus irgendähm Kloster.«

Mir kam ein blöder Verdacht. Gehörte der Karton zu den Handschriften, die KPD ersteigert hatte und die Metzger für ihn nach Schifferstadt gefahren hatte? Länger darüber nachzudenken, war nicht drin, da KPD die Tür hereingestolpert kam.

»Na, meine Damen und Herren, sind wir alle fleißig? So sehe ich es gern.« Er schaute in meine Richtung. Zu meinem Glück saß Claus direkt neben mir. Noch waren die Welt und ich nicht verloren.

»Was macht das Projekt elektronische Akte?«

Ich blickte kurz zu Claus, um ihm zu suggerieren, dass er gemeint war. Taktisch schnell antwortete allerdings ich: »Herr Endlich hat sich sehr bemüht. Darf ich Ihnen einen kurzen Zwischenstand geben, lieber Herr Diefenbach?«

Es war verdammt schwer, das Wörtchen »lieber« über meine Zunge zu bringen, doch ich sah es als Rettung in der Not. KPD war dafür mehr als empfänglich.

»Ich bitte darum.« KPD zeigte an das Flipchart, das neben dem Besprechungstisch stand und, soviel ich wusste, noch nie benutzt worden war.

Trotz meiner Müdigkeit zeigte ich KPD und meinen Kollegen, was ich als Improvisationskünstler so alles drauf hatte. Um dem Ganzen einen wissenschaftlichen Touch zu verleihen, begann ich mit den Binomischen Formeln, die ich als Schüler in einer Arbeit in »Bionomische Formeln« umgetauft hatte. Ein paar mathematische Summen- und Integralzeichen, rudimentäre Kenntnisse waren vorhanden, und schon sah die obere Hälfte des Flipchartpapiers beeindruckend aus. Ein kurzer Überprüfungsblick zu KPD, dieser nickte unwissend wie ein Metronom, zeigte mir, dass ich auf dem richtigen Weg war. »Selbstverständlich verzichte ich auf die ganzen Herleitungen, da ich davon ausgehe, dass Sie meine Gedankengänge nachvollziehen können, Herr Diefenbach. Ich will Sie schließlich nicht langweilen und Ihre kostbare Zeit stehlen.«

KPD lächelte zum Dank.

»Ich komme jetzt zum ersten vorläufigen Ergebnis. Auf allen Computern der Dienststelle muss die Software mit der elektronischen Akte installiert werden. Das überlassen wir lieber einem Computerfachmann. Ich schlage vor, dass wir für den Zeitraum der Installation, ich schätze den Aufwand auf drei bis fünf Tage, außer einer kleinen Notbesetzung die Dienststelle schließen, da die Computer sowieso nicht zur Verfügung stehen. In dieser Woche könnten wir gemeinsam eine Fortbildungsmaßnahme durchführen. Darüber habe ich mir auch schon Gedanken gemacht: Spanien wäre ideal, um mal ein ausländisches Polizeiwesen kennenzulernen.«

KPD dachte nach. »Und wie viele Leute brauchen wir für die Notbesetzung?«

»Zwei bis drei, wenn Sie, Herr Diefenbach aufpassen.«

»Was? Ich soll nicht mit nach Spanien?«

Na ja, dachte ich. Ein halber Sieg war besser als nichts. »Wir können Sie mitnehmen, dann sollten wir aber die Notbesetzung verdoppeln.«

»Abgemacht«, sagte KPD. »Sie bleiben als mein Stellvertreter hier, Herr Palzki. Wann werden die Mitarbeiter geschult?«

Ich sah im Augenwinkel, wie meine Kollegen am liebsten laut herausgegrölt hätten.

»Anschließend«, brach es aus mir heraus. Ich war tief enttäuscht von dem Eigentor. Ich hoffte, dass ich das umbiegen konnte.

KPD stand auf. »Jetzt bin ich wieder zuversichtlich. Nächste Woche hat der Oberstaatsanwalt seinen Besuch angekündigt. Sie werden ihm das Gleiche erklären wie mir, Herr Palzki. Ich bin stolz auf Sie.«

Er war schon fast im Flur verschwunden, als ich ihm nachrief. »Ich habe eine weitere wichtige Information für Sie, lieber Herr Diefenbach.« Jetzt oder nie, waren meine Gedanken.

»Da bin ich aber mal gespannt.« KPD blieb stehen.

»Ich habe von Ihren tollen Plänen in Speyer bei der *Curry…*, äh, beim *Diefenbach Well-Ess-Tempel* gehört.«

Diefenbach strahlte. »Finden Sie das gut, Herr Palzki? Es wird Zeit, dass die Speyerer mal einen richtig guten touristischen Anlaufpunkt bekommen. Sonst haben die fast nichts zu bieten.«

»Genau darum geht es, Herr Diefenbach.« Meine eben erst geborene Idee zur Rettung wartete darauf, herauszusprudeln. »Die Speyerer, die stehen schon immer etwas im Wettbewerb zu uns Schifferstadtern, historisch gesehen. Wenn Sie jetzt den Speyerern ein neues Highlight verschaffen, das weltweit Anklang finden wird, werden die Schifferstadter zu recht sauer auf Sie sein, Herr Diefenbach. Wie wollen Sie das Problem in den Griff bekommen? Ihre ganzen Kontakte, die monatlichen Arbeitsessen mit der Bürgermeisterin oder dem Landrat, es betrifft schließlich auch den Rhein-Pfalz-Kreis, die werden Ihnen wegbrechen wie nichts. Es könnte sogar Ihre Position in Schifferstadt infrage gestellt werden. Was sollen wir nur ohne Sie, unseren guten Chef, machen? Die Speyerer Polizeiinspektion dagegen wird sich ins Fäustchen lachen, sie hat dann in ihrem Gebiet die Touristenattraktion schlechthin.« Mir gelang es, ein paar Krokodilstränen die Wange hinunterlaufen zu lassen. Hoffentlich war dies nicht zu dick aufgetragen.

»Meinen Sie wirklich?« KPD wurde blass wie selten.

»Unbedingt«, verstärkte ich meinen Angriff. »Das ist aber nicht alles.«

KPD blieb der Mund offen stehen.

»Unter dem St.-Guido-Stifts-Platz liegen mehrere Blindgänger aus dem Zweiten Weltkrieg mit chemischen Zündern. Weil die zu schwierig zu bergen waren, wurde der Platz vorletztes Jahr neu angelegt und versiegelt. Das wissen aber nur ein paar Eingeweihte. Stellen Sie sich vor, Sie lassen dort das Fundament für das Theater ausheben und halb Speyer wird durch eine Bombe zerstört. Ihr Renommee wird dadurch bestimmt ebenfalls beschädigt.«

»Ist, äh, ist das wahr?«, stotterte KPD.

»Ich werde doch meinen guten Chef nicht anlügen, Herr Diefenbach. Darf ich Ihnen einen Vorschlag machen?«

Er nickte.

»Man könnte das Ganze nach Schifferstadt verlagern. Schauen Sie sich doch nur die verschandelte Umgebung unserer Dienststelle an! Ringsherum Supermärkte und anderer Einzelhandel. Von morgens bis abends Verkehrschaos und Lärm. Wie sollen wir Beamte in Ruhe arbeiten? Mit Ihren Beziehungen könnte man die Betriebsgenehmigungen der Discounter widerrufen, dann hätten wir einen schönen freien Platz. Auf eine Teilfläche kommt Ihr Amphitheater, daneben ein Well-Ess-Tempel für den Genussesser und schließlich, um Rückhalt für dieses Projekt in der breiten Bevölkerung zu erhalten, eine Außenstelle der Speyerer *Currysau*. Na, ist das nicht die beste Lösung?«

KPD benötigte eine gewisse Zeit, um die neue Situation zu verdauen. Ein paar lästige Nachfragen wischte ich mit schlagkräftigen Lügen beiseite. Meine Kollegen blieben zum Glück stumm.

»Vielleicht haben Sie recht, Herr Palzki. Ich lasse mir das durch den Kopf gehen. Ein Diefenbach-Zentrum direkt neben meinem Arbeitsplatz hätte durchaus seinen Charme. Dann müsste ich weniger Auto fahren. Auf den Straßen fahren sowieso nur Chaoten herum.«

Er hatte einen Einfall. »Wenn das mit dem Diefenbach-Zentrum in Schifferstadt klappt, werde ich Ihnen zu Ehren, Herr Palzki, ein Well-Ess-Menü nach Ihnen benennen. Mir schwebt da schon was ganz Bestimmtes vor, lassen Sie sich überraschen.«

KPD verabschiedete sich und verschwand.

Bis auf seinen letzten Satz und dem vorläufig verpatzten Spanienurlaub war es für mich richtig gut gelaufen, fand ich.

»Was soll das mit dem Amphitheater, Reiner?«, fragte Jutta.

»Was soll das mit der Präsentation?« Gerhard zeigte auf das Flipchart.

Ich begann mit der Rettung der *Currysau*. Nach meiner fast objektiven Erzählung mussten sie zugeben, dass meine Idee durchaus gelungen war.

»Solch eine intellektuelle Herausforderung hätte ich dir niemals zugetraut«, meinte Gerhard, und ich hatte den Eindruck, er meinte es ernst.

»Und ich hätte dir nicht zugetraut, dass du das Wort ›Intektu‹, äh, ›inteleku‹, äh, fehlerfrei aussprechen kannst.«

Nach dem ausgiebigen Belachen, selbstverständlich tat ich so, als hätte ich mich absichtlich versprochen, kam ich zu dem Akten-Projekt.

»Mein Einsatz war natürlich völlig uneigennützig. Ich wollte Claus helfen, damit ihm KPD nicht auf die Schliche kommt.«

»Was fer ä schlich?«

»Ach komm, das siehst du doch selbst. Von deinem Projekt ist bisher kein einziger Strich erledigt. Wenn ich KPD nicht etwas vorgespiegelt hätte, wärst du jetzt bereits in Sibirien in einem Gasbergwerk.«

»Gasbergwerk?«, fragte Jutta.

»Oder halt so was in die Richtung.«

»Awer ich hab doch gar nix mache kenne«, verteidigte sich unser Kollege auf Zeit. »Ich hab doch nur altes Zeich im Karton gfunne.«

»Genau das ist dein Problem. Du musst lernen, flexibler zu handeln. Von Beamten wird dies täglich erwartet. Ja, okay, ich will nicht übertreiben: Ab und zu wird das von Beamten erwartet. Du hättest nur die Eigeninitiative ergreifen und dich mit der Staatsanwaltschaft in Verbindung setzen müssen. Die haben bestimmt Kopien von dem ganzen Zeug. An deiner Stelle würde ich mich beeilen, du weißt jetzt, dass KPD nächste Woche Besuch von der Staatsanwaltschaft bekommt und das Projekt vorgestellt wird.«

»Des krieg ich bis dohi niemols gebacke«, beschwerte sich Claus. »Kannscht du des net fer mich iwernemme? Du hoscht des vorhin sauwer riwergebrocht, de KPD hot alles geklabt.«

Ich zeigte ihm den Vogel. »Bei KPD schon, wenn von der Staatsanwaltschaft jemand dabei ist, der mehr als drei Schuljahre Rechnen gehabt hat, wird das nicht mehr so einfach. Und dieses Risiko ist verdammt groß.«

Ich wusste, dass diese Sache letztendlich bei mir aufschlagen würde. Egal, was ich bis dahin unternahm, nächste Woche würde es auffliegen. Da die nächste Woche in Anbetracht des aktuellen Falls unendlich weit entfernt lag, wechselte ich das Thema.

»Ich habe euch einiges zu erzählen, was ich heute erlebt habe.«

Die Ablenkung klappte, wir setzten uns allesamt an den Besprechungstisch. Jutta spendierte eine neue Dose Kekse.

Die Durchsuchung und den Überfall in Gregorius' Haus schmückte ich mit reichlich Adjektiven aus, um die Spannung zu erhöhen und meinen persönlichen körperlichen Einsatz herauszustellen. Die Geschichte mit Dr. Metzger, Wotan und den 5 Pfälzern verheimlichte ich zwar nicht, doch aus meiner Erzählung ging eindeutig hervor, dass ich es für Schwachsinn hielt.

»Nach den Irren sollten wir zwar eine Fahndung herausgeben«, beendete ich meinen Monolog. »Viel verspreche ich mir davon aber nicht. Konzentrieren wir uns lieber auf das Manuskript.«

Jutta lachte auf. »Das du dir in Grünstadt hast abnehmen lassen. Damit sind wir so gut wie am Anfang.«

»Fast«, triumphierte ich. »Die persönlichen Anmerkungen von Gregorius hat der Kerl liegen lassen. Wahrscheinlich hat er auf die Schnelle nicht erkannt, dass die Notizen dazugehören.«

Ich zog die karierten Blätter aus der Tasche, die mir Gerhard sofort abnahm. »Die Kopie des Nibelungenliedes hätte uns sowieso nichts genützt. Oder kann von euch jemand diese alten Sprachen entziffern?«

»Ich net«, meinte Claus. »Dodefir hemmer awer Spezialischte.«

»Das hätte erst mal ewig gedauert und wäre zum Scheitern verurteilt. Wie ich weiß, hat dieser Walther von der Dingsbumsweide seine Lieder teilweise verschlüsselt. Gregorius und Hauenstein haben das gewusst und den ganzen Sommer über versucht, den Text zu decodieren. Wenn wir weiterkommen wollen, dann nur mit den Zetteln, die Gerhard in der Hand hat.«

Mein Kollege kratzte sich an einer der wenigen Stellen am Kopf, an denen er einen Rest Haare besaß. »Da steht das mit den 5 Pfälzern und Wotan. Das ist unglaublich.« Kopfschüttelnd blätterte er weiter.

»Hier steht was von Otincheim.«

»Das ist das Wort, das Gabriele Gregorius mir kurz vor ihrem Tod zugeflüstert hat. Ihr Vater und dieser Hauenstein haben deutlich darauf reagiert, als ich ihnen das Wort sagte. Schau mal, was noch dabeisteht.«

Jutta hatte sich zu Gerhard gebeugt, damit sie zu zweit auf das Papier schauen konnten.

»Da stehen noch weitere solche Wörter, alles Ortsnamen oder zumindest Gemarkungen. Das müsste doch aber herauszufinden sein.«

»So viel Zeit haben wir nicht. Lest weiter, was noch drinsteht.«

Gerhard blätterte zurück. »Hier ist eine längere Erläuterung.«

Er begann zu lesen.

»He«, sagte ich zu ihm. »Lies laut vor, damit wir auch was davon haben.«

»Okay, okay«, entschuldigte er sich und begann vorzulesen:

»Unsere Hauptthese, dass sich der Siegfriedbrunnen und das Versteck des Schatzes in enger Nachbarschaft befinden, dürfte damit bewiesen sein. Als wahrscheinlichster Ort gilt Frankenthal, oder zumindest östlich oder südlich davon. Laut den alten Landkarten floss in diesem Gebiet in dem ersten Jahrtausend nach Christus fast überall mal der Rhein und die Mündung der Isenach änderte sich ebenfalls ständig. Fast alle Gebiete lagen mal links- und mal rechtsrheinisch, je nachdem, wie der Strom sein Bett änderte.«

»Des bringt uns awer a net grad weiter«, bewertete Claus die Anmerkungen von Gregorius. »Geb mer mol die Seid mit dene viele Ortsname, dann kann ich bis morje des mol durch de Compjuter jage.«

Gerhard gab ihm die betreffende Seite und blätterte anschließend eine weitere Seite zurück.

»Es ist nur eine erste Vermutung, doch der Siegfriedbrunnen könnte genau dort gewesen sein, wo sich heute die Erkenbertruine in Frankenthal befindet.« Er sah auf. »Mehr steht da nicht.«

»Was hat es mit diesem Brunnen auf sich?«, fragte ich.

Jutta lachte auf. »KPD würde sich jetzt wieder über deine Bildungslücke auslassen, Reiner. Ich erklär's dir in einfachem Polizistendeutsch: Siegfried aus Xanten soll einen Drachen getötet und anschließend in seinem Blut gebadet haben. Dadurch wurde er unverwundbar, wenn man von einem Lindenblatt absieht, das beim Baden auf seinem Rücken klebte.«

»Schwachsinn«, unterbrach ich sie.

»Kann sein«, meinte Jutta. »Das Wichtigere kommt aber erst jetzt. Ein gewisser Hagen von Tronje, Ratgeber des Königs, kannte die verwundbare Stelle von Siegfried und tötete ihn mit einem Speer.«

»Speer?«, unterbrach ich sie ein zweites Mal. »Gabriele Gregorius wurde mit einem Speer getötet.«

»Da siehst du mal, wie viele Parallelen unsere Ermittlungen zu der Nibelungensage haben.« Jutta lächelte listig und fuhr fort. »An der Stelle, an der Siegfried ermordet wurde, stand ein Brunnen. Im Nibelungenlied wird er Siegfriedbrunnen genannt. Eine Weile später raubt Hagen von Tronje der verwitweten Kriemhild den Nibelungenhort und versenkt ihn ohne weitere Zeugen im Rhein. Laut den Anmerkungen, die du uns freundlicherweise mitgebracht hast, befindet sich der Schatz in der Nähe des Siegfriedbrunnens.«

»Das müsste doch herauszufinden sein«, meinte ich naiv.

»Hoscht du ä Ahnung.« Ich drehte mich um. Claus hatte sich bereits vor ein paar Minuten an Juttas Computer gesetzt. »Es gibt ähn Haufe Ortschafte, die behaupten, den ähnzich richtische Siegfriedbrunne zu hawe. Wenn mer die all unnersuche wolle.«

»Wir haben es doch bereits präziser. Schau mal nach, ob Frankenthal so einen Brunnen hat.«

»Fehlazeich«, sagte Claus kurz darauf. »Frankendal wird iwwerhaupt net erwähnt.«

Mir schwirrte der Kopf. »Jetzt liegt der Schatz seit

Hunderten Jahren irgendwo vergraben, da kann er auch bis morgen warten. Morgen früh fahre ich nach Frankenthal. Fährst du mit, Gerhard?«

»Na klar«, antwortete dieser.

Ich stand auf. »Wir sehen uns morgen. Claus, könntest du bis morgen früh nachschauen, ob es Neuigkeiten in Sachen dieser Pflegerin gibt? Ach ja, schau mal, ob Hauenstock nach wie vor im Koma liegt.«

»Is des alles?«

»Vergiss die elektronische Akte nicht.«

Seine Antwort überhörte ich. Ohne KPD vor die Füße zu laufen, konnte ich das Gebäude verlassen.

# KAPITEL 17
# ZU HAUSE

»Wo sind die Kinder?«, fragte ich Stefanie, als ich zu Hause eintraf, da es für normale Verhältnisse geradezu unheimlich still war.

»Lisa und Lars schlafen seit fünf Minuten.«

Glück gehabt, dass ich erst jetzt heimkomme, dachte ich. Am nahen Wochenende würde ich mich verstärkt um die beiden kümmern dürfen, um Stefanie etwas zu entlasten. An den Wochenenden schliefen Lisa und Lars nie, hatte ich das Gefühl.

»Und die Großen?«

Sie schaute mich mit einem Gesichtsausdruck an, der nichts Gutes verhieß. »Melanie hat vorhin bereits den zweiten Koffer vom Speicher heruntergeschleppt, um ihre wichtigsten Sachen zu packen. Für Mainz, du weißt schon.«

»Das geht nicht. Hast du kein abschließendes Machtwort gesprochen?«

»Hast du ihr die Fahrt nicht erlaubt, mein lieber Mann? Dauernd spielt sie mir das Band vor.«

»Das ist doch getürkt und aus dem Zusammenhang gerissen. So war das niemals gemeint.«

»Dann geh zu ihr hoch und erkläre ihr, wie du das wirklich gemeint hast.«

Erneut hatte ich ohne eigenes Verschulden den Schwarzen Peter. Ich musste die Sache richtigstellen, ohne Zweifel. Doch ohne wohlüberlegte Taktik würde das nicht gehen. Ich verschob die größte Herausforderung meines Lebens auf später und setzte mich zu Stefanie auf die Couch.

»Und Paul? Ist mit dem wenigstens alles in Ordnung?«

Das war zwar nur eine rhetorische Frage, doch daran zu glauben, war nicht verboten.

»Ja, ja«, meinte Stefanie und klang verzückt. »Er hat sich heute Mittag beim Kirchenchor angemeldet.«

»Du machst einen Witz, oder?« Das, was ich eben gehört hatte, war so glaubwürdig wie eine freie Wahl in Nordkorea.

»Nein, im Ernst«, fuhr meine Frau fort. »Er hat mit Herrn Ackermann versucht, eine Flöte zu schnitzen, was nicht funktioniert hat. Daraufhin hat Melanie ihm ihre alte Blockflöte geschenkt. Ganz stolz ist er zu der Probe des Kirchenchors geradelt. Herr Ackermann hat ihn sogar begleitet.«

»Stefanie.« Ich schaute meine Frau eindringlich an. Manchmal konnte sie schon ziemlich naiv sein. »Glaubst du wirklich, dass unser Sohn im Chor mitsingen will? Und warum hat er eine Flöte mitgenommen? Ein Kirchenchor mit Blockflöte? So was habe ich noch nie gesehen.«

Gut, ich hatte auch noch keinen Kirchenchor ohne Flöte gesehen, aber darum ging es nicht. »Und dann zusammen mit Herrn Ackermann. Ist dir da nicht der Gedanke gekommen, wenigstens eine Ahnung, dass da etwas faul sein konnte?«

»Meinst du?«, fragte sie zurück. »Ich war den ganzen Tag mit Lisa und Lars beschäftigt, da habe ich mir darüber keine Gedanken gemacht. Vielleicht solltest du mal zur Kirche fahren und nachschauen?«

»Nachschauen, ob die Kirche noch steht?«

Es klingelte an der Haustür, Paul kam heim. Seinem deprimierten Gesichtsausdruck nach, hatte er nicht nur die Kirche zerstört, sondern den historischen Ortskern von Schifferstadt in seine Einzelteile zerlegt.

»Na, wie war's?« Ich versuchte, ein bisschen Ruhe in die Sache zu bringen.

»Die sind gemein«, schrie Paul zornig. »Die wollen mich nicht mehr mitmachen lassen und Herrn Ackermann auch nicht. Dabei war ich superbrav, wie immer.«

»Komm mal mit ins Wohnzimmer und erzähle in aller Ruhe.«

»Kein Bock, ich gehe hoch in mein Zimmer, Hausaufgaben machen.«

Paul und freiwillig Hausaufgaben machen? Meine Ängste steigerten sich ins Grenzenlose.

»Erst erzählen, dann Hausaufgaben machen«, bestimmte ich und er gehorchte widerwillig. Ich war erstaunt, dass er mich noch als Autoritätsperson respektierte.

»Wir waren ganz früh in der Kirche, Papa«, begann mein Sohn mit der Erzählung. »Dann kam ein alter Mann, fast so alt wie du, Papa, und sagte uns, dass wir gerne mitsingen dürfen, aber Blockflöten brauchen sie nicht.«

Er zeigte mir Melanies Blockflöte, die nur wenig Ähnlichkeit mit einer Blockflöte hatte, wie ich sie aus meiner traumatischen Schulzeit im Musikunterricht kannte.

»Die Flöte ist etwas getunt«, fuhr Paul stolz fort. »Wir haben sie aufgebohrt wie einen Rennwagen. Bei dem neuen unteren Loch«, er zeigte auf die Flöte, »haben Herr Ackermann und ich eine Trillerpfeife eingebaut. Willst du mal hören?«

Mein »Nein!« kam zu spät. Der Ton, nein, es war eher ein Geräusch, nein, eher eine Explosion, war unbeschreiblich. So musste sich eine Atombombe anhören, die im eigenen Innenohr gezündet wurde. Pauls neue Schöpfung infernalisch zu bezeichnen, würde die Sache verharmlosen. Wie durch ein Wunder blieben die Scheiben im Wohnzimmer heil, während ich im Reflex von der Couch fiel und mit dem Oberkörper auf den Marmortisch knallte. Stefanie, die zu dem Zeitpunkt in der Küche war, ließ irgendetwas Schweres auf die Bodenfliesen knallen. Die Zwillinge wachten auf und verlängerten das akustische Endzeit-Drama.

Meine Frau kam ins Wohnzimmer gestürzt. »Was war das um Gottes willen? Ist ein Flugzeug in unser Haus gekracht?«

»Schlimmer«, sagte ich unter heftigen Kopfschmerzen.

Paul tat unschuldig und zeigte auf seine Mordwaffe. »Hört sich geil an, oder? Soll ich noch mal? Ich kann darauf *Alle meine Entchen* spielen.«

»Nein!«, schrien Stefanie und ich im Chor. Meine Frau wankte weiter zu den Zwillingen, um Erste Hilfe zu leisten.

»Bist du verrückt?«, sagte ich zu Paul. »Das ist viel zu laut.«

»Die Kirche ist ganz arg groß, Papa, da braucht man Power, damit die Leute nicht einschlafen.«

»Hast du die Flöte in der Kirche gespielt?«

»Nur einmal ganz kurz, Papa. Dann ist der Mann gekommen.«

»Und danach?«

»Er hat mir verboten, damit zu spielen. Und dann hat er gemeint, Herr Ackermann wäre mein Vater und hat mit ihm herumgemotzt. Das hättest du dir nicht gefallen lassen, wenn sich jemand über deinen Sohn beschwert, gell, Papa?«

Ich zwang mich, an sein Alter und die zeitgeistlichen Erziehungsmethoden zu denken. Mein Großvater hätte meinen Vater in so einem Fall ohne weiteres Nachfragen übers Knie gelegt und anständig durchgemöbelt. Solche Methoden waren heutzutage nicht mehr opportun. Leider oder zum Glück, das könnte man an dieser Stelle sicherlich endlos diskutieren.

»Aber in der Kirche seid ihr geblieben?«

»Der Mann hat gesagt, dass wir bleiben und auf die anderen vom Chor warten können. Nur Flöte spielen hat er mir verboten.«

Ich hatte nach wie vor die Vermutung, dass das dicke Ende noch nicht ans Tageslicht gekommen war. »Erzähl weiter.«

Zuerst druckste er ein wenig herum, bis er mit dem Erzählen begann. »Es war langweilig in der Kirche. Am Anfang habe ich das Echo getestet, bis Herr Ackermann die Orgel entdeckt hat. Ich schwöre, Herr Ackermann hat sie entdeckt. Er hat ganz allein die Schuld.«

»Erzähl weiter.« Ich schnaufte tief durch und krallte mich an dem Polster der Couch fest, um nicht körperlich im Affekt zu reagieren.

»Die Orgel hat ganz viele Pfeifen, Papa. Jede macht einen anderen Ton. Zuerst haben wir nur zwei oder drei ausprobiert. Dann haben wir alle nacheinander aus der Halterung gezogen und reingeblasen. Und dann …« Er zögerte.

»Weiter«, forderte ich ihn auf.

Jetzt kullerte die erste Träne über seine Wange. »Dann

kam der alte Mann zurück. Dieses Mal hat er mit mir herumgeschrien. Ich habe ihm gesagt, dass mein Vater ein berühmter Polizist ist und ihn in das Gefängnis steckt. Das hat ihn aber überhaupt nicht interessiert. Er wollte, dass wir innerhalb von fünf Minuten wieder alle Pfeifen in die Halterung stecken.«

»Hat das geklappt?«

»Logisch«, antwortete Paul. »Obwohl das ganz schön viele waren.«

»Da habt ihr anscheinend noch mal Glück gehabt.« Ich atmete auf.

»Herr Ackermann meinte, wir sollten besser gehen, bevor die Leute vom Chor kommen. Doch es war zu spät. So sind wir halt dageblieben und wollten mitsingen.«

Paul wischte sich die Träne weg. »Dann kam der Orgelist oder wie das heißt. Er hat sich an die Orgel gesetzt und hat angefangen zu spielen. Da kamen aber nur verrückte Töne raus.«

»Ihr habt die Pfeifen vertauscht, ihr Pfeifen?«

»Die sehen doch alle gleich aus. Nur die Länge und die Dicke sind unterschiedlich. Und dann kam schon der alte Mann und hat uns weggejagt. Vorher hat er sich von Herrn Ackermann den Ausweis zeigen lassen.«

»Dich hat er nicht nach dem Namen gefragt?« Vielleicht konnte ich das hinbiegen und meinen Nachbar alleinverantwortlich machen.

»Ne, Papa, wollte er nicht. Ich habe ihm dafür deinen Namen gesagt und dass du der Chef der Polizei bist, gleich nach diesem Kapede.«

In meinem Kopf spukten mehrere Möglichkeiten, wie ich reagieren könnte. Keine davon war geeignet, sie schriftlich festzuhalten. Es würde mein Renommee als treu sorgender Familienmensch beschädigen.

Ich keuchte Paul ein »Geh auf dein Zimmer und mach Hausaufgaben« entgegen und ließ mich erschöpft in die Rückenlehne der Couch fallen. Immerhin war nichts kaputt gegangen. Paul und Herr Ackermann hatten dieses Mal sogar ohne Vorsatz gehandelt. Hoffentlich war keine der Pfeifen beschädigt. Am besten war es, erst mal abzuwarten, schließlich hatte ich im Moment genügend eigene Probleme.

Stefanie kam mit den schreienden Zwillingen ins Wohnzimmer und gab mir Lars. Sie schaute auf den Tisch. »Lässt du bitte diese Blockflöte des Todes verschwinden? Nicht, dass damit jemand ums Leben kommt.«

Ich schnappte den aufgebohrten Prügel und steckte ihn in meine Tasche, die ich immer mit ins Büro nahm und noch keine Zeit hatte, sie wegzuräumen.

Während wir Lars und Lisa trösteten, bemerkte meine Frau bei mir eine Änderung.

»Wo hast du dein Toupet gelassen? Du hast es doch nicht etwa verloren?«

Ich zeigte ihr meine neueste Errungenschaft in Form einer weiteren Beule. »Mich hat's leider schon wieder erwischt. Ist dieses Mal zum Glück nur eine kleine Beule, der Sanitäter hat das blutige Haarteil allerdings entsorgen müssen.«

»Schon wieder?« Stefanie war sichtlich erregt. »Warum musst du dich immer in Gefahr begeben? Nur dir passieren solche Sachen. Ich habe noch nie mitbekommen, dass Jutta oder Gerhard in eine Schlägerei verwickelt wurden.«

»Schlägerei? Ich bin überfallen worden. Das kann jedem passieren.«

Da ich mich rhetorisch in eine Sackgasse manövriert hatte, erzählte ich meiner Frau in groben Zügen und unter Auslassung nicht relevanter Teile, was ich heute erlebt hatte. Größere Nachfragen unterbanden unsere Zwillinge.

»Und wie geht's morgen weiter?« Die Frage Stefanies war durchaus berechtigt. Ich konnte sie beruhigen.

»Als intelligente Menschen wissen wir beide wohl nur zu genau, dass es keinen Nibelungenschatz gibt und das Nibelungenlied eine Sage ist. Dennoch müssen wir den Hinweisen nachgehen, immerhin gab es Tote. Daher fahre ich morgen mit Gerhard nach Frankenthal zu dieser Erkenbertruine. Wenn wir dort nichts finden, und davon gehe ich aus, fahren wir sofort zurück zur Dienststelle. Im Prinzip geht uns die Sache nichts an. Die Ermittlungen laufen über die Wormser Behörden. Nur KPD habe ich es zu verdanken, dass ich mich in den letzten Tagen in die Ermittlungen einmischen musste. Du weißt ja, wie komisch KPD manchmal ist. Oder eigentlich immer«, ergänzte ich.

Wie meist hatte ich den Eindruck, dass Stefanie mir nicht alles glaubte.

»Gerhard fährt morgen auf alle Fälle mit? Kein Alleingang durch dich?«

»Kein Alleingang«, bestätigte ich. »Gerhard weiß bereits Bescheid. Gregorius' Stieftochter fährt auch mit.«

»Was spielt die für eine Rolle?«

»Sie ist die Halbschwester von der Frau, die in Worms getötet wurde, als du dabei warst. Viel mehr weiß ich nicht. Ich denke aber nicht, dass sie für diese Morde verantwortlich ist.«

Stefanie blickte erstaunt auf. Sie meinte damit aber nicht die Antwort auf ihre letzte Frage, sondern Lisa und Lars, die beinahe gleichzeitig in unseren Armen eingeschlafen waren.

»Das muss an deiner monotonen Stimmlage liegen«, meinte Stefanie mit einem zarten Lächeln.

Ich wollte heftig widersprechen, was den Schlaf der beiden sicherlich nicht gefördert hätte. »Ich und monoton sprechen?«, flüsterte ich und betonte jede Silbe.

»Nimm's doch nicht gleich so persönlich, Reiner. Nicht jeder ist der geborene Moderator. Immerhin schlafen die beiden. Vielleicht solltest du dich öfters um das Einschlafen von Lisa und Lars kümmern.«

»Ich nehme dir eine Geschichte auf Band auf. Wie wäre es mit ein paar mörderischen Geschichten der Brüder Grimm?«

»So was kommt mir nicht ins Haus«, bestimmte sie. »Auch kein Max und Moritz oder Struwwelpeter. Selbst wenn man die Bücher früher in jedem Haushalt fand, sind die viel zu brutal für Kinder. Da kannst du gleich Hannibal Lecter vorlesen.«

Der Rest des Abends verlief reibungslos. Melanie linste kurz ins Wohnzimmer und fragte mich, ob sie meine große Reisetasche ausleihen könnte.

# KAPITEL 18
# WAS IST LOS IN DER ERKENBERTRUINE?

Claus sah aus, als hätte er in der Dienststelle übernachtet. »Nix hab ich rausfinne kenne«, sagte er zur Begrüßung und gähnte wie ein Nilpferd. »De Notarzt Metzger is unnergetaucht un a vun denne 5 Pfälzer und dem Wotan ke änzich Spur.«

Gerhard wedelte mit einem Zettel. »Dafür habe ich etwas für dich, Reiner.«

Ich riss ihm das Papier aus der Hand und überflog es. »Was soll der Scheiß?«

Meine drei Kollegen lachten schallend. »Sparmaßnahme von KPD, die ganze Dienststelle weiß schon Bescheid.«

»Sagt mal, seid ihr noch ganz normal?«

Gelächter war die Antwort.

»Hast du das genau gelesen, Reiner?«, meinte Jutta, als sie sich beruhigt hatte. »Ab sofort gibt es nur noch einen Smart als Dienstwagen. Deiner wird nächste Woche geliefert, in Neon-Orange.«

»Ihr glaubt auch alles, was irgendjemand auf Papier geschrieben hat. Das ist eindeutig eine Fälschung. KPD würde so was niemals machen.«

»Was würde ich niemals machen?«

Und wieder mal platzte unser Chef in eine interne

Besprechung, die ihn nichts anging. Vielleicht sollten wir Juttas Büro an einen geheimen Ort verlegen?

»Niemals würden Sie einen Mitarbeiter, äh, Untergebenen im Stich lassen. Stimmt's, Herr Diefenbach?«

KPD fiel auf meine Lüge rein. »Selbstverständlich, Herr Palzki. Ich als guter Chef stehe rückhaltlos hinter meinen Untergebenen. Gestern Abend hat mich erneut dieser Störhansel aus Worms angerufen, dieser, wie heißt er gleich, ah, Minack. Herr Palzki hätte sich mal wieder ohne Auftrag in die Ermittlungen eingemischt. In Grünstadt, wo er nichts zu suchen hätte.«

Oh, oh, jetzt würde KPD den Grund wissen wollen, doch ich täuschte mich.

»Diesen arroganten Schnösel habe ich am Telefon rundgemacht wie eine Kugel. Was fällt dem überhaupt ein? In Grünstadt hat der doch ebenfalls nichts zu suchen. Ich habe ihm gesagt, dass mein fähiger Untergebener Reiner Palzki in meinem eigenen Auftrag in Grünstadt war, um zu recherchieren. Stellen Sie sich mal vor, er wollte von mir wissen, in welcher Angelegenheit Palzki in Grünstadt recherchierte. Als wenn ihn das was anginge!«

KPD redete sich in Rage. Auf die Idee, mich zu fragen, was ich dort wollte, kam er nicht. Sichtlich erschöpft regte er sich nach einer Weile wieder ab.

»Machen Sie nur weiter so, Herr Palzki. Wo geht's heute hin?«

Sichtlich unwohl antwortete ich: »Frankenthal, zur Erkenbertruine.«

Mein Chef nickte anerkennend. »Schöner Ort dort. Ich war das eine oder andere Mal bei einer Veranstaltung in der Ruine. Dann lasse ich Sie mal in Ruhe, ich habe heute selbst ein mehr als volles Programm. Ihre Idee mit dem Diefenbach-Zentrum in Schifferstadt gefällt mir übrigens immer besser, Herr Palzki. Ich habe das Projekt räumlich etwas erweitert. Das ganze freie Feld östlich der Rehhofstraße bis zum Wasserturm wartet schon darauf, von mir vernünftig zum Wohle von mir und den Bürgern erschlossen zu werden. Der Stadtrat stellt sich noch quer, das ist in Schifferstadt aber nichts Neues. Sobald ich an die Mitglieder des Stadtrats ein paar Boni verteilt habe, steht meinen Plänen nichts mehr im Wege.«

Er machte sich zum Gehen bereit, stockte aber im gleichen Moment. »Ach ja, nächste Woche wird ihr neuer Smart geliefert. Leider müssen wir auf sparsamere Dienstwagen umrüsten, dafür haben Sie bestimmt Verständnis. Die Farbe ist vielleicht ein wenig aufdringlich, dafür konnte ich fünf Prozent Rabatt rausschlagen.«

Einen grellfarbenen Smart, dachte ich, während KPD endgültig das Feld räumte. Dann fahre ich lieber weiterhin den Oldtimer-Streifenwagen. Ich sah nur eine Lösung: Den vermaledeiten Nibelungenschatz finden und einen Teil davon für mich abzwacken, um einen sorgenfreien Lebensabend ohne Arbeit zu finanzieren. Obwohl, so ganz sorgenfrei wäre er trotz Reichtum nicht: Meine Kinder hätte ich trotzdem noch.

Da meine Kollegen schon wieder wegen des Smarts lachten, musste ich sie ein wenig in die Realität zurückholen. »Habt ihr von KPD eure reparierte Kaffeemaschine zurückbekommen?«

Das Gelächter erstarb. Zwei betretene Gesichter stierten auf den Boden. »KPD hat verboten, private elektrische Geräte mit in die Dienststelle zu nehmen. Unsere Maschine hat er als Beweismittel konfisziert.«

Was war da los? Hatte ich unbewusst in ein Wespennest gestochen? »Konfisziert? Warum? War ihm der Stromverbrauch zu hoch?«

Gerhards Mundwinkel zitterten. War er bereits auf Koffeinentzug?

»Er hat den Maulwurf gefunden, denkt er jedenfalls.«

»Ihr? KPD verdächtigt euch, Informationen an Außenstehende weiterzugeben?«

Jutta schüttelte den Kopf. »Nicht uns, die Kaffeemaschine.«

Hatte ich einen Schlag zu viel abbekommen oder hatte Jutta wirklich das gesagt, was ich verstanden hatte?

»Die Kaffeemaschine ist ein Maulwurf? Könnt ihr mir bitte sagen, wie das funktionieren soll? Hat jemand eine Wahrheitsdroge in euren Kaffee geschmuggelt?«

»Ach was.« Gerhard reagierte mürrisch. »KPD hat die Maschine bis zur letzten Schraube zerlegt und sie nicht mehr zusammenbauen können. Da hat er halt einen Ausweg gesucht und eine angebliche Wanze in der Maschine gefunden, die unsere Gespräche abhören würde.«

Auf diese Möglichkeit war ich nicht gefasst. Vielleicht war sie gar nicht so abwegig. Wenn es einer Organisation gelungen war, eine falsche Krankenschwester einzuschleusen, warum sollte diese nicht meinen Kollegen eine verwanzte Kaffeemaschine untergeschoben haben? Das würde die vielen Überfälle auf mich erklären. Die Täter wussten stets, was ich als Nächstes plante.

»Wo habt ihr die Maschine gekauft? Das wäre ein Anhaltspunkt, um an die Täter zu kommen. Es dürfte doch mehr als klar sein, dass die Wanze mit dem aktuellen Fall zu tun hat.«

Jutta schüttelte den Kopf. »Fang du nicht auch noch an mit dem abstrusen Mist. Das ist völlig an den Haaren herbeigezogen. Die Maschine haben wir seit zwei Jahren in meinem Büro stehen. Da müsste jemand eingebrochen sein, um die Wanze einzubauen. Aber das ist falsch. Die Wanze ist nichts anderes als ein ordinärer Kondensator. Wir haben es überprüft, aber KPD will von unserer Untersuchung nichts wissen. Er hat einfach das Verbot ausgesprochen und basta.«

»Und warum?«

»Ist dir das nicht klar, Reiner? Damit hat unser Chef mit einem Schlag sein Maulwurf- und sein Kaffeemaschinenproblem erledigt. Du weißt doch, dass er niemals eine Niederlage oder einen Fehler eingestehen kann.«

»Und wie kocht ihr jetzt Kaffee?«

»In deinem Büro.«

»In meinem?«

Das ist doch gerade nebenan und steht sowieso leer. Eine Kaffeemaschine wird in deinem Büro garantiert niemand vermuten.«

Grundsätzlich hatte ich keine Einwände, in meinem Büro eine Kaffeemaschine zu platzieren. »Ist das nicht arg umständlich? Bei eurem Konsum müsst ihr alle fünf Minuten rüber und Nachschub holen.«

Jutta zeigte auf einen Rollcontainer, der neben dem Besprechungstisch stand und der mir noch nie aufgefallen war. Sie zog an der obersten Schublade. Wie von Zauberhand öffnete sich die gesamte Vorderfront und erlaubte den Blick auf eine riesige Pumpkanne, wie sie bei Großveranstaltungen benutzt wurde. »Unser Notkoffeinsystem ist noch nicht so richtig ausgereift. Gerhard meinte, man könnte einen kleinen Wanddurchbruch zu deinem Büro machen, damit wir die Maschine von hier aus bedienen können. In meinem Büro stellen wir zur Tarnung ein Schieberegal davor.«

Der Ideenreichtum der beiden Süchtigen war nicht ohne. »Wartet mal ein paar Tage ab, bevor ihr einen Riesenaufwand für nichts und wieder nichts betreibt. Vielleicht schaffe ich es als momentaner Liebling von KPD, das Verbot abzuschaffen.«

»Wenn du das packst, sind wir dir auf ewig dankbar!«

»Das will ich aber hoffen«, sagte ich grinsend. »Jetzt aber erst mal zurück zu unserem Hauptgrund, warum wir hier sind. Klar, um Geld zu verdienen. Als Gegenleistung müssen wir einen oder mehrere Mörder fassen. Die Wormser scheinen da ja eher inkompetent zu sein. Gerhard, bist du fertig?«

Claus mischte sich ein. »Willscht net erscht ämol wisse, was ich net rausgfunne hab?«

»Schieß mal los.«

»Ob de Hauestock noch im Koma lickt, is net rauszufinne. Absolute Nochrichtesperr. A die Sabine Baum macht mer Koppzerbreche. Ich find äfach nix vun dere.« Wütend schlug er mit der Hand auf den Tisch. »Vun dere Krankeschwester gibt's a kä Hinweis. Ich bin rotlos, obwohl ich die ganz Nacht uff de Ärwett gebliwwe bin.«

»Was? Du hast im Büro übernachtet?«

»Eijo, ich hab doch des Projekt mit de elektronisch Akte mache misse. Ich hab do ä Präsentation in Pauerpoint gemacht, die wird alle Beteilichte ewisch im Gedächtnis bleiwe.«

Den Eindruck hatte ich auch. Doch die Präsentation war erst nächste Woche. Aktuell standen Frankenthal und der Nibelungenschatz auf der Agenda.

»Könntest du geschwind nachschauen, was sich hinter der Erkenbertruine in Frankenthal verbirgt? Danach kannst du dich ein paar Stunden in meinem Büro aufs Ohr hauen.«

Als Antwort gähnte er, stand auf und ging zu Juttas Computer.

»Des is de kimmerliche Rest vun de ehemalisch Stiftskerch St. Maria Magdalena. Im Innehof finnen als manchmol Veranstaltungen statt. Ah, do steht noch ebbes.« Nach einer kleinen Pause fügte er an: »Des Ding is noch kä dausend Johr alt. Do kann nie im Lewe de Schatz sei.«

»Vielleicht gab es ein Vorgängergebäude? Oder irgendetwas, wo man die Kirche drauf gebaut hat und zufällig der Nibelungenschatz drin versteckt ist.«

»Des kann nadierlich sei«, meinte Claus achselzuckend. »De Rhoi iss jo domols fascht iwweral mol durchgflosse. Warum net a do, wu jetzert die Ruin steht? Ich guck emol noch, ob ich was find.«

Das Telefon klingelte.

Jutta nahm ab und überreichte mir den Hörer. »Deine neue Bekanntschaft«, sagte sie.

»Palzki«, meldete ich mich und fügte auf gut Glück, aber mit höchster Wahrscheinlichkeit hinzu: »Sie sind am Bahnhof in Schifferstadt, Frau Baum?«

»Ja, am Hauptbahnhof, eben gerade angekommen.«

»Okay, ich fahre gleich los und bringe meinen Kollegen Gerhard Steinbeißer mit.«

Wir verabschiedeten uns von Jutta und Claus.

»Ich fahre freiwillig«, bestimmte Gerhard, was mir sehr recht war.

Am größeren der beiden Schifferstadter Bahnhöfe angekommen, stellte ich Gerhard Sabine Baum vor.

»Freut mich, Sie kennenzulernen, Herr Steinbeißer.« Wortlos streckte sie mir die Fahrkarte entgegen. »Für Ihre Recherche.«

Normalerweise war Frankenthal von Schifferstadt aus bequem zu erreichen. Leider verlief dieser Weg über die seit Jahren baustellenverwöhnte B 9. Trotz dieser Widrigkeiten fand Gerhard anstandslos den Weg zur Ruine. Nicht einmal sein Navi bemühte er. »Manche Orte kennt man halt«, war seine Begründung.

Die Absperrung fiel uns sofort auf. Der Innenhof war großzügig mit Baustellengittern versperrt. Dem nicht genug, waren die Gitter mit dicken Planen behangen, sodass die Baustelle von außen nicht eingesehen werden konnte.

»Das ist mehr als seltsam«, meinte Sabine. »Lassen Sie uns erst einmal unauffällig außen herumgehen.«

Wie selbstverständlich übernahm sie das Kommando. Die seltsame Baustelle war riesig. Nirgendwo konnten wir eine Zufahrt entdecken, wo Baustellenfahrzeuge reinfahren oder Material angeliefert werden konnte. Alles wirkte hermetisch abgeriegelt. Des Weiteren war das Gelände mit »Betreten Verboten«-Schildern inflationär übersät. Die Vielzahl der Verbotsschilder erinnerte mich an meine Micky-Maus-Zeit. Dagobert Duck hatte in den Comics aus Furcht vor den Panzerknackern regelmäßig die Umgebung seines Geldspeichers mit ähnlich vielen Warnschildern versehen.

»Gefahr im Verzug?«, flüsterte ich Sabine und Gerhard zu.

Beide nickten. Mein Kollege zückte sein Handy. »Ich rufe bei der Stadtverwaltung an, die werden wissen, was los ist.«

»Wenn es legal ist«, verbesserte ich ihn.

Trotz unseres unauffälligen Benehmens standen wie aus dem Nichts zwei bullige Schlägertypen vor uns und bauten sich breitbeinig auf.

»Das Gelände ist gesperrt«, maulte uns der kleinere der beiden an, der die Zweimetermarke riss.

Ein Blick zwischen Gerhard und mir genügte: Wir blieben inkognito.

Wie drei zufällige Passanten versuchten wir, Informationen aus den menschlichen Kleiderschränken herauszulocken.

»Was passiert hier eigentlich?«, fragte ich mit meiner harmlosesten Stimmlage. »In der Zeitung habe ich gar nichts von Bauarbeiten gelesen.«

»Bombenfund«, antwortete der zweite maulfaul. »Bitte gehen Sie weiter.«

So leicht ließ ich nicht locker. »Und was ist mit dem Konzert heute abend in der Ruine? Wir haben teure Eintrittskarten.«

Die beiden Langen waren mit der Frage, trotz des Versuchs eines Nachdenkens, geistig mehr als überfordert. Üblicherweise reagierten insbesondere männliche Personen, deren Body-Mass-Index mehr oder weniger ihrem Intelligenzquotienten entsprach, bei Fragestellungen, die ihren geistigen Horizont überstiegen, immer gleich: mit Aggressivität.

»Haut jetzt endlich ab, hier gibt's nichts zu sehen.« Nach wie vor posierten sie breitbeinig vor uns.

Sabine Baum ließ dies unbeeindruckt. »Muskelprotz mit Spatzenhirn«, sagte sie in einem ruhigen und sachlichen Ton. Dabei lächelte sie. Ich sah, wie Gerhard, der einzige Bewaffnete von uns, an seine Taille griff.

Der größere Riese erfasste die Beleidigung bereits nach weniger als einer Minute. »Was hast du da gesagt, du Miststück?«

»Brauchst du ein Hörgerät?«

Die Situation begann zu eskalieren. Der Beleidigte holte zu einem Schlag aus. Sein Kollege schien eine Spur von Restintelligenz zu besitzen. »Hör auf, Martin, du weißt, was der Boss befohlen hat. Und Weiber schlagen wir sowieso nicht.«

Während Sabine mittels fiesem Lächeln weiter provozierte, beruhigten sich langsam die Gemüter. Gerhard atmete erleichtert auf, er wusste nichts von Sabines zweitem Karate-Dan.

»Jetzt macht aber, dass ihr verschwindet«, sagte der Boss-Hörige zu uns. »Sonst müssen wir Anzeige bei der Polizei erstatten.«

Ich war mir sicher, dass diese beiden niemals freiwillig eine Polizeidienststelle betreten würden. Dennoch hielt ich es für gut, die Situation zu retten.

»Kommt, wir gehen«, sagte ich zu meinen Begleitern. »Wir fragen bei der Stadt nach, was mit dem Konzert ist.« Diese kleine Gemeinheit war nicht ohne Hintergedanken. Die beiden Gestalten der Gattung Homo Primitivus würden dies ihrem Boss brühwarm erzählen. Mal schauen, was sich daraus entwickelte.

Kurz darauf saßen wir zur Lagebesprechung in einem Café. Gerhard beendete ein Telefonat.

»Von der Stadtverwaltung weiß keiner etwas über eine Baustelle. Auch die Stadtwerke oder ein Telefonkonzern haben keine Arbeiten im Bereich der Ruine angekündigt. Das Ordnungsamt wird heute Nachmittag jemanden vorbeischicken, vorher haben die keine Zeit, weil die Außendienstbeamten in einem Fortbildungsseminar sitzen.«

»Damit sind wir so weit wie bisher«, resümierte Sabine Baum, die ebenfalls telefoniert hatte. »Übrigens, ich habe erfahren, dass die falsche Krankenschwester, beziehungsweise Pflegerin, Miranda Mühler, erschossen in ihrer Wohnung gefunden wurde.«

»Woher wissen Sie das?«, fragte Gerhard.

Ich wollte ihn gerade über Sabines Job aufklären, als sich Gerhards Handy meldete.

»Für dich«, sagte er zu mir. »Es ist Claus, er ist ziemlich zappelig drauf.«

Ich übernahm das elektronische Teil und lauschte meinem vorübergehenden Kollegen. »Was? Das soll der Onkel von der Mühler sein? Ausgeschlossen. Ja ja, ich hab's eben erfahren, dass sie getötet wurde. Bist du sicher, dass keine Verwechslung vorliegt?«

Was Claus mir da erzählte, klang unglaublich. Nein, da stimmte etwas nicht.

»Hör zu, Claus, vergiss dein Projekt mit der elektronischen Akte. Verifiziere deine These bitte noch mal gründlich. Irgendwas ist da faul, das kann einfach nicht sein. Ich melde mich später noch mal.«

Geistig abwesend gab ich meinem Kollegen das Handy zurück.

»Was ist los?«, fragte dieser neugierig.

»Claus meint zu wissen, wer der Mörder ist.«

»Dann red endlich, wer ist es?«

Wenn wir nur zu zweit gewesen wären, hätte ich ihm von dem Verdacht erzählt. Solange ich mir über die Person und das Motiv von Sabine Baum nicht hundertprozentig sicher war, durfte ich diese Information nicht weitergeben. Auch wenn Claus mir den richtigen Täter genannt haben sollte, was ich für äußerst unwahrscheinlich hielt, konnte eine Verbindung zu der Frau, die mir gegenübersaß, bestehen.

»Ich habe Claus gesagt, er soll das erst mal überprüfen. Im Moment hilft uns das sowieso nicht weiter. Unser aktuelles Problem liegt im Innern der Erkenbertruine.

»Wir schleichen uns an.« Sabine Baum hakte nicht nach, wer der Täter sein könnte. Vermutlich wusste sie es ebenfalls bereits.

»Anschleichen? Sind wir da nicht ein bisschen zu alt für?«

»Aber Herr Palzki«, sagte sie. »Sie haben doch Kinder, oder? Natürlich haben Sie, das weiß ich längst. Wo bleibt Ihr Elan? Von unserem Standpunkt aus gesehen, können wir uns problemlos von der Rückseite anschleichen. Dort wächst jede Menge Gebüsch, und die Absperrung tut ihr Übriges. Niemand wird uns bemerken. Am Zaun angekommen, schneiden wir ein Loch in die Plane.«

Gerhard nickte. »Das könnte funktionieren. Eine Drohne wäre natürlich besser, doch leider haben wir keine dabei.«

Mir ging das zu schnell. »Ich würde auf ein Spezialeinsatzkommando warten.« Eine weitere im Einsatz erworbene Beule würde mir Stefanie nicht verzeihen.

»Mensch, Reiner!« Gerhard war außer sich. »Wir sind in Frankenthal, in fremdem Territorium. Willst du zu den Kollegen laufen und sie über deine Pläne aufklären? Vielleicht noch bei diesem Minack anrufen und sein Einverständnis einholen? Vorher haben die Gauner das komplette Gelände abgegraben und den Schatz längst außer Landes geschafft.«

»Langsam, Kollege. Ich glaube nach wie vor nicht daran, dass ausgerechnet hier der sagenhafte Nibelungenschatz liegen soll. Da muss eine ganz andere Sauerei im Spiel sein.«

Sabine unterbrach unseren Disput. »Ich stimme Ihnen zu, Herr Palzki. An den Schatz zu glauben, ist meiner Meinung nach tatsächlich mehr als naiv. Ich vermute, dass mein Stiefvater und sein Freund Hauenstock in der Handschrift von Walther von der Vogelweide noch etwas ganz anderes entdeckt haben von hoher Brisanz. Leider wurde uns die Kopie, die mein Stiefvater besaß, geraubt. Der Täter hat nun den kompletten Text, nachdem die Pflegerin bei Hauenstock nur einen Teil des Textes erwischt hatte.«

Ich fand, dass sie mit dieser These recht haben könnte. Was sie nicht wusste, war, dass ich die handschriftlichen Anmerkungen ihres Stiefvaters eingesteckt hatte und Claus und Jutta zurzeit versuchten, irgendwelche Anhaltspunkte zu finden. Etwas fiel mir ein: Es war ganz gut, dass wir in Schifferstadt bisher die elektronische Akte nicht eingeführt hatten: Denn dann hätte die Gefahr bestanden, dass Sabine Baum dies mit ihrer Schnüffelei herausgefunden hätte. Einen kleinen Informationsvorsprung besaßen wir folglich noch. Der Täter besaß zwar eine vollständige Kopie der Handschrift, aber eben nicht die Anmerkungen, die Gregorius in monatelanger wissenschaftlicher Arbeit angefertigt hatte.

»Auf geht's!« Gerhard stand auf, nachdem ich die Zeche bezahlt hatte.

Um weniger aufzufallen als bei unserem ersten Versuch, liefen wir in großzügiger Entfernung um das

Gelände herum. Die einzelnen pflanzlichen Deckungsmöglichkeiten standen so dicht und gut verteilt, dass wir nicht, wie ich zunächst befürchtet hatte, im wenig knieschonenden Entengang schleichen mussten. Bei Sabine hatte ich den Eindruck, als würde sie sich nicht das erste Mal irgendwo anschleichen. Flink und behände bewegte sie sich zielstrebig auf das Ziel zu: eine Stelle des Bauzauns, die im Schatten einer alten Sandsteinmauer lag und für einen Beobachtungsposten ideal war. Gerhard, der Marathonläufer folgte ihr fast genauso schnell. Ich selbst, der freiwillig die Nachhut übernahm, ließ mir absichtlich mehr Zeit. Schließlich oblag mir die unausgesprochene Pflicht, meine Kollegen und mich vor Gefahren von hinten, sprich dem Entdecken, zu schützen. Das Gelände war menschenleer, sodass ich zwar keine Gefahren sichten konnte, was mich als Profi aber nicht unvorsichtig werden ließ.

»Wo bleibst du nur so lange?«, raunzte mich Gerhard an, als ich zu den beiden Indianern aufgeschlossen hatte.

Ich ließ mich schmerzhaft auf meine Knie fallen und schwieg.

Sabine Baum zog ein Klappmesser aus ihrer Tasche und schnitt kurzerhand ein tellergroßes Loch in die Plane. Die Gitterstäbe wurden sichtbar, was uns aber, rein optisch gesehen, nicht weiterhalf.

»So ein Mist«, schimpfte sie. Das Gitter war auf der Innenseite mit Holzplatten verkleidet. »Ohne Säge wird das nichts.«

Wie von Geisterhand teilten sich vor uns zwei der Gitterrahmen. Frech grinsend schauten die beiden hirnlosen Riesen von vorhin auf uns hinunter. Sabine und Gerhard sprangen sofort auf, um die Situation zu retten. Erst jetzt bemerkten wir das Rudel Sicherheitskräfte, das uns umstellt hatte.

»Es hat sich also gelohnt, die Spione mit dem Fernglas zu beobachten«, meinte einer der beiden Riesen. »Los, bringen wir sie zum Boss. Dafür kassieren wir eine Extraprämie.« Urschreimäßige Zustimmung schallte uns vielkehlig entgegen.

Mehr geschubst als geführt mussten wir uns durch den Freiraum zwischen den beiden Gittermatten durchzwängen. Direkt dahinter lagen zahlreiche Gerätschaften herum, was die räumliche Orientierung erschwerte und unübersichtlich gestaltete. Sabine Baum nutzte die örtlichen Gegebenheiten rigoros aus. Bevor ich ihr Tun richtig registriert hatte, lagen bereits zwei der Männer mit blutigen Gesichtern auf dem Boden. Gerhard teilte nun ebenso aus, hatte aber bei Weitem nicht die Durchschlagskraft wie unsere weibliche Begleiterin, die wie Bruce Lee in der Luft und auf dem Boden herumwirbelte. Bedingt durch die Enge und die mangelnde Intelligenz unserer Häscher knockten sie sich teilweise selbst ins Aus. Das Ende des wahrscheinlich kurzen Kampfes kann ich leider nicht beschreiben.

»Alles klar, Reiner?« Gerhards Hand tätschelte mir wenig zaghaft die Wangen. »Lässt sich einfach von so einem kleinem Balken niederstrecken, tststs …«

Mein Gesichtsfeld klärte sich auf, die Nebelschleier verschwanden. Eine Stelle über meinem Ohr tat höllisch weh. Nach einer kurzen haptischen Begutachtung drehte ich meinen Kopfbeulenzähler um eine Einheit weiter. Wenn das so weiterging, konnte ich tatsächlich als Mondglobus Modell stehen. Mühsam gelang es mir, aufzustehen.

Die Verletzten, die um uns herumlagen und stöhnten,

sahen erbärmlich aus. Sabine Baum hielt sie in Schach und schüchterte sie zusätzlich verbal ein.

Ob Sieg oder Niederlage, die Sache war nicht ganz einfach. Rund zehn Personen tauchten aus dem Innern des Baustellenareals auf. Zum Glück machten sie eher einen normalen Eindruck, wenn auch dieses Adjektiv nur bei sehr wenigen Menschen passte.

»Was ist da passiert?« Eine Frau mittleren Alters mit Strohhut und Arbeitsoverall kam näher. Man merkte gleich, dass sie die Chefin sein musste. Jetzt erkannte sie, dass ihr Sicherheitspersonal außer Gefecht gesetzt war und wir nicht zu ihrer Mannschaft gehörten. Sie sprach einen neben ihr stehenden Anzugträger an, Typ Mitte 20, smart in Gesicht und Figur, frisch von der Uni und null Lebenserfahrung. »Schnell, ruf die Polizei, wir werden überfallen.«

Diese Ansage machte mich stutzig. Bevor das Chaos größer wurde, zog ich meinen Dienstausweis aus der Tasche. Auch wenn unsere Aktion alles andere als legal war, so konnte ich, zumindest in diesen Tagen, mit KPDs rückhaltloser Unterstützung rechnen.

»Wir sind die Polizei«, schrie ich ihr entgegen, sodass es möglichst viele der anwesenden Personen hören konnten.

Ein Teil des Sicherheitspersonals hatte sich inzwischen aufgerappelt und sammelte sich für die zweite Angriffswelle.

»Halt! Langsam, bitte keine unnötigen Überreaktionen. Lasst uns reden.«

Eine intelligente Frau, dachte ich. Durch Kommunikation hätte sich die Menschheit in der Vergangenheit die meisten Kriege ersparen können. Böse, meist weibliche Zungen, behaupteten, dass die Kriege nur wegen der kommunikativen Unfähigkeiten der Männer ausgebrochen seien, denn seltenst waren Frauen Auslöser für Kriege.

»Wer sind Sie?«, fragte sie uns. Ihre autoritäre Stimme ließ erahnen, dass sie ein Alphaweibchen war und bedingungslosen Gehorsam erwartete.

Noch war ich mir unsicher, ob sich hinter dieser versteckten Baustelle etwas Illegales verbarg oder wir uns geirrt hatten. Dementsprechend vorsichtig musste ich meine nächsten Worte wählen.

»Herr Palzki, was machen Sie hier?« Schon wieder wurde ich von irgendjemandem erkannt. Das konnte mich einerseits stolz machen, da ich offensichtlich inzwischen in der Kurpfalz zu einem Promi aufgestiegen war. Andererseits hatte ich diesen Promistatus dem Studenten Dietmar Becker zu verdanken, der mich in seinen Büchern immer als komischen Hansel darstellte, der alles, was möglich war, falsch machte. Ich drehte mich zu meinem Fan und erschrak: Dietmar Becker selbst kam auf uns zugelaufen.

»Hallo, Herr Palzki«, begrüßte er mich erneut, als er vor mir stand. »Ich sehe gerade, Frau Schmitz und Herr Steinbeißer sind auch da.«

»Kennen Sie die Eindringlinge, Herr Becker?« Die Chefin sprach den Studenten an.

Dieser nickte ihr zu. »Selbstverständlich, Frau Dr. Bauer-Görli. Dies ist der bekannte Reiner Palzki, den ich in meinen Kriminalgeschichten immer so treffend beschreibe. Die anderen kenne ich auch, sie sind alle harmlos.«

Bauer-Görli ließ nicht durchblicken, ob sie Beckers

Geschichten mochte oder nicht. »Und warum wollten Ihre Bekannten bei uns einbrechen? Sind Sie sicher, dass es sich um Polizeibeamte handelt?«

»Die beiden Männer ja«, bestätigte Becker. »Frau Schmitz ist ebenfalls Beamtin.«

Die strohhuttragende Chefin wollte endlich verwertbare Ergebnisse. Sie kam direkt auf mich zu. »Sie sind also Herr Palzki. Erklären Sie sich bitte.«

Unter anderen Umständen würde ich auf solch eine Aufforderung wenig bis gar nicht reagieren. In Anbetracht der Situation war es dieses Mal besser, die weibliche Taktik zu nutzen und zu kommunizieren. Dass ich dabei log, dass sich die Balken bogen, war ein anderes Thema.

»Wir sind von einem Irrtum ausgegangen. In der näheren Umgebung wurde vor einer Stunde eine Person gekidnappt. Zeugenaussagen zufolge wurde sie in dieses Terrain gebracht. Da es blickdicht abgesperrt ist, gingen wir von Gefahr im Verzug aus. Doch beide Male sind uns Ihre Bodyguards brutal in die Quere gekommen. Das Resultat sehen Sie ja.« Ich ließ meinen Blick über das Heer der Verletzten schweifen.

Frau Bauer-Görli schnappte sich den Oberarm des schmächtig-smarten Uniabgängers. »Was ist da los? Wird bei uns jemand versteckt?«

Er schüttelte betroffen den Kopf. »Bei uns läuft alles planmäßig. Seit Arbeitsbeginn ist außer Herrn Becker niemand zu uns reingekommen.«

»Da sehen Sie«, sagte die Chefin in provozierendem Ton. »Bei uns ist ihr Entführungsopfer nicht.« Sie deutete auf ihre Schlägertruppe. »Der Sicherheitsdienst ist wohl überfordert, ich werde es der Zentrale melden.«

Ohne sich weiter um uns zu kümmern, drehte sie sich um und verschwand im inneren Bereich der Baustelle. Wobei ich nach wie vor unsicher war, ob es sich tatsächlich um eine Baustelle handelte. Mir war eingefallen, dass mir der Archäologiestudent Becker erst kürzlich gesagt hatte, dass er in Frankenthal arbeitete.

Nachdem der Menschenauflauf keiner mehr war, selbst das Sicherheitspersonal hatte sich entfernt, war die Gelegenheit gekommen, den Studenten auszufragen. Ich wartete, bis Becker und Sabine Baum-Schmitz mit ihrer Unterhaltung fertig waren.

»So, jetzt klären Sie uns mal auf, Herr Becker. Was wird hier gespielt?«

»Gespielt?«, fragte er betroffen. »Wie meinen Sie das?«

»Kommen Sie, hier wird doch eindeutig versucht, irgendetwas geheim zu halten. Warum die ganzen Planen und die Heimlichtuerei?«

Becker kratzte sich am Kopf. »Hier gibt es keine Heimlichkeiten, Herr Palzki. Das ist eine ganz normale Ausgrabung, nicht einmal etwas Besonderes. Es geht nur um einen alten Brunnen, dessen Inhalt geborgen wird. Da man früher alte und versiegte Brunnen als Abfallbehälter benutzte, lassen sich über die Brunneninhalte wertvolle Informationen über die Essgewohnheiten unserer Vorfahren herausfinden.«

»Aber warum diese halbstarken Aufpasser? So viel Sicherheitsleute hat nicht einmal eine Großdisco.«

»Ach so, das meinen Sie. Vor ein paar Tagen wurde bei uns eingebrochen, deswegen wird jetzt der Zugang kontrolliert. Es kann schon sein, dass das Sicherheitspersonal überreagiert hat, so wie Dr. Bauer-Görli vermutet hat. Die haben halt den ganzen Tag so gut wie nichts zu tun, da sind sie um ein bisschen Abwechslung in ihrem tristen Job froh.«

»Was wurde gestohlen?« So ganz glaubte ich dem Studenten die Geschichte nicht.

»Seltsamerweise nichts«, erläuterte er. »Jedenfalls konnten wir nichts feststellen. Es war aber eindeutig zu erkennen, dass die Grabungsstätte ganz genau durchsucht wurde. Frau Dr. Bauer-Görli kann sich keinen Reim darauf machen. Aus Sicherheitsgründen hat sie veranlasst, die Absperrgitter blickdicht zu verschließen.«

»Seltsam, dass bei der Stadt keiner von dieser Ausgrabung weiß.«

Becker grinste. »Ach, deshalb! Jetzt wird mir alles klar. Herr Palzki. Das ist ein kommunales Phänomen, das nicht nur Frankenthal, sondern alle Kommunen betrifft. Selbstverständlich ist die Ausgrabung genehmigt. Leider sind für die Genehmigung immer mehrere verschiedene Ämter zuständig, deren Zuständigkeitsgebiete sich teilweise überschneiden. Ein Kompetenzgerangel sondergleichen. Das kennen Sie zur Genüge aus Ihrer Polizeiarbeit. Da dürfen Sie keinen Zentimeter über Ihre Zuständigkeitsgrenzen hinaus ermitteln. Apropos, da fällt mir ein: Was machen Sie in Frankenthal? Wissen Ihre Kollegen Bescheid?«

Becker lag zwar mit der Kompetenzrangelei richtig, warum sollte dies nicht auch bei den Kommunen so sein, trotzdem ignorierte ich seine Frage, da sie ihn nichts anging. »Wo haben Sie die vielen Planen her? Das muss mindestens ein Quadratkilometer sein.«

»Gut geschätzt, Herr Palzki. Die Planen waren bereits da. Sie gehören Herrn Fratelli. Sie wissen schon, ich meine den Geschäftsführer der Peregrinus GmbH aus Speyer.«

Stimmt, fiel mir ein. In der Haßlocher Kneipe hatte er mir berichtet, dass er nur unbedeutende Kleinaufträge hat. »Fratelli will die Erkenbertruine verhüllen?«

Becker bestätigte meine Vermutung. »Ja, normalerweise wäre das längst geschehen. Doch zwischenzeitlich wurde der Brunnen entdeckt. Deshalb muss Fratelli warten, bis wir fertig sind.« Er kam näher und flüsterte mir geheimnisvoll zu: »Das ist für ihn nur ein kleines Übungsprojekt. Demnächst wird er was richtig Großes aufziehen, das international für Furore sorgen wird.«

»Um was geht es dieses Mal?« Ich flüsterte nicht.

»Ich weiß es nicht«, sagte Becker. »Er hat es mir nicht verraten. Doch jeder, der Marco Fratelli kennt, weiß, was die Stunde geschlagen hat.«

Ich verriet ihm nicht, dass er sich täuschte. Stattdessen konfrontierte ich ihn mit der Wahrheit. »Sie wollen bestimmt wissen, was wir hier machen, Herr Becker, oder?«

Der Student strahlte. Gerhard und Sabine Baum standen stumm daneben.

»Wir suchen den Nibelungenschatz.«

»In der Erkenbertruine?« Beckers Stirn runzelte sich. »Das passt zeitlich auf keinen Fall. Ich kenne mich mit der Nibelungensage zwar nicht sonderlich gut aus, weiß aber, dass die ehemalige Kirche, die hier stand, wesentlich jünger ist.«

»Das wissen wir natürlich längst, Herr Becker. Bei der Polizei haben wir für alles Spezialisten. Wir suchen eine Art Vorgängerbau, vielleicht auch nur unterirdisch. Haben Sie bei dem Brunnen etwas Ungewöhnliches bemerkt?«

Er dachte nach. »Nein, tut mir leid. Es handelt sich nur um einen ganz gewöhnlichen Brunnen, höchstens 700 oder 800 Jahre alt. Es ist völlig abwegig, hier den Nibelungenschatz zu vermuten.«

Ich ließ von ihm ab und sprach Sabine Baum an. »Was meinen Sie, sollen wir Herrn Becker von unseren Erkenntnissen berichten? Als Archäologiestudent kann er unter Umständen wichtige Impulse geben.«

Diese Frage kostete mich einiges an Überwindung, denn die einzigen Impulse, die er bisher geben konnte, waren Störimpulse.

Frau Baum war meinen Überlegungen gegenüber aufgeschlossen. »Das können wir machen, ich habe mich nach unserem Treffen in Speyer über Herrn Becker informiert. Daher sind mir die Verbindungen zwischen ihm und Ihnen bekannt. Bei Gelegenheit werde ich einen seiner Krimis lesen«, fügte sie an.

Da ich Becker nicht in ein oder zwei Sätzen aufklären konnte, machten wir uns auf den Weg in das uns bekannte Café. »Habt ihr Zuwachs bekommen?«, fragte die Bedienung scherzhaft.

Unter Auslassung der meisten Überfälle auf Sabine Baum und mich erzählte ich Becker von dem aktuellen Stand unserer Ermittlungen. Dass sie legal waren, betonte ich mehrfach mit dem Hinweis, dass wir im Auftrag von KPD handelten. Auch die Identität von Sabine Baum-Schmitz klärte ich, unterstützt durch diverse Einlassungen ihrerseits, auf.

»Und so sind wir auf die Erkenbertruine gestoßen«, beendete ich mein Referat.

Becker saß eine Weile stumm da und drückte seine Apfelsaftschorle. »Sie müssen sich irren«, meinte er schließlich. »Das gibt keinen Sinn. Wenn Sie wenigstens die schriftlichen Unterlagen von Frau Baums Stiefvater hätten, könnte ich vielleicht ein paar Schlüsse daraus ziehen.«

Nun war der Zeitpunkt der Wahrheit gekommen. Mit knallrotem Kopf sprach ich Sabine Baum an. »Ich muss Ihnen was beichten«, begann ich. »Nach dem Überfall auf uns beide in der Wohnung Ihres Stiefvaters hat der Täter die Kopie des Nibelungenliedes mitgenommen. Aber nur die Kopie.« Ich ließ ihr Zeit, damit sich diese Information bei ihr setzen konnte. »Die handschriftlichen Anmerkungen hat er liegen lassen. Sie waren auf neuzeitlichen karierten Blättern geschrieben, wenn Sie sich erinnern können. Vermutlich hat der Täter die Wichtigkeit in der Eile nicht erkannt.«

»Haben Sie die Unterlagen hier? Warum haben Sie das nicht gleich gesagt? Trauen Sie mir immer noch nicht?«

Frage zwei und drei ließ ich unbeantwortet. »Die Blätter befinden sich auf unserer Dienststelle. Ein paar Kollegen versuchen gerade, daraus schlau zu werden.«

»Ich muss diese Papiere sehen«, schrien vor Aufregung Baum und Becker gleichzeitig.

Gerhard, unser Technik-Freak, rettete die Situation. Ein kleiner Anruf im Büro und Claus Endlich scannte die Anmerkungen von Sabine Baums Stiefvater und schickte diese direkt auf Gerhards elektronisches Spielzeug. Die Geschwindigkeit, in der dies geschah, verblüffte mich außerordentlich.

Die beiden setzten sich nebeneinander und starrten auf Gerhards Smartphone. Sabine Baum kannte zumindest die aktuelleren Hinweise ihres Stiefvaters und erklärte Becker die Reihenfolge.

»Hier, das ist die unbeschreibliche Passage mit den Pfälzern und Wotan«, sagte sie.

»Das kann beim besten Willen nicht stimmen«, behauptete Becker und ging mit seiner Meinung konform zu unserer. »Schauen wir uns zunächst die anderen Stellen an.«

Minutenlang schauten die beiden unentwegt auf das Display.

»Ich glaub, ich hab's«, sagte schließlich der Student. »Hier steht, dass die Gegend um die Ruine am wahrscheinlichsten ist, aber genauso gut könnte der Schatz südlich oder östlich von Frankenthal zu finden sein, das ist alles sehr schwammig formuliert, Herr Palzki und Herr Steinbeißer. Auf der gleichen Seite steht sogar, dass die Angaben nicht verifiziert sind und eine genauere Bestimmung Zeit benötigt.«

»Dazu brauchen wir den vollständigen Text des Nibelungenliedes sowie einen Experten«, fasste Sabine Baum zusammen und fuhr fort: »Wo das Original ist, wissen wir nicht. Eine vollständige und eine unvollständige Kopie hat der Mörder, ein paar Seiten sind im Besitz der Viernheimer beziehungsweise Wormser Kripo.«

Becker las weiter. Plötzlich stutzte er. »Otincheim? Was soll das jetzt?«

»Damit können wir leider nichts anfangen«, erklärte ich dem Studenten. »Sehr wahrscheinlich ist dieses Wort ein Schlüsselwort. Frau Baums Halbschwester hatte es mir kurz vor ihrem Tod zugeflüstert. Ihren Vater hat das letzte Wort von Gabriele so erregt, dass er einen Herzanfall bekam. Auch der Nibelungenforscher Hauenstock konnte damit offensichtlich etwas anfangen. Doch in diesem Moment wurde er von seiner Pflegerin niedergeschossen. Wenn wir herausbekommen könnten, was dieses Wort bedeutet, wären wir einen Riesenschritt weiter.«

»Ich kenne die Lösung«, behauptete Becker. Nachdem er unser Staunen lang genug genossen hatte, erklärte er: »Otincheim nannte man früher Edigheim. Sie wissen schon: Ludwigshafen-Edigheim. Liegt südöstlich von Frankenthal.«

»Der Nibelungenschatz ist in Edigheim vergraben?«, fragte ich ungläubig.

»Langsam, langsam«, wehrte der Geheimnislöser ab. »Das habe ich nicht gesagt. Aber es hätte seinen Charme, da einige Indizien dafür sprechen.«

»Indizien? Wieso? War das die ganze Zeit bekannt?«

Überraschend nickte er. »Ja, natürlich. Das macht die Sache aber nicht einfacher. Es gibt hundert weitere Orte, für die es jeweils genügend Indizien gibt, dass genau dort der Nibelungenschatz liegt.« Becker sammelte sich und erklärte uns mit ernster Miene: »Herr Palzki, wir als vernunftbegabte Menschen wissen, dass es diesen Schatz nicht geben kann. Dennoch lässt diese mystische Geschichte die Region rings um Worms nicht los. Es gibt mehr als ein dutzend Ortschaften, die angeblich den Original-Siegfriedbrunnen haben. Jede kleinste örtliche Benennung im Nibelungenlied wird von den Dörfern und Städten so ausgelegt, dass es ein Schauplatz in der Sage war. Das wird natürlich regelmäßig touristisch ausgeschlachtet. Es ist fast nicht zählbar, was alles unter der Marke Nibelungen angeboten wird.«

Becker mochte mit seinen Ausführungen recht haben. Allerdings reagierten mehrere Personen, die sich damit wissenschaftlich auseinandergesetzt hatten, bei dem Wort Otincheim.

»Welche Verbindung hat Edigheim zu dem Nibelungenlied? Gibt's dort auch den einzigen originalen Siegfriedbrunnen?«

»Ja, natürlich«, erklärte Becker. »Die genaue Stelle ist allerdings unklar. Nach der Sage liegt der Brunnen rechtsrheinisch. Edigheim war bis circa ins Jahr 888 rechtsrheinisch.« Er machte eine kurze Pause. »Jetzt muss ich selbst kurz nachschlagen.« Er zog sein eigenes Smartphone aus der Tasche und tippte wie wild darauf herum. »Hier habe ich's, Wikipedia ist dein Freund. Edigheim wurde 772 das erste Mal im Lorscher Kodex erwähnt, entstand wahrscheinlich aber bereits im 6. Jahrhundert. Genau zu dem Zeitpunkt spielt die Nibelungensage in Worms. Und jetzt kommt's: Der althochdeutsche Name von Edigheim ist Otincheim. Und dieser Name wird fast buchstabengleich im Nibelungenlied erwähnt als die Stelle, an der ein Brunnen stand, in dessen Nähe Siegfried von Hagen ermordet wurde.«

Sabine Baum unterbrach Becker. »In den Anmerkungen meines Stiefvaters steht, dass der Schatz in der Nähe des Brunnens liegt. Wissen Sie, wo dieser Brunnen sein könnte, Herr Becker?«

»Tut mir leid«, antwortete er. »Dieses Wissen ist leider verloren gegangen. In Edigheim gibt es aber ein Nibelungenviertel.«

»Da müssen wir hin!« Sabine Baum schlug auf den Tisch, dass die Gläser und Tassen wackelten.

# KAPITEL 19
# DER SIEGFRIEDBRUNNEN

Dietmar Becker erklärte sich bereit, Fremdenführer zu spielen. Alles andere hätte mich sowieso stutzig gemacht. In den letzten Tagen hatte ich das eine oder andere Mal an ihn gedacht, da er sich immer in unsere Ermittlungen einmischte. Dieses Mal war es um ihn bisher verdächtig ruhig. Dass wir nun ausgerechnet in Frankenthal auf ihn gestoßen waren, mochte ein blöder Zufall sein. Nun ja, sollte er ein wenig Freude haben und uns Edigheim zeigen. Ich hatte längst keine Hoffnung mehr, irgendetwas zu finden, das uns in der Sache weiterhalf. Zu weit waren wir durch die Schatzsuche von der Realität abgedriftet. Das Motiv für die Morde musste woanders liegen, so viel war mir längst klar.

Zu viert fuhren wir den kurzen Weg nach Edigheim, das formell zu Oppau gehörte und ein Stadtteil von Ludwigshafen war. Becker dirigierte uns zum Wahrzeichen des Ortsteils, dem gut 100 Jahre alten Wasserturm. Er bog von der Durchgangsstraße ab und parkte neben dem Turm in der Rüdigerstraße.

»Die meisten Straßennamen in diesem Bezirk haben einen Bezug zur Nibelungensage«, erklärte Becker, als wir ausstiegen, und zählte beispielhaft auf: »Rüdigerstraße, Siegfriedstraße, Kriemhildstraße, Gunterstraße, Giselherstraße …«

»Und wo ist der Brunnen?«

»Was weiß ich«, antwortete unser Fremdenführer. »Da müsste ich erst recherchieren. Ich kann Ihnen Informationen zu dem Wasserturm geben.« Er blickte auf sein Smartphone und las ab: »Erbaut ab 1899 als zylindrischer Backsteinbau mit polygonalem Turmkopf, das Kegeldach mit Laterne. Laterne?« Becker sah auf. »Keine Ahnung, was damit gemeint ist.«

»Das kann uns egal sein, wir suchen keine Laterne, sondern einen Brunnen. Weiß Ihr schlaues Kästchen darüber Bescheid?«

Becker und Sabine Baum schienen im Smartphonedrück-und-Streichelwettbewerb zu stehen. Gerhard und ich schauten belustigt zu, anerkannten aber die moderne Technik und ihre Möglichkeiten.

»Kein Brunnen«, meinte nach einer Weile der Student resignierend und unsere weibliche Begleiterin nickte. »dito«, sagte sie.

Die ganze Zeit standen wir direkt vor dem Wasserturm. Fast um den kompletten Turm herum war eine kleine parkähnliche Freianlage angelegt. Die Person, die neben uns auf einem Betonsockel saß, hatten wir bis eben nicht einmal registriert.

»Sie suchen einen Brunnen?«, mischte sich der zeitungslesende Müßiggänger in unser Gespräch ein.

Erschrocken blickten wir zu ihm. Niemand wusste, dass wir hierhergefahren waren. Der Mann, der Ähnlichkeiten mit Sean Connery zu seinen besten Bond-Zeiten hatte, saß zufällig da. Was anderes war absolut ausgeschlossen.

»Ja«, antwortete ich ihm. »Können Sie uns sagen, wo er ist? Man hat uns gesagt, er befindet sich in der Nähe des Wasserturms.

Sean Connery stand auf. Er trug kurze Hosen, was durchaus zu den momentan milden Oktobertagen passte, und war etwas kleiner als sein prominentes Gegenstück. »Guten Tag, Gunter Engler ist mein Name.« Er gab jedem von uns die Hand. Die mit Einkäufen gefüllte Stofftüte, die er auf der Bank stehen ließ, gab uns weitere Gewissheit, einen zufälligen Einwohner vor uns zu haben, der es nicht eilig hatte, heimzukommen. Ich las die Aufschrift der Tasche: »Maria Königin – LU-Edigheim – seit 1962«.

»Wer hat Ihnen *den* Bären aufgebunden?«, fragte er, wartete aber die Antwort nicht ab. »Es gibt hier keinen Brunnen. Ich muss es schließlich wissen. Sehen Sie da drüben das Haus?« Er zeigte quer über die Straße. »Dort bin ich aufgewachsen. Inzwischen wohne ich am anderen Ende von Edigheim.« Er machte eine Pause und überlegte. »Nein, tut mir wirklich leid. Wenn es einen Brunnen gäbe, wüsste ich es, ich bin heimatkundlich interessiert. Über die Nibelungensage und die Verbindung zu meinem Heimatort könnte ich Ihnen einiges erzählen. Aber zu einem Brunnen? Nein, oder halt, doch, natürlich. Wie konnte ich das nur vergessen. Die Rüdigerstraße, in der wir stehen, hieß früher Brunnenstraße. Als Ruchheim in Ludwigshafen eingemeindet wurde, gab es plötzlich zwei Brunnenstraßen. Folglich hat man die in Edigheim umbenannt.«

»Und der Brunnen zu der Straße?«

Englers Stirn runzelte sich. »Sicherlich gab es hier jede Menge Brunnen. Jedes Haus dürfte einen gehabt haben, als dieses Wohngebiet entstand.«

Na prima, dachte ich. Wir hatten nicht den Hauch einer Chance, irgendetwas Bedeutendes zu finden. Ratlos standen wir in der Gegend herum. Nur Becker machte eine Ausnahme. Er lief um den Turm herum.

»Wissen Sie, wie tief das Fundament ist?«, fragte er den Edigheimer Einwohner.

»Tut mir leid, das weiß ich nicht. Vor vielen Jahren war ich mal drin, da gab es einen Tag der offenen Tür. Der Keller ist jedenfalls von der Fläche her gesehen größer als der Turmdurchmesser. Das hat mich damals schon verblüfft. Leider können Sie so ohne Weiteres nicht rein.«

»Ich hab's gesehen«, sagte Becker. »Da wohnen Leute drin.«

»Was? Der Turm ist bewohnt?« Ich konnte es nicht fassen. Wie konnte man sich als vernunftbegabter Mensch so etwas antun? Bestimmt gab es keinen Aufzug. Wer da oben im Turm wohnte, musste über eine hervorragende Kondition verfügen und einen Teil seiner Lebenszeit mit Treppensteigen vergeuden.

Wir gingen zum Eingang und ich entdeckte die Namensschilder.

»Sollen wir klingeln?«, fragte Sabine Baum. »Sie sind schließlich von der Polizei.«

Gunter Engler zuckte zusammen. »Sie sind Polizisten?«, stammelte er.

»Ist das für Sie nicht in Ordnung?«

»Doch, doch«, stammelte er weiter. »Ich habe Sie nur nicht erkannt.«

Gerhard zeigte ihm zur Sicherheit seinen Dienstausweis. »Wir sind in Zivil. Außerdem müssen wir Sie bitten, nichts über das Geschehen zu erzählen.«

Sichtlich beeindruckt nickte er. Wer hatte schon einmal die Gelegenheit, live bei einem zivilen Polizeieinsatz dabei zu sein.

»Wir klingeln nicht«, bestimmte ich. »Was sollen wir den Bewohnern sagen? Hallo, guten Tag, wir sind von der Polizei. Dürfen wir bitte mal in Ihren Keller, weil da der Nibelungenschatz liegt?«

Meine ironisch gemeinte Bemerkung lief aus dem Ruder. Ich hatte unseren unfreiwilligen Gast nicht bedacht.

»Nibelungenschatz? Hier? Das ist unmöglich.«

Gerhard hielt sich den Zeigefinger vor den Mund. »Aber niemandem verraten!«

Gunter Engler war erstaunt. »Ich befasse mich seit Jahren mit der Nibelungensage und dem Schatz. Hier hätte ich ihn allerdings nicht vermutet.«

Für einen Augenblick stutzte ich. War er wirklich nur zufällig vor Ort oder war uns der Mörder mal wieder eine Nasenlänge voraus, indem er einen Spion platzierte, der uns aushorchen sollte? Ich riskierte eine Gegenfrage. »Und wo vermuten *Sie* den Schatz?«

Engler warf zunächst einen Blick auf seine Einkaufstüte, die nach wie vor auf der Bank stand. »Dass der Schatz, vorausgesetzt, es gibt ihn wirklich, in Edigheim zu finden ist, habe ich bereits vor Jahren herausgefunden. Beziehungsweise jede Menge bisher unbekannte Beweise zusammengetragen, dass es so sein muss. Er liegt irgendwo im Gebiet westlich von Edigheim, dort wo zurzeit der Altrheinarm renaturiert wird. Da das Gelände bis vor Kurzem Wasserschutzgebiet war, durfte dort nicht gegraben werden. Wegen der Renaturierung finden jetzt allerdings Erdbewegungen statt. Vielleicht wird dabei was gefunden. Ich schaue fast jeden Tag auf der Baustelle vorbei.«

Gebannt hatten wir alle zugehört. Immer mehr kristallisierte sich heraus, dass wir, zumindest potenziell gesehen, in Edigheim richtig waren. Diesen mysteriösen Altrheinarm würden wir nachher untersuchen.

»Wir sollten uns den Keller des Turms anschauen«, äußerte sich Becker, der vor einer Kellerschachtabdeckung kniete, welche vor der Außenwand des Wasserturms eingelassen war. »Ich kann da unten eine alte Mauer sehen, die muss wesentlich älter als 100 Jahre sein. Es ist aber zu dunkel, um Details erkennen zu können.«

Ich sah ein, dass wir offiziell handeln mussten. Den Bewohnern könnten wir irgendetwas von Gefahr im Verzug erzählen, zum Beispiel ein Gauner, der sich im Keller verschanzt hätte. Doch vorher war es nicht verkehrt, sich nach Alternativen umzuschauen. Längst hatte ich die unmittelbar neben dem Turm befindliche Tiefgarageneinfahrt bemerkt, die zu dem benachbarten Mehrfamilienhaus gehörte. Da laut Herrn Engler das Kellerfundament des Wasserturms größer war als der oberirdische Teil, konnte es mit viel Glück eine Verbindung geben.

Um uns heimlich in die Tiefgarageneinfahrt einzuschmuggeln, waren wir eindeutig zu viele Personen. Am unauffälligsten war es, so zu tun, als hätten wir ein besonderes Anliegen. Eine bauaufsichtliche Kontrolle oder etwas in der Richtung. Niemand störte uns auf dem Weg in den Untergrund. Der unterirdische Parkplatz war erstaunlich groß, insbesondere was seine Tiefe anging. Nur wenige Kraftfahrzeuge parkten hier unten.

Dietmar Becker, Sabine Baum und mein Kollege Gerhard gingen sofort auf eine Tür zu, hinter der sich laut Symbolschild die Brandmeldeanlage befand. Natürlich war sie verschlossen, wie ein kurzer Druck meinerseits auf die Türklinke ergab. Unser Vorgehen war geschickt und nicht abgesprochen: Während ich den Edigheimer Ureinwohner mit einer naiven Frage ablenkte, zog Gerhard blitzschnell den Generaldietrich Open-All, den jede bessere Polizeidienststelle besaß, aus der Hosentasche und öffnete die Tür.

»Ups, da ist ja gar nicht abgeschlossen«, sagte er so laut, dass es Engler mitbekam. »Reiner, du hast nicht richtig auf die Klinke gedrückt.«

Der fensterlose Raum war klein und schmutzig. Gerhard schaltete das Deckenlicht an und schloss die Tür, nachdem alle eingetreten waren. »Bisschen eng hier«, scherzte er zwecks allgemeiner Auflockerung.

Die zum Turm zeigende Wandseite war mit Sperrmüll aller Art zugestellt. Hier hatte schon lange kein Offizieller mehr die Funktionstüchtigkeit inspiziert. Der Rest des Raumes wurde von der Brandmeldeanlage beschlagnahmt, die ebenfalls ziemlich eingestaubt war.

»Sackgasse«, testierte Sabine Baum und rümpfte aufgrund des Abfalls die Nase.

Dietmar Becker, dem das Graben im Abfall nichts ausmachte, schließlich tat er an der Erkenbertruine nichts anderes, wühlte im Sperrmüll. Er zeigte auf eine vergammelte Sperrholzplatte. »Herr Steinbeißer, bitte helfen Sie mir mal.«

Nachdem so gut wie jeder dem anderen auf dem Fuß gestanden hatte, klappte die Umräum-Aktion: Die Platte lehnte an einer anderen Wand. Verblüfft blickten wir auf ein rechteckiges Loch, das schräg nach unten führte.

»Das sieht aus wie ein Kohlenschacht.«

»Das könnte hinkommen, Herr Palzki«, sagte Becker. »Die Rückwand des Raumes ist im Gegensatz zu den betonierten restlichen Wänden gemauert. Diese Mauer könnte von einem alten Fabrikgebäude stammen.«

»Ich gehe runter!« Sabine Baum drängelte sich nach

vorn. Mit athletischem Schwung schwang sie ihre Beine in den Schacht. Dietmar Becker gab ihr eine kleine Stabtaschenlampe, was ihm ein Lächeln einbrachte.

Während sie sich hinabgleiten ließ, sahen wir das hin- und herpendelnde Licht der Lampe. Die Dauer der Aktion war kurz.

»Ich bin unten«, klang es hohl. »Sie können nachkommen.«

Langsam, dachte ich. Vielleicht war es eine gut konstruierte Falle. Auf jeden Fall durften wir nicht unvorsichtig werden und einer unbekannten Frau blind folgen. Außerdem konnte es dort unten, wo Sabine Baum stand, aufgrund eventuellen Sauerstoffmangels lebensgefährlich werden. Es war besser, die Situation über unseren Scout sondieren zu lassen.

»Herr Becker, gehen Sie als Nächstes rein. Sie können das da unten am besten beurteilen.«

Das hatte ich natürlich nicht so gemeint, wie ich es gesagt hatte. Der Student fühlte sich geschmeichelt und rutschte blind in den Schacht.

»Fast wie Achterbahnfahren«, rief er wenige Sekunden später zu uns hoch. »Nur ziemlich schmutzig wird man dabei.«

»Wie sieht's aus, da unten?« Ob die Hygienebestimmungen eingehalten wurden, interessierte mich nicht.

»Wir befinden uns in einem Kellerraum, der zum Wasserturm gehören muss. Am anderen Ende ist eine verschlossene Metalltür. Sie können gerne nachkommen, der Schacht ist nicht allzu lang. Hier unten liegen jede Menge Kisten herum. Damit sollte es auch unsportlichen Menschen wie Ihnen gelingen, wieder aus dem Schacht herauszukommen.«

Damit hatte er mich, natürlich unbeabsichtigt, an einer verwundbaren Stelle getroffen. Was bei Siegfried das Lindenblatt war, waren bei mir Anspielungen auf meine angebliche Unsportlichkeit, die selbstverständlich nicht der Realität entsprach.

»Gerhard, du bleibst mit Herrn Engler oben für den Notfall. Ich springe schnell runter und schaue, was los ist.«

Mein Kollege wusste nicht, ob er lachen oder mir abraten sollte. »Willst du wirklich, Reiner? Wenn du in dem Schacht stecken bleibst, müssen wir den kompletten Wasserturm fällen.«

Ich zeigte ihm den Vogel und schwang mich auf den Einstieg des Schachtes. Jedenfalls sah so mein Plan aus, der von meinen Schienbeinen, die es nicht rechtzeitig hoch genug geschafft hatten, vereitelt wurde. Mit voller Wucht donnerte ich auf die Kante des Schachtes. Der Schmerz war immens. Er war zwar nicht vergleichbar mit meinen diversen Kopfschlägen in den letzten Tagen, dennoch: Schmerz blieb Schmerz.

»Bleib besser du oben«, sagte Gerhard mit sarkastisch wirkendem Mitleid in der Stimme.

»Kommt gar nicht infrage«, stöhnte ich auf. »Ich muss nur meine Taktik anpassen.« Mit dem reichlich vorhandenen Sperrmüll baute ich mir eine Art Rampe, um relativ ebenerdig in den Schacht einsteigen zu können.

Gunter Engler stand daneben und war so fassungslos wie Gerhard. Beide versagten sich jeden weiteren Kommentar.

»Das habe ich nur gebaut, damit wir nachher einfacher wieder hochkönnen«, gab ich zur Begründung.

Die Rutschbahn war tatsächlich einfach zu meistern.

Im Kellerraum plumpste ich auf die Kisten. Natürlich mit den Schienbeinen voran.

Sabine Baum half mir hoch. »Herr Becker hat bereits erste Entdeckungen gemacht.«

Der Student war in seinem Element. Aus seiner Tasche hatte er ein winziges Hämmerchen und einen Spatel geholt und kratzte damit an einer Wand herum, die aus grob gehauenem Fels bestand.

»Unglaublich!« Dieses eine Wort wiederholte Becker in den nächsten Minuten unglaublich oft. Sabine Baum und ich standen daneben und konnten uns keinen Reim darauf machen.

»Alles klar da unten?«, rief Gerhard. »Lebst du noch, Reiner?«

»Wir baden im Gold«, antwortete ich und ergänzte sofort: »War nur ein Scherz. Unser Archäologe kratzt gerade an der Wand herum. Sobald wir neue Erkenntnisse haben, melde ich mich wieder.«

Becker begutachtete eine Handvoll grobkörnigen Sand. »Das ist unglaublich. Habe ich das schon einmal gesagt?«

»Was soll das? Ist der Sand besonders wertvoll? Haben wir ein neues chemisches Element entdeckt, das Edigium?«

»Was? Wie bitte?« Becker hatte meine Frage sichtlich irritiert. »Nein, nein, es ist was Besseres.«

Er drehte sich um und zeigte auf die Felswand. »Bis auf diese Stelle ist der Keller des Turms gemauert. Das Mauerwerk ist etwa 100 Jahre alt und deckt sich mit seinem Erbauungsjahr. Die Wand mit dem Schacht dagegen ist älter, vielleicht 150 oder 200 Jahre alt. Das würde die These von einer alten Fabrik stützen.«

»Spektakulär«, entgegnete ich. »Dafür bekommen Sie den Archäologie-Nobelpreis am Band.«

»Lästern Sie nur, Herr Palzki.« Der Student blieb trotz seiner spürbaren Anspannung ruhig. »Was sehen Sie in dieser Ecke?«

»Ein paar alte Felsbrocken«, antwortete ich postwendend.

»Eben«, bestätigte er. »Gewachsenes Felsgestein ist es allerdings nicht. Es sind miteinander verbundene Felssteine. Grob behauen und mit einer Art antikem Mörtel aneinandergefügt. Mindestens 1.500 Jahre alt.«

»Wie alt?« Sabine Baum platzte in den Dialog.

Becker zeigte ihr den Sand in seiner Hand. »Die Sache ist eindeutig. Auf die 100 Jahre genau kann man es aber erst nach einer detaillierten Analyse sagen. Ich habe schon eine Vorstellung, was wir vor uns haben.«

»Teile des Siegfriedbrunnens.« Sabine Baum hatte einen seligen Blick. Ehrfurchtsvoll streichelte sie den Felsen. »Wenn das die Edigheimer erfahren. Die Oppauer und die Ludwigshafener werden vor Neid erblassen.«

»Na ja«, entgegnete ich. »Wir Schifferstadter haben den Goldenen Hut. Der ist viel älter.« Mit dieser, zugegebenermaßen unqualifizierten Bemerkung, versuchte ich, die beiden in die Realität zurückzuholen. Alte Brunnen gab es massenhaft in Deutschland und dem Rest der Welt.

Die beiden schossen mit ihren Handys ungezählte Fotos in allen möglichen Perspektiven.

»Diese sensationelle Entdeckung behalten wir erst mal für uns«, beschloss ich. »Wenigstens, bis wir Beckers Behauptung verifiziert haben. Der Mann oben bei Gerhard muss das auch nicht wissen.«

Ich schaute in den Schacht. »Gerhard, wirfst du mir bitte das Open-All hinunter?«

Mir knallte das gute Stück aus schwerem Metall ans

Ohr. Die beiden anderen grinsten hämisch. Ich ignorierte so gut es ging den Schmerz und öffnete mit Leichtigkeit die Tür.

»Wo haben Sie das her?«, fragte Sabine Baum. »So was könnte ich manchmal gut gebrauchen.«

»Das ist ausschließlich für den Polizeidienst zugelassen.«

Wir standen im Flur des Wasserturmkellers. Die Tür zu dem Raum mit der Felswand sperrte ich wieder ab. Möglichst leise schlichen wir nach oben. Keiner der Bewohner bemerkte uns. Als wir im Freien standen, atmeteten wir erleichtert auf.

»Boah, wie Sie aussehen.« Ich zeigte auf den Studenten, der aussah, als hätte er ein feuchtes Sandbad genommen. Sabine Baum sah nicht viel besser aus.

»Schauen Sie sich doch selbst an«, motzte Becker. »Sie sehen genauso schlimm aus.«

Gerhard und Gunter Engler erschraken, als wir die Tür zu dem Raum öffneten, in dem sie warteten.

»Da seid ihr ja«, sagte Gerhard, nachdem er sich beruhigt hatte. »Wir rufen und rufen und ihr gebt keine Antwort. Ich dachte schon, der Sauerstoff wurde knapp. Noch eine Minute, und ich hätte die Feuerwehr angerufen.« Er stutzte. »Wie kommt ihr überhaupt hierher? Und verschmiert seid ihr auch alle. So lasse ich euch nicht in meinen Wagen.«

Die Sache mit dem Siegfriedbrunnen konnten wir Gerhard im Moment nicht erklären, obwohl es uns unter den Nägeln brannte. Ich versuchte, unseren Gast loszuwerden.

»Vielen Dank, Herr Engler. Sie haben uns sehr geholfen. Wir werden jetzt in unser Büro fahren und uns umziehen. Inzwischen glauben wir auch, dass es hier keinen Brunnen gibt. Und keinen Nibelungenschatz«, fügte ich scherzend hinzu.

»Das habe ich Ihnen gleich gesagt«, antwortete er. »Vielen Dank, dass Sie mich in die Tiefgarage mitgenommen haben. Soll ich Ihnen noch schnell die Stelle zeigen, wo meiner Meinung nach der Schatz liegt, wenn es ihn gibt? Die Bagger sind nicht mehr weit davon entfernt.«

Geschickt hatte er uns neugierig gemacht. Sollten wir diese einmalige Chance abschlagen oder seinem Wunsch nachgeben?

# KAPITEL 20
# NOCH EINE BAUSTELLE

Gerhard zu überreden, uns in seinen Wagen einsteigen zu lassen, war nicht sonderlich einfach. Selbst KPD hätte sich nicht energischer wehren können, um seine Luxuskarosse zu schützen. Erst als ich ihm versprach, das Kaffeemaschinenproblem in der Dienststelle kurzfristig zu lösen, ließ er mit sich reden. Mit einer Rolle Gelber Säcke, die er im Kofferraum liegen hatte, hüllte er die Sitze seines Dienstwagens ein. Er bat uns eindringlich, dies nicht an die große Glocke zu hängen, da der Missbrauch der Gelben Säcke für artfremde Verwendungszwecke verpönt war und von der Lieferfirma und der Stadtverwaltung regelmäßig als Argument vorgebracht wurde, wenn die Säcke eine Zeit lang nicht lieferbar waren. Die Wahrheit war natürlich, dass man die Gelben Säcke für viele Dinge gebrauchen konnte, nur für die Sammlung von Plastik- und Folienverpackungen nicht, da sie so reißfest wie eine Seifenblase waren.

Gunter Engler stellte seine Einkaufstüte in den Kofferraum. Bei dieser Gelegenheit konnte ich einen Blick hineinwerfen: lauter unverdächtige Dinge für den haushaltlichen täglichen Bedarf.

Auch die nächste Fahrt war kurz: Auf Englers Anweisung fuhr Gerhard die Straße Im Zinkig entlang, um am Ende rechts in das Glockenloch abzubiegen. Der Name löste bei uns sofort Assoziationen aus, doch unser Edigheimer Gast wollte uns über den Flurnamen aufklären. »Mit den Nibelungen hat das nicht das Geringste zu tun. Soll ich Ihnen die Geschichte dazu erzählen?«

Ich lehnte dankend ab, während wir am Ende der Ortsbebauung über eine schmale Brücke fuhren. Dahinter begann das freie Feld.

»Wir sind gerade über den Altrheinarm gefahren, der zurzeit renaturiert wird. Am besten, Sie parken hier links.«

Wir stiegen aus und wunderten uns über das riesige freie Areal, das größtenteils aus Äckern und stellenweise aus kleinen Baumansammlungen bestand.

Engler zeigte nach Westen. »Hinter dem Waldstreifen dort hinten liegt die B 9. Die Isenach führt, von Bad Dürkheim kommend, ein Stück parallel zur B 9. Etwa im Eckpunkt zwischen Frankenthal, Edigheim und dem Ludwigshafener Ortsteil Pfingstweide fließt dieser Altrheinarm, über den wir eben gefahren sind, in die Isenach. Wobei ›fließen‹ zu viel gesagt ist, man sollte eher von ›münden‹ sprechen, da der Graben meist ein stehendes Gewässer ist.«

»Und was liegt dort?« Ich zeigte in südliche Richtung.

Unser ortskundiger Führer wusste es. »Das ist das Oggersheimer Neubaugebiet Melm.«

Gerhard hatte seinen Autoatlas ausgepackt, den er genauso wie ich ständig im Wagen liegen hatte, aber schon seit Jahren nicht mehr benötigte. Na ja, genau genommen hatte sich mein Atlas ja in explosiver Weise im Haßlocher Luftraum verteilt.

Auf der Karte sahen wir, dass der südliche Teil der Straße Im Zinkig auf jeder Seite lediglich aus einer Häuserreihe bestand. Hinter der westlichen Hausreihe befand sich direkt im Anschluss der Altrheingraben, der in der Karte als Mittelgraben bezeichnet war.

Engler deutete auf eine Stelle. »Wir sind vorhin an einem Getränkemarkt vorbeigekommen. Gegenüber führt ein schmaler Fußweg hinter die Häuserreihe. Dort befindet sich ein etwa bolzplatzgroßes Wiesenareal. Es ist zwar nicht bewiesen, ich bin mir aber halbwegs sicher, dass dort der ehemalige Edigheimer Hafen lag, der in historischen Büchern mehrfach genannt wird.«

»Ein Hafen zwischen der Ortsbebauung und den Äckern?«

Engler grinste. »Sie dürfen die heutige Situation nicht mit der von vor 1.500 Jahren vergleichen. Damals gab es hier keine Häuser und Äcker. Genau da, wo wir stehen, floss der Rhein. Und dort und da drüben auch.« Er machte eine Wischbewegung über das gesamte freie Gelände. »Überall zwischen dem Bett der Isenach und dem Mittelgraben floss irgendwann mal der große Strom. Er änderte ständig sein Flussbett. Bedenken Sie, damals lag Edigheim auf der anderen Seite des Rheins. Erst viel später hat die Naturgewalt dies geändert.«

So langsam wurde mir einiges klar. »Das heißt, wenn man als Schatzsucher in Sachen Nibelungenschatz im heutigen Flussbett nachschaut, ist man am falschen Ort?«

Gunter Engler nickte. »Meistens jedenfalls. Ohne Kenntnisse des damaligen Rheinverlaufs kommt man nicht weiter. Meine Recherchen haben ergeben, dass der Mittelgraben, also damals der Rheinstrom, zu der Zeit, als die Nibelungensage in Worms spielte, genau hier verlaufen ist. Daher bin ich mir auch mit dem Hafen so sicher.«

»Könnte der Schatz irgendwo im Hafen vergraben worden sein?«

Gunter Engler schüttelte den Kopf. »Das glaube ich nicht, da dürfte zu viel Betrieb gewesen sein. Wenn es den Schatz wirklich gibt, liegt er hier im Umkreis von wenigen 100 Metern. Vielleicht genau dort, wo gebaggert wird.«

Die nördlich gelegene Baustelle in rund 50 Metern Entfernung hatten wir natürlich längst entdeckt. Mehrere Bagger, Muldenkipper und anderes schweres Gerät standen auf dem Sandstreifen zwischen Mittelgraben und den Feldern. Auf einer großen Hinweistafel wurde das Renaturierungsprojekt für die Bevölkerung dargestellt. Der vor vielen Jahren angelegte kerzengerade Grabenverlauf, der nach Meinung der Anrainer für feuchte Keller sorgte, würde künstliche Schlingen verpasst bekommen. Ein Teil des neuen Flussbettes war bereits ausgebaggert.

Seltsamerweise hörten wir, es war zwar Freitag, aber erst kurz nach 14 Uhr, keinen Baustellenlärm, selbst die Großgeräte standen still. Neugierig gingen wir näher. Im Gegensatz zur Erkenbertruine gab es keine Absperrungen und keinen Security-Dienst. Dafür erkannten wir etwas anderes: Verdeckt hinter einem Muldenkipper stand Dr. Metzgers Reisemobil. Wie konnte es ihm nur gelungen sein, diesen abgelegenen Ort zu finden? War an dem absurden Märchen mit Wotan doch ein Quäntchen Wahrheit?

Gerhard hakte nach. »Metzger?«, fragte er mich unsicher.

»Und wahrscheinlich die 5 Pfälzer und Wotan.«

»Wie bitte?«, unterbrach Sabine Baum, die Metzgers Mobilklinik nicht kannte. »Die Verrückten aus Haßloch sind da?«

Ich entgegnete: »Metzger ist nicht aus Haßloch. Verrückt ist er aber.«

Als wir die Baustelle erreicht hatten, sahen wir, dass in einem frisch ausgehobenen Graben mehrere Arbeiter, die 5 Pfälzer und Dr. Metzger herumwuselten und sich stritten.

»Ich rufe jetzt die Polizei, wenn Sie nicht alle sofort verschwinden«, rief in diesem Moment ein aufgebracht wirkender Arbeiter in Richtung des Notarztes Metzger.

Dieser erwiderte cholerisch: »Wir müssen unseren Kumpel, den Zwerg retten. Verstehen Sie das nicht, zum Donnerwetter noch mal?«

»Es gibt keinen Zwerg. Sie wollen mich verarschen. Ich lasse mir das nicht länger gefallen. Sind Sie eine Bürgerinitiative, die die Renaturierung verhindern möchte?«

Eine polizeiliche Einmischung war dringend geboten.

»Guten Tag«, schrie ich in den Graben hinunter. »Die Polizei ist da.« Ich hielt meinen Dienstausweis in die Luft, den aus dieser Entfernung kein Mensch lesen konnte.

Der wortführende Arbeiter schnaufte erleichtert auf. »Endlich«, sagte er, »wir brauchen Unterstützung. Diese Personen blockieren die Arbeiten.«

»Palzki! Dietmar!«, schrie Metzger, als er uns erkannte.

Ich ignorierte ihn und wandte mich an den Arbeiter. »Sind Sie für die Baustelle zuständig?«

Er kroch aus dem Graben zu mir hoch. »Ja, weil der Schachtmeister nicht da ist.«

»Dann erzählen Sie mal in aller Ruhe.«

Der Notarzt war inzwischen ebenfalls aus dem Graben geklettert und übertönte den Arbeiter. »Wir haben Gefahr im Verzug, Palzki. Wotan ist verschüttet worden, wir müssen ihm helfen.«

»Und wo soll das sein?«

Metzger kratzte sich an seinen vor fett triefenden Haaren. »Irgendwo da unten halt. Er hat den Eingang zu einem Tunnel gefunden. Er wollte gerade rein, da ist der ganze Sand mit einem Riesenradau nachgerutscht.«

»Da gibt es keinen Tunnel«, sagte der Arbeiter. »Und einen Zwerg habe ich auch nicht gesehen.«

»Weil er ja so klein ist!« Metzger hielt seine Hände einen Meter weit auseinander. »Sie waren auf dem Klo, als Wotan in den Tunnel ist.«

»Stimmt das?«, fragte ich den Mann, um mich inhaltlich langsam voranzutasten.

»Ja, schon«, gab er zu. »Aber einen Tunnel gibt's hier einfach nicht. Nirgendwo liegen etwaige Röhren, ich kenne alle Pläne.«

Ich schaute in den Graben hinunter, wo die 5 Pfälzer mit den Händen versuchten, einen Sandhaufen abzutragen. Ich wusste nicht, was ich von der Sache halten sollte.

»Gerhard, was meinst du?«

»Leben retten geht vor Logik«, antwortete er. »Vielleicht gibt es den Zwerg wirklich?«

»Aber selbstverständlich!«, grölte Metzger. »Er ist doch mit uns hergefahren.«

»Können Sie mit Ihrem Bagger den Sand wegschaffen?«, fragte ich den momentanen Vorarbeiter. »Nur um sicherzugehen, dass da wirklich niemand drunter liegt.«

Der Arbeiter zuckte mit den Achseln. »Wenn Sie meinen. Die Rechnung kriegen aber Sie.« Er schrie zu einem seiner Untergebenen, der rauchend an einem Bagger lehnte. »Heiner, holst du mal das Zeug rauf?«

Kurze Zeit später lärmte der Bagger. Zwei, drei Baggerschaufeln voll Sand später lugte ein Bein aus dem verbliebenen Sand im Graben.

»Wir haben ihn gefunden!«, schrie Metzger und stürzte sich mit den 5 Pfälzern, die aus Sicherheitsgründen ebenfalls den Graben hatten verlassen müssen, ins Loch.

Wotan, der Zwerg, war tot. Gerhard, der zwecks Inaugenscheinnahme Metzger in den Graben gefolgt war, drehte sich nach wenigen Sekunden zu mir hoch und rief: »Reiner, du musst leider runterkommen und dir das anschauen.«

Der neugierige Dietmar Becker und Sabine Baum folgten mir auf den Fersen. Vor uns lag Wotan, den Gerhard und ich von den Ermittlungen in der Landesgartenschau Landau her kannten. Wotan war allerdings nicht erstickt, wie uns das blutverschmierte Einschussloch in seiner Stirn verriet.

»Ich werde verrückt«, schrie der Notarzt, der dieses wichtige Detail zeitgleich entdeckte. »Das Knallgeräusch, als der Tunnel einstürzte, war tatsächlich ein Schuss.«

Gerhard tat das einzig Richtige: Er rief die Ludwigshafener Kollegen an.

Ich tat das Zweitwichtigste: überlegen. Wenn dieser Wotan im Graben erschossen wurde, musste der Schütze entweder in der unmittelbaren Nähe gestanden haben, oder, wenn er weiter entfernt war, von einem erhöhten Standpunkt aus geschossen haben. Für die Nah-These sprach, dass es in diesem Fall einer der Arbeiter gewesen sein musste. Zur Sicherheit nahm ich mir vor, meine Erkenntnis an die Ludwigshafener weiterzugeben, damit die anwesenden Personen überprüft wurden. Schließlich waren sie Kollegen, denen man gerne mal helfend beiseitestand.

Anhaltspunkte für die Weit-These gab es ebenfalls reichlich. Östlich der Baustelle wuchsen am Mittelgraben hohe Bäume. Da ich bezüglich meiner Allgemeinbildung andere Schwerpunkte legte, konnte ich nur vermuten, dass es sich um Pappeln handelte. Zwischen den einzelnen Bäumen spitzelten Teile der Ortsbebauung hindurch.

Auf der westlichen Seite der Baustelle gab es, von einem 200 Meter entfernten Wäldchen abgesehen, nur freies Feld. Wie ich wusste, war diese Entfernung für einen professionellen Scharfschützen ein Klacks. Ob man von einer der Baumkronen direkt in die Baugrube schauen konnte, wusste ich natürlich nicht. Während ich sinnierend zu der Baumansammlung blickte, bemerkte ich mehrfach ein kurzes und unregelmäßiges Aufblitzen. Es musste die Sonne sein, die sich dort spiegelte, wie ich aufgrund des aktuellen Sonnenstandes und dem physikalischen Gesetz »Einfallswinkel gleich Ausfallswinkel« feststellte.

Waren sogar wir in akuter Gefahr? Was wäre, wenn der Schütze noch an Ort und Stelle war und die Lage beobachtete? Was würde passieren, wenn der von Metzger vermutete Tunnel freigelegt werden würde? Gab es diesen Tunnel überhaupt? Solange die Leiche nicht geborgen war, konnten keine weiteren Untersuchungen angestellt werden.

Die Kollegen und ein richtiger Notarzt trafen ein. Während Gerhard ihnen einen ersten Überblick verschaffte, schnappte ich mir Metzger, den meiner Meinung nach falschen Notarzt. Dietmar Becker und Sabine Baum standen direkt neben mir.

»So, jetzt mal Butter bei die Fische, Dr. Metzger. Was haben Sie und Ihre seltsamen Freunde hier zu suchen?«

Der Notarzt zog unappetitlich die Nase hoch. »So nah dran und vielleicht doch vergebens.« Metzger trat näher und machte auf vertraulich. »Was meinen Sie, kann ich da heute Nacht mal ein paar Stunden buddeln, ohne dass es jemand mitkriegt? Ich lasse auch ein paar Goldmünzen springen.«

»Welche Goldmünzen?« Ich hatte zwar eine Ahnung, tat aber unwissend.

»Mensch, Palzki, da unten liegt der Nibelungenschatz. Das brauchen Sie jetzt aber nicht jedem zu erzählen, Palzki. Die schönsten Stücke werden wir einem Museum schenken, das habe ich mit den 5 Pfälzern so vereinbart.«

»Wie kommen Sie auf diese hirnrissige Idee? Ausgerechnet an diesem Ort?«

Bevor Metzger antwortete, kaute er unschlüssig auf seinen Lippen herum. »Die Sache ist eindeutig, Palzki. Wotan wusste es schon immer. Weiß der Teufel, warum. Am Anfang habe ich ihn deswegen ausgelacht. Als ich diese komischen Papiere gelesen hatte, habe ich meine Meinung geändert.«

»Welche komischen Papiere?« Wieder einmal war ich mitten in einem Frage- und Antwortspiel.

»Sie wissen doch, die alten Handschriften, die ich für Ihren Chef transportiert habe. Ich habe nicht nur die Vorlagen von den Ablassbriefen kopiert, sondern auch ein paar andere Seiten. Und auf einer Seite hat es gestanden. Leider habe ich den Rest nicht. Aber zusammen mit Wotan macht das alles richtig Sinn.«

Kein Mensch würde diesen Mist glauben, da war ich mir sicher. Ich nahm mir vor, diese dubiose Geschichte an den Wormser Minack zu geben, um ihn restlos zu verwirren.

»Und in den Kopien haben Sie gelesen, dass an dieser Stelle ein Tunnel existiert, in dem vor 1.500 Jahren der Nibelungenschatz untergebracht wurde.«

»Na ja, nicht wörtlich«, gab Metzger zu. »Wotan will aber vor Jahrzehnten schon mal in dem Tunnel gewesen sein. Nur wusste er leider nicht mehr so ganz genau, wo dieser war, als wir mit ihm hierhergefahren sind. Aber die Texte haben uns den richtigen Weg gezeigt. Habe ich Ihnen früher schon mal erzählt, dass ich vor meiner Arztkarriere ein paar Semester Alte Sprachen studiert habe?«

»Was, Sie haben studiert?«

Metzger grölte. »Immer lustig, der Palzki. Selbst wenn es Tote gibt.« Er zeigte in die Grube. »Entweder war es Zufall, oder die Arbeiter hatten den Tunnel gerade entdeckt, als wir ankamen. Jedenfalls sind die Felsen da unten von Menschenhand dort hingeschafft worden.«

»Felsen?«, fragte Becker überrascht. »Das ist doch so gut wie unmöglich.«

»Sage ich doch, Dietmar.« Metzger und der Student waren seit geraumer Zeit befreundet. »Vielleicht der Keller eines alten Gebäudes oder tatsächlich ein Tunnel. Wir konnten nur den Eingang erkennen, dann musste der unvorsichtige Wotan gleich reinkriechen. Im gleichen Moment stürzte die ganze schräge Wand ein wie ein Kartenhaus.«

Becker versuchte, Details von seinem Kumpel zu erfahren, doch der wusste sonst nichts.

Wir wurden unterbrochen. Die Ludwigshafener Beamten wollten den Notarzt befragen. Ich ging zu Gunter Engler, der etwas abseits auf einem Stapel Europaletten saß und die Szene beobachtete.

»Auch darüber dürfen Sie vorläufig bitte nichts erzählen«, bat ich ihn.

Er nickte. »Wenn ich heute morgen bereits gewusst hätte, was ich an diesem Tag alles erlebe …«

Für seine philosophischen Gedankengänge hatte ich keinen Kopf. »Was befindet sich dort drüben in dem Wäldchen?«

»Da haben die Stadtwerke Frankenthal vor Jahrzehnten einen Ranney-Brunnen betrieben. Inzwischen ist der Brunnen stillgelegt und an den Frankenthaler Tierschutzverein verkauft oder verpachtet. Das Gelände ist umzäunt, da dort Wildtiere leben. Es soll Gehege geben mit Eichhörnchen und anderen Tieren.«

»Warum Frankenthal?«, fragte ich neugierig.

»Weil irgendwo zwischen hier und dem Wäldchen die Gemarkungsgrenze verläuft. Wo genau, weiß ich nicht auswendig.« Er überlegte kurz. »Das Gelände heißt übrigens Erich-Putz-Anlage, nach dem ehemaligen Leiter des Frankenthaler Ordnungsamtes, der sich sehr für den Tierschutzverein eingesetzt hat. Ist das wichtig für Sie?«

»Nein, nein«, log ich. »Es hat mich nur so interessiert, weil es zwischen den Feldern etwas ungewöhnlich aussieht. Soll mein Kollege Sie heimfahren?«

»Das braucht er nicht. Ich wohne nicht allzu weit entfernt.« Er gab mir seine Adresse, holte seine Einkaufstüte aus dem Kofferraum und verabschiedete sich.

Eine halbe Stunde später wurden Metzger und die 5 Pfälzer entlassen. Wild disputierend stiegen sie in die Mobilklinik des Notarztes.

»Sehn mer uns mol widder?«, rief mir der Erwin nach. »In Haßloch bei de Traudel. Dann erzähle mer dir noch ä par Geheimnisse vun dem Zwerg.«

Ich gab keine Antwort. Mehr als froh war ich darüber, dass Gerhard die Koordination mit den Ludwigshafener Beamten abwickelte.

»Komm, wir können heim«, meinte er schließlich. »Herr Becker, soll ich Sie in Frankenthal abladen?«

Der Student war viel zu neugierig. Um nichts zu verpassen, fuhr er mit uns zur Dienststelle. Sabine Baum setzten wir am Ludwigshafener Hauptbahnhof ab, der tatsächlich ein Hauptbahnhof war, im Gegensatz zu dem inzwischen weit mehr frequentierten Bahnhof Mitte.

»Ich komme morgen früh direkt zu Ihnen in den Waldspitzweg«, bestimmte sie. »Sie sind doch morgen im Dienst, auch wenn es Samstag ist? Wahrscheinlich habe ich bis dahin neue Erkenntnisse nach diesem ereignisreichen Tag.«

Nach wie vor konnte ich Sabine Baum nicht einschätzen. Hatten wir mit ihr ein Kuckucksei oder handelte sie nur in eigenem Interesse, um die Mordfälle an ihrer Halbschwester und ihrem Stiefvater aufzuklären? Wie dachte sie über den Nibelungenschatz oder das Originalmanuskript? Ich wusste es nicht.

Als wir im Hof der Dienststelle ausstiegen, sagte ich Gerhard in dem Wissen, dass Becker zuhörte: »Claus soll die Geschichte mit dem Edigheimer Wasserturm recherchieren und Hinweisen nach einem alten Brunnen nachgehen. Auch die Grabungsstätte in der Frankenthaler Erkenbertruine soll er untersuchen, selbst wenn uns unser Freund Dietmar Becker von der Harmlosigkeit überzeugen wollte.«

»Das ist sie auch!«, sagte er wütend. »Ich gehe jetzt zu Herrn Diefenbach.«

Damit hatte ich kalkuliert. KPD und Becker waren seit einiger Zeit das, was man Symbiose nannte: die Verbindung zweier unterschiedlicher Individuen zum Vorteil beider. Becker erhielt von KPD zahlreiche, geheime Interna, die Becker in seinen absurden Krimis veröffentlichte. KPD erhöhte durch die Krimis sein persönliches Renommee, da er als guter Chef selbstverständlich in Beckers Krimis unter Realnamen auftauchte und die Fälle stets im Alleingang löste.

Nachdem der Student im Gebäude verschwunden war, ergänzte ich meine Liste. »Claus soll nach einer Erich-Putz-Anlage recherchieren, die ist ganz in der Nähe des heutigen Tatorts. Auch die Historie interessiert mich brennend.«

»Warum sagst du ihm das nicht selbst?«

»Weil ich noch jemandem einen Besuch abstatten möchte und im Anschluss mache ich Feierabend. Morgen früh sehen wir uns wieder, das Wochenende muss warten.«

Gerhard hatte sofort Lunte gerochen. »Du fährst zu Jacques?«

Ohne Antwort zu geben, stieg ich in meinen Oldtimer.

# KAPITEL 21
# JACQUES WEISS BESCHEID

Im Kestenbergerweg hielt ich vor einem etwa 50 Jahre alten Einfamilienhaus an. Hier wohnte Jacques Bosco, einer der letzten Erfinder und Allgemeingelehrten der Menschheit. Bereits als kleines Kind hatte ich in seinem Labor Verstecken gespielt. Meine Schulzeit unterstützte Jacques mit dem einen oder anderen Hilfsmittel, die nur deswegen nicht illegal waren, weil sie bis dahin kein Mensch kannte und sie somit nicht verboten werden konnten. Ich erinnerte mich gut an den Tag, an dem wir in einem angekündigten Erdkunde-Test möglichst detailliert aus dem Gedächtnis heraus die Umrisse bestimmter Länder und Erdteile zeichnen mussten. Da wir wussten, welche Länder drankommen könnten, hatte ich mit Jacques diverse leere Schreibblätter vorbereitet. Mit einer unsichtbaren, fetthaltigen Substanz hatte mein Freund die Umrisse und weitere wichtige Merkmale wie Flussverläufe aus einem Atlas auf diese Blätter kopiert. In meinen Füller füllte er statt der Tinte eine weitere Substanz.

Ich musste mir nur die Reihenfolge der Blätter merken, auf denen die einzelnen Länder unsichtbar vorbereitet waren, was durch die alphabetische Sortierung sehr einfach vonstattenging. Während des Tests musste ich lediglich die betreffenden Blätter hervorziehen und mit meinem Füller gleichmäßig darüber streichen, so als würde man in einem Malbuch große Flächen ausfüllen. Wie von Zauberhand erschienen die korrekten Länder, da meine Zaubertinte nur auf den vorbereiteten Stellen haftete.

Meine damalige Lehrerin roch zwar Lunte, konnte mir aber nichts beweisen. Wäre sie gleichzeitig Chemielehrerin gewesen, hätte die Sache für mich vielleicht ungünstiger ausgehen können.

Jacques, der etwa so aussah wie Albert Einstein in seinen letzten Tagen und fast so alt war, wie Albert Einstein heute sein würde, öffnete mir die Tür seiner Wohnung, was mich das erste Mal verblüffte, da er normalerweise in seinem Labor hinter der Garage herumwerkelte.

»Hallo, Reiner«, begrüßte er mich. »Komm rein.«

Dann wurde ich das zweite und das dritte Mal verblüfft. Jacques ging an Krücken und in seiner Wohnung wimmelte es von hornissengroßen Stubenfliegen.

»Was ist mit dir passiert?«, fragte ich, während ich dem Angriff einer ersten Killermücke auswich.

»Ich bin die Treppe hinuntergefallen. Komm rein ins Wohnzimmer.«

Zack, da knallte mir das nächste Flugobjekt an die Wange. Im Wohnzimmer stank es nach Verwesung.

»Hast du einen privaten Tierfriedhof eröffnet? Warum machst du nicht die Fenster auf?«

»Lass die bloß zu, nicht dass meine Mücken abhauen.«

Ich setzte mich. »Was? Du lebst freiwillig mit dem Zeug?«

Jacques ließ sich ebenfalls in einen Sessel plumpsen. »Das ist meine neue Züchtung.«

»Du züchtest gemeingefährliche Riesenmücken? Haben dich die Chaoten aus Nordkorea gekauft?« Ich wehrte weitere dicke Brummer ab.

»Es wird Zeit, sich mit den wirklich wichtigen Problemen der Menschheit zu beschäftigen, Reiner. Ich habe meine Prioritäten neu geordnet.«

»Was hat das mit den Mücken zu tun? Oder sind das Fliegen? Ich konnte die noch nie unterscheiden.«

»Staub«, begann Jacques, »ist eine der größten Geiseln der Menschheit. Überall, wo du hinschaust: Staub. Insbesondere in den Wohnungen, wo die Hausfrau oder neuerdings der Hausmann ständig versuchen, den Staub zu bezwingen, aber immer erfolglos. Ständig kommt neuer Staub hinzu. Seit Jahrzehnten steigt die Anzahl der Allergiker, die auf Hausstaub reagieren. Und dagegen habe ich jetzt erstmalig ein Mittel gefunden. Nie mehr Staubwischen.«

Ich sah mich um und konnte tatsächlich kein Staubkörnchen entdecken, was für den Erfinder untypisch war. Er legte auf eine saubere Wohnung keinen gesteigerten Wert.

»Meine neue Züchtung ist genial. Die Staubfliegen ernähren sich ausschließlich von Hausstaub. Ein paar Fliegen in der Wohnung und der Staub ist Vergangenheit.« Er machte eine kleine Pause. »Na gut, die Kinderkrankheiten muss ich noch beseitigen.«

Ich brachte meinen Mund vor zweifeltem Staunen nicht zu. Erst als sich einer der Brummer in meiner Mundhöhle verirrte und ich heftig würgen musste, sah es wieder anders aus.

»Das meinst du nicht im Ernst, oder? Das fliegende Zeug ist doch kriminell und gefährlich. Laufend knallt dir ein Insekt davon an den Schädel.«

»Daran gewöhnt man sich, Reiner. Blöd ist, dass man nicht lüften kann, da die Fliegen sonst abhauen. Aber das ist nicht das eigentliche Problem.«

»Sondern?«

»Meine Staubfliegen sind richtige Fressfliegen. Du siehst ja, wie dick und groß die werden, dabei haben diese nicht einmal ihre Endgröße erreicht. Was mir zu schaffen macht, ist der Darm der Fliegen: Die scheißen einfach alles voll, mitten im Flug. Der Staub ist zwar weg, dafür hast du überall stinkende schwarze Knödel rumliegen.«

Ich konnte nicht anders, als laut herauszulachen. »Mit dieser Erfindung wirst du keine Freude haben. Am besten, du lässt deine Haustiere frei.«

»Meinst du wirklich?« Jacques war zum ersten Mal in seinem Leben unsicher geworden. »Das nächste Problem sind die Leichen. Wenn die Fliegen sich vollgefuttert haben, sterben sie ab und fangen schnell an zu stinken. Dummerweise liegen die auch hinter den Schränken, halt überall in der Wohnung.«

Ich ging zum Wohnzimmerfenster und öffnete es. Jacques ließ es kommentarlos geschehen. Schnell sank die Fliegenkonzentration im Wohnzimmer. Hoffentlich war seine neue Züchtung nicht sonderlich reproduktionstüchtig. Nicht auszudenken, wenn Jacques' Züchtung die einheimischen Arten verdrängen würde.

Ich wechselte das Thema. »Was macht dein Fuß? Kannst du damit laufen?«

»Bis zur Haustür, das hast du doch gesehen. Mein Nachbar geht für mich einkaufen.«

Ich seufzte. »Das ist jammerschade.«

Jacques' Augen blitzten. »Ist es mal wieder so weit? Um was geht es dieses Mal?«

Mein Freund ahnte, dass seine Hilfe gefragt war. Aber mit einem eingegipsten Fuß war an eine irgendwie geartete Aktion nicht zu denken.

»Werde du erst mal gesund«, tröstete ich ihn. »Das nächste Mal kannst du dich wieder mit einer deiner abstrusen Erfindungen einbringen.«

Jacques gab die Hoffnung so schnell nicht auf. »Es gibt die Möglichkeit, manche Dinge fernzusteuern. Habe ich doch schon ein paarmal gemacht.«

»Das funktioniert nicht«, beschied ich ihm. »Zum Ersten habe ich selbst noch keine Idee, wie man das Problem lösen könnte, zum Zweiten ist da nichts außer freies Feld und einem kleinen Wald. Bisher weiß ich nicht einmal, wie es in der Erich-Putz-Anlage aussieht.«

Der Erfinder schnappte nach Luft. »Wie bitte? Was muss ich da hören? Du willst doch nicht etwa den Nibelungenschatz ausbuddeln?«

Mir fehlten die Worte. Hatte Jacques diese letzten Worte wirklich gesagt oder hatte ich mir das nur eingebildet?

»Wo…, woher weißt du?«, flüsterte ich angespannt.

Jacques lachte. »Das weiß ich schon, da warst du noch nicht auf der Welt, Reiner. Ich hatte meinen Fund damals an die Denkmalbehörde weitergegeben, aber die haben mir nicht geglaubt. Nicht einmal nachgeschaut haben die Banausen. Da ich an schnödem Mammon nicht interessiert bin, habe ich das damals auf sich beruhen lassen.«

»Du hast den Schatz gesehen?« Niemandem außer Jacques würde ich glauben, wenn er die Frage mit ja beantworten würde.

»Den Schatz nicht, aber den Eingang zu einer Höhle. Alle Indizien sprechen dafür, dass in der Höhle der Hort der Nibelungen liegt.«

Jacques wehrte eine der letzten verbliebenen Mücken ab, die sich frech auf seine Nase gesetzt hatte.

»Erzähl«, forderte ich ihn auf.

»Das ist lange her«, begann er. »Ich weiß nicht, ob ich alles zusammenbringe. Auf dem Gelände, auf dem sich heute die Erich-Putz-Anlage befindet, wurde im Ersten Weltkrieg ein Scheingebäude errichtet.«

»Ein Scheingebäude?« Zwecks besseren Verständnisses unterbrach ich Jacques.

»Du bist halt eine andere Generation«, meinte der Erfinder lächelnd. »Im Ersten Weltkrieg begann die BASF mit der Produktion von kriegswichtigem Salpeter. Vom Import waren die Deutschen abgeschnitten, daher musste es selbst hergestellt werden. Ohne Salpeter keine Bomben.«

»Weiß ich doch, weiter.«

»Um die Oppauer Produktionsanlage zu schützen, baute man auf dem Feld in Richtung Frankenthal eine Fabrikattrappe, sogar mit eigener Trafostation, damit die sogenannte Scheinanlage bei einem Angriff beleuchtet werden konnte.«

»Hat das geklappt?«

»Wie man's nimmt«, antwortete Jacques. »Im Ersten Weltkrieg bekam die Attrappe nur einen kleineren Treffer. Erst im Zweiten Weltkrieg wurde sie endgültig zerstört.«

Ich bemerkte, wie ich ungeduldig wurde. »Und was hat das mit den Nibelungen zu tun?«

»Langsam, mein Freund. Im gesamten Bereich zwischen Oppau, Edigheim und Frankenthal liegt der Grundwasserspiegel sehr hoch. Kein Wunder, früher ist in dieser Senke der Rhein geflossen.«

»Weiß ich auch.«

»Aha«, sagte der Erfinder. »Bist du auch über die Renaturierungsmaßnahmen des Mittelgrabens im Bilde?«

Ich nickte.

»Die Stadtwerke Frankenthal bauten Anfang der 50er-Jahre an der Stelle der Fabrikattrappe einen Flachbrunnen, auch Ranney-Brunnen genannt. Da dies technisch sehr anspruchsvoll ist und ich zu der Zeit als Ingenieur gearbeitet habe, wurde ich um Rat gebeten. Und jetzt kommt's: Bei den Bohrungen stießen wir nicht nur auf die Fundamente der Scheinfabrik, sondern auch auf jahrhundertealte Gewölbe. Das ist deswegen so spektakulär, weil es geologisch gesehen an diesem Ort so etwas überhaupt nicht geben dürfte. Meine Erklärung war, dass genau an dieser Stelle in früherer Zeit das Rheinufer lag und dort, vielleicht zur Römerzeit, das ist aber nur eine Vermutung, eine gewölbeartige Anlage erbaut wurde.«

»Das hat niemanden interessiert?«

»Yep. Die Leute von den Stadtwerken wollten schnellstmöglich den Brunnen in Betrieb nehmen, da sie Termindruck hatten, und die Denkmalbehörde, das habe ich dir vorhin bereits erzählt.«

Dass es dort irgendwas Ungewöhnliches im Untergrund geben musste, war mir seit dem Tod des Zwerges Wotan klar. Aber ausgerechnet der Nibelungenschatz?

Ich sah, wie eine Mücke ihren Darm direkt auf Jacques' Gipsverband entleerte. Das Sprichwort »Aus einer Mücke einen Elefanten machen« verlor hier etwas an Sinnhaftigkeit, wenn man die immense Größe des Kotbrockens betrachtete.

»Das sind nicht richtig viele Indizien.«

»Ich bin nicht fertig, Reiner. Weißt du zufällig, wie Edigheim in alten Quellen genannt wurde?«

»Otincheim«, entgegnete ich wie selbstverständlich.

Jacques nickte. »Wenn du in der Schule immer so vorbereitet gewesen wärst, hätte ich dir nie helfen müssen.« Er machte eine kleine Pause. »Dann weißt du längst, dass dieser Name fast in gleicher Schreibweise im Nibelungenlied genannt wird.«

»Selbstverständlich.«

»Wahrscheinlich weißt du auch, dass es der Sage nach in der Nähe des Schatzes den Siegfriedbrunnen geben soll, an dem Siegfried ermordet wurde.«

»Unter dem Wasserturm, ich weiß.«

Jetzt war ausnahmsweise mal Jacques mit dem Staunen an der Reihe.

»Woher, äh, das gibt's doch nicht!«

»Wir haben heute Mittag die alten Mauerreste entdeckt.«

Jacques hatte sich wieder beruhigt. »Spektakulär, oder? Ich habe den Mörtel analysieren lassen, die Zeit passt. Da besitzt Edigheim eine Weltsensation und weiß es nicht.«

»Das war der Denkmalbehörde egal?«

»Keine Ahnung. Das habe ich damals gar nicht erst gemeldet, ich lasse mich nur einmal ärgern.«

»Und wie ging es dann weiter?«

»Ich hatte nicht viel Zeit, das Gewölbe am Brunnen zu untersuchen. Aus statischen Gründen durfte ich in Eigenregie nicht weitergraben. Schließlich wurde ich für das Brunnenprojekt bezahlt und nicht für archäologische Ausgrabungen. Nachdem der Ranney-Brunnen in Betrieb gegangen ist, hat man einen Pavillon oben drüber gebaut und fertig.«

»Seitdem warst du nicht mehr dort?«

Der Erfinder schüttelte den Kopf. »Ich hatte damals Berechnungen angestellt und kam zu dem Schluss, dass ein Tunnel, wenn er denn existiert, in Richtung des Mittelgrabens führen muss.« Jacques fiel etwas ein. »Dort wird im Moment gebaut. Hat man bei den Renaturierungsmaßnahmen etwas gefunden?«

Der Kreis schloss sich endgültig. Hätte ich früher mit meinem Freund gesprochen, wäre mir manches erspart geblieben.

»Kann sein«, sagte ich unbestimmt. »Heute gab es in der Baugrube der Baustelle einen Toten. Er wurde erschossen. Weitere Beteiligte behaupten, dass genau an dieser Stelle ein Tunnel beginnen würde. Dem konnte bisher nicht nachgegangen werden.«

Jacques zappelte wie ein kleines Kind auf seinem Sessel herum. »Das muss ein zweiter Ausgang sein. Wer ist auf die Idee gekommen, dort nach dem Schatz zu graben? Ich habe niemandem etwas gesagt.« Er grübelte kurz. »Na ja, mit einer Ausnahme, das ist aber Jahrzehnte her. Ich wollte damals auf eigene Faust eine Grabung veranlassen, um den Schatz zu finden. Natürlich nur, um ihn einem Museum zu stiften. Da das komplette Areal Wasserschutzgebiet war, bekam ich keine Genehmigung. Und die Pumpenanlage war längst eingezäunt. Heute gehört das Gelände dem Tierschutzverein, habe ich mal in der Zeitung gelesen.«

Ich stand auf. »Morgen weiß ich mehr. Ich werde dir ausführlich Bericht erstatten.«

»Ich will mit!«, bettelte Jacques, sah aber schließlich ein, dass dies mit seiner Verletzung keinen Sinn machte.

Geistig vollgepackt mit neuen Informationen fuhr ich nach Hause.

# KAPITEL 22
# DAS ORIGINALMANUSKRIPT

Nach einem Abend, einer Nacht und einem Frühstück, welche man im Rückblick mit »Chaos wie immer« zusammenfassen konnte, fuhr ich mit einem mulmigen Gefühl zur Arbeit. Was würde dieser Tag Neues bringen? Gefahr? Die Entscheidung? Eine neue Beule oder gar Schlimmeres? Oder das Hochgefühl, den seit ewiger Zeit verschollenen Nibelungenschatz in den Händen zu halten und in die Geschichtsbücher einzugehen? Irgendwie wurde ich das Gefühl nicht los, als würde es uns heute wie dem berühmten Angler gehen, der nichts anderes als einen alten Stiefel aus dem Wasser zog.

»Servus, Reiner«, begrüßte mich ein erneut übernächtigt wirkender Claus.

»Morgen«, fügten Gerhard und Jutta wortkarg hinzu. Auf dem Besprechungstisch stand trostlos eine Thermoskanne herum.

»Na, ist das eure Notration?«

»Du«, fiel mir Claus ins Wort. »Isch hab schunn widder die ganz Nacht durchgeschafft. Des mit der elektronisch Akte krieg isch schunn hie nächst Woch.«

Ich deutete eine halbwegs freundliche Mimik an, doch meine Gedanken waren woanders.

»Iwrischens, dess mit dem Unkel stimmt doch, ich habs genau kontrolliert.«

»Was für ein Onk…, äh, was hast du eben gesagt?«

»Das ich wees, wer de Mörder soi kann. Sei Nichte ist jo jetztert a dot.«

Diese Sache hatte ich total vergessen. Mit meinen Kollegen begann ich eine wilde Diskussion, wie das verwandtschaftliche Verhältnis zu bewerten sei.

»Zufall?«, fragte Gerhard.

»Niemals«, antwortete ich. »Dennoch muss er nicht unbedingt der große Mörder im Hintergrund sein. Aber in der Sache drinstecken tut er garantiert.«

»Was weißt du noch über ihn?« Ich schaute Claus an. Irgendetwas kam mir komisch vor.

»Nix mehr. Kä Vorstroof, nix. Ich hab a weche dere Ausgrabungsgrupp in Frankenthal nochgeguckt. Des is alles voll legal, Reiner. Und noch was zum Wasserturm in Edichem: Dass do unne ä alti Mauer is, die schunn älter is, is bekannt. Awer was die Mauer fer ähn Zweck ghabt hot, dess wees bis jetztert kenner.«

Es klopfte und Sabine Baum und Dietmar Becker traten ein.

»Wir haben uns unten zufällig am Eingang getroffen«, sagte der Student zur Begrüßung.

An Zufälle glaubte ich schon lange nicht mehr. Jutta zog nach einer ausgiebigen Begrüßungs- und Vorstellungsrunde aus der Ecke zwei Klappstühle hervor, sodass wir alle am Besprechungstisch Platz nehmen konnten. Auch Claus setzte sich zu uns. »Noch ebbes, Reiner. Iwwer den Zwerch, der geschtern erschosse worde is, hän die Landauer ä Akte, die aus vorneweg 30 Ordner besteht. Die schicke mer des alles zu. Die in Landau sinn froh, dass de Wotan, so soll des Kerlche heeße, endlich beim Deifel is.«

»Was ist mit dem Tunnel?« Sabine Baum kam mir mit der Frage zuvor.

Claus stutzte, gab aber Antwort. »Friehstens am Montach kann ma do nochgucke. Die Wand muss erscht abgstizt werre, sunscht isses zu gfährlich.«

Sabine Baum hörte hochkonzentriert zu. Vielleicht fragte sie sich gerade, aus welchem Land Claus Endlich kam und in welcher Sprache er artikulierte.

»Ich habe ebenfalls neue Informationen«, sagte ich in die Runde. Trotz der Anwesenheit von Becker und Baum hielt ich es für angebracht, die Karten auf den Tisch zu legen und die Informationen von Jacques preiszugeben.

»Wahnsinn«, sagten fast alle Anwesenden unisono, als ich mit meiner Berichterstattung fertig war.

»Respekt, Herr Palzki«, meinte Sabine Baum. »Ich war aber auch nicht untätig.« Sie legte zwei Pläne auf den Tisch. »Hier sehen wir das Gelände der Erich-Putz-Anlage. Fast quadratisch und vier Hektar groß. In der Mitte steht ein Pavillon, darunter befindet sich der Brunnen.« Nun zeigte sie auf das nordöstliche Eck. »Hier befindet sich ein Nebengebäude, das vom Tierschutzverein als Lager genutzt wird. Daneben ist die Trafostation, die außer Betrieb sein soll. Der Rest der Anlage besteht aus zwei großen Wiesen und vielen Bäumen. Mit Ausnahme des Gittertores, durch das man den Pavillon erkennen kann, ist die Anlage von außen nicht einsehbar. Rundherum befindet sich ein hoher Zaun mit viel Buschwerk und Bäumen.«

»Warum der Zaun?«, fragte sich Jutta. »Das ist seltsam.«

»Nicht, wenn man die Hintergründe kennt«, antwortete Baum. »Auf dem Gelände leben neben Großtieren wie Rehe auch jede Menge Hasen, Fasane und so weiter. Der Zaun schützt die Felder ringsherum vor den Tieren.

Außerhalb des Geländes würden die Tiere zudem bejagt werden. Der Zaun ist also eine Tierschutzmaßnahme.«

»Wenn man's glaubt«, sagte ich zweifelnd.

»Das sollten wir herausfinden«, mischte sich Dietmar Becker ein.

»Wir?«

»Sie wollen uns doch zu dem jetzigen Zeitpunkt nicht ausschließen, Herr Palzki?«

Sabine Baum ging gar nicht darauf ein, sondern zeigte auf den zweiten Plan, der auf dem Tisch lag. »Das ist eine Querschnittskizze des Ranney-Brunnens.«

Da sich alle gleichzeitig über den sichtlich alten und vergilbten Plan beugten, kam es bei Gerhard und mir zu einem Zusammenstoß im Kopfbereich.

Unter dem Pavillon befand sich ein länglicher Raum. Von diesem ging ein Betonschacht senkrecht nach unten und hörte in einer Ebene auf, die im Plan mit Grundwasser bezeichnet war. Von hier aus streckten sich mehrere Rohre horizontal aus. Niemals hätte ich dieses komplexe Gebilde für einen Brunnen gehalten.

»Das Ranney-Verfahren wird eingesetzt, wenn es bodennahes Grundwasser gibt. In dem ehemaligen Altrheinarm waren dafür die Bedingungen ideal. Vor knapp 50 Jahren hat man den Brunnen bereits wieder stillgelegt. Die Anlage wurde allerdings nicht abgebaut. Nach Angaben der Leiterin des Tierschutzvereins, Frau Juriјiw, kommen aber monatlich Arbeiter der Stadtwerke und gehen nach unten zur Anlage.«

»Sie haben die Leiterin des Tierschutzvereins angerufen?«, fragte ich erbost.

Sabine Baum lächelte mich an. »Ohne den Anruf hätten wir die Informationen nicht«, konterte sie lapidar.

»Da ist etwas oberfaul«, sagte Gerhard. »Ein hoher Zaun, ein stillgelegter Brunnen, der häufig gewartet wird. Wir sollten uns das vor Ort anschauen.«

Dieser Meinung war ich ebenfalls. Nur die Größe der Besuchergruppe würde ich gerne rigoros beschneiden. Wir konnten dort schließlich nicht als eine Art Betriebsausflug auftauchen.

»Guten Morgen!«

Ein gut gelaunter Dienststellenleiter trat ein. »So sehe ich das gerne. Immer fleißig am Arbeiten, selbst am Samstag, genauso wie ich. Schließlich muss ich mich um die Pläne für das Diefenbach-Zentrum kümmern. Mit dieser Idee hatte ich wieder einmal einen guten Riecher. Das Gelände bei der *Currysau* war mir von Anfang an viel zu klein.«

KPD fixierte mich. »Gut, dass Sie ausnahmsweise mal so früh hier sind, Herr Palzki. Dann kann ich mit Ihnen die Präsentation zur elektronischen Akte durchgehen, die Sie nächste Woche halten werden. Ich hätte da ein paar kleine Änderungen, was meinen eigenen Anteil an dem Projekt betrifft. Ich als guter Chef muss da einfach mehr im Vordergrund stehen. Können Sie meinen Namen als Überschrift auf allen Folien übernehmen?«

Claus, der nach wie vor überzeugt war, dass dies seine Aufgabe sei, schaute mehr als verwirrt drein. Mir fiel nichts ein, wie ich mich aus dieser Bredouille wieder befreien konnte. Während ich einen Schweißausbruch erlitt, sprang Sabine Baum in die Bresche.

Sie stand auf und schüttelte KPD die Hand. »Schon erledigt, Herr Diefenbach. Deswegen bin ich eigentlich gekommen. Der Präsentationstermin nächste Woche hat sich erledigt. Ihr Mitarbeiter Herr Palzki hat es geschafft, in kürzester Zeit die elektronische Akte in Schifferstadt einzuführen, und das ohne Reibungsverluste. Die meisten Mitarbeiter haben das nicht einmal bemerkt. Der ganze Vorgang läuft unauffällig im Hintergrund ab. Ich denke, dass Herr Palzki dafür eine Belobigung erhalten wird.«

KPD ließ seine Nasenhaare vibrieren, während sein Riechkolben wie ein Hase zuckte. »Und ich? Bekomme ich keine Belobigung?«

Seine Sorgen möchte ich haben, dachte ich. Innerlich dankte ich meiner Retterin für die kurzfristige Hilfe. Spätestens nächste Woche würde das fragile Gebilde zusammenstürzen. Außer KPD und der Staatsanwaltschaft hatte ich ein weiteres selbst geschaffenes Problem: Claus, der langsam ahnte, was ich ihm eingebrockt hatte. Er wollte gerade aufbegehren, als KPD weitersprach.

»Ich bin stolz auf Sie, Herr Palzki. Ich werde gleich der Oberstaatsanwaltschaft einen Bericht schicken und von meinem Erfolg bei der Umsetzung berichten. Zum Dank haben Sie einen Wunsch frei, aber bitte nichts Unrealistisches wie Sonderurlaub oder Gehaltserhöhung.«

Völlig uneigennützig erwiderte ich schlagfertig. »Zwecks weiterer Leistungssteigerung unserer genialen Abteilung möchte ich Sie bitten, die Verwendung von Kaffeemaschinen wieder zuzulassen. Solch eine Maschine gehört einfach zum Handwerkszeug eines guten Kriminalbeamten dazu. Weiterhin möchte ich Sie bitten, unserem momentanen Kollegen Claus Endlich ein exzellentes Zeugnis auszustellen, damit er in Ludwigshafen die Karriereleiter erklimmen kann.«

Der zweite Teil meines Wunsches war besonders heikel, da Claus derjenige Beamte war, der KPD nach seinem Attentat in Worms nicht in den Polizeibus einsteigen ließ. Die Befürchtung war allerdings haltlos, KPD erkannte ihn nicht wieder.

»Einverstanden«, meinte KPD. »Ich kann mich gar nicht daran erinnern, Kaffeemaschinen verboten zu haben. Sei's drum, Ihr Wunsch, eigentlich sind es ja zwei, Herr Palzki, wird erfüllt. Herr Endlich, am besten ist es, Sie schreiben mir eine wohlformulierte Vorlage für Ihr Wunschzeugnis und ich unterschreibe es am Montag.«

Ich sonnte mich in der Gewissheit, bei meinen Kollegen als neuer Held zu gelten.

KPD hatte eine neugierige Frage. »Wo geht's denn heute hin?«

»Nach Edigheim«, antwortete ich unverfänglich. »Ein paar Dinge nachschauen.«

»Ah, Otincheim«, antwortete KPD.

Dieses Mal war nicht nur ich, sondern auch die anderen restlos verblüfft. Anscheinend wusste jeder auf dieser Welt, dass mit Otincheim Edigheim gemeint ist, nur meine Kollegen und ich bis gestern nicht.

Ich musste das Geheimnis lösen. »Woher kennen Sie diesen historischen Namen von Edigheim, Herr Diefenbach?«

»Das habe ich vor ein paar Tagen in einem alten Manuskript gelesen, das ich kürzlich ersteigert habe. Ich sammle alte Handschriften, wie Sie bestimmt wissen.«

Sabine Baum stand auf und sagte mit bebender Stimme. »Dürfte ich Ihre Sammlung bitte einmal sehen?«

KPD freute sich über das Interesse an seinem derzeitigen Hobby wie ein kleines Kind. »Selbstverständlich, kommen Sie gleich mit in mein Büro.«

Sabine Baum war beeindruckt, als wir KPDs Saal betraten. Stolz zeigte ihr KPD seinen Weinkeller, den er sich in einer als Blaue Grotte verkleideten Nische hatte einbauen lassen, und erklärte anschließend die Intarsien in seiner Schreibtischplatte.

Um zum Punkt zu kommen, deutete Sabine Baum auf die Bücherregale. »Und da drüben ist Ihre wertvolle Bibliothek, stimmt's?«

Mit herausgedrückter Brust stolzierte unser Chef zu den Regalen. »Das zeitgenössische Zeug, das vorher hier stand, habe ich einlagern lassen. Hier stehen nur noch handschriftliche Werke aus der Vorgutenbergzeit.«

Er suchte ein wenig, dann griff er ein ungebundenes Manuskript aus dem Regal. »Da ist es ja: von Walther von der Vogelweide selbst geschrieben. Ich persönlich finde seine Texte etwas wirr. Dass ausgerechnet bei Edigheim ein Schatz liegen soll, na ja, das ist wohl der damaligen dichterischen Freiheit geschuldet.«

Sabine Baum schluckte und schluckte vor Aufregung. Ich stand daneben und fand, wie meine Kollegen, keine Worte.

KPD reichte Sabine Baum den Text. Sie blätterte vorsichtig in den Seiten, bis ein Zettel in Form eines Lesezeichens herausfiel. Ich bückte mich und hob ihn auf. Eindeutig: Es war die gleiche Handschrift wie in den Anmerkungen von Arndt Gregorius, die ich besaß. »Das ist von Ihrem Stiefvater.«

»Stiefvater?«, fragte KPD.

Ich versuchte, ihn aufzuklären, ohne ihm zu verraten, dass sich ausgerechnet in seinem Büro der Originaltext des Nibelungenliedes befand. »Frau Baum sucht dieses Manuskript schon eine ganze Weile. Es gehört ihrem verstorbenen Stiefvater. Vermutlich hat er es versehentlich zum Altpapier gegeben. Nur so ist zu erklären, dass es bei einer Auktion versteigert wurde. Dieser Zettel bezeugt eindeutig, dass es sich um das gesuchte Werk handelt.«

Während KPD darüber grübelte, kam mir eine weitere These in den Sinn: Dr. Metzger hatte nach seinen Angaben ein paar Manuskripte kopiert, vermutlich auch diesen Text. Das würde die Verbindung zu Wotan und den 5 Pfälzern erklären helfen.

Sabine Baum gab KPD das Manuskript zurück. »Dürfte ich mir das bei Gelegenheit kopieren? Es hängen viele Erinnerungen daran.«

»Wissen Sie was?« Unser Chef hatte eine Idee. »Veranlassen Sie doch, dass ich in die Belobigungen zum Projekt der elektronischen Akte eingebunden werde. Sie können sagen, dass ich das alleinverantwortlich zur allervollsten Zufriedenheit gemanagt habe. Als Dank schenke ich Ihnen den Text. Die Gedichte haben mir sowieso nicht gefallen. Ich habe schon überlegt, ob ich das Manuskript entsorgen soll. Das braucht eigentlich kein Mensch. Aber wenn Ihr Herz so dran hängt, ist das selbstverständlich etwas anderes …«

Sabine Baum strahlte. »Das werde ich gerne tun«, sagte sie. »Wir sehen uns am Montag, Herr Diefenbach.«

Das könnte meine Rettung sein, dachte ich mit einem gemeinen Grinsen. Zuerst wird der Staatsanwaltschaft suggeriert, dass KPD ganz allein das Projekt gestemmt hat und wenig später kommt heraus, dass es bisher gar nicht eingeführt ist. Das würde bei meinem Chef für ein finales Fiasko sorgen.

KPD verabschiedete sich, da er wichtige Dinge tun

und Entscheidungen treffen musste. Zurück in Juttas Büro fiel mehrfach Beckers gestriges Lieblingswort »unglaublich«.

»Die Geschichte kann ich nicht einmal in einem Krimi verarbeiten«, meinte der Student. »Das glaubt mir kein Mensch.«

Ich platzte schier vor Lachen. »Denken Sie, die Leute glauben auch nur einen einzigen Satz in Ihren kruden Geschichten? Sie könnten genauso gut schreiben, dass Ihr Kommissar auf den Mond fliegt. Das wäre nicht weniger und nicht mehr glaubwürdiger als alles, was Sie bisher geschrieben haben.«

»Hört auf, euch zu streiten.« Jutta sprach ein Machtwort. »Wir sollten uns den Ranney-Brunnen anschauen, bevor morgen, spätestens übermorgen der Graben untersucht wird, wo dieser Wotan erschossen wurde.

»Okay«, sagte ich. »Gerhard und ich fahren los.«

»Ich komme mit«, ergänzten Sabine Baum und Dietmar Becker gleichzeitig im Chor.

Der Student könnte ausnahmsweise hilfreich sein, dachte ich, falls wir altes Zeug finden. Er hatte in diesen Dingen mehr Ahnung als wir. Den Wunsch von Gregorius' Stieftochter konnte ich ebenfalls nicht ablehnen. Bei uns in der Gruppe war sie wenigstens unter Kontrolle. Wer wusste schon, was sie anstellen würde, wenn sie auf eigene Faust loszog.

»Wir bleiben per Handy mit euch in Kontakt«, sagte Gerhard zu Jutta und Claus. Zu Jutta gewandt ergänzte er: »Du kannst in der Zwischenzeit die neue Kaffeemaschine auspacken, die im Schrank steht.«

»Ja, ja, mein heldenhafter Einsatz«, sagte ich in Richtung meiner Kollegen.

»Äh, Reiner, bevor du losfahrscht, kenne mer uns korz iwwer die elektronisch Akte unnerhalte?«

»Jetzt nicht, Claus. Wir müssen weg. Schreib in der Zwischenzeit schon mal dein Zeugnis.«

# KAPITEL 23
# IM UNTERGRUND

Um eine gewisse Unauffälligkeit für unser Tun auszustrahlen, fuhr Gerhard nicht den bekannten Weg über den Zinkig, sondern aus Frankenthal kommend diverse Schleich- und Feldwege. Ein gutes Stück hinter der Erich-Putz-Anlage hielt er auf dem freien Feld an.

»Wenn irgendwo jemand mit einem Fernglas sitzt, hat er uns sowieso längst entdeckt.«

»Dieses Risiko würde ich als gering bewerten«, meinte Sabine Baum. »Wir befinden uns auf der Westseite. Wenn jemand hier ist, wird er eher die andere Seite beobachten, die zum Graben mit der Baustelle zeigt.«

»Klettern wir drüber?«, fragte Becker, als wir vor dem zwei Meter hohen Drahtzaun standen.

Gerhard grinste blöd. »Von mir aus gern. Nur müssen wir dann meinen unsportlichen Kollegen draußen lassen.«

Wütend und persönlich betroffen hängte ich meine Einsatztasche über die Schulter und begann, den Zaun zu erklimmen, was wegen der Beweglichkeit des Drahtgeflechts knapp scheiterte. Ich sprang aus der bereits erklommenen Höhe von 50 Zentimetern ab.

»Der Zaun ist nicht stabil genug«, behauptete ich tapfer. »Nicht, dass wir uns verletzen. Besser ist, wir schneiden unten einen Durchschlupf frei.«

Während Gerhard nahe dran war, sich einzunässen, blickte Becker peinlich berührt zu Boden. Sabine Baum dagegen griff kommentarlos in ihre Tasche und zog einen Seitenschneider hervor. Führte die Frau einen kompletten Werkzeugkasten mit sich?

Sie bückte sich und ruckzuck hatte sie eine Öffnung freigelegt. Nachdem wir durchgeschlüpft waren, holte sie zu unserer Verwunderung Kabelbinder aus der Tasche und verschloss den Zaun. »Ich bin Tierliebhaberin und will nicht, dass die Tiere abhauen und der böse Jäger kommt.«

»Tiere? Was ist, wenn das Gelände bewacht ist und Hunde frei herumlaufen?« Ängstlich blickte ich mich um.

»Meinst du den Braunbären hinter dir?«, fragte Gerhard und schaute erschrocken.

Ich fiel auf seine Finte nicht herein. »Im Ernst, ist mein Gedanke so abwegig?«

»Ja«, antwortete Gerhard. »Hier leben Rehe, Fasane, Hasen und was weiß ich noch. Ich denke, es ist auszuschließen, dass Jagdhunde rumlaufen.«

»Los jetzt!« Dietmar Becker vergriff sich eindeutig im Ton, was an seiner Aufgeregtheit liegen konnte. Wir folgten ihm durchs Unterholz.

»Wo wollen Sie hin?«, fragte ich ihn.

Becker drehte sich um. »Zum Pavillon, natürlich.«

»Das ist eine ganz schlechte Idee«, kritisierte ich. »Sie haben doch die Pläne gesehen. Der Pavillon steht mitten in der Anlage. Da können Sie gleich eine Leuchtrakete abschießen und ›Hallo, hier sind wir‹ rufen.«

Sabine Baum grinste und ich gab die Richtung vor: »Zuerst gehen wir zu dem Nebengebäude, da können wir am Zaun entlangschleichen, ohne dass uns jemand sieht.«

Grundsätzlich gesehen war mein Vorschlag richtig. Die praktische Umsetzung ließ ein wenig zu wünschen übrig. Das Gestrüpp war für Zweibeiner nur schwer zu bändigen. Gerhard trat in einen unappetitlichen Haufen tierischen Ursprungs. »Scheiße«, rief er viel zu laut. Mit einem Päckchen Taschentücher, das unsere weibliche Begleiterin aus ihrer Tasche zauberte, konnte er das Gröbste beseitigen.

Mit zerkratzten Händen erreichten wir schließlich das nordöstliche Eck der Anlage: ein älteres, fast quadratisches Gebäude und eine garagengroße Trafostation. Daneben befand sich eine zweite Zufahrt zu der Anlage, die durch ein breites Tor verschlossen war.

»Anscheinend keiner da«, sagte Gerhard und trat aus dem schützenden Gebüsch heraus. Nachdem sich auch jetzt niemand meldete, wurden wir etwas sicherer und begannen, das Umfeld der Gebäude grob abzusuchen. Gerhard hatte den richtigen Riecher. Mit einem leisen Pfiff macht er uns auf sich aufmerksam. Er stand unter dem größten Baum in diesem Bereich, der nicht nur beträchtlich hoch, sondern wegen seiner vielfältigen Verästelungen fast genauso breit war. Mein Kollege zeigte auf den Boden.

»Patronenhülsen«, sagte er. »Zwei Stück. Einem Profi wäre das nicht passiert.«

»Oder er hatte Zeitdruck.«

Gerhard nickte anerkennend. »Da oben saß Wotans Mörder.«

Mein Kollege fotografierte ein paar Schuhabdrücke neben dem Baumstamm, die im Moos deutlich zu erkennen waren.

»Wenn ich meinen Detektivkasten dabeihätte, könnte ich die Schuhgröße bestimmen«, meinte der Student, während wir mit den Augen rollten.

Wir verzichteten darauf, das Gelände komplett zu umrunden, und schlichen durch die ungemähte Wiese zum Pavillon. Der einstöckige Rundbau war etwa drei Meter hoch und sah mit seinem mittig aufgesetzten Minitürmchen sowie den Pfeilern, die den Pavillon optisch in Segmente unterteilten, aus wie eine Hochzeitstorte.

Um mal wieder einen Beitrag zu leisten, ließ ich mir von Gerhard das Open-All geben und öffnete mit Leichtigkeit die Tür des Pavillons. Sosehr wir uns umschauten, wir schienen die einzigen Menschen in der Anlage zu sein.

Von innen wirkte der Pavillon viel größer als von außen. Es gab nur einen einzigen, kreisrunden Raum, und selbst zum mittig aufgesetzten Minitürmchen gab es keine Trennwand. An den Seiten stapelten sich alte Stühle und weiteres Mobiliar, das schon bessere Zeiten gesehen hatte. Beeindruckend war die Krananlage, die zentral im Pavillon installiert war.

»Einen Kran in einem Gebäude?«, dachte Dietmar Becker laut nach. »Was will man damit hochheben und vor allem, wohin?«

Zugegeben, im ersten Moment hatte ich das Gleiche gedacht. Doch sofort war mir die Lösung klar. Direkt unter dem Kran lag ein kreisrunder Teppich von fünf Metern Durchmesser. Ich lupfte den Teppich und wir blickten auf mehrere Stahlplatten, die im Boden eingelassen waren.

»Dort unten ist der Brunnen«, erklärte ich Becker und den anderen, die das sicherlich ebenfalls vermuteten. »Mit dem Kran hat man die Pumpe und die Rohre in den Boden gelassen oder im Reparaturfall wieder hochgeholt.«

Sabine Baum bückte sich und untersuchte eine der Stahlplatten. »Da brauche ich Stunden, um die verrosteten Schrauben zu lösen«, jammerte sie. »Da kommen wir nur mit schwerem Gerät weiter. Vielleicht können wir den Kran als Ramme nutzen?«

Während die anderen um die Stahlplatten herumstanden und diskutierten, schaute ich mir den Rest des Pavillons an.

»Warum so brutal, Frau Baum?«, fragte ich nach nicht mal einer Minute. »Es geht auch anders. Sie sind selbst darübergelaufen.«

Sichtlich durcheinander stand sie auf. »Was meinen Sie damit, Herr Palzki?« Dann entdeckte sie, dass ich auf einem Gitterboden stand, der direkt vor dem Ausgang im Boden eingelassen war.

»Der Zugang für die Monteure«, frohlockte sie. »Dass ich das nicht gleich gesehen habe.«

Gerhard und Sabine Baum hoben das Gitter auf und stellten es zur Seite.

»Da geht eine Steigleiter nach unten«, sagte sie. »Und da ist ein Lichtschalter.«

Bevor wir nach unten stiegen, liefen wir eine Runde an den Fenstern entlang, durch die wir das komplette Gelände, zumindest bis zu den Bäumen und Büschen, überblicken konnten. Zu unserer Sicherheit schloss ich den Pavillon von innen ab.

Kurz darauf standen wir in einem länglichen Raum, in dem viele Rohre unterschiedlichster Dicke verliefen.

»Da ist die Pumpe drin«, behauptete Gerhard und zeigte auf einen riesigen Kasten. »Das Herzstück der Anlage. Habe ich auf dem Plan gesehen.«

Wir entdeckten das Loch fast gleichzeitig. Ein Schaltschrank war zur Seite gerückt worden, was man eindeutig an den Schleifspuren auf dem Boden erkennen konnte. In der Wand mündete ein Stollen. Kein ingenieurmäßig gebauter Stollen, sondern eher ein wild herausgehauenes Loch in der Wand, in das nur Zwerge aufrecht hineinsteigen konnten. Sabine Baum zog eine Taschenlampe aus ihrer Tasche und leuchtete hinein. »Wow, ich kann nicht einmal das Ende erkennen.«

»Das Ende ist nah!«, schrie eine tiefe Stimme hinter uns. Wir hatten uns wie kleine Kinder überraschen lassen.

Die Mündung der Waffe ließ keine Zweifel darüber, wie der Vermummte uns gegenüber eingestellt war.

»So nah und doch gescheitert!«, schrie der Mann. »Dass Sie so schnell auftauchen, hätte ich nicht vermutet, Herr Palzki.« Er drehte sich zu Sabine Baum. »Ihre Tasche bitte«, sagte er zu ihr. »Ach ja, die Waffe von Herrn Steinbeißer hätte ich ebenfalls gerne.«

Gerhard blieb nichts anderes übrig, als sich selbst zu entwaffnen. Der Vermummte nahm sie auf, nachdem Gerhard sie auf dem Boden zu ihm hinschlittern gelassen hatte. Die Tasche von Frau Baum folgte auf dem gleichen Weg.

»Schauen Sie nicht so zornig«, sagte er zu ihr. »Man muss auch verlieren können. Sieh an.« Er zog aus ihrer Tasche eine weitere Waffe, von der wir bisher nichts wussten.

»Oh, wie praktisch«, meinte er verblüfft und nahm die Kabelbinder aus Baums Tasche. Er warf sie ihr zu. »Keine Karatetricks bitte. Wären Sie so nett, ihre männlichen Begleiter an die Rohre zu binden? Männer reagieren meist so aggressiv.« Er lachte über seinen dummen Witz.

Ich sah keine Möglichkeit, den Kerl zu überwältigen. Der Vermummte stand für einen Überraschungsangriff viel zu weit weg. Hinter ihm ging die Steigleiter nach oben, ansonsten gab es nur den unbekannten Stollen. Während Sabine Baum uns ankettete, sah er ihr genau zu. Zum Schluss musste sie sich selbst anbinden, was gar nicht so einfach war. Als der Vermummte sicher war, dass von uns keine Gegenwehr mehr zu erwarten war, kam er näher und prüfte unsere Handfesseln. Sabine Baum, die auf einen Fehler hoffte, wurde enttäuscht. Er band ihre zweite Hand fest.

»Ich bin ja kein Unmensch«, meinte er nach getaner Arbeit. »Wenn Sie brav sind, werde ich Sie später vielleicht freilassen. Aber zuerst muss ich den Schatz bergen, bevor die Bullen am Montag den zweiten Zugang in der Baustelle freilegen.«

Meine Gedanken rotierten. War dies wirklich der Onkel dieser Pflegerin? Ich war bis eben davon ausgegangen, dass Sabine Baum eine gewichtige Rolle in der Geschichte spielte. Als Komplizin des Täters schied sie nun aus, da sie selbst gefesselt war. Oder war das eine Finte, um ihre Tarnung aufrechtzuerhalten? Egal, ich musste den letzten Grashalm aufgreifen.

»Warum so eilig, Herr Minack?«, sprach ich unseren Peiniger an. Dieser erstarrte in seiner Bewegung, blieb aber stumm.

»Sind Sie überrascht, dass ich weiß, wer Sie sind? Sie enttäuschen meine Kollegen und mich. Wir Schifferstadter haben bisher jeden Fall gelöst.« Ich machte eine kurze rhetorische Pause, um ihn nicht zu sehr unter Druck zu setzen. »Ihre Nichte Miranda Mühler war die Spur, die zu Ihnen geführt hat.«

Jetzt kam Bewegung in ihn. Wütend riss sich der Wormser Kripobeamte die Kapuze vom Kopf. »Diese Schlampe ist selbst schuld daran, dass sie sterben musste. Sie hat beinahe alles versemmelt mit ihren ständigen Überreaktionen. Würde dieser Gregorius noch leben, hätte sich kein Schwein für den Überfall interessiert.«

»Den Sie begangen haben«, warf ich ein.

»Sie sind ein schlaues Kerlchen, Palzki«, antwortete er sarkastisch. »Schade, dass die Dienststelle in Schifferstadt in Zukunft auf Sie verzichten muss.«

Ich ignorierte seinen Satz und versuchte, das Gespräch am Laufen zu halten. »Als Ihre Nichte den alten Hauenstock ins Koma befördert hatte, musste Ihnen klar sein, dass sie ein Risiko für Sie darstellt.«

Minack spuckte verächtlich auf den Boden. »Ich hätte Sie umbringen können, als ich davon hörte. Und dann war sie so dumm, nur die Hälfte der Kopien mitzubringen. Alles unbrauchbares Material.« Er spuckte ein zweites Mal. »Für dieses Fehlverhalten habe ich sie mir kräftig zur Brust genommen.« Er lachte höhnisch. »Danach wollte sie zur Polizei gehen, da musste ich einen Schlussstrich ziehen. Blöd war, dass ihre Leiche so schnell gefunden wurde.«

Die Kabelbinder scheuerten schmerzhaft an meinen Handgelenken.

»Daher der Überfall auf Frau Baum und mich in Gregorius' Haus«, führte ich die Geschichte weiter.

»Miranda hatte mir erzählt, dass dort das Original liegen soll. Wir hatten die Wohnung bei der offiziellen Durchsuchung zwar gründlich auf den Kopf gestellt, auf die Idee mit dem Tisch hat mich aber erst meine Nichte gebracht.«

Er fixierte abwechselnd Sabine Baum und mich. »Dass ich dort ausgerechnet auf Sie beide traf, war keine richtige Überraschung mehr. Endlich war ich im Besitz des kompletten Textes.«

Eine kleine Provokation konnte ich mir nicht verkneifen. »Die handschriftlichen Anmerkungen von Arndt Gregorius haben Sie allerdings auf dem Tisch liegen lassen. Die sind auf unserer Dienststelle sehr gut aufgehoben.«

Man sah förmlich, wie Minack ein Licht aufging. »Ach, deshalb sind Sie alle hier! Ich habe mich bereits gewundert, wie Sie so schnell auf die Lösung gekommen sind. Nicht genug, dass mir fast im letzten Moment diese seltsame Truppe mit dem Zwerg und den skurrilen Typen in die Quere gekommen ist.«

»Auch dieses Problem haben Sie mit Bravour gelöst. Wir haben die Patronenhülsen gefunden.«

»Ich hatte es leider eilig«, entgegnete Minack mit einem bösen Blick. »Ich war im Dienst und musste wenigstens ab und zu mal für die Kollegen erreichbar sein.«

Minack kam näher und blickte mir auf den Kopf. »Sie sind sehr zäh, Herr Palzki. Eigentlich hätte Sie die Autobombe in Haßloch bereits zerfetzen sollen. Es war leicht für mich als Polizeibeamter, Sie offiziell beschatten zu lassen. Dadurch war ich jederzeit über Ihre Aktivitäten im Bilde.« Er wandte sich Sabine Baum zu. »Ihr Leben haben Sie Herrn Palzki zu verdanken. Der Gruß mit der Waschbetonplatte kam von mir.« Er lachte wie ein Irrer. »Allzu viele Lebensstunden haben Sie dadurch allerdings nicht gewonnen.«

»Und warum das alles?« Ich versuchte, ihn weiter zu provozieren. »Der tödliche Speerwurf in Worms geht auch auf Ihre Rechnung, stimmt's?«

»Gabriele war selbst schuld. Sie hatte mir von dem Fund ihres Vaters erzählt, weil sie wusste, dass mich der Nibelungenschatz fasziniert und ich seit meiner Jugend hinter ihm her bin. Nachdem sie mir freiwillig keine Kopien machte, habe ich sie erpresst. Die dumme Kuh wollte zur Polizei gehen. Es wäre alles aufgeflogen und der Fund wäre an die Öffentlichkeit gelangt. Ich wollte und will den Schatz der Nibelungen aber für mich alleine haben! Ist das so schwer zu verstehen? An dem Tag waren wir beide als Statisten eingeteilt, ich hatte dienstfrei. Es war eine spontane Entscheidung von mir, Gabriele zu beseitigen. Damit habe ich zwar dank meiner Nichte eine Lawine losgetreten, letztendlich hat das aber zum Ziel geführt.«

Sebastian Minack zeigte in Richtung Stolleneingang. »Irgendjemand muss vor Jahren den Zugang gefunden und ihn durch den Schrank verborgen haben. Allerdings hörte der Stollen nach ein paar Metern auf. Derjenige, der ihn damals fand, wusste offensichtlich nicht weiter. Erst ich habe den Trick herausgefunden, wie man in den Rest des Stollens gelangt.« Er geriet ins Schwärmen. »Der Gang führt bis zur Baustelle drüben im Mittelgraben. Es ist ein ganzes Gangsystem mit jeder Menge Querstollen. Heute Morgen habe ich die Tür gefunden, hinter der der Schatz der Nibelungen liegt. Durch eine kleine Öffnung sah ich das Gold funkeln. Nur noch wenige Minuten und es ist geschafft.«

Er richtete die Waffe auf uns. »Schade für euch, dass ich den Schatz alleine besitzen will. Keine Angst, niemand wird gequält, ich bin ein guter Schütze. Ein Kammerschuss für jeden, das garantiere ich.«

Erneut lachte er wie ein Geisteskranker.

»Okay, eine kleine Gnadenfrist habt ihr noch. Ich werde euch das erste Gold zeigen, das ich gleich hier rausholen werde. Aber dann …«

Er schnappte sich seinen Rucksack, den er zu Beginn auf den Boden gestellt hatte, und kroch frech grinsend in den Stollen.

»Und jetzt?«, flüsterte ich den anderen zu. »Hat jemand ein Messer dabei?«

»Ich«, antwortete Becker. »Leider komme ich nicht dran.«

Unser Manko war, dass alle unsere Hände an irgendwelchen Rohren angebunden waren. Nur unsere Beine konnten wir in engem Radius frei bewegen.

Während wir über Rettungsmöglichkeiten diskutierten, hörten wir Geräusche, die unzweifelhaft von oben aus dem Pavillon kamen. Wir konnten nichts tun, als abzuwarten. Sollten wir um Hilfe rufen? Würde das Minack hören?

Die Frage erübrigte sich, als wir ein paar Beine sahen, die die Leiter zu uns hinabstiegen.

»Was issen mit eich los?«, fragte Claus Endlich, der eine Waffe in der Hand trug.

Freund oder Feind, dachte ich. Heute Morgen auf der Dienststelle hatte ich Claus in Verdacht. Zu abwegig war das von ihm vorgebrachte Argument, dass Minack der Onkel von Miranda Mühler sei. Gleichzeitig kam mir in den Sinn, dass er in den letzten Tagen jederzeit den Stand der Ermittlungen kannte und meist wusste, wo ich mich aufhielt. Nachdem sich Minack tatsächlich als Mörder herausgestellt hatte, wusste ich nicht, wie ich Claus beurteilen sollte.

Claus hatte die Kabelbinder entdeckt. »Wer hotten des gemacht?«

»Minack«, sagte Gerhard. »Komm, binde uns los, aber sei ein bisschen leise, damit er uns nicht hört.«

Er hatte den Eingang des Stollens entdeckt. »Isser do drin?«

Wir nickten. Claus steckte die Waffe weg und zog ein Messer aus der Tasche.

»Wie kommst du hierher?«, fragte ich ihn, als ich an der Reihe war.

»Die Jutta hot mich hergschickt, weil dem Gerhard soi Handy net tut.«

Gerhard, der bereits befreit war, knallte sich seine Pranke an die Stirn. »Ich Idiot! Ich habe das Handy ausgeschaltet, als wir in die Anlage rein sind. An Jutta habe ich nicht gedacht.«

»Das hat uns wahrscheinlich das Leben gerettet«, sagte ich erleichtert zu meinem Kollegen.

Ein Schuss durchdrang die aufgelöste Stimmung. Da der Raum vollgestopft mit Rohren war, flog der Querschläger unberechenbar im Raum herum, bevor er irgendwo einschlug. Ein zweiter Schuss folgte.

»Hände hoch«, schrie Minacks Stimme dumpf aus dem Stollen.

Eine Flucht war wenig erfolgversprechend, da sich die Steigleiter direkt gegenüber der Stollenmündung befand. Minack hatte freies Schussfeld.

Claus war von uns der Einzige mit Waffe, was nicht weiterhalf. Es wäre Selbstmord gewesen, in den Stollen zu schauen.

Fieberhaft durchsuchte Sabine Baum ihre Tasche, um etwas Brauchbares zu finden. Ich tat es ihr nach und zog ausgerechnet Pauls Flöte aus meiner Tasche. Dietmar Becker und Gerhard starrten mich aus ihrer Deckung heraus an.

Jemand musste handeln, in wenigen Sekunden würde Minack aus dem Stollen heraustreten. Ich schnappte die Flöte und blies mit aller Kraft hinein.

Das Ergebnis war noch infernalischer als Pauls Versuch bei uns im Wohnzimmer. Der Hall, der dem unbeschreiblichen Pfeifgeräusch folgte, war nicht von dieser Welt. Es war schlimmer als die Posaunen von Jericho. Mein Kopf war nur eine Winzigkeit davor, zu platzen. Dietmar Becker wurde kurzzeitig ohnmächtig, die beiden anderen hielten sich schmerzverzerrt ihre Ohren zu. Ein Donnergrollen begann und verstärkte sich zusehends: Der Stollen brach zusammen. Staub wirbelte auf und machte die Orientierung in dem Pumpenraum fast unmöglich. Ich ließ die Flöte fallen und rannte in Richtung Leiter. Die anderen vier hatten die gleiche Idee. Ungeordnet und panisch verkeilten wir uns ineinander, bis wir uns halbwegs unter Kontrolle hatten. Mit blauen Flecken übersät kamen wir im Pavillon an. Claus hatte die Tür offen stehen lassen und im Nu standen wir staubüberdeckt im Freien. Während wir tief durchschnauften, schaute ich uns an: Wir sahen aus wie Deppen.

ENDE

# EPILOG

Wieder einmal liegt ein Abenteuer hinter uns, das nur knapp zu unseren Gunsten entschieden wurde. Es ist zwar erst ein paar Tage her, inzwischen weiß man aber, dass die Stollenanlage römisch ist und der benachbarte Edigheimer Hafen wohl größer war, als Historiker bisher vermuteten. Die Leiche Minacks konnte bisher nicht geborgen werden: Gutachter hatten den Pavillon für baufällig erklärt und den Zugang zur Pumpe unterbinden lassen. Auch die Baustelle ruhte. Dutzende, meist selbst ernannte Experten traten dieser Tage in Funk und Fernsehen auf und behaupteten, schon immer davon überzeugt gewesen zu sein, dass gerade an dieser Stelle der Nibelungenschatz liegt. Ob das tatsächlich so ist, wird nicht so leicht zu klären sein. Die Gemeinden Frankenthal und Ludwigshafen streiten sich darüber, wie der Schatz der Nibelungen zu bergen ist, da der mutmaßliche Ort direkt unter der Gemarkungsgrenze liegt. Neben diesem kommunalen Kompetenzgerangel gab es unbeeindruckte Landwirte, die sich ein Begehen ihrer Felder verbaten. Selbst wenn sich der Schatz just unter ihrem Acker befinden sollte, wären sie nicht der Eigentümer. Außer einem Ernteverlust hätten sie nichts von einer Grabung.

Sabine Baums Geschichte hat sich als Wahrheit herausgestellt. Auch die Hopfenstory mit Dietmar Becker, der sie unter dem Namen Schmitz kannte, war richtig. Bevor sie wieder zurück an ihre Dienststelle ging, hat sie das Originalmanuskript des Nibelungenliedes einem Museum geschenkt. Vermutlich wird es in einem oder zwei Jahren der Öffentlichkeit zugänglich gemacht.

Claus Endlich hat es geschafft: Er hat einen ruhigen Schreibtischposten im Ludwigshafener Präsidium angetreten. Wenn wir mal ein paar illegale Infos bräuchten, sollten wir bei ihm anrufen, sagte er bei der Verabschiedung zum Dank. Schließlich wären die Ludwigshafener längst an der elektronischen Akte angeschlossen. Mein Schifferstadter Problem mit dem Aktenprojekt hatte Sabine Baum aus der Welt geschafft, auch wenn sie mir nicht sagte, wie ihr das gelungen ist.

Jacques geht es wieder gut. Ich habe ihn besucht und von den abgeschlossenen Ermittlungen berichtet. Ein bisschen Wehmut hatte er schon, das nächste Mal will er unbedingt wieder mit dabei sein. Nach dem Besuch sind mir auf der Straße erstaunlich viele Mücken aufgefallen.

Von Dr. Metzger und den 5 Pfälzern habe ich nichts mehr gehört. Ich bin mir sicher, dass dies nicht so bleiben wird.

KPD ist einer der oben genannten selbst ernannten Nibelungenexperten und daher zurzeit ständig unterwegs, um seine kruden Weisheiten unter das Volk zu bringen. Wie sich das Diefenbach-Zentrum entwickeln wird, bleibt abzuwarten.

Nach langem Drängen meiner Frau muss ich heute Abend das finale Gespräch mit Melanie suchen, um sie von ihrem Mainz-Besuch abzubringen. Ich habe keine Ahnung, was heute noch passiert.

Die *Currysau* ist gerettet, und das ist schließlich das Wichtigste, oder?

# DANKSAGUNG

Auch für diesen Roman hatte ich sehr viele freundliche Helfer, die mir mit Rat und Tat zur Seite standen. Ich durfte wieder viel lernen und mein gesundes Achtelwissen an Allgemeinbildung ein wenig vergrößern. Das Nibelungenthema war insofern reizvoll, da uns die Sage nicht nur im rheinhessischen Worms, sondern an ganz vielen Orten in der Kurpfalz begegnet. Den historischen Wurzeln und den unterschiedlichsten Thesen zu folgen, war sehr reizvoll. Mehr als einmal war ich der Meinung, tatsächlich bisher unbekannte Details beziehungsweise Querverbindungen zum Nibelungenlied entdeckt zu haben. Und wer weiß, vielleicht liege ich mit der These, dass der Schatz auf den Gemarkungen Frankenthal und Edigheim beziehungsweise Ludwigshafen liegt, richtig. Die Hinweise im Roman, fast alle sind übrigens authentisch und können gerne überprüft werden, sprechen eigentlich Bände.

Danken möchte ich Bernd Wittmann und Charly Endres, die mit ihrer Erfindung der »5 Pfälzer« skurrile Gestalten erfunden haben. Unter www.5pfaelzer.de finden Sie Näheres. Die Abenteuer der 5 Pfälzer finden Sie ganz leicht auf Youtube. Bis zum Erscheinen dieses Romans soll die im vorliegenden Buch enthaltene Episode als Audiodatei in leicht veränderter Form erschienen sein.

Dieses Mal habe ich mir einen kleinen Traum verwirklicht und die Speyerer *Currysau*, die ich seit 1977 kenne und schätze, in einer größeren Nebengeschichte integriert. Vielen Dank an den Inhaber Robert Schmidt (der Herr der Würste) und seinen Bruder Jürgen (der Praktikant). Selbstverständlich gibt es den elf Zentimeter großen *Palzki-Burger* tatsächlich. Auf Wunsch mit Besteck. Lassen Sie sich ihn bei einem Besuch in Speyer einfach mal schmecken.

Der Geschäftsführer Ansgar Schmitt mit seiner »Fabrik« Klaer Fensterbau ist nach *Künstlerpech* bereits zum zweiten Mal dabei. Natürlich hat die Schießerei in seiner Halle in der Realität niemals stattgefunden. Obwohl, bei Ansgar bin ich mir da gar nicht so sicher …

Marco Fraleoni, Geschäftsführer der Peregrinus GmbH, kann man schon als Dauergast beschreiben. Sein Alter Ego Marco Fratelli erblickte im Band *Pilgerspuren* das Licht des Palzkiversums und seitdem sind keine Enthüllungen, sondern Verhüllungen sein Leben.

Den Handlungsort des Showdowns haben Sie einem Palzki-Fan zu verdanken. Nach einer Lesung in der Stadtbücherei Frankenthal erzählte ich, dass ich dabei bin, einen Nibelungenpalzki zu schreiben und ich gerne Anregungen mitnehme, wo denn dieser Schatz liegen könnte. Gunter Engler, der im Roman mit Echtnamen auftritt, war mit seiner Frau anwesend und erklärte mir, warum nur die Orte, wie sie im Showdown beschrieben sind, infrage kommen. Seine Beweiskette war lückenlos und absolut glaubwürdig. Ich traf mich mit ihm an einem Samstag und wir fuhren alle diese Orte ab. Herr Engler war mit historischen Büchern und Landkarten bewaffnet (die Karte im Anhang haben Sie ihm zu verdanken) und hatte sich sogar mit einem Museumsbesuch vorbereitet. Das nenne ich mal Einsatz! Sie sehen, auch Palzki-Fans können mitschreiben und die Handlungen beeinflussen.

Die Erich-Putz-Anlage zwischen Edigheim und Frankenthal ist genau so, wie im Roman beschrieben. Simone Jurijiw vom Tierschutzverein Frankenthal führte mich durch die Anlage.

Mein Dank gilt auch den Stadtwerken Frankenthal, die mir meine Fragen beantwortet haben und sogar historisches Material wie einen Plan des Ranney-Brunnens beigelegt haben.

Kriminalhauptkommissar Kai »Palzkai« Giertzsch, stellvertretender Dienststellenleiter der Polizeiinspektion Schifferstadt, quasi das lebende Pendant zu Palzki, hat auch dieses Mal wieder mit Rat und Tat mitgeholfen.

Zum Schluss auch einen herzlichen Dank an Claudia Senghaas und das Gmeiner-Team: Ohne euch würde Palzki niemals so erfolgereich sein!

Weitere Informationen unter www.palzki.de

Übrigens, Palzki twittert: #reinerpalzki

Wollen Sie regelmäßig Neuigkeiten aus dem Palzkiversum? Bestellen Sie sich den Newsletter unter www.newsletter.palzki.de

# GLOSSAR

Reiner Palzki – Kriminalhauptkommissar
Stefanie Palzki – seine Frau und die Kinder Paul, Melanie, Lisa, Lars
Frau und Herr Ackermann – Palzkis Nachbarn
Jacques Bosco – Erfinder und Freund Palzkis
Klaus P. Diefenbach (KPD) – Palzkis Chef
Jutta Wagner, Gerhard Steinbeißer – Palzkis Kollegen
Dietmar Becker – krimischreibender Student
Dr. Matthias Metzger – Notarzt
Claus Endlich – Temporärer Kollege Palzkis
Sebastian Minack – Wormser Kripobeamter
Arndt Gregorius – Buchwissenschaftler
Gabriele Gregorius – Lehrerin
Sabine Baum – Managerin
Waldemar Bückling – Nachbar von Arndt Gregorius
Benedikt Hauenstock – Wissenschaftler aus Viernheim
Miranda Mühler – Pflegerin bei Hauenstocks
Dr. Bauer-Görli – Leiterin Projekt Erkenbertruine Frankenthal
Gunter Engler – Einwohner Edigheim
Marco Fratelli – Geschäftsführer Peregrinus GmbH
Die 5 Pfälzer – Haßloch

# HISTORISCHE LANDKARTE – AUSSCHNITT

[SIEHE SEITE 334]

Historische Landkarte alter Flussläufe von Rhein und Neckar vom 6. Jahrhundert bis 1850, von Speyer und Heidelberg bis Worms

Quelle: Wikipedia

WORMS
Rosengarten
Nied. Silsheim
Heppenheim
Wiesoppenheim
Bobenheim
Scharren
Petersau
Dirmstein
Alte Rhein Bucht
Lamersheim
Hessheim
Gerolsheim
FRANKENTHAL
Edigheim
Oppau
Lamsheim
Bucht
Freinsheim
OGGERSHEIM
Maxdorf
Erpolsheim
Ellerstadt
Mundenheim
Mutterstadt
Schauernheim
Dunstatt
HOCH-RHEIN
S P I R A C H
G O U W E
W O R M S F E L T
Neuhofen
Rehhütte
Waldsee
Schifferstadt
Hasloch
Igelheim
Rhein
Bucht
Rehbach
Ringelberg
Otterstadt
Sandhügel
Hochufer
35'
30'
25'

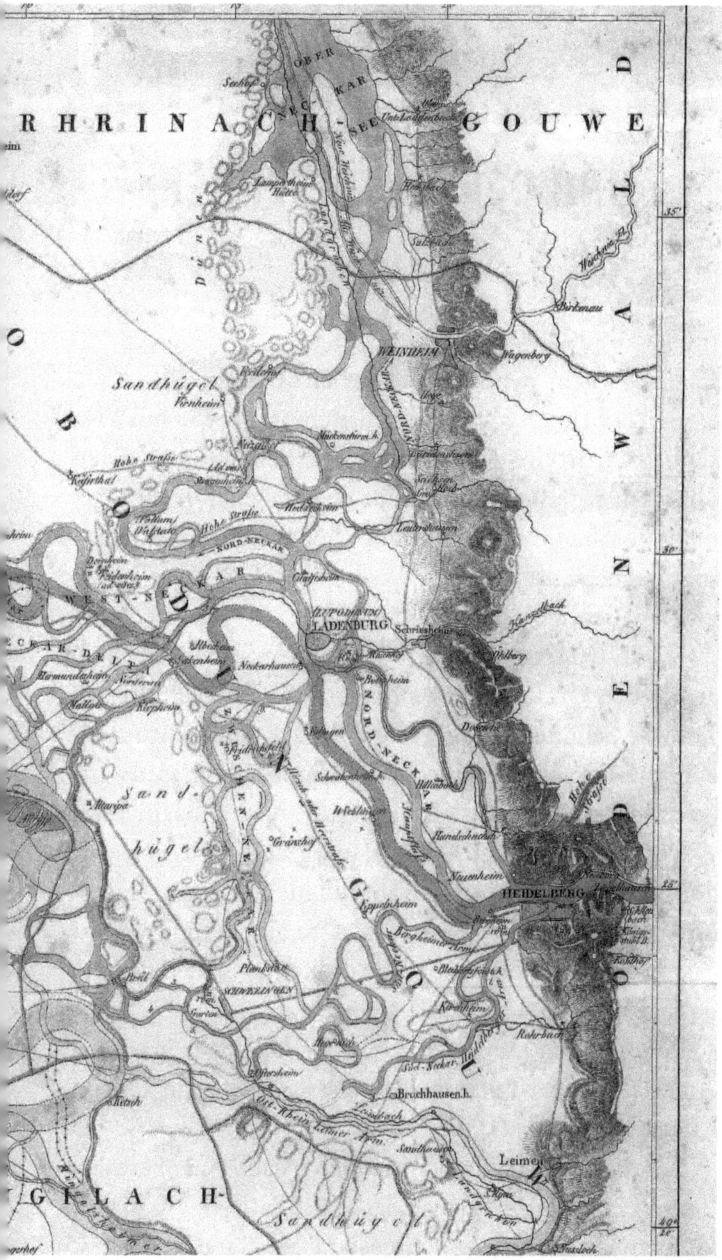
RHRINACH-GOUWE
OBER NECKAR SEE
ODENWALD
LOBODUNGOU
Seehof
WEINHEIM
Birkenau
Wagenberg
Sandhügel
Virnheim
NORD-NECKAR
WEST-NECKAR
LADENBURG
Schriesheim
Kanzelbach
Ölberg
Leutershausen
Neckarhausen
Hermundsheim
Sandhügel
Wieblingen
Handschuhsh.
Neuenheim
HEIDELBERG
Eppelnheim
Grainhof
Hohe Straße
Kirchheim
Rohrbach
Plankstatt
SCHWEZINGEN
Brühl
Oftersheim
Bruchhausen.h.
Ketsch
Sandhausen
Leimen
Sandhügel
Nussloch
35'
30'
25'
20'

# BONUS 1: REINER PALZKI UND DER MATHELEHRER

Es hätte so ein schöner Tag werden können.

Geht es Ihnen nicht auch manchmal so wie mir? Da schuftet man die ganze Woche, schiebt Überstunden ohne Ende, damit die vielfältige Gaunerschar in der Pfalz nicht überhandnimmt, kommt schließlich freitagabends spät nach Hause, um das Wochenende mit der Familie zu genießen, und dann das:

»Mein Fahrrad ist kaputt«, schallte mir Pauls Stimme aus dem Wohnzimmer entgegen, während ich mir im Flur die Schuhe auszog. »Hallo Schatz«, begrüßte mich eine Minute später meine Frau Stefanie, »das Essen dauert noch eine Weile. Ich bin unserer Nachbarin Frau Ackermann über den Weg gelaufen und ruckzuck war der Nachmittag vorbei.« Während mein Magen knurrte und ich resigniert nickte, ergänzte sie: »Könntest du geschwind mal unter der Spüle nachschauen, ich glaube, da tropft etwas.«

Von Tropfen konnte nicht die Rede sein, es war eher ein *Fließen*. Der Putzeimer unter der Spüle war bereits halb mit Wasser gefüllt.

Mit nassen Ärmeln setzte ich mich nach einem erfolglosen Reparaturversuch an den Küchentisch, um in den Gelben Seiten nach einem geeigneten Handwerker zu suchen und ein wenig zu regenerieren. Da kam meine zwölfjährige Tochter und zog mir das Telefonbuch weg. »Du musst mir jetzt bei den Mathehausaufgaben helfen, Daddy.«

»Kannst du das nicht allein, Melanie?« Mein Versuch, mich mit dem Teufelszeug nicht befassen zu müssen, scheiterte.

»Ne, seit wir den neuen Mathelehrer haben, raffe ich überhaupt nichts mehr. Manchmal denke ich, der redet chinesisch. Allen anderen in meiner Klasse geht es genauso.«

Aha, dachte ich mit einer gewissen Genugtuung. Die Ausrede »allen anderen in meiner Klasse geht es genauso« war wahrscheinlich schon so alt wie es Schulen gab, um eigene Defizite den Eltern gegenüber abzuschwächen.

Ich versuchte, ihr ins Gewissen zu reden. »Melanie, mathematisches Grundwissen ist im Leben sehr wichtig. Ohne Zahlen geht es nicht. So schwierig ist das doch gar nicht. Das haben schon ganz andere Leute kapiert.«

Mein letzter Satz war ein Fehler. »Was hattest du denn in Mathe?«, fragte sie und grinste mich gemein an.

Ich lief rot an, hoffentlich hatte sie dies nicht bemerkt. »Ich war jedenfalls so gut, dass es für eine Karriere bei der Kriminalpolizei gereicht hat«, entgegnete ich schnell.

Melanie verzichtete darauf, mir zu erläutern, dass Polizeibeamte allesamt schlecht in Mathe sind. Sie schien mit den Gedanken woanders zu sein.

»Du, Daddy«, sagte sie schließlich. »Irgendetwas stimmt mit unserem neuen Lehrer nicht. Der ist nicht nur chaotisch, sondern kapiert das Zeug genauso wenig wie wir. Ständig verbessert er sich im Unterricht und behauptet laufend was anderes.«

Ich zuckte mit den Achseln. »So sind Lehrer halt mal. Da muss man durch.« Um Melanie etwas zu motivieren, bat ich sie, mir ihre Aufgaben zu zeigen.

»Das ist ein Arbeitsblatt, das er heute ausgeteilt hat.«

Oje, ausgerechnet Geometrie. Ich las die erste Aufgabe: Gegeben ist ein Quadrat mit der Kantenlänge 5 Millimeter. Wie groß ist das Volumen? Die zweite Aufgabe war wilder: Ein rechtwinkliges Dreieck hat einen Winkel mit 40 Grad. Wie groß sind die beiden anderen Winkel?

Melanie sah meinen verzweifelten Gesichtsausdruck. »Weißt du jetzt, was ich meine? Dann macht er laufend blöde Witze. Heute meinte er, ein Kreis mit 360 Grad wäre ganz schön heiß. Letzte Woche sagte er zu uns, dass man 60-Grad-Wäsche rechtwinklig zusammenlegen sollte.«

Nachdenklich fragte ich sie: »Seit wann habt ihr den Lehrer?«

»Seit drei Wochen, das soll ein Quereinsteiger sein. Er wohnt in Ruchheim.«

»Ich glaube, ich werde ihn mir mal vorknöpfen müssen. Du hast übrigens recht, Melanie: Das ist nie und nimmer ein ausgebildeter Mathematiklehrer.«

Frage: Was war Palzki aufgefallen?
Lösung: siehe unter www.palzki.de

# BONUS 2:
# ZEIT WIRD KNAPP [2006]

35 Jahresringe hätten sich in meinem Stamm angesammelt – wenn ich als Baum aufgewachsen wäre. Ein Baum wäre jetzt gerade seinen Jugendjahren entwachsen, aber für mich hat heute mein letzter Tag begonnen. Ich sei nicht mehr modern, nicht mehr up to date, sagen sie alle, ohne mich auch nur anzusehen oder zu fragen. Damals bei meiner Schöpfung galt ich als Meisterwerk der Technik. Man führte mich vor, war stolz auf mich. Meine Türen wurden mit Lichtschranken versehen und öffneten und schlossen sich automatisch. Doch heute ärgern sich die Menschen, dass ich nach dem Einsteigen des letzten Fahrgastes meine Tür aus Sicherheitsgründen zwei Sekunden auflasse. »Wann fährt sie denn endlich weiter?« Wie Drohungen schallt es an meine Karosserie, von Jahr zu Jahr lauter und gefährlicher.

1976 durfte ich zum ersten Mal rauf auf die Schienen, die die Welt bedeuten. Die Linie 6 wurde bald zu meiner Lieblingsstrecke. An jeder Haltestelle durfte ich ausgiebig verschnaufen, bis der Fahrer den neuen Fahrgästen die Tickets verkauft hatte. Oft war es für ihn nicht einfach, das Wechselgeld herauszugeben. Niemand beschwerte sich über den kleinen Zwangsaufenthalt und ich konnte in der Zwischenzeit mein Triebwerk entspannen.

Viel gab es zu sehen in dieser Zeit. Besonders auf den Straßen, die parallel zu meinen Schienen verliefen.

Waren es anfänglich noch wenige Fahrzeuge, die fast ohne Ampel ihren Weg fanden, so konnte ich in den letzten Jahren immer öfter stolz und zugleich auch schadenfroh an den langen Autoketten vorbeiziehen, während es schien, als seien die vielen Fahrzeuge auf der Straße festgeklebt.

1981 gab es das erste Mal eine Verbesserung der Arbeitsbedingungen für die Fahrzeugführer. Sie brauchten die Fahrscheine nicht mehr zu entwerten. Dazu wurden in der Nähe der Türen kleine Entwerterkästen angebracht. Die Fahrgäste konnten sich im voraus Tickets besorgen. Die Pausen an den Haltestellen wurden kürzer.

Doch dann, vor 20 Jahren rechnete man mir vor, wie viele Minuten ein Auto schneller fuhr als ich. Dass die Rechnung nur nachts um 3 Uhr funktionierte, war niemandem eine Erwähnung wert. Ich geriet unter Druck. Ich musste schneller werden. Die Gäste wollten schneller an ihr Ziel kommen. Der Stress wurde immer größer, auch für den Fahrer, der vermehrt Kritik einstecken musste.

1994 wurden an jeder Haltestelle Fahrkartenautomaten installiert. Der Fahrer musste nicht mehr kassieren. Die Stopps an den Haltestellen dauerten nun selten länger als eine halbe Minute. Noch nicht einmal genug, um wieder zu Atem zu kommen. Die Linie 6 sei nun um 4,92% schneller von einem Endhaltepunkt zum anderen, verkündete man stolz in der Tageszeitung.

Trotzdem drehte sich von nun an das Rad immer schneller. Stieg einmal eine Frau mit ihrem Kinderwagen etwas umständlich in mein Wageninneres, ich konnte sicher sein, dass mindestens fünf Fahrgäste nervös auf die Uhr schauten. Mancher wurde sogar laut.

Wo war bloß die Zeit geblieben? War der Tag auf einmal kürzer als früher? Ich begann, mir Gedanken über die verlorene Zeit der Menschen zu machen. Und ich fand Antworten. Die Genauigkeit des Lebens, die scheinbare Präzision war der Auslöser, der Zeitdieb der Leute. Früher scherte man sich nicht darum, ob eine Uhr einige Minuten vor oder nachging. Die Sekunde war nicht wichtig. Heute, in der modernen Zeit baut alles auf die Sekunde auf. Die Sekunde ist das 9.192.631.770-fache der Periode des Nuklids Cäsium. So wird heutzutage die Zeit definiert. In Milliardstelsekundenbruchteilen. Ist bei dieser Zeitdefinition etwas schiefgegangen? Ist die Sekunde nun kürzer als vorher? Ist das Cäsium schneller geworden? Haben die Menschen ihre eigene Zeit kaputt definiert?

Ich kam dem Geheimnis immer näher. Ich untersuchte Einsteins Relativitätstheorie. Zeit ist relativ zu Geschwindigkeit und Beschleunigung. Doch ich war mir sicher, es gab einen weiteren Faktor: die Zeitdauer. Die Zeit wird immer kürzer, je länger sie dauert. Ein Tag hat zwar immer noch 86.400 Sekunden, er dauert aber in den Köpfen der Menschen nur noch halb so lang wie vor 100 Jahren. Alles wird schneller, die Erde dreht sich schneller um sich selbst, die Erde dreht sich schneller um die Sonne und der Mensch dreht sich im Kreis, immer auf der Suche nach weiteren Zeitsparpotenzialen.

1970 hatten die Menschen in den Industrieländern eine Lebenserwartung von 80 Jahren, heute werden sie dank des medizinischen Fortschritts bereits 85 Jahre alt. Da die Zeit in den Köpfen der Leute aber viel schneller vergeht, haben sie dennoch insgesamt weniger Lebenszeit als früher zur Verfügung.

Spielt sich diese Zeitverknappung nur in den Köpfen ab oder ist sie Wirklichkeit? Oder liegt es an der Hektik? Dem Zwang, möglichst viel zu bewältigen? War die Sekunde früher deshalb länger, weil das Leben entkrampfter und linearer verging, weil es nicht so vollgestopft mit allen möglichen Ablenkungen war?

Ich habe die Lösung gefunden, das Geheimnis gelöst. Das bewusste Leben wird immer mehr in den Hintergrund gedrängt. Entspannung und Muße sind die verlorenen Eigenschaften der Menschen. Wer dies aber heutzutage noch beherrscht oder erlernt, wird mit längeren Sekunden belohnt. Die innere Unruhe wird wieder zur äußeren Ruhe.

Morgen früh stehe ich bereits in Halle 1 des Technikmuseums. Ausgemustert stehe ich dann auf ein paar symbolischen Schienen, freigegeben zur Besichtigung durch jedermann. Fortan kann ich sie beobachten, die Besucher, wie sie durch die Gänge des Museums hasten und im Minutentakt auf die Uhr starren. Der nächste Termin wartet bereits auf sie.

Ich dagegen habe Zeit. Unendlich viel Zeit. Egal, wie schnell die Zeit vergeht, sie ist unendlich. Unendlich langsam für mich im Museum und unendlich schnell vorbei für den modernen Menschen.

*Weitere Krimis finden Sie auf den folgenden Seiten und im Internet:*

**WWW.GMEINER-SPANNUNG.DE**

**HARALD SCHNEIDER**
Wer mordet schon in der Kurpfalz?

978-3-8392-1582-1 (Paperback)
978-3-8392-4453-1 (pdf)
978-3-8392-4452-4 (epub)

## »Eine kriminelle Entdeckungstour quer durch die kurpfälzische Rheinebene.«

Sie denken, die Kurpfalz wäre eine beschauliche Urlaubsregion, in der es neben gutem Essen, Wein und Bier jede Menge touristische Sehenswürdigkeiten gibt? Bis auf das »Beschaulich« mag das alles stimmen. Doch hinter den Kulissen gärt die Kriminalität, vielleicht noch intensiver als in anderen Regionen. Begeben Sie sich mit unserem Kommissar Reiner Palzki auf eine kriminelle Entdeckungstour quer durch die kurpfälzische Rheinebene. So haben Sie diese Region garantiert noch nicht kennengelernt …

**HARALD SCHNEIDER**
Tote Beete

978-3-8392-1538-8 (Paperback)
978-3-8392-4371-8 (pdf)
978-3-8392-4370-1 (epub)

## »Da haben wir den Salat!«

Hauptkommissar Reiner Palzki besucht mit seiner Familie nicht ganz freiwillig die Landesgartenschau in Landau, als plötzlich eine gewaltige Explosion das Gelände erschüttert. Ein Besucher ist tot, ein Gärtnermeister verletzt. Bei scinen Ermittlungen stößt Palzki auf dubiose Vorgänge, in die der Gärtner verwickelt war. Aber auch der bekannte Salathersteller, bei dem der Tote als Prokurist arbeitete, hat mehr als ein finsteres Geheimnis …

GMEINER SPANNUNG

WWW.GMEINER-VERLAG.DE
*Wir machen's spannend*

# Das Neueste aus der Gmeiner-Bibliothek

## Unsere Lesermagazine

Bestellen Sie das kostenlose KrimiJournal in Ihrer Buchhandlung oder unter www.gmeiner-verlag.de

## Informieren Sie sich ...

**www** ... auf unserer Homepage:
www.gmeiner-verlag.de

**@** ... über unseren Newsletter:
Melden Sie sich für unseren Newsletter an unter www.gmeiner-verlag.de/newsletter

**f** ... werden Sie Fan auf Facebook:
www.facebook.com/gmeiner.verlag

## Mitmachen und gewinnen!

Schicken Sie uns Ihre Meinung zu unseren Büchern per Mail an gewinnspiel@gmeiner-verlag.de und nehmen Sie automatisch an unserem Jahresgewinnspiel mit »mörderisch guten« Preisen teil!